ABRIL
nace en enero

ARMANDO CAICEDO

ABRIL
nace en enero

PALABRA LIBRE

Primera edición: abril, 2019

©2019, Palabra Libre S. A. S.

www.PalabraLibre.com

©2016, Armando Caicedo

c/o Creativity A C LLC

ISBN: 978-1-942963-09-7

Disponible en e-Book y en Audiolibro (www.FonoLibro.com)

Foto del autor: ©Catalina Martínez

Elementos de la portada: *Premium Subscription* (Freepik)

*Las mordeduras más peligrosas son
las del calumniador entre los animales salvajes
y las del adulador entre los animales domésticos.*
Diógenes el Cínico

1

El terror ingresó a este paraíso sin pedir perdón ni permiso.

Jamás antes el diminuto celular se estremeció de esa manera. Desde que instalaron el sofisticado sistema de alarma, lucía inactivo, sin signos vitales; parecía muerto. Pero de súbito... ¡Enloqueció! Centellaba como si se hubiera electrocutado y vibraba como aquejado por un repentino ataque de epilepsia.

Ocho dígitos parpadearon sobre la pantalla delatando el extraño origen de la llamada.

La mujer reaccionó de un salto y, de paso, *¡purrundum!* derribó el servicio de café que le acababan de colocar en la mesita auxiliar. La porcelana hecha añicos, la explosión de manchas sobre la inmaculada alfombra blanca y los cubiertos regados por el piso, dieron fe de la brusca entrada a escena de la incertidumbre.

La serenidad reinó durante doce años en esta mansión, diseñada para que la vida de una mujer multimillonaria transcurriera en armonía con la privilegiada vista que disfruta sobre el lago de Ginebra, pero en este maldito instante el aullido del celular le despertó el fantasma que años atrás la solía atormentar con pavorosas pesadillas.

Gabriel Hoffman, su padre, construyó esta mansión en el poblado de Corseaux, cantón suizo de Vaud, para aplacar la paranoia que lo aquejaba. El clima de inseguridad en su país, las amenazas contra su familia y el creciente delirio de persecución que lo atormentaban, lo llevó a tomar una decisión de vida o muerte. A las carreras y en total secreto evacuó del país a su única heredera y le buscó refugio en este paraíso donde los billonarios brotan de manera espontánea; en seguida le cambió ciudadanía, imagen, nombre y apellidos, ilusión que logró en un pestañeo, ¡*simsalabim!*, reencarnar a una Gabriel diferente.

Aquí, en este exclusivo rincón del planeta, la vida se comporta de manera caprichosa. Los billonarios se mueven a pie, sin escoltas, sin preocuparse por la amenaza de un secuestro, pero siempre alertas ante la aparición de un *paparazzi*.

La mujer presa de pánico intentó desconectar el aparato, pero este, indiferente a las maniobras, continuó vibrando, delirante. Nadie había usado hasta ahora esta extraordinaria pieza de alta tecnología: celular encriptado, a prueba de *hackers* y ciberataques, e invisible para los sistemas de rastreo satelitales. Su padre la obligó a mantenerlo al alcance de la mano para que pudiera recibir —algún día— aquella noticia que tarde o temprano tendría que llegar: el anuncio del comienzo del fin para el todopoderoso banquero.

La mujer miró la pantalla en su intento de hacer coincidir los ocho dígitos que parpadeaban con los códigos que tenía grabados en su memoria, pero ninguno casó. Entonces sintió que el pánico reptaba por su garganta y, para espantar la pesadilla, rechazó la llamada. En segundos, el aparato volvió a vibrar con la misma terquedad. Ya había rechazado cinco alarmas seguidas, cuando un presentimiento la paralizó: «Mi papá está en problemas. Dios santo, algo muy grave le ocurre.»

Entre tanto, al otro lado de la línea.

—¡No contestan! —La mujer osciló su cabeza en señal de desencanto.

Gracias a la privilegiada información a la que tuvo acceso quince horas atrás, su ánimo estaba en el más alto nivel de excitación, pero ahora, después de seis intentos frustrados, percibió el hielo del desencanto.

—Han pasado catorce años, quizás se mudó de casa, incluso se pudo mudar hasta de continente. Bueno... insistiré por última vez.

En este séptimo intento el timbre repicó apenas dos veces y, de repente, se percibió al otro extremo de la línea un susurro de angustia.

—¡Hola!

—Sí, sí, ¡hola! ¿Me escucha?

A los dos extremos de la línea se estacionó un agónico silencio, como si el mundo se hubiera detenido mientras localizaban, de prisa —en el antepenúltimo rincón de la memoria— un rostro familiar que coincidiera con el timbre de voz que vibró en ese «hola».

—Hola. ¿A quién busca?

—Por favor, es urgente, necesito hablar con «código tres».

«Código tres... Código tres...». Esas dos enigmáticas palabras obraron como la clave que da acceso a la caja fuerte donde se atesoran los peores recuerdos.

—Sí —insistió la dramática voz—. ¿Alguien sabe dónde encuentro a «código tres»?

Entonces se materializó el milagro. Una voz femenina, culta y pausada, con un tenue acento francés, hizo su mejor esfuerzo por lucir serena.

—Perdón, ¿quién pregunta por «código tres»?

A juzgar por la prolongada pausa, las dos mujeres intentaban calmar a las neuronas paralizadas por una mezcla de emoción y miedo... de pronto estallaron gritos de júbilo.

—¿Abril? ¿Abril? ¿Eres tú? ¡Abril!

Abril sintió que la emoción la estrangulaba y no pudo responder. El golpeteo de la sangre le taladró el cerebro, cual si se tratara del cronómetro de la vida que le estuviera contabilizando, segundo tras segundo, la repetición de la vieja pesadilla.

—¡Responde! ¡Abril! ¿Eres tú?

—Sí, Gabriela, soy yo —se escuchó un débil hilo de voz que se ahogó entre suspiros—.

Soy yo, Abril Santamaría.

—¡No puedo creerlo! ¡No puede ser! Mi papá me juró mil veces que te asesinaron durante mi rescate.

El nudo ciego que se le estacionó a Abril en su garganta no le permitió responder de inmediato.

—¡Es increíble! Si me aseguraron mil veces que estabas muerta…, pero Abril, te juro, todos los días, durante los últimos catorce años, le he pedido a Dios por ti.

Abril ya no pudo retener tantos suspiros. El celular le temblaba mientras intentaba tapar el micrófono para no hacer tan evidente su emoción. Entonces una mano grande se posó sobre su hombro, le acarició la nuca y la abrazó. Con ese gesto de protección, su serenidad y su voz retornaron a la escena.

—Hola, querida Gabriela.

—Aquí estoy, amiguita. Desde ese jueves, cuando volví a nacer, le rogué a Dios me concediera suficiente vida para liberar a mi conciencia de estas cinco palabras: «Abril-te-debo-la-vida».

—Y yo a ti te debo mi felicidad.

—¿Cómo supiste de la existencia de este número?

—Durante muchos años intenté ubicarte, pero tu papá construyó a tu alrededor una muralla de silencio impenetrable, como si tú no existieras. Un día, la leal Moneypenny, su secretaria, me entregó un sobre sellado con la información para localizarte, bajo mi promesa de «acceder a la información solo después de que ella falleciera». Eso sucedió hace más de dos meses, pero hasta ayer nos enteramos.

—¡Guau! Siento escalofríos. Es urgente que nos veamos.

—¡Claro! Y para que esta mañana de pasmo y desconcierto sea completa, te tengo otra sorpresa...

—¡Estás aquí, en Ginebra! —Interrumpió Gabriela con otro grito.

—No, Gabriela, estoy en Madrid. Te busco para comentarte que encontré un anillo que, por el tamaño del diamante, «tan grande como un garbanzo», sospecho que es tuyo.

—¿Lo encontraste?

—¡Sí, encontré el anillo y algo más! La gran sorpresa es que mi esposo, tras catorce años de ser declarado muerto, está aquí, a mi lado, conmovido hasta las lágrimas por la oportunidad de volver a hablar con su ahijada.

2

Veintidós años atrás…

Abril

A las cuatro y quince de la madrugada, Abril saltó de la cama y se asomó por la ventana.

El paisaje de la madrugada luce deprimente. Gasas de niebla se enredan en lo que parece ser el epílogo de la batalla que libraron durante toda la noche, la mortecina luz del poste de la calle contra una oscuridad que espanta. A esa hora no circula un carro, los gallos no cantan ni los perros ladran, y ningún gato vagabundo se anima a trotar por los tejados.

Abril encendió la luz de su habitación y como si el primer deber de la mañana fuera realizar un acto de prestidigitación, empezó a combinar múltiples tareas: tendió la cama, abrió la mesa de la plancha y colocó una blusa blanca y húmeda, identificada al orillo con una letra «B». Enchufó el aparato y, mientras se calentaba, consultó la lista de chequeo que colgaba de un clavo en la pared. Puso sobre la cama las cosas que debía empacar y, en seguida, voló al baño. Voló, no solo como ilusión de velocidad, sino como expresión de levedad, para no despertar a su madre y a su hermano, que a esa hora dormían en la habitación contigua.

Se vistió a toda prisa, dejó para el final el brillo de los zapatos y el paso y repaso de la plancha sobre la prístina camisa almidonada. En su mochila guardó libros, cuadernos y toda la parafernalia que exigen en los colegios de monjas. Se calzó unos tenis gastados, garrapateó una nota que dejó sobre la mesa pequeña del comedor, y a las cinco menos veinte tomó camino por entre el oscuro túnel que precede al amanecer, rumbo al paradero de los buses.

Fue la primera persona que se encarnó en la tienda de la esquina, cuando don Martín apenas abría los candados y corría las trancas. Pidió un vaso de leche y un pan integral.

—Don Martín, qué pena, otra vez. Por favor apúnteme el desayuno en el «cuaderno de fiados», que al final de esta quincena, con seguridad, le pagamos.

Gabriela

A las seis de la mañana, Herminia golpeó la puerta con discreción y luego de contar hasta diez, dio vuelta a la manija.

—Mi niña, despiértese. Ya es hora.

La empleada se acercó a la cama y contempló a Gabriela. El deber se impuso. Debía despertar y alistar a «su» niña para que no llegara tarde al colegio.

—Niña Gabriela, la voy a dejar dormir otros diez minutos y ya regreso con Pelucho.

Apenas la empleada retornó con el diminuto poodle blanco, el perro saltó de sus manos, se trepó de un salto a la cama y se escurrió bajo las sábanas para morderle los pies a la niña. En seguida salió a la superficie, le lamió las manos y la cara hasta que la jovencita lo abrazó con tal fuerza que el perro consentido chilló iracundo y retornó corriendo a la cocina.

—¡Herminia! ¡Pelucho se me escapó!

Herminia regresó con el poodle entre los brazos, encendió el enorme televisor para que su niña se acabara de despertar y le trajo el desayuno a la cama: ensalada de frutas, leche baja en grasa con cereal y un *croissant* recién horneado rebosante de queso y mermelada de durazno. Un huevo poché —hervido en agua con vinagre blanco por tres minutos— más una tacita de té. Y, como protocolo final, descorrió las cortinas para que la luz tomara posesión de la enorme habitación, decorada en rosa, blanco y gris.

Gabriela pasó al baño. Durante quince minutos el vapor del agua caliente se coló por debajo de la puerta.

—¡Niña Gabriela! Ya le tengo su uniforme listo y la mochila empacada ¡Se le va a hacer tarde!

Mientras la niña se viste —con la ayuda de la empleada— eleva su protesta porque tiene sueño y se siente agotada con tantos cursos adicionales a los que su madre la matrícula y por el cúmulo de tareas que debe preparar en la casa.

—Sí, niña Gabriela, le comprendo su vida tan sacrificada —la tranquiliza Herminia, acostumbrada ya a la misma cantaleta de todos las mañanas.

—Me siento enferma. Estoy sin alientos. Necesito que hable hoy con mi mamá. No puedo salir del colegio a la clase de ballet, luego a la de piano y al final a la de francés. ¿A qué hora descanso y hago mis tareas?

—Déjeme peinarla, niña Gabriela, y le juro que hoy mismo hablo con la señora Ana Sofía. Recuerde que tenemos que tenerle mucha paciencia porque ella está inflamada luego de la otra cirugía.

Por el teléfono anuncian que la camioneta que llevará la niña al colegio está en la puerta, junto con los vehículos de la escolta.

Herminia le cargó la mochila hasta la puerta. Antes de salir, le acomodó su chaleco antibalas, de un material liviano llamado Kevlar, cortado a su medida. Luego la cubrió con una chaqueta deportiva y le tomó su mano diestra para que se echara tres bendiciones.

Gabriela rechazó toda ayuda para subir a la camioneta y ella misma trepó la pesada mochila. Herminia la perdió de vista tras los vidrios polarizados y no pudo ver su mano que le agitaba un adiós.

La caravana se desplazó lenta por entre las calles adoquinadas que rodean la mansión y esperó, con los motores ronroneando, a que el inmenso portón metálico se abriera a control remoto. Ingresaron a la avenida privada que serpentea por entre un túnel de frondosos árboles que —alineados con teodolito— se alzan a lado y lado de la vía. El conjunto residencial Atlántida es tan aislado y exclusivo que nadie se imagina que exista vida detrás de ese extenso perímetro de altos muros de concreto ciclópeo, cubiertos por una alfombra de hiedra y coronados por cámaras, alarmas y concertinas.

Tan pronto la camioneta superó el puesto de control e ingresó a toda velocidad en la autopista, la caravana de los escoltas se pegó como su sombra.

—Halcón rojo a base: volamos con «Código tres» hacia objetivo «C». Ruta alterna once. Si no hay instrucciones en contra, deme un confirmado. ¿Me escucha base?

—Ok. Comprendido. Ruta autorizada. Quedo QAP.

3

Cada madrugada, Abril toma el segundo bus que parte del barrio. Ella reclama —como si lo hubiera heredado— el puesto de atrás, cerca de la puerta de salida. Un barrio más adelante el bus ya corre repleto, incluso con personas que cuelgan de la puerta semejando racimos humanos. Los pasajeros, que de manera democrática se han acomodado en caótica promiscuidad, secretan a esa hora un aroma peculiar que cualquier sociólogo aficionado podría evocar como «olor a salario mínimo». Es que el sobrecargado bus representa un paisaje variopinto de obreros, estudiantes, funcionarios públicos y trabajadoras de fábrica, todos rozando el margen de la pobreza.

La inclemencia del frío exterior contrasta a esa hora con el calor húmedo y pegajoso que se soporta dentro del vehículo. Las ventanillas se empañan con un vaho espeso que no permite reconocer la calle por la que se desplaza el armatoste. Si bien es cierto que ella no conoce a nadie por su nombre, todas las caras le resultan familiares, incluso algunos le sonríen porque quienes repiten todas las madrugadas la misma rutina, a la misma hora y en el mismo escenario, reconocen ser «vecinos» por ese instinto gregario que los lleva a identificarse como miembros de la misma clase social, que comparten el mismo peregrinaje monótono por la vida y el mismo porvenir incierto.

Superados los setenta minutos de viaje, Abril se prepara para descender en el centro de una ciudad inmensa —gris, ajena y fría— que a esa hora apenas intenta despertar. No es tarea fácil movilizarse, pues la pesada mochila se le atora entre la gente que congestiona la puerta de salida.

Una vez en la calle se compone la falda, se pasa la mano por la cabeza para acomodar el flequillo que le cae sobre la frente y se echa la mochila a la espalda. Cruza a las carreras la ancha avenida para alcanzar a tomar el otro bus que la llevará por la autopista, una hora hacia el norte, hasta tocar la plazuela del pintoresco pueblo de San Patricio. Allí iniciará el ascenso: ocho cuadras por la empinada cuesta que conduce hasta la colina donde se alza su colegio; ese conjunto de soberbios caserones victorianos que exhiben sobre sus fachadas —como expresión de su importancia— enredaderas y musgos muy bien conservados. El paisaje y el complejo arquitectónico denotan la pompa y circunstancia de un colegio centenario que se arroga el haber educado a varias generaciones de las niñas de la más alta clase social de la nación.

Antes de traspasar la inmensa puerta de hierro forjado e ingresar a los jardines del colegio, Abril hace una pausa. Se cambia los percudidos tenis por los relucientes zapatos negros del uniforme. En ese momento, la caravana con la escolta de Gabriela pasa rauda frente a Abril y continúa de largo en dirección a la parte posterior del edificio administrativo, lugar reservado para desembarcar a la hija del hombre más rico del país.

Abril es la única que llega a pie; camina directo hacia el punto de desembarque donde una larga fila de automóviles, obedientes a los enérgicos manoteos de tres policías, se detienen un instante para desembarcar —una tras otra— a las alumnas que arriban en los lujosos carros de sus padres.

Traspasa la entrada y se dirige directo al baño ubicado en la primera planta. Allí se enfunda entre la inmaculada blusa «B».

Cuando una alumna pobre cuenta con apenas dos blusas —marcadas en el orillo como A y B— es preciso lavar una todas las noches y plancharla a la madrugada para lucir siempre pulcra. Es que el colegio puede que no sea muy exigente con las cargas académicas pero es en extremo quisquilloso con la presentación personal de alumnos, docentes, directivos y trabajadores.

El colegio alcanzó, seis décadas atrás, el equilibrio perfecto. Lo suficientemente costoso para que solo la crema de la sociedad tuviera acceso. Lo suficientemente clasista para sobrealimentarse del éxito social y económico de sus exalumnas. Lo suficientemente riguroso para cumplir con el pénsum, pero sin estrangular con exigencias académicas a las chicas. Lo suficientemente ostentoso para que su «marca colegio» proyecte en cada egresada una aureola de mujer privilegiada. Y con las actividades extraacadémicas justas para estimular entre las jóvenes el sentido de competencia y la vocación de poder.

Durante más de tres años, Abril y Gabriela han compartido el mismo espacio en el salón de clase, pero por designios indescifrables del destino, las órbitas en las que se mueven pertenecen a galaxias diferentes.

No se trata de frialdad, tampoco de indiferencia, mucho menos se trata de desprecio entre clases. Durante muchos años hicieron parte de las mismas 43 del curso, pero permanecieron separadas por un espacio que en física terrenal podría corresponder a cuatro pupitres de distancia, pero que en la «física sideral» de la diferencia de clases, solo se podría calcular en «años luz». En sí, no se trata de fuerzas magnéticas extremas que jamás puedan juntarse —como el polo norte y el polo sur— sino más bien se trata de una relación distante y helada, que jamás cuajó con un «hola» y que nunca coincidió con una mutua mirada directa a las pupilas. No se desprecian pero tampoco se necesitan. Vale decir, ni siquiera son rivales porque cualquier razón para competir, simplemente no existe.

Como en toda relación entre grupos humanos, las adolescentes del colegio consideran que el mundo está dividido en dos: las que son iguales a mí, y el resto. Pero en el colegio hay dos personas solitarias que no reconocen otras iguales: Gabriela y Abril. Si en algo coinciden es que ambas son únicas… y el resto es éter.

No existe otra alumna en el colegio con todos los privilegios, como Gabriela. Y no existe otra alumna en el colegio con todas las carencias, como Abril.

4

Hoy es un día especial en el colegio.

La casona, de arquitectura republicana, se alza arrogante sobre el fondo verde de una colina sacada de un cuento para niños. La centenaria construcción despliega la misma elegancia severa de las ancianas millonarias, que ostentan sus pelos pintados de platino, sus caras empolvadas y ese carmín retador con el que le dan vida a sus labios y mejillas. Así, desde la distancia, se puede admirar sobre la fachada del colegio un paraíso de buganvillas trepadoras, que con parches colorados, rompen alegres la monotonía serena de la hiedra que desde hace tiempos cubrió de verde sus altos muros de ladrillo y sus columnas en piedra.

Los primeros rayos de sol apenas empezaban a vestir de oro este escenario natural, cuando arribó la avanzada de seguridad, con su aparatoso despliegue de guardaespaldas uniformados de negro y cinco perros rastreadores de explosivos. El reloj de la torre de la biblioteca marcaba las seis en punto de la mañana.

Pocas veces se recuerda en el colegio un revoloteo tan espectacular.

A las siete y media se hizo presente la «fuerza de tarea», un equipo compuesto por tres arquitectos, cuatro ingenieros, un topógrafo, dos calculistas y un arquitecto paisajista, más esa bulliciosa cola de asistentes, que sin perder tiempo en saludos protocolarios se sentaron —de tú a tú— con la madre superiora, la síndico, la bibliotecaria y tres profesores, a fin de ajustar a toda prisa, en medio de sorbos de café, la orden del día. Era la conclusión de doce semanas de imaginar proyectos, lluvia de ideas y largos debates.

A las nueve y cuarto de la mañana se formó frente al edificio el cuerpo administrativo del colegio. Parecía el despliegue en «orden de batalla» de un ejército, alistándose para el paso de revista de su emperador. En la parte superior del atrio, detrás de la balaustrada, se recortaban las siluetas de la vicerrectora de asuntos administrativos y sus secretarias, y, desgranándose por los once escalones hacia abajo, el resto del organigrama.

Al nivel del patio formaban un amplio arco las mujeres del aseo, las matronas encargadas de las cocinas, amén de los conductores de la flotilla de buses, los vigilantes de los tres turnos y los cinco jardineros que mantenían el lugar como si tuvieran que competir en belleza con una postal de tulipanes enviada desde Holanda. Sobre sus uniformes de trabajo aparecía el tradicional escudo del colegio —bordado con hilos de oro y plata sobre un fondo «azul de Prusia»— que exhiben atornillado a la altura de sus corazones.

Mientras tanto, en el interior del edificio, el cuerpo académico formó calle de honor desde la puerta principal hasta la sala de reuniones de la rectoría. Primero se formaron las monjas y luego el cuerpo de profesores seglares.

Minutos antes de las diez se materializó sobre el firmamento el helicóptero Hiller 12E de tres puestos, con su característica cabina transparente, que si no fuera por el sonido de sus aspas, cualquiera juraría que se trata de una gigantesca pompa de jabón empujada por el viento.

Con una precisión de colibrí se suspendió por sesenta segundos sobre las seis hectáreas del colegio y luego bajó manso hasta posarse en el puro centro del colosal monograma «GH» que los jardineros dibujaron con primor y cal, sobre el parche verde de la plazoleta.

Eran las diez cerradas. El mayor benefactor del colegio descendió de los cielos con puntualidad británica. El avechucho dejó de aletear y ahí mismo *sister* Ana se empinó, miró a las chicas y rasgó el aire con un ágil movimiento de su mano, señal para que el coro del colegio entonara el himno del plantel.

La madre rectora cruzó rauda el área de seguridad para recibir con una discreta venia al mecenas. Pero cuando éste abrió los brazos, la monja se atrevió a cruzar el espacio reverencial, le obsequió una sonrisa de oreja a oreja y le estiró la mano con extravagante entusiasmo.

—¡Es una bendición de Dios! ¡Qué privilegio tenerlo entre nosotras!

—Madre, usted sabe de mi compromiso con esta maravillosa obra educativa. La nueva biblioteca inteligente y el centro de informática valorizarán el patrimonio del plantel y, lo que es más importante, servirán para consolidar el liderazgo femenino que este país demanda.

Durante el tránsito por la calle de honor se sucedieron a toda prisa las venias y besamanos de rigor, hasta que el benemérito doctor Gabriel Hoffman arribó justo a la silla de honor que le asignaron a la cabecera de la mesa. Sin más preámbulos se sentó, manoteó sobre el reloj, como expresando «no hay tiempo» y soltó apenas dos palabras: «los escucho».

Como por arte de magia, se deslizó del techo un telón y empezó la proyección de planos topográficos con sus curvas de nivel, diez aerofotografías donde se superpusieron los volúmenes con las posiciones relativas de las nuevas construcciones, planos de paisajismo, identificación de accesos, cortes transversales y longitudinales, gráficos extraños con detalles del envigado, columnas y dinteles, así como gráficos sobre el minucioso programa de ejecución de la obra, manejo de tiempos y control de presupuestos.

Ninguno de los presentes mantuvo sus ojos puestos en el telón. Todos coincidieron en espiar los posibles cambios de expresión de un multimillonario, cuya figura parecía esculpida en mármol. Para más despiste, el personaje no recibió ninguna bebida, ni comió nada. Escuchó atentamente, pero con ojeadas sucesivas a su Patek Philippe, señal suficiente para que concretaran los asuntos y no se extendieran en tantas babosadas. Qué claro y efectivo resultó ese ademán: todos los expositores brillaron por la brevedad de sus explicaciones.

Cuando el silencio del comité se convirtió en una tácita invitación para que el benefactor hablara, su voz de trueno rebotó hasta en el último rincón de la sala de conferencias.

—¡No estoy de acuerdo!

El duro comentario operó como orden tácita para que los asistentes desplazaran sus nalgas hasta la punta de sus respectivos asientos y tragaran saliva, al unísono.

Los quince segundos de la agónica pausa, que nadie se atrevió a interrumpir, parecieron eternos.

—Ustedes saben que no conozco la expresión *no se puede*. Aquí vine a ver a un equipo iluminado por el entusiasmo, comprometido por la misión, convencido de la utilidad social de estas dos obras, un equipo seguro de hacer realidad lo que todos soñamos... en fin, esperaba escuchar el grito unánime de: ¡Sí se puede! Pero lo que me encuentro es un grupo descoordinado, anémico de optimismo, falto de certeza, temeroso, caminando a oscuras por entre un campo minado por la inseguridad y las dudas.

El ingeniero a cargo del proyecto levantó la mano para pedir la palabra, pero el banquero Hoffman se apresuró a notificarle con una mirada aquilina que ese no era un mitin sindical, ni una reunión social, ni una parranda entre amigos.

—Ingeniero, no hay pero que valga. ¿Qué día es hoy?, déjeme ver... ¡Tome nota, ingeniero! Exactamente en un año vengo a inaugurar las dos obras, la biblioteca inteligente y el nuevo centro de informática. Ni un día más.

Para no posar de inflexible con la reverenda madre superiora, agregó:

—Permítame consulto mi agenda. —Entonces extrajo una pequeña libreta de cuero adornada con el monograma en oro «GH»—. Déjeme ver… mmm... para ser más exactos, aquí los visitaré un día antes.

En seguida volvió a consultar su reloj, señal inequívoca de que la visita estaba concluida, y se levantó.

—¿Puedo ver a Gabriela? —preguntó inclinándose hasta la oreja de la madre superiora.

—Claro, doctor Hoffman.

—La espero al pie del helicóptero.

El benefactor transitó como una exhalación por los largos corredores hasta la puerta del helicóptero, en medio de los aplausos del cuerpo académico y acompañado de la madre superiora que fungió de escolta. No le estrechó la mano a nadie pero fue pródigo en venias y sonrisas.

—¡Qué ejecutivo tan brillante! —suspiró en voz alta *sister* Elena.

—Ojalá todos los políticos fueran de su empuje —respondió la voz de un profesor.

Gabriela atravesó sin afán la plazoleta directo al lugar donde la esperaba su padre.

—Mi amor, sube. Vine al colegio expresamente por ti.

—No, papá. Hoy, como todos los días, mi tiempo está repleto de tareas. Sabes lo controladora que es mi mamá. Que el ballet, que la clase de arte, que el francés porque vamos a Suiza, que la clase de esgrima y equitación… estoy agotada con su manía de inventarme cada semana una carga nueva de responsabilidades.

—Ten paciencia con tu madre, hija, haz como yo, ármate de tolerancia.

—¿Más paciencia? Papá, estoy aburrida del mismo estribillo: «es por tu bien, hija». —Gabriela repitió la frase en tono burlón, imitando la cantaleta de su madre—. Papá, en otra ocasión te acompaño. No esta vez. Gracias y cuídate. Cuídate mucho.

Diecisiete minutos más tarde, el helicóptero privado del banquero, economista y benefactor del colegio descendió en la azotea del imponente edificio del Banco Financiero Internacional. Realizó el periplo a lo largo de toda la ciudad —de cabo a rabo, ida y vuelta— sin complicaciones de seguridad, ni atascos entre el tráfico. Sonrió feliz. Sintió que ese día había sacado ventaja del recurso que más valoraba, porque era el único que jamás obedecía a sus antojos: el tiempo.

De la plataforma del helipuerto a su oficina lo separan pocos pasos. Gabriel Hoffman se acomodó en su faraónico despacho ubicado en el *penthouse* de la torre. Entonces mudó, con la agilidad de un ilusionista, su antifaz de paternal benefactor por la máscara de genio financiero —frío y calculador— capaz de montar imaginativos esquemas que le permiten multiplicar, día tras día, su fortuna, aprovechando los resquicios que siempre dejan toda Ley y toda norma. Y apostando duro y sin hígados, con la Ley a su favor y también a contrapelo de cualquier Ley que ose controlarlo, restringirlo o contradecirlo.

5

Julio es el hermano de Abril. Flacuchento, más alto que ella, de mandíbula cuadrada y hoyuelo en el mentón. Se ganó el apodo de Supermán, gracias al mechón de cabello negro que le suele caer sobre la frente. Abril lo admira con fervor, lo considera realmente un superhéroe, y confiesa que desde hace cuatro años él es la única razón que justifica su vida.

Julio se gozó su época de adolescente. Durante la secundaria resultó un vago para los estudios y su mayor triunfo académico, según su propio testimonio, «fue aprender a tocar guitarra a los doce años». Esa habilidad se convirtió en el pasaporte de primera clase que le abrió las puertas a todas las parrandas, fiestas, bazares de caridad y paseos de fin de año. Para compensar su flojera en los estudios se convirtió en consagrado billarista, brillante bailarín, rumbero consumado y, en su clase, el más popular entre las chicas. A la hora de definir su carrera universitaria salió con el cuento de que quería estudiar robótica.

—¿Robo... qué? —respondió su familia en coro, durante un almuerzo que le organizaron en vísperas de su grado de bachiller.

—Ingeniería robótica o mecatrónica —respondió con la misma frescura que empleaba para notificar que tenía una rumba con sus amigos y que lo que más añoraba era desayunar en la madrugada con su mamá, esa bondadosa mujer incapaz de pegar pestaña durante toda la noche en espera del regreso de «mi bebé, sano, salvo y enterito».

—Pero, Julio, si tu bachillerato aún está enredado. Debes dos materias.

—Sí, lo acepto. Pero el honor de ser bachiller no representa nada. La educación primaria y secundaria es lo más parecido a una tediosa carrera, que equivale a pedalear durante doce años en una bicicleta estática: no conduce a ninguna parte. Es una carrera que se gana por resistencia, no por velocidad. En la puerta de la universidad empieza la verdadera carrera.

—¿Cuál carrera?

—Les repito: robótica o mecatrónica. ¿Es que no me creen?

—¡¿Meca... qué?!

Para subrayar el pasmo ante propuesta tan exótica, el grupo de parientes coincidió en poner cara de marcianos despistados.

A decir verdad, nadie se comió el cuento de la robótica, mucho menos el de la mecatrónica. Es más, un aguacero de críticas le cayó sin contemplaciones.

—No se sabe qué resulta más grave, si el que un tipejo inmaduro de apenas diecisiete años enrede en semejante necedad a su familia, o que la familia, con derroche de ingenuidad, se deje enredar —comentó entre dos hondos suspiros la tía Virginia.

Lo mínimo que le vaticinaron es que él iba a perder el tiempo y su familia el dinero. Para más enredo, nadie quiso entender qué diablos era eso de la tal robótica, y para no posar de ignorantes no se sometieron a la vergüenza de inquirir sobre la tal mecatrónica.

—Hijo, estudia derecho o administración de empresas. Incluso te pagamos veterinaria. Eso sí tiene futuro.

Pero Julio desestimó los consejos de su mamá, pese a que ella cantaleteaba con frustración, «si hasta con lágrimas en mis ojos le he pedido que reflexione».

Pero blindado con esa terquedad que nace del prurito de contradecir a los viejos, Julio se mantuvo trepado en su romántica idea, sin que le importara que nadie en la familia se arriesgara a apostar un solo peso a su favor, ni siquiera sobre la posibilidad que superara el primer semestre; bueno, a excepción del profesor de física de la familia, su papá, que siempre le alcahueteó todas sus locuras.

—Por pesimistas vamos a perder a un genio en la familia. Quién quita que a mi muchacho le suene la flauta —intentaba su papá lanzar un salvavidas entre el encrespado océano de dudas.

Para sorpresa de sus amigos, Julio se lanzó al agua. Pasó el primer semestre, el segundo, el tercero, y así, con la suerte del chambón, fue superando todos los obstáculos hasta que en su círculo de amistades aceptaron rendirse ante sus éxitos. En la universidad lo reconocieron como un genio. Si bien las matemáticas no eran su fuerte, descubrió que estaba dotado para esa carrera con una intuición hacia la lógica y un instinto primario para la mecánica, y, además, era dueño de una creatividad arrolladora y de una personalidad magnética.

El sobresaliente resultado académico de Julio nunca fue reconocido por todos como la feliz activación del hemisferio derecho de su cerebro —donde dicen que se aloja la inteligencia emocional— sino que para muchos amigos, sus éxitos se le deben a la decisiva influencia de Fabricia, la chica de ojos verdes que lo flechó desde el primer día de clases. Sí, la que con inteligencia lo enamoró, la misma que con la paciencia del santo Job lo soportó, y, al final, la que con derroche de coherencia se dio mañas para canalizar su entusiasmo hacia los retos que le planteaba la carrera. Por esa suma de razones, Fabricia se ganó el derecho a reclamar el crédito por sus logros académicos, y, casi al final, se le atribuye a ella el haber colocado la cereza sobre la crema: en el noveno semestre, el comité académico de la facultad aceptó su argumentación sobre el pre proyecto de grado y luego autorizó que ella y Julio formaran un equipo para la investigación, desarrollo y sustentación de la tesis.

El proyecto era costoso y engorroso, además de parecer más complejo que producir genéticamente un perro con cuernos de venado, luces direccionales y patines. Pero Julio y Fabricia despertaron simpatía y solidaridad entre algunos amigos y familiares, que decidieron apostarle al proyecto. Por esa vía, aquellos conceptos tan abstractos como «inteligencia artificial», «algoritmos genéticos», «diseño de controladores para plataformas computacionales» y «robótica aérea» se convirtieron en lenguaje regular de sobremesa en esos largos diez meses en los que el intenso trabajo les demandó días de 27 horas y semanas de nueve días. Durante la recta final del proyecto se enclaustraron tres meses en el garaje de la casa sostenidos por una dieta de café, bebidas energéticas, cigarrillos y sándwiches, pues según la explicación de Julio, el camino de la *investigación-prueba-error* es el vía crucis que es preciso padecer para alcanzar el cielo.

—Papá, esto no es un trabajo de copiar y pegar en una biblioteca, ni se trata de escribir la teoría sobre un papel. Lo que nos proponemos es construir el prototipo de un vehículo de vuelo no tripulado, de mecánica en miniatura, teleoperado desde una plataforma móvil, que sirva para monitorear —con bajísimo costo— líneas de transmisión eléctricas en lugares de difícil acceso.

—Y eso implica —agregó Fabricia— integrar investigaciones en campos tan diversos como la mecánica, la aerodinámica, la electrónica, la informática, el control de procesos, robótica, comunicaciones, inteligencia artificial y, al final, debemos diseñar, construir y probar el prototipo físico del UAV (*Unmanned Aerial Vehicle*), en el ambiente real.

—Pero aquí no nos sirve la especulación teórica, papá. El pajarraco tiene que volar de verdad, verdad, con su propio sistema de navegación, de manera estable, con confiables mandos de teleoperación y dotado de sensores de última tecnología que permitan detectar fugas, perturbaciones y robos de energía en tendidos eléctricos instalados en lugares remotos. Además, debemos demostrar su factibilidad operativa y económica y la óptima relación entre la «funcionalidad del aparato» y el «costo-beneficio» del proyecto.

La madrugada que salieron hacia la cordillera para realizar la quinta prueba de campo, con la camioneta cargada hasta los topes con toda la parafernalia que requerían para analizar y documentar el vuelo de los dos prototipos, sucedió el accidente. Dos factores fueron causa de la tragedia. Acumulación de cansancio en el organismo de Julio y acumulación de neblina sobre la carretera. El exigente trabajo y la privación de sueño durante tantas semanas le pasaron la factura esa madrugada. Julio perdió el control del vehículo y cayó al fondo de un abismo de más de 250 metros de profundidad. Al concluir los golpes y rebotes en esa carrera contra la muerte, los relojes quedaron detenidos a las 4:51 a. m. Papá y Fabricia salieron proyectados del vehículo y murieron por el impacto.

—La mezcla de fatiga y sueño activaron mi «kryptonita» —reconoció Julio, meses más tarde.

Tras cuatro horas de penoso trabajo, los equipos de socorro por fin pudieron extraer a Julio de los retorcidos metales y lograron amarrarlo a una camilla e izarlo con cuerdas y poleas hasta la carretera.

—Gracias al helicóptero de rescate estoy echando el cuento —comenta Julio con esa amargura que, para siempre, le quedó tatuada en el rostro.

El día del accidente, las vidas de Abril, Julio y su mamá dieron un súbito vuelco de ciento ochenta grados.

6

El banquero se paseó como fiera enjaulada por las oficinas ejecutivas del banco, vociferando a voz en cuello, «¡Carajo! ¿No me habré ganado el derecho a una secretaria eficiente?».

Acababa de presenciar una trifulca protagonizada por las seis rubias que hacían parte de la decoración de su oficina, sobre cuál de ellas era la responsable de un error monumental impreso en las invitaciones a la inauguración de las oficinas en Panamá. Un segundo más tarde ordenó que las despidieran a todas.

La división de recursos humanos convocó de urgencia a un comité de crisis, y como infeliz resultado de siete horas de análisis y debates, creyeron encontrar la solución que el presidente del banco demandaba a gritos.

Corrieron como alma en pena hasta una oscura oficina de la auditoría financiera para extraer de allí a una mujer bajita, adocenada, de manos gorditas y gafas. Sin tiempo para leerle sus derechos, ni explicarle su destino, la subieron al último piso, al Olimpo, al despacho del accionista mayoritario de todo lo visible y lo invisible del Banco Financiero Internacional, y la presentaron ante el altar del emperador cual si fuese el chivo expiatorio que debían sacrificar para aplacar la ira de los dioses.

Gabriel Hoffman la miró de arriba abajo, incrédulo, como si su sentido de la estética le exigiera adivinar en dónde diablos habían hallado a semejante esperpento. Con crueldad inocultable la examinó a fondo, vale decir, mantuvo su mirada sobre esas gafas anticuadas con lentes gruesos —como culos de botella— evaluando si valía la pena alterar la decoración de su elegante despacho en aras de una hipotética eficiencia. En un rapto de inspiración decidió que valía la pena cambiar los seis adornos rubios que decoraban su oficina por esta sencilla mujer con pinta de modista de barrio. ¡Y qué acierto! Con la primera orden que le dio, quedó impactado de su eficiencia; a la segunda, se sorprendió de su impecable redacción; a la tercera, descubrió que con ingenuidad casi infantil, mentía para proteger a su jefe; a la cuarta, observó, boquiabierto, su capacidad de enfriar la insistencia de un impertinente cliente del banco que alegaba su derecho a hablar con el presidente, sin cita previa; y, como si fuera poco, descubrió que interpretaba los estados financieros mejor que el actuario a cargo de la vicepresidencia de Nuevos Negocios. Esa tarde, cuando pensó que ya estaba curado de sorpresas, Gabriel Hoffman le preguntó su nombre.

—Tulia Concepción Rodríguez Pérez, a sus órdenes, doctor.

—¿Y no tiene otro nombre?

—Claro, doctor, me puede llamar como mi madre: Conchita.

—¿Con qué?

—Con-chi-ta, señor presidente.

—Jamás se le ocurra volver a pronunciar semejante apodo en este banco. De ahora en adelante su nombre en esta institución es: Moneypenny.

—¿Moli qué, doctor?

—Moneypenny. Es el nombre de la famosa secretaria de «*míster* M», cabeza del Servicio Secreto Británico, jefe de Bond, James Bond, el agente 007, el que tiene «licencia para matar».

Conchita abrió los ojos tratando de adivinar en qué lío se había metido, quién era el tal «M» y cómo se deletreaba su nuevo nombre. Lo cierto es que por los siguientes diecisiete años «simplemente Moneypenny» fue la persona más eficiente del Banco

Financiero Internacional, después de su presidente. O como solía decir su amigo Andrés Castello: «a pesar de su presidente».

La vida diaria de Gabriel Hoffman péndula entre Dios y el demonio. Las ocasiones en que permanece en su despacho, ubicado en el *penthouse* del rascacielos más alto de la ciudad, se le puede apreciar tal como vive en su realidad interior: apoltronado en la cúspide del poder, más cerca del cielo que todos los demás mortales, pero tan solitario como un lobo y tan inaccesible como Dios.

El despacho no ostenta decoración diferente al sello «GH» grabado sobre los vitrales del domo, esa cúpula de media esfera que remata la arquitectura del edificio. Gracias a la luz natural que penetra a borbotones, el par de letras flotan, tridimensionales, ilusión óptica que sugiere un colosal holograma. Con semejante sobredosis de luz y sin decoración visible, se potencia la sensación de majestad catedralicia.

Esta es «una oficina inteligente, aunque no más que yo», apuntó el banquero en alguna ocasión. Gracias a los equipos de tecnología de punta puede, con su voz, o con el simple chasquido de sus dedos, determinar el tipo de ambiente que necesita para maquinar. De esa forma controla, desde las alturas, todo lo que le interesa. No solo los niveles de luz, temperatura y humedad adecuados en su despacho, sino, también, monitorea todo lo que sucede en su propio banco, en los bancos de la competencia, en los sistemas financieros nacionales y globales, y en los más altos estratos de la sociedad y del gobierno.

Sobre la superficie semimate de su escritorio no aparece un solo papel, ni nada, a excepción de una pantalla interactiva multitáctil empotrada a ras de la tapa, desde donde controla su imperio, más la foto de Gabriela en un sencillo marco de plata, que por efecto de los reflejos, pareciera brillar con luz propia. Cuando le conviene, extrae de un cajón la foto de la bellísima

Ana Sofía, su esposa, la entroniza en una mesita auxiliar, y una vez superada la visita, arroja la foto de regreso al cajón.

Un túnel climatizado a prueba de huracanes interconecta la terraza donde se levanta el helipuerto con el despacho del banquero, y un elevador privado le permite acceder al piso inferior donde se encuentran el despacho ejecutivo, con su gran salón de reuniones, el auditorio semicircular para conferencias y otros espacios modulares que se adaptan a los cambiantes retos que Gabriel Hoffman enfrenta cada hora, sean ellos negocios, conspiraciones o la necesidad de deslumbrar a un visitante.

En el salón de reuniones se extiende una mesa de conferencias con 36 sillas Herman Miller forradas en cuero negro. Allí es donde el señor Hoffman ya no maquina sino ejerce su verdadero poder. Se sienta en la cabecera a escuchar a sus vicepresidentes y a los asesores de la alta gerencia. Su manía es la rentabilidad, no la popularidad. No le interesa ser simpático, sino práctico, detesta la adulación y es exigente con la brevedad y con la síntesis. Una biblioteca, que impresiona por sus acabados en caoba, los herrajes en bronce y la armonía de los lomos de unos libros que jamás serán leídos, ocupa toda la pared detrás de su asiento. En «tiempos de guerra» el señor Hoffman hace girar un angosto panel de esa biblioteca para ingresar a un enorme cuarto blindado a prueba de todo, donde podría —si fuera necesario— permanecer hasta seis meses enclaustrado. Al fondo de ese refugio ordenó construir una bóveda de seguridad. Sobre la puerta de madera que disimula la bóveda cuelga un texto extraído de *El Príncipe* de Maquiavelo: «Un príncipe no debe preocuparse porque lo acusen de cruel, siempre y cuando su crueldad tenga por objeto mantener unidos y fieles a los súbditos». Para acceder la bóveda, el señor Hoffman debe digitar una clave alfanumérica y superar el sistema de validación que escanea el iris de sus ojos.

Dentro del vientre de esa sólida bóveda de acero descansa su poder real. Allí atesora paquetes repletos de efectivo, tanto en moneda nacional como en dólares estadounidenses, euros, yenes, yuanes, libras esterlinas, coronas suecas y francos suizos. Además, mantiene inventariados y organizados lingotes de oro, platino y plata, más bolsas identificadas por colores y adornadas con etiquetas de cartulina en las que se describe calidad, origen y valor de las piedras preciosas que contienen. Y lo que más aprecia, una colección de obras de arte de grandes maestros, producto de procesos judiciales de cobro contra importantes deudores del banco.

Esos recursos le permiten sacar ventaja inmediata ante la aparición de cualquier oportunidad y blindarse para neutralizar cualquier amenaza. Es el lubricante que le facilita mover los engranajes de la maquinaria del poder sin que se produzcan ruidos delatores ni fricciones incómodas. Es el combustible que le facilita asumir la iniciativa en todo tipo de negocios, imprimirle velocidad a su capacidad de maniobra y rematar con éxito todos sus proyectos.

«Con la experiencia que he ganado al tramitar tantos negocios desarrollé la intuición que me permite definir —justo a tiempo— el instante en que un negocio requiere una 'dosis de adrena-dólares o de energi-euros', para animar la toma de una decisión o para corregir cualquier rumbo inconveniente».

En esa bóveda palpita el alma del poder. Poder para comprar conciencias, elecciones, decisiones judiciales, licitaciones y concursos de méritos. Poder remunerativo para forjar relaciones sociales y asegurar lealtades. Poder de aprobación y censura, para ayudarles a periodistas y dueños de medios de comunicación a establecer «la orden del día» que más le conviene a sus propósitos. Poder punitivo para castigar deslealtades y desvíos. Poder de sometimiento espiritual sobre su organización y la sociedad, agitando ese evangelio que clama por la prevalencia del capitalismo salvaje en una democracia en paz, la vigencia de la civilización judeo-cristiana y una tal defensa de los valores morales heredados.

Desde el fondo de esa bóveda emana una sensación de despotismo ilustrado, donde el banquero ostenta su poder absoluto con aire paternalista e imagen de benefactor. A decir verdad, el banquero Hoffman maneja y controla todo lo que le viene en

gana, incluidos políticos, periodistas, militares, obispos, embaja-
dores y hasta presidentes con una única excepción: Ana Sofía de
Hoffman, su mujer.

7

¿Por qué Gabriela asiste a ese colegio? Por tres razones. Se trata de un colegio (IB), de élite, asociado con *The International Baccalaureate* de Suiza. Allí se matriculan las hijas de los más prestigiosos líderes del país. Y para rematar —en el caso de Gabriela— influye el hecho que Ana Sofía de Hoffman, su madre, fue una celebridad en el colegio y es hoy una de las más recordadas exalumnas, porque encarna, como ninguna otra, el paradigma del éxito, la belleza y el poder.

Ana Sofía ya superó los cuarenta y sabe que ese éxito que empezó a saborear en el colegio es un vicio insoportable que crece, esclaviza, cobra factura diaria y, al final, la terminará devorando.

Desde la época del colegio ha mantenido una batalla persistente contra la aparición del acné, contra la promesa de una arruga, contra la más leve mancha. Lleva la contabilidad de cada caloría, de cada gramo, de cada gordito, y sufre con cada cana y con cada pelo que le brota indisciplinado en un lugar prohibido.

Ana Sofía recuerda que se dejó seducir por el éxito desde que fue reconocida como la chica más bella y popular de su colegio. Desde entonces es consciente que sostener esa imagen es un honor que cuesta demasiado.

Siempre delgada, sus músculos viven tonificados con el ejercicio que practica desde los quince para mantener el balance óptimo entre grasa y masa muscular. No goza el deporte ni la actividad física. Los considera parte del contrato al que se sometió para actuar, no como la dichosa mujercita de un hombre poderoso, sino para simbolizar el éxito de ese megalómano que la escogió como esposa.

Ella fue modelada desde niña por la ambición de una madre soltera, bellísima y sin suerte, obsesionada por evitar que su hija repitiera su propia historia de frustraciones padecida durante años en su incómodo papel de «la otra», de «la segunda», de la amante de un empresario modesto, que fue su primer jefe, y con quien jamás pudo organizar ese hogar feliz que durante veintitantos años le prometió todos los días.

Ana Sofía fue sometida —desde los once años— a las agotadoras clases de *glamour*, etiqueta y protocolo que su madre pagó con obstinación para asegurarle la conquista del mundo.

Para celebrar sus quince le regaló un curso de modelaje y tan pronto se graduó de bachiller la envió a Los Ángeles durante un año para recibir clases de actuación y perfeccionar su inglés, gastos que se hubiera podido ahorrar porque allí hipnotizó con su encanto a los dos instructores de la academia de talentos. En cuanto al inglés, conoció a un guapísimo chico de Kentucky que estaba dispuesto a vender su alma al diablo con tal de ser actor. Con él perdió su virginidad, y, a cambio, se ganó un inglés montañero, con el acento sureño de los Apalaches, que sugiere el «inglés isabelino».

El año sabático se alargó a tres. Ana Sofía aprovechó esa oportunidad para meter su respingada naricita en la escena de Beverly Hills. Allí exploró el encanto plástico de los famosos y perdió la timidez y la vergüenza.

Empacó sus maletas y regresó a la casa de su mamá para huir del chico de Kentucky, pues el muy iluso resultó obsesionado con el proyecto de llevársela a vivir a algún pueblo carbonero de los Apalaches, con la promesa de convertirla en ama de casa, madre prolífica y esposa aburrida.

Al retorno la invitaron a participar en un desfile de modas para una obra benéfica. Ana Sofía desfiló con tanta elegancia, seguridad y soltura, que cautivó a un tipo con aire de hombre de mundo que se presentó como Gabriel Hoffman. Ella de veinte y él quince años mayor parecían hechos el uno para el otro. En una pausa del desfile le soplaron a ella que se trataba de un solterón muy apetecido que, de encime, era graduado de la London School of Economics y, como si fuera poco, exhibía una maestría en finanzas de Harvard.

El *clic* que los conectó durante el paso de Ana Sofía por la pasarela se convirtió esa misma noche en un torrente de contagiosas carcajadas que compartieron en el bar del hotel donde se realizó el evento, comparando sus dos acentos: el inglés de Harvard que dominaba Gabriel, y el montañero inglés de Kentucky que *espikiaba* Ana Sofía.

Se casaron siete meses más tarde.

La víspera de cumplir su primer año de matrimonio, la madre de Ana Sofía murió de cáncer de seno. Partió serena. En su rostro no había huellas de dolor, antes bien, resultaba notoria su expresión de satisfacción por el deber cumplido.

No muy convencida de sus deseos de ser madre, Ana Sofía quedó embarazada a los tres años de matrimonio. Si se cuidó no fue pensando en la criatura que llevaba en el vientre, sino en el vientre mismo. Su obsesión era evitar la aparición de cualquier huella de estrías. Se impuso la más exigente dieta ante la posibilidad de quedar gorda como resultado de los cambios hormonales propios de la maternidad.

Cuatro semanas antes se bronceó en una cama solar para no lucir tan blanca y se mandó a depilar con láser la vagina. Le cortaron el pelo y quedó con un aire tan juvenil como el de Audrey Hepburn en los años cincuenta. Para el día del parto parecía una modelo de *Vogue*. Abajo del ombligo, más exactamente coronando el coqueto mechoncito de vello que le arreglaron en la zona púbica, exhibía el monograma «GH», que su marido le mandó tatuar cuatro años atrás, al regreso de la luna de miel.

La bebé enloqueció a Gabriel Hoffman, pero dejó al descubierto el profundo egoísmo que compartían como pareja. El mismo día del alumbramiento se produjo un choque de trenes. Esa madrugada se trenzaron en violenta discusión por el nombre de la niña. Ella, aún adolorida, se incorporó de la cama y le gritó arrogante: «yo la parí y se llamará Ana Sofía, o, en últimas, simplemente Ana, como su abuela materna… y punto».

El ego de Gabriel recibió un duchazo de ira santa.

—¡Cabrona! En esta relación quien pone los puntos finales, soy yo: ¡Gabriel Hoffman!

La notificación no le dejó espacio para la menor duda. En demostración de su desprecio por la opinión de su mujer y para demostrar su petulancia, Gabriel Hoffman ordenó bautizar a su primogénita con el nombre de Gabriela.

A la madre no le dolió el nombre, sino esa primera bofetada colérica con la que su marido selló esa violenta discusión.

Desde ese instante, Ana Sofía de Hoffman acaricia todas las noches su más soberbio sueño: llegar a ser, algún día, la viuda alegre del señor Hoffman.

8

¿Por qué Abril asiste a este colegio?

Juliana, la madre de Abril, pasó su niñez en un internado de monjas ubicado en un pueblito andino trepado en la cordillera. Quizás por el baño helado que soportó durante dos mil madrugadas, y como efecto de una sobredosis de oraciones, plegarias, rosarios, letanías y conjuros, a sus dieciséis sintió el llamado de Dios y, sin dudarlo, le notificó a su familia que se iba de novicia al convento.

—A mis veinte, superados no recuerdo cuántos votos, de obediencia, silencio, castidad y pobreza, me percaté de que la Iglesia a la que me entregué no era la que me habían vendido. —Juliana o sor Juliana, igual da, tiene muy claras las razones para su frustración—. Los venerables «curas de pueblo» que yo conocí, uniformados de sotana negra, que ejercían su autoridad desde el púlpito a punta de excomuniones y amenazas de condena eterna, se esfumaron del paisaje sacro. La misa en latín y la lista de libros y películas prohibidas que se publicaban en la hoja parroquial, desaparecieron. La magia se esfumó cuando el bondadoso papa Juan se inventó un tal *aggiornamento* o modernización, que predicaba su Concilio Vaticano II.

Con la desaparición de los «curas de antes» apareció una camada de curas nuevos, jóvenes, sonrientes, que no usaban sotana, y que, para colmo de confusión, oficiaban la misa en castellano grueso. Estos nuevos curas eran de lo más fiesteros. Tocaban guitarra, entonaban canciones populares dentro de la iglesia y pateaban el balón en animados partidos de fútbol con los parroquianos. «Los nuevos curas le cambiaron —sin saber, si para bien o para mal— la imagen a mi Iglesia». Ya no eran ministros de Dios, adornados de autoridad y arrogancia, sino tipos chéveres, servidores de la comunidad. «En el siguiente pestañeo aparecieron los curas revolucionarios». A la alta jerarquía se le agotó la paciencia y los enfrentó.

En esos días de cambios acelerados, sor Juliana sintió en su alma «mi segunda revelación: me lancé a convivir como novicia, con la gente pobre de los barrios marginados».

Ella no fue un caso aislado. Varias compañeras del noviciado también se subieron como pasajeras en la alegre revolución de las sotanas. Una de ellas, la simpática sor Judith, su mejor amiga en los tiempos del noviciado, con quien compartió celda, un lugar en el coro, la cocina, la repostería, la huerta y muchos otros oficios sencillos, también se entusiasmó con la experiencia de trabajar como misionera de una Iglesia menos divina y más humana. Durante dos años ambas trabajaron en barrios obreros y, aunque compartieron más pesares que bendiciones, todo lo hicieron en nombre del Señor.

El padre Wilson García, que tenía pinta de todo menos de cura y además manejaba una ruidosa moto checa Jawa del año *cincuentaitantos*, se ofreció a recoger a sor Juliana todas las tardes para retornarla al convento. Abrazada con fuerza al cura para no caer de la moto, vino a caer en la tentación. Colgó los hábitos, retornó a su casa y empezó a trabajar como maestra en un colegio del Estado. A los dos años se casó con el profesor de física del plantel y por esa vía conoció la maternidad. Dio a luz, primero a Julio y, siete años más tarde, a una bebita rubia que bautizaron Abril.

Once años más tarde reapareció sor Judith.

—Juliana, te he buscado por todas partes. Dios me mandó a bendecirte con el anuncio que te ha escogido a ti.

La explicación que le dio sor Judith fue simple. Ella trabajaba desde hacía siete años en el colegio más exclusivo de la capital, y desde hacía cuatro se encontraba a cargo de la dirección académica. La junta directiva del plantel aprobó cinco becas para que niñas de clase media, que carecieran de recursos para estudiar, pudieran completar allí sus seis años de bachillerato.

—Como el colegio evita enredarse en conflictos, no se trata de un concurso abierto —advirtió sor Judith— Las cinco becadas se seleccionan entre las candidatas propuestas por los miembros de la junta directiva. La oportunidad se presentó cuando varios de ellos me confesaron que vivían muy ocupados y carecían del suficiente olfato para ubicar a una familia que perteneciera a la tal «clase media». «Sor Judith, encárguese usted de esas minucias», me pidieron.

El proceso de selección era discreto e inapelable. Pero primaban criterios estéticos, como los de «excelente presentación personal de las candidatas», en otras palabras, las niñas debían ser «bonitas», y, además, criadas en una familia católica practicante, en la que la relación de los padres estuviera bendita por el sacramento del matrimonio y en los que ambos padres trabajaran.

—Juliana, por más misericordiosa que parezca la beca, tu niña debe comprometerse a mantener una presentación impecable, un comportamiento ejemplar, y además los promedios de aprovechamiento, durante los seis años de la beca, deben superar el promedio de su curso. Y no todo está incluido en la beca. Debes comprar los uniformes, pagar el transporte, y cancelar —a tiempo— las contribuciones extraordinarias que les soliciten a las chicas.

—Judith, gracias a Dios te acordaste de mí. Realmente cargo una tragedia personal tan lacerante que vivo en un estado de angustia permanente. Incluso temo por mi salud mental. ¡Ay! Pero ese es otro cuento. Por lo pronto, ya conocerás a Abril. Mi pequeña es bella, tanto en su espíritu como en su presencia personal.

9

Todas las tardes Abril se regala veintidós minutos de libertad y de recreo en el centro de la ciudad. Es el tiempo de que dispone desde la llegada del bus que la trae del colegio, hasta la salida del bus que la llevará al barrio, de regreso a su casa.

Desde aquella tarde, cuando realizó por primera ocasión este transbordo, se sintió atraída ante la visión de las enormes vitrinas de la Librería Europea. Así que, todas las tardes, con increíble puntualidad, se asoma con fascinación por esa suerte de escotilla que le revela —ahí no más— la visión del universo de los libros.

El edificio de la librería ocupa una estratégica esquina en el corazón de la ciudad. Su fachada en forma de delta semeja la proa de un inmenso trasatlántico encallado entre el denso tráfico de la urbe. Son tres plantas convertidas en una enorme vitrina de tres niveles con vista desde tres céntricas calles. Por esa oferta tan variada de libros en todos los formatos, colores y temas, el aspecto de la Librería Europea es el de un formidable acuario repleto de pececillos de colores.

Abril llega, aplasta sus narices contra la vitrina, abre sorprendida los ojos y recorre con fascinación las portadas de los centenares de libros que se asoman a la calle. Con memoria fotográfica empezó a identificar las novedades y los libros que, a juzgar por sus portadas desteñidas, no tenían mucha demanda. A puro ojo memorizó su lista de libros preferidos y se propuso la monomanía de actualizar esa lista cuando una nueva publicación capturaba su atención. Y cada tres meses gozaba con el cambio de temporada, tratando de imaginar cómo redecorarían las vitrinas.

Abril acababa de cumplir doce años cuando el señor Rosemberg, el propietario de la Librería Europea, se percató de la visita cotidiana de la chica.

El señor Rosemberg ya cumplió treinta y un años como propietario de la Librería Europea y cuarenta como promotor de la cultura en la capital. Su figura mítica pareciera ser parte de la decoración del establecimiento. Se le ve a diario de camisa blanca y corbata negra, enfundado siempre en el mismo terno negro salpicado por una fina cascada de caspa que desciende liviana desde lo alto de su melena blanca, hasta sus hombros y solapas.

Cuando se percató de las diarias visitas de la niña al señor Rosemberg le dio por certificar su puntualidad. Tan pronto veía que la niña aplastaba sus narices contra la vitrina, alzaba sus ojos hacia el solemne reloj «Grandfather» que vela, cual centinela, detrás de su escritorio, y consultaba la hora. De manera simultánea, como si requiriera comprobar la exactitud, extraía del bolsillo del chaleco su reloj de leontina. Con el paso de los días comenzó a murmurar: «4:22, se acabó el día».

Se acostumbró a que cada tarde, a la misma hora, aparecería sobre el horizonte de la vitrina, la reencarnación de Talía —la vivaracha y risueña musa griega de la poesía campesina— la niña que solía aplastar sus narices contra el vidrio para recorrer con fascinación los centenares de libros que él obligaba a asomarse a la calle.

Durante la temporada de lluvias que comienza a fines de febrero, Abril cambiaba de traje. No cargaba paraguas sino una chaqueta impermeable amarilla con capucha y botas para la lluvia. Para proteger sus libros y cuadernos se acomodaba el morral adelante, a la altura del pecho, y lo cubría con un plástico. Como en esas tardes lluviosas era la única transeúnte que se asomaba a los tres ventanales repletos de libros, su presencia resultó más notoria aún. Un viernes se desgajó la reedición del diluvio universal. Contra todo pronóstico, Abril cumplió su cita con la vitrina.

El viejo librero, sin disimular la angustia, se asomó a la puerta con un inmenso paraguas negro y rompió el hielo.

—Hola, jovencita. No se moje. ¿Quiere entrar?

—No señor, gracias.

Incólume, Abril se mantuvo en su burbuja de sueños los catorce minutos que le restaban y, a la hora debida, con la puntualidad de un tren inglés, cruzó a las carreras la avenida para treparse en el bus que a las 4:45, arrancaba para el barrio.

Esa tarde de lluvia Abril presintió que detrás de esa vitrina podría encontrar una oportunidad de trabajo. Dos semanas más tarde, sin pensarlo dos veces, ingresó por primera ocasión en la Librería Europea. Sobrecogida, como si acabara de violar el área de clausura de una catedral del Renacimiento, repasó, en cámara lenta, los altísimos estantes.

—¿A sus órdenes? —se escuchó decir a don Isaac Rosemberg con la gravedad de una fórmula sacramental.

—Señor, ¿le puedo sugerir algunas cosas?

Durante los siguientes cuarenta minutos rindió la lección que aprendió durante muchas tardes de asomarse a un escenario de fantasía que conocía de memoria. Esa tarde, por primera ocasión, Abril perdió el bus de las cuatro y cuarenta y cinco.

El librero la escuchó absorto. Al final, ella se ganó un contrato de ocho horas —de diez de la mañana a seis de la tarde— todos los domingos, dedicada al oficio de sacudirles el polvo —uno a uno— a todos los libros de las vitrinas, primero, y los de los anaqueles que atestan los tres pisos, después.

El señor Rosemberg hizo honor a la avaricia heredada de sus ancestros. Le advirtió con franqueza que su familia, asentada en Ámsterdam, había ganado fama por su legendaria tacañería, pero que en este caso particular se sentiría miserable si su conciencia le dictara a la oreja que se estaba aprovechando de la precaria condición de su «asistente de limpiar el polvo».

Abril estaba feliz de oficiar en la catedral de la Librería Europea, así fuera en un oficio tan modesto. Para compensar la miseria que le pagaban decidió enriquecerse con la lectura de las solapas de los libros, tarea que despachaba de manera simultánea con la de sacudir el polvo que se acumulaba en cada tomo.

Meses más tarde descubrió la fascinación que experimentaba al leer la primera página de todas las novelas que pasaban por sus manos, pero no más allá, porque tenía a su alcance todos los libros del mundo, pero carecía de tiempo.

10

Para ayudar a mantener a flote a su familia, Abril se rebuscó los oficios y negocios más extraños.

—¡Ay mi pequeña Abril! —le confió su mamá—. Me recuerdas al padre Wilson, por la época en que me llevaba volando de regreso al convento, en la ruidosa moto checa. Este cura obrero me aconsejaba: «Sor Juliana, para conseguir plata para los pobres hay que seguir el ejemplo de los camaradas trotskistas: combinemos todas las formas de lucha».

Abril estaba adornada con una capacidad intuitiva para identificar modas que podía convertir en negocio. Cualquier tendencia, por elemental que pareciera, la lograba monetizar entre sus compañeras de colegio. Cuando vio la oportunidad de sacarle ventaja a la obligatoria parada que todas las madrugadas realizaba en el centro de la ciudad, decidió levantarse quince minutos más temprano para abordar el primer bus que salía del barrio. Una vez en la ciudad, corría hasta el local donde funcionaba la panadería industrial «Pain au Chocolat», proveedora de pastelería francesa a hoteles y cafeterías. El local, ubicado en un sótano, no estaba abierto al público pero Abril golpeaba en una pequeña claraboya, casi al nivel del suelo y en seguida, cual si se tratara de una transacción ilegal, una mano anónima le recibía la hoja de cuaderno con el pedido, más el valor exacto de la transacción. Un minuto más tarde, como por arte de magia, aparecía una caja con veinticuatro pasteles de hojaldre rellenos de dulce de leche. Si el siguiente bus no estuviera tan repleto de obreros seguro que ampliaría su negocio porque antes de diez minutos de su arribo al colegio, ya se habían agotado los pasteles con una ganancia para Abril del doscientos por ciento.

Durante los seis años que disfrutó de la beca vendió todo tipo de curiosidades: conseguía fotografías autografiadas de los artistas de moda (de las que nunca nadie dudó de su autenticidad) y las vendía en remates clandestinos que duraban todo el día. Cuando se lanzaba algún álbum de láminas con las figuras de artistas, futbolistas o de Disney, asumía el papel de bróker: compraba, vendía, permutaba y remataba las láminas más difíciles.

En el colegio circulaban muchos productos prohibidos; el encanto de llevar la contraria brota silvestre al despuntar la adolescencia, junto con el acné, los pelos en las piernas y los cambios hormonales. Como Abril nunca ofrecía sus productos de manera abierta, entre sus compañeras se oía decir: «Si está de moda y está prohibido, Abril lo consigue».

Gracias a las exigencias de *sister* Dora, profesora de ciencias naturales, Abril montó su primer negocio de tinte académico. La maestra demandaba especímenes extraños para sus experimentos y conseguirlos era un dolor de cabeza para los padres y, a la hora de manipularlos, un martirio para niñas tan remilgadas. Abril se convirtió en providencial intermediaria en el negocio de batracios, reptiles y bichos raros. Por encargo, sujeto a pago anticipado, conseguía ejemplares —vivitos y coleando— de ranas, sapos, lagartijas y ratones blancos de laboratorio, con utilidades de más del trescientos por ciento.

Pero eso no era suficiente para Abril y otras seis materias le abrieron la imaginación y la llevaron a emprender nuevos negocios: biología, física, química, geometría, anatomía y geografía. Las notas de esas materias dependían, en parte, de la creación y realización de prolijos trabajos que debían producirse fuera de clase —unas veces de manera individual, otras en grupo—. Casi todos requerían dibujos, mapas y maquetas, más carteleras para la presentación de los proyectos. Estas tareas les exigían a las chicas, además de su «valiosísimo» tiempo, derroche de creatividad y un recurso exótico, que entre adolescentes suele ser limitado: ¡paciencia!

Ante el pedido de auxilio de sus hijas, muchos padres resultaban ejecutando los proyectos, o mandándolos hacer, para que las niñas los firmaran. Abril, que no podía darse ese lujo, le pidió ayuda a su hermano para un proyecto de geografía. Para Julio, un muchacho parapléjico, desempleado, con estudios en ingeniería robótica, rebosante de creatividad y condenado a una silla de ruedas, la oportunidad de sentirse útil fue un bálsamo que lo alivió, de manera momentánea, de la espiral de depresión que desde hacía varios años lo consumía. El trabajo de Abril obtuvo un A+. Cuando Mariana Stevenson y Juana Caballero le compartieron su preocupación por el trabajo que debían presentar en la siguiente semana, Abril vislumbró una oportunidad. «Si me dan el dinero para comprar los materiales y para pagarle algo a la persona que me colabora, las puedo ayudar». De este par de «clientas» pasó a cuatro y en seguida a seis. Resultó tan providencial el servicio, que para mediados del segundo mes ya era gerente general de su flamante y acreditada «Fábrica de Tareas de Abril (FTA)», corporación al servicio de veintiún compañeras que debieron jurar «por Diosito lindo», que mantendrían la trompa cerrada para no develar el secreto sobre la fórmula de producción industrial de los trabajos académicos.

Julio asumió el papel de *project manager* con tal celo y organización que, incluso, se dio mañas para imitar la letra manuscrita y la firma de las veintiún compañeras de Abril.

Juliana, la madre de Abril, atormentada por frecuentes episodios de depresión y su adicción al alcohol, también se incorporó a la empresa y, ante la expectativa de mejorar los magros ingresos del hogar, aceptó, incluso, acatar las órdenes e instrucciones de Julio, con quien mantenía una sorda batalla de recriminaciones desde la muerte de su esposo en aquel pavoroso accidente en el que Julio resultó incapacitado y ella viuda.

«¡Urgente! Necesito una FTA», era el santo y seña para activar la empresa de Abril. Cuando esa iniciativa clandestina se regularizó, Julio y su mamá aseguraron cuatro años de terapia ocupacional, así como generosos ingresos, y lo que resultó aún más providencial, sin salir de casa.

Julio llegó a tal nivel de perfección en el servicio que mantenía un archivo en *Excel* donde aparecía actualizado el registro de los errores y estilos que le adjudicaba a cada alumna.

La fábrica de tareas no solo permitió que la familia Santamaría saliera de deudas, sino que Juliana, la mamá, empezara a encontrarle sentido a la vida.

11

Abril complementó su oficio dominical como «asistente eje-cutiva de limpieza de polvo» en la librería del señor Rosemberg con otra actividad empresarial que le ofreció doña Elvira, esa se-ñora cuarentona, adocenada, que a fuerza de sentarse junto a ella en el bus todas las madrugadas, se volvió su amiga.

Doña Elvira estaba a cargo de la confección de coronas fúne-bres en una reputada floristería del centro. «Lo que es la vida. Su-fro de ansiedad y la sola idea de visitar un cementerio me horrori-za». Y la angustia crecía habida cuenta de los numerosos encargos que le hacían las familias que requerían el mantenimiento de las tumbas de sus seres queridos, tarea que la señora Elvira debía eje-cutar los sábados, antes de la tradicional visita de los domingos.

Así pues, fruto de esa amistad Abril resultó con un trabajo extra, como aseadora y decoradora de tumbas. Todos los sábados la joven se armaba de balde con agua, jabón y cepillo, más tijeras para podar y pomada brilla metales. Vaciaba el agua estancada en los floreros, limpiaba, pulía, podaba la hierba y cambiaba las flores, y fumigaba con esencias perfumadas los alrededores del sepulcro. Luego de descontar los gastos, ambas compartían los ingresos por partes iguales.

Por un infrecuente principio de misericordia, Abril destinaba las flores que le sobraban cada sábado a tres o cuatro tumbas abandonadas. Tenía predilección por esos sepulcros con lápi-das carcomidas por la intemperie, de donde se había esfumado la identidad de su inquilino, y otras tumbas anónimas, algunas marcadas con la sigla «NN», indicio que sus ocupantes ahora sí estaban definitivamente muertos, pues soportaban, además del peso de la tierra, el peso del olvido.

Con la misma fascinación que le deparaba su oficio en la Librería Europea, Abril se impuso la curiosa tarea de descifrar las claves de vida y muerte ocultas en cada lápida y los mensajes encriptados de amores clandestinos que aparecían —entrelíneas— en algunos epitafios.

Semejante experiencia fúnebre la dotó de una extraña familiaridad con esa ciudadela paralela que alterna el aroma a flores frescas con el acre olor a la carroña. De paso conoció a los viejos sepultureros y les escuchó boquiabierta sus cuentos macabros, y las leyendas crípticas que aseguran que son los espíritus buenos, malos y burlones quienes se alternan —por decisión democrática— el gobierno de los cementerios.

Por la época en que Abril ajustó un año como «asistente ejecutiva» en la Librería Europea, el señor Rosemberg le preguntó si le gustaba leer.

Abril se sintió descubierta. «Dios Santo. ¿Será una falta muy grave leer las solapas y las primeras páginas durante mi tiempo de trabajo?». Tragó saliva y respondió con su mejor sonrisa.

—Claro que sí, señor.

—Señorita, ¿está interesada en ganar algún dinero extra? Es poco, le advierto. Tengo una clienta muy querida que fue amiga de mi madre, y que por su avanzada edad está aquejada de una pequeña novedad.

—¿No puede venir? ¿No tiene dinero para comprar libros?

—Ella disfruta de todas las comodidades para venir y de todos los privilegios para comprar, pero se encuentra ciega.

A partir de la siguiente semana Abril cambió su rutina. Dejó de aparecer en la Librería Europea a las cuatro y veintidós, de lunes a viernes, porque a esa hora estaba timbrando en la imponente mansión de Evangelina Wasserman, una anciana judía que vivía con cuatro perros pastores alemanes de impecable estampa, más tres empleadas domésticas sesentonas que la habían atendido durante «toda la vida», y un chofer con cara de viejo cochero que también fungía de jardinero.

Abril le leía a doña Evangelina los periódicos mientras la acompañaba a tomar el té. Luego le releía trozos de libros de su biblioteca que recordaba haber leído tiempo atrás. Durante los días iniciales la señora definía el libro pero, a las pocas semanas, descubrió que la joven lectora sabía de nuevos autores y novedades editoriales gracias a su quehacer dominical, como «asistente ejecutiva encargada de desempolvar libros».

Doña Evangelina Wasserman —o doña Eva, como prefería que la llamaran— comenzó pagándole por hora de lectura, pero cuando descubrió que Abril era una suerte de «ángel de la guarda, mi dulce compañía», la señora le fijó una partida semanal por lectura y charla. De paso, para aprovechar el tiempo, le ordenó a Manuel, su chofer, que todos los días, a las tres de la tarde, la recogiera en el colegio, y a las siete y media de la noche la llevara hasta su casa. El que a Abril la recogiera en el colegio un elegante automóvil Mercedes con chofer no era ninguna novedad. La mayoría de las niñas disfrutaban de un privilegio similar.

La cortesía formal y distante entre la señora Wasserman y Abril cambió la tarde en que la anciana le pidió que se acercara para repasar con sus manos cada curva de su rostro, como si le estuviera estudiando la conexión de cada poro con su alma. Dibujó con las yemas de sus dedos la periferia de las orejas, nariz, labios y mentón de Abril, le acarició los cabellos y luego le tomó ambas manos y comparó, sin prisa, la proporción de sus brazos, dedos y uñas. Por sus gestos, seguro comparaba la información táctil que recogía con los datos y las tablas de referencia que conservaba en su memoria.

—Eres pequeña, pero muy hermosa. ¿De qué color es tu cabello?

—Siempre lo llevo de ese color que usted mejor se lo imagina, doña Eva —le susurró con la complicidad de un secreto compartido.

—¿Color miel?

—Sí, esa es la definición más fiel del color de mis ojos y mi pelo.

12

El profesor Quiroga es un genio en matemáticas y en mal humor. De estatura mediana y pelo castaño, con hilos plateados a la altura de las sienes, asoma sus ojos claros y yertos a través de unos espejuelos sin aro. Su expresión de caja fuerte alemana no demuestra el menor vestigio de emoción.

Quiroga es una leyenda viva en el colegio y son famosas sus demoledoras sentencias: «A juzgar por los exámenes que acabo de corregir, les auguro un futuro brillante como cosechadoras de tubérculos en la región andina». Cómo olvidar su frase sobre la genética: «En pruebas realizadas con ratones de laboratorio —que no es el caso que nos ocupa— se ha comprobado que los genes de la inteligencia son incompatibles con los de la belleza». Y como conclusión de un examen oral, soltó la siguiente perla en voz alta: «Cualquier parecido entre sus respuestas y las limitaciones que padecen los primates en su expresión verbal, es simple coincidencia».

Los protocolos de su clase eran estrictos, claros y los desarrollaba con cronómetro en mano. Pasaba lista con una odiosa economía de palabras: «García, Betancourt, Sterling, Mondragón…» nunca mencionaba la palabra «señorita», mucho menos un nombre.

Presentaba como plan de clase un enredo de conceptos matemáticos de manera precisa, explicados con una claridad sorprendente, y rematados con «Y que Dios nos sorprenda confesados».

Entonces la clase se ponía de pie y rezaba en voz alta un Padrenuestro, dos Avemarías y tres jaculatorias. Las chicas oraban con genuina devoción, habida cuenta que debían soportar durante ciento ochenta minutos al mismísimo Pitágoras explicando sus matemáticas, en griego.

Gabriela veía en el profesor Quiroga la encarnación de su mamá. Ambos hacían ostentación de esa disciplina inhumana que siempre justifican con la cantaleta: «es por tu bien».

Que se sepa, desde su llegada al colegio ninguna de las jóvenes había osado contradecir al profesor Quiroga. Hasta la mañana que Gabriela cruzó la frontera del no retorno. Ella amaneció con incómodos cólicos menstruales pero su mamá le respondió que eran disculpas o inventos para no ir al colegio, y la obligó a embarcarse en la camioneta. Era viernes de matemáticas. El profesor Quiroga repitió el protocolo de introducción a la jornada, y cuando las chicas se levantaron a orar, Gabriela se sentó de golpe.

Un viento helado recorrió el salón de clase y si bien nadie la volteó a mirar, todas presintieron que estaba a punto de ocurrir un choque de trenes, allá, entre el oscuro túnel de la arrogancia.

—¡Deme su nombre!

—Gabriela.

—¿Usted no carga apellido?

—Sí. Gabriela Hoffman.

—¿Por qué razón no se levanta a orar?

—Porque soy «judía» —mintió Gabriela en tono de desafío.

Un silencio de miedo se estacionó en el salón y se prolongó más de lo esperado. Pero ni el profesor Quiroga ni la joven Hoffman dieron su brazo a torcer. Por culpa de ese pulso virtual todas descubrieron en el techo manchas de humedad que jamás habían notado y si intentaron algún movimiento fue apenas el de las pupilas tratando de ponerse de acuerdo sobre qué gesto improvisar. De pronto, como si se tratara del «día del juicio final», descendió desde los cielos la voz del profesor: «Padre Nuestro que estás en los cielos…», y a las carreras todas corrieron a subirse a la nota, tono y cadencia de la oración. El coro de vocecitas agónicas demostraba, de manera simultánea, obediencia ciega al profesor Quiroga y cero solidaridad con Gabriela.

El profesor Quiroga no se mosqueó. Continuó con su actitud pétrea, impávido, pero al final de las tres horas de clase lo vieron ingresar de afán a la rectoría. Nunca nadie supo qué sucedió pero lo que prometía ser un duelo entre titanes se disolvió sin disparar un solo tiro.

Gabriela, la hija del benefactor del colegio, por fin encontró, en medio de la miseria de su soledad, su propia voz. Fue la primera ocasión en que osó rebelarse contra la abusiva programación que todos hacían de su vida. De paso, Gabriela puso a su colegio en un incómodo disparate intelectual.

El siguiente viernes llegó —demasiado pronto— con su insoportable expectativa de tres horas de matemáticas.

El profesor Quiroga entró al salón. Todas se levantaron respetuosas. «Siéntense. Hoy no paso lista porque veo que estamos completos». Habló generalidades sobre los temas a tratar en la clase pero sin su acostumbrado puntillismo. Quizás en la rectoría le llamaron la atención y estaba dispuesto a mermarle intensidad al exagerado culto que le rendía a sus tres ídolos: Pitágoras, Arquímedes y Thales de Mileto. Incluso corrió el rumor de que la oración sería suprimida, pero, ¡Oh sorpresa! El profesor pronunció la temida sentencia que sonó como el anuncio de un *crooner* antes de una pelea de boxeo: En esta esquina, con 250 libras el profesor Quiroga, y en esta otra, con 100 libras, Gabriela Hoffman».

La frase «vamos a orar. Pónganse de pie» vibró en el salón con la contundencia de un trompetazo: todas se levantaron. El profesor se llevó la mano a la frente y en el momento que dijo: «en el nombre del…» ¡suazz! Gabriela se sentó de golpe, como si se hubiese desplomado.

—Gabriela Hoffman ¡se sale de mi clase!

En ese momento, sin que mediara discusión, Abril Santamaría... ¡suazz! También se sentó.

Nadie volteó a mirar al par de rebeldes pero todas las chicas, en estado de angustia, percibieron el descoordinado golpeteo de sus corazones.

—No me diga, jovencita Santamaría, que usted también es judía —comentó con ironía Quiroga con la misma frialdad del asesino que empuja una puñalada profunda con una lezna puntiaguda.

—No, profesor, yo no soy judía. Lo que quiero demostrar es solidaridad con mi compañera. Me quedo aquí sentada porque amo la libertad, la libertad de creer o de no creer, o de creer en contra de lo que usted cree. Los esclavos jamás seremos libres por más que nuestros amos nos obliguen a cantar himnos a la libertad. Estoy consciente de que corro el riesgo de ser expulsada hoy de mi colegio, y lo acepto. Del único paraíso del que me resisto a que me expulsen es el de mi libertad, porque esa libertad es lo que me permite decir, incluso, lo que otros no quieren oír.

Poco faltó para que el coro de sus compañeras pronunciara la canónica expresión «amén».

Las palabras de Abril quedaron resonando en el salón.

Sin darse por notificado, el profesor Quiroga, insuflado de arrogancia, posó sus ojos en el techo y volvió a empezar: «en el nombre del Padre...»

Abril permaneció sentada, con la vista al frente. Gabriela intentó varias veces hacer contacto visual con ella pero no lo logró. Si bien habían coincidido en el mismo salón de clases durante tres años, se movían en órbitas diferentes, así sus vidas estuvieran separadas por apenas cuatro pupitres.

Una vez concluida la oración se inició la agotadora jornada de tres horas de matemáticas. Ninguna de las chicas se atrevió a expresar emoción o solidaridad con Gabriela o con Abril, porque en tales circunstancias cualquier gesto mal interpretado podría desembocar en una expulsión en cadena.

El lunes siguiente Abril fue citada a la rectoría. La madre rectora le hizo el repaso minucioso de todos los beneficios que en tres años había obtenido gracias a su beca. Además le recordó las consideraciones del colegio para que ella tuviera la oportunidad de escalar en su estatus social. Luego repasó con la acidez de un auditor la contabilidad de los beneficios económicos, no sin recordarle que sus compañeras pagaban la matrícula más cara entre todos los colegios de élite del país. Concluyó con la advertencia: «Nuestro compromiso con su mamá tiene un límite y ese límite lo definen los más altos intereses de nuestra Institución».

Abril ni se contradijo ni se justificó. Agradeció la llamada de atención y manifestó que la acataba. Prometió que eso no volvería a suceder. Que estaba dispuesta, si era necesario, a pedirle disculpas al profesor Quiroga, y, si las directivas lo consideraban, incluso ofrecería disculpas públicas. Además, acataba cualquier otra fórmula que el colegio dispusiera para purgar su falta.

Un mes después del incidente, *sister* Teresa visitó el curso para dar una noticia.

—El profesor Quiroga estará con nosotros por apenas tres semanas más. El mes que viene se reincorporará a sus cátedras de Topología algebraica y Lógica intuicionista en la Universidad Nacional.

Abril nunca pretendió cobrarle a Gabriela su gesto de solidaridad. La relación entre ellas continuó siendo distante aunque empezaron a cruzarse algunas palabras. El paso más franco fue el ingreso de Gabriela a la logia que se beneficiaba de los servicios de la FTA.

Gabriela era consciente de su falta de vocación para socializar. No es que le fastidiara la gente sino que la gente insistía en mantener con ella una distancia reverencial, cual si se tratara de la extensión virtual del rígido dispositivo de seguridad que siempre estaba a su alrededor.

Una tarde Abril sintió que le apretaban el brazo y cuando volteó se encontró con la sonrisa indescifrable de Gabriela.

—Abril, quiero decirte gracias. También quería preguntarte: ¿esas palabras que le dijiste al tipo ese del Quiroga eran tuyas?

—Las palabras sí, la inspiración, no. Tengo un trabajo todas las tardes en el que durante tres horas le leo periódicos y libros a una anciana que perdió la vista. En esos días le estaba leyendo un viejo libro de Rousseau.

—¿Rousseau?

—Sí, Jean-Jacques Rousseau. Sus ideas influyeron en la Revolución francesa. Mira mi colección de tarjetas. Cuando le leo a la señora invidente voy copiando las frases que me inspiran. Esta la copié de un libro de Rousseau: «La verdadera igualdad no reside en el hecho de que la riqueza sea absolutamente la misma para todos, sino que ningún ciudadano sea tan rico como para poder comprar a otro y que no sea tan pobre como para verse forzado a venderse».

13

La pérdida de su visión —según le explicaron a la señora Eva Wasserman— era causada por el progresivo crecimiento de unas pequeñas masas anormales en el área donde se entrecruzan los nervios ópticos, frente al hipotálamo. «¿Es canceroso?», preguntó sin ambages. «Es benigno». «¿Se puede extraer o irradiar?». Los tres médicos, movieron sus cabezas sin ponerse de acuerdo, si «sí», si «no», o si «todo lo contrario». Entonces la señora Wasserman les ahorró más explicaciones. Se levantó y, sin dejar notar su pesadumbre, les dio las gracias por su dedicación. «Yo sé moverme entre las sombras. Desde mis trece años aprendí a recorrer esos caminos».

Los viejos amigos de la señora Wasserman le aconsejaron mudarse a un apartamento pequeño o trasladarse a un centro de la tercera edad donde pudiera recibir tratamiento y asistencia médica, pero ella, terca como siempre, no tenía interés en salir de su refugio donde construyó su capital y compartió cuarenta y cinco años de proyectos y de felicidad con su fallecido esposo.

En la víspera de celebrar sus ochenta años, Evangelina Wasserman inició una suerte de ritual. Realizó el inventario de lo que en su vida consideraba superfluo. Ordenó descolgar las pesadas cortinas de terciopelo y las arañas de cristal «porque una ciega no va a notar la diferencia». Dirigió la apertura de decenas de cajas de madera donde atesoraba la fina mantelería orlada con bordados de Flandes, cientos de copas de cristal checo como para invitar a brindar a un regimiento de cosacos, las vajillas alemanas ribeteadas con oro de verdad-verdad, y las cajas donde se alineaban preciosos cubiertos de plata de la casa Christofle. Incluyó en el inventario sus muebles señoriales de roble y de caoba con sus prolijas tallas de dragones y leones que durante los últimos cuarenta años durmieron cobijados por forros de algodón, «para que el sol no los destiña y el polvo no maree el tapizado original».

«El corazón define cuándo debemos aliviarnos de peso para emprender el viaje de retorno a la tierra», sentenció sin remordimientos, al tiempo que barajaba, entre cuatro opciones, la fundación de caridad que recibiría esos tesoros.

De armarios, baúles y cajones salieron ricos sombreros de plumas y trajes finísimos para todas las ocasiones, con recamados en plata, canutillos y lentejuelas que sugerían una noche estrellada. Hedían a naftalina. También adornos, cinturones, hebillas y su colección de broches de Tiffany que en otros tiempos ostentaba con sus bufandas. Ordenó desempacar decenas de trajes largos de gala, algunos sin estrenar. Toda esa ropa importada y la parafernalia de recamados, incrustaciones y aderezos fue a parar —para asombro de sus destinatarias— a un convento de hermanitas descalzas misioneras a las que, ante tanta maravilla, solo se les ocurrió transformarlas en casullas, estolas, dalmáticas, roquetes y mitras para uniformar a quién sabe cuántas generaciones de obispos de ésta y otras diócesis vecinas.

Desde el día del diagnóstico dedicó más de tres años a un entrenamiento disciplinado que le permitiera asumir sin dolor el papel de invidente. Cerraba los ojos para identificar en armarios y cajones aquellas cosas útiles que necesitaba y descartó todos los elementos superfluos que más tarde la pudieran enredar o confundir. Cambió de lugar los asuntos esenciales para poder alcanzarlos sin esfuerzo. En un ensayo obsesivo, como si su ceguera ya fuera total, en las noches caminaba por su casa sumida en total oscuridad.

Infinidad de veces contó los pasos que había entre la biblioteca y su habitación, entre el balcón donde tomaba el desayuno y el invernadero donde cultivaba sus orquídeas exóticas, entre la puerta principal y la puerta trasera de la mansión. Con los ojos cerrados trepó muchas veces la elegante escalera principal y la escalera del servicio para contar los escalones y afinó el oído para identificar el eco de sus propios pasos. Así como se preparó alguna vez para la vejez, lo hizo para la ceguera.

No se limitó a despejar de obstáculos todos los caminos sino que tuvo la inteligencia de rodearse de la servidumbre que, según sus propias palabras, «se mantenga fiel, incluso, cuando al final de mis días, deban lavarme con manguera, por obvias razones de salud e higiene».

Sumida ya en la ceguera total, Abril fue su lectora, su compañía, su intérprete, su asistente, su amanuense y, lo que más apreciaba, sus ojos. Con una enorme capacidad para fantasear, Abril le relataba las películas que había visto en la televisión, con tan vívidos detalles, que la señora Wasserman le confesaba que le parecía estar volviendo al cine para la función vespertina, a la que una vez a la semana la invitaba su esposo, pero con una diferencia, «ahora, sin necesidad de anteojos, veo las películas con una claridad que espanta».

Con la ceguera se le afinaron otros sentidos y su memoria se volvió más lúcida. En muchas tardes recordó su propia vida cuando tenía la edad de Abril. Pero la señora Wasserman había hecho el juramento a su esposo de jamás abrir la caja fuerte de su memoria porque juntos habían depositado allí demasiados secretos que un día podían marcar la diferencia entre la vida y la muerte.

14

Por esta época el colegio vivió con intensidad la lucha de clases.

¿Lucha de clases? A primera vista podría interpretarse como la odiosa confrontación entre chicas de diferentes clases sociales. Pero no. El colegio era un ejemplo de homogeneidad social, como ningún otro en el país. Si los bisabuelos de estas privilegiadas alumnas vivieran, podrían testimoniar que ellas pertenecen a las mismas familias que —desde tiempos decimonónicos— ostentan el poder en la nación.

En conclusión, no existía en el colegio motivo, ni remoto, para una lucha de clases. Pudiera darse algún caso aislado pero, para tranquilidad de todos, esa posible disparidad resulta invisible. Es el caso de Gabriela Hoffman, heredera del multimillonario presidente del Banco Financiero Internacional y de Abril Santamaría, la hija de un profesor de colegio oficial, ya fallecido, y de una exmonja con problemas de depresión y alcoholismo. Pero es tan leve el peso social de Abril que ese caso no produce ni sombra.

La lucha de clases que se vivió con tanta intensidad fue una competencia de ostentación entre los diferentes cursos en procura de trascender en la historia del colegio. A fuerza de compartir, a lo largo de doce años, aulas, profesores, tareas, angustias, cambios hormonales y un mosaico de frustraciones y alegrías, las alumnas terminaban desarrollando un fraterno sentido de pertenencia a «su» clase.

La tradición de la lucha de clases la inició la «clase del 90». Ellas se impusieron la meta de esculpir en el granito de la memoria institucional su paso por el colegio. Con ese propósito organizaron un concierto de música barroca, a cielo abierto, al pie de la montaña. ¡Qué derroche de lujo e imaginación! ¿Que cuánto costó? Al colegio nada. Las cuarenta y dos alumnas asumieron todos los gastos para darse el lujo de compartir la emocionante experiencia de su penúltimo cuarto de hora. Escuchar *Las cuatro estaciones* de Vivaldi en ese ambiente pastoril, interpretada con instrumentos del siglo XVIII y contando como telón de fondo un atardecer bucólico, resultó una experiencia arrobadora.

La «clase del 91» aceptó el reto y para contrastar la pompa y circunstancia del concierto barroco, se arriesgó a incursionar en el hemisferio opuesto. Contrataron una orquesta tropical de treintaiséis profesores para un concierto de salsa que se inició a las ocho de la noche, en la plazoleta de la fuente. ¡Qué rumba la de esa noche! Dicen que cuando se escuchó eso de «¡Devórame otra vez!» no hubo un alma cristiana que no cayera en la tentación, aunque solo fuera en pensamiento. Cuando la orquesta inició la tanda de rigor con los éxitos de la salsa erótica del Lalo Rodríguez, hasta monseñor Kelly, el capellán de origen irlandés, sacó a bailar a *sister* Teresa. Todos celebraron divertidos la pinta de los músicos porque, en semejante oscuridad, portaban gafas para el sol. Fue tal el alboroto con el cuento de las gafas que durante las tres semanas de exámenes finales, las cuarenta y dos organizadoras lucieron gafas para el sol, a manera de marca registrada de la «clase del 91». Lo que ellas jamás develaron fue que los treintaiséis maestros salseros no usaban las gafas para protegerse del «sol nocturno» —como se afirmó con sorna— sino que se trataba de músicos invidentes contratados a través del Instituto Nacional de Ciegos.

Como cada curso se propuso demostrar su paso por el colegio como algo especial, los eventos de despedida se empezaron a planear con el reto de ser «únicos», diferentes, progresivamente más costosos y, para ganar notoriedad, elevando con audacia las dosis de sorpresa.

Las chicas de otra clase contrataron a una compañía de mimos que se encontraba de gira por Suramérica. Eran alumnos de la Escuela Internacional de Mimodrama de París, que fundara el genial Marcel Marceau. Esa inolvidable noche fue de revelación. Comprendieron, en medio del silencio absoluto, la fuerza dramática del mimo y la riquísima gramática que contienen los gestos y las expresiones corporales de los artistas.

Otro curso presentó un recital a cargo de un coro de cincuenta niños huérfanos, que por su maravillosa capacidad para alcanzar registros vocales tan agudos, como los de las sopranos y contraltos, lograron erizarles los cabellos a los asistentes. Al día siguiente corrió el rumor de que se trataba de un coro de niños *castrati*, razón para que todo el colegio padeciera de complejo de culpa por haber patrocinado semejante abuso infantil, con sus aplausos. ¡Ay! ¡Mi madre! En los líos en que se vieron enredadas las cuarenta y cinco alumnas de la «clase del 95». Por cuenta del chisme de los *castrati* fueron obligadas a llevar a los niños cantantes a las oficinas de Medicina Legal para obtener el certificado judicial donde constara que después de practicar la inspección judicial solicitada, todos y cada uno de los cincuenta huérfanos presentan su dotación de pelotitas intactas y localizadas en el puesto que les asignó la madre naturaleza.

Otra fiesta inolvidable contó con la participación de los casi cincuenta maestros de la Orquesta Sinfónica Nacional. Esa noche demostraron su virtuosismo al interpretar música arrabalera de la más baja extracción, la misma que se reconoce entre bohemios y putas como «música para cortarse las venas». Los arreglos que con poética pureza interpretó la orquesta lograron convertir a esa horrible música de cantina en sinfonía maravillosa. Para completar el desconcierto, las estudiantes del colegio más reputado de la república demostraron que se sabían de memoria las letras de esas canciones de alcantarilla, y las corearon con entusiasmo, para escandalizar a las alumnas más jóvenes y ruborizar de vergüenza a sus profesores.

Año tras año el evento se renovaba para exhibir una máscara cada vez más atrevida. Esa propensión fatal hacia lo escandaloso prendió las alarmas en varias ocasiones. Los directivos se preguntaban, una y otra vez: ¿cómo amonestar a priori a unas jóvenes que, luego de doce años de restricciones y reglas, doce años de invertir tiempo y dinero, reclamaban su derecho a disfrutar de un único día de anarquía? Por favor, seamos tolerantes. Si están a pocas horas de graduarse y, por lo tanto, de desaparecer para siempre del paisaje del colegio.

Las colegialas estaban conscientes de que esta lucha de clases derivaba cada vez más hacia las fiestas paganas que tanto les criticaron los historiadores a griegos y romanos. Pero no estaban dispuestas a renunciar al disfrute de ese día. Incluso lo empezaron a considerar como un derecho adquirido, una especie de «conquista sindical», no negociable. Así que las directivas resultaron aceptando, con mal disimulado cabreo, purgarse, una vez al año, con esa pócima tan enervante.

Hasta que a mediados de 1999, ¡eureka!, a las directivas se les ocurrió la peregrina idea de mezclarle a la fiesta un elemento moderador, suavizante, antiácido, en su intento de ponerle talanquera al creciente libertinaje. Así, con ocasión de la despedida de la última promoción del siglo XX sugirieron invitar a los padres de familia.

Ese viernes se respiraba un ambiente de fiesta sano, sin asomo de complicaciones. Como era usual, la «clase del 99» se tomó el escenario para llevar a cabo el tradicional oficio de presentarse. Recordaron hilarantes anécdotas sobre su paso por el colegio y reconstruyeron, de palabra, el angosto y pacato mundo que conocieron durante doce años, desde cuando ingresaron al plantel. Las jovencitas manifestaron que este día era muy especial para ellas y sus familias, porque no solo le decían adiós al alma máter, sino que también despedían otro año, y, además, empezaban el conteo final de otro siglo y de un frenético milenio. Estaban en ese cuento cuando se fue la luz. Todo quedó sumido en una profunda oscuridad que se prolongó más tiempo de lo «usual», y los asistentes comenzaron a sentir cierta pena por las alumnas pues pensaron que el programa se les había salido de control. El silencio era tal que se podía escuchar el aleteo de una mariposa en medio de la oscuridad. Hasta los músculos que controlan los pabellones de las orejas se movieron, cabreados, tratando de adivinar lo que iba a ocurrir. De pronto, se escuchó un lejano arpegio. La sensación de que alguien, desde otra galaxia, rasgaba un arpa, seguida del lamento melancólico de una flauta traversa. La música serenó a los asistentes. Entonces los espíritus reconocieron que la oscuridad era parte de la puesta en escena, los músculos se relajaron y la gente percibió un asomo de placidez, cuando... ¡¡¡purrundum!!! Se escuchó una pavorosa explosión que rivalizó en estridencia con el *big bang* que dio inicio al Universo. Sin tiempo para recuperar el norte de los pensamientos, tres bombazos seguidos, como truenos y tres destellos enceguecedores, acabaron de atolondrar a los espectadores que sintieron el arribo del Apocalipsis. ¡Horror! Brotaron de la tierra —como si un poseído los hubiera vomitado durante una ceremonia de exorcismo— los doce bárbaros integrantes de una banda punk; tres: en la guitarra, la batería y el bajo y los otros nueve como vocalistas, electricistas, anarquistas y terroristas. Parecían seres de otra galaxia, uniformados de un negro siniestro, tachonadas sus chaquetas de corte militar con calaveras e insignias nazis.

Para armonizar con el estruendo empezaron a golpear el suelo con sus botas reforzadas con carramplones de acero. Los reflectores y las luces estroboscópicas se animaron de repente, llenando el escenario de tantas chispas y destellos que parecía una escena surrealista transmitida en vivo y en directo desde el mismísimo infierno.

Si lo que pretendían era pasar a la historia por la vía de aterrorizar a la comunidad académica y a los padres de familia, lo habían logrado a plenitud. Los bárbaros invadieron el escenario. De cerca se apreciaban sus cabellos lila y verde y en el fondo de sus bocazas brillaban diabólicos *piercings* atornillados a sus lenguas.

El volumen del sistema de amplificación estaba calibrado para aturdir. Así, las guitarras retumbaban en el recinto con el estrépito de una demolición. Al fondo, un salvaje de cabeza rapada azotaba iracundo la batería, quizás para desfogar en cueros y platillos su furia contra la sociedad. Sus golpes no expresaban sentido estético alguno y contradecían al otro demente del bajo, que aturdía, monocorde, con sus lamentos electrónicos, desprovistos de arreglos y de armonía. Los alaridos del cantante eran respondidos por los cómplices de la banda con letanías sin sentido, cargadas de cólera, obscenidades e insultos. Semejantes berridos de inspiración esotérica parecían brotar de una mazmorra donde los verdugos del Santo Oficio estuvieran interrogando a una docena de convictas por hechicería.

La perplejidad se estacionó en las pupilas dilatadas de alumnas, profesores y padres de familia. Lucían paralizados por la sorpresa y aterrorizados ante el diabólico espectáculo. Su mudez no significaba otra cosa que la aceptación mansa del arribo del caos.

La banda provenía del garaje de un barrio modesto, integrada por iniciativa de un seminarista que buscaba redimir a un grupo de jóvenes expulsados de la Universidad Nacional por anarquistas. En la búsqueda de una salida decidieron cultivar —junto con sus matas de marihuana— el género transgresor del punk. Para ubicarse en un extremo aún más contestatario y agresivo se autodefinieron como «anarcopunk».

La música pegó con tal intensidad en los barrios marginados que, en pocos años, arrastraron una corriente clandestina de simpatizantes que los idolatraban. Nadie recuerda un establecimiento de música juvenil de donde no hubiesen sido expulsados. Sus conciertos jamás se anunciaron en los medios tradicionales pero el rumor de una presentación era transmitido de boca en boca con tal efectividad que eran capaces de reunir en bodegas abandonadas en los extramuros de la ciudad, hasta diez mil fanáticos que luego de disfrutar del concierto se enzarzaban en monumentales peleas.

Nadie supo el nombre de la agrupación porque jamás se tomaron la molestia de entrar en el juego del *branding*. Como no vivían del comercio de discos, ni estaban en el círculo de los promotores de música, ni sus sonidos se escuchaban en la radio, su mejor estrategia era posar de «anónimos».

Como resultaban expulsados de todas partes y los denunciaban por su incitación a la violencia, la estrategia de carecer de nombre se constituyó en su seguro de vida más efectivo. Así estrenaban en cada presentación un nombre diferente, seudónimo que servía para marcar otro hito histórico entre los fanáticos de esta música de alcantarilla. Sus actitudes groseras, retadoras y transgresoras no tenían intención estética alguna, ni expresaban una corriente musical. Su único propósito era sacudir a los jóvenes con esa propuesta caótica, mezcla de nihilismo, nadaísmo, ateísmo y anarquismo.

—¡Virgen santísima! —se escuchó decir a una madre—. Esto no es un concierto de música moderna, este es el más violento asalto guerrillero del que tengo memoria.

En medio del grotesco espectáculo algunas madres intentaron, desde la distancia, reprender a sus hijas con gestos de «exijo una explicación». Varias parejas de padres intentaron abandonar el salón pero quedaban paralizados ante los sucesivos apagones y las sorpresivas explosiones.

El clímax de la presentación se alcanzó cuando, en medio de berridos, los miembros de la banda se confesaron marginados del sistema y vociferaron consignas contra los banqueros, los ricos industriales y comerciantes que —a escasos diez metros de distancia— permanecían en estado catatónico bajo el punto de mira de sus guitarras. En canciones —plagadas de sarcasmos— pero divertidas, los trataron de hipócritas, explotadores y represores.

¡Que concierto del desconcierto! Para notificar que su vitriólica participación había llegado a su final, enarbolaron sus garrotes con pinta de guitarras eléctricas y azotaron con rabia el suelo. Provocaron tantos cortocircuitos que los reflectores palpitaron en desorden, contagiados de terror y angustia. Los circuitos eléctricos que habitan en los intestinos de esos enormes altavoces también lanzaron alaridos de dolor, y no satisfechos de tanta brutalidad, los enajenados desfondaron con rabia los cueros de las cajas, hicieron saltar de sus ejes los platillos de cobre que se graduaron de platillos voladores y, para subrayar su desprecio por el establecimiento, lanzaron escupitajos en dirección al respetable.

Parecía que el caos estaba perversamente coordinado, porque tan pronto el último eco de la demolición cesó, retornó la oscuridad durante sesenta eternos segundos.

Con timidez se encendieron las luces y fue cuando el silencio absoluto del público resultó roto por las ovaciones de dos alumnas que, de pie, aplaudieron a rabiar, con sincera muestra de admiración por los artistas. Una se llama Abril Santamaría. La otra, Gabriela Hoffman. Ambas batían sus palmas con delirio y sin asomo de vergüenza.

Tan pronto se percataron de que se encontraban a veinte butacas de distancia, solas, enfrentadas al establecimiento, fusiladas por quinientos pares de ojos inyectados de reproche, se miraron con picardía y se regalaron a la distancia una sonrisa de complicidad. Fue el único recurso que encontraron para expiar su monumental metida de pata. Ese gesto de complicidad en medio de un ambiente tan azufrado acabó de soldar una amistad —aparentemente imposible— entre quienes representan en *el mundo real* los polos opuestos de la sociedad: Gabriela y Abril.

Ese viernes dieron por concluidos cuatro años de total indiferencia y descubrieron motivos para establecer una relación fraterna que el destino sometería luego a las más duras pruebas.

Para contribuir a satanizar al grupo de bárbaros se los acusó de todos los males imaginarios, desde haber destruido los baños hasta la sacralización de imágenes hieráticas; desde golpear a los jardineros hasta el intento de violación de dos hermanas. El febril ingenio construyó una leyenda épica sobre el asalto que realizaron los doce jinetes del Apocalipsis al colegio más distinguido de toda la nación.

Este inolvidable episodio marcó el capítulo final de la lucha de clases. La «clase del 99» pasó a la historia como la última generación a la que se le otorgó licencia para despedirse.

No sobra recordar que durante las vacaciones de ese fin de año la edificación fue objeto de sucesivos rituales de exorcismo con el pío propósito de extirparle los malos espíritus que quedaron flotando en el ambiente.

15

En el colegio era notorio que Gabriela gozaba de tratamiento preferencial y los profesores no parecían ser especialmente exigentes con ella, pero sus compañeras la trataban de lejos, como la heredera multimillonaria a la que no le hacía falta nada, ni siquiera amistades.

La antipatía de sus compañeras se fue disipando con los años, aunque en términos prácticos nunca la invitaron a una fiesta, ni a un *pijama party*, ni a cine, ni a una discoteca. Jamás pudo pasar la noche en casa de una compañera y, para mayor rigor, Ana Sofía, su madre, le prohibió invitar a sus compañeras a su casa. «Es por tu bien. Ninguna medida de seguridad será suficiente para proteger tu integridad».

Gabriela se acostumbró a esa suerte de aislamiento. Pero luego del incidente con el profesor Quiroga y del ridículo que protagonizó con Abril la noche en que ambas aplaudieron a rabiar a los terroristas del «anarkopunk», Gabriela decidió acortar la distancia con la única compañera que, por fin, le despertó confianza.

—Hola, Abril, ¿es cierto que vives cerca del colegio?

—Más o menos —mintió Abril.

—Es que te he visto varias veces cuando subes por la carretera a pie. ¡Qué envidia! Me imagino lo cómodo que te resulta vivir cerca de aquí. Por lo menos no tienes que pegarte las madrugadas que me tocan a mí.

—Sí, en realidad es cómodo —volvió a mentir.

—En varias ocasiones he tenido la intención de recogerte pero esos tipos de mi escolta viven tan paranoicos que siempre me repiten que no se pueden detener por ningún motivo. Así que, lo siento.

—Gabriela, gracias por tus buenas intenciones.

—No he hecho nada para que me des las gracias, pero tú sí, y me gustaría que fuéramos amigas.

—Pues también, estoy encantada de ser tu amiga.

—Qué bueno reconocerte como amiga después de tantos años de indiferencia. Me estoy empezando a gozar el colegio.

—Gabriela, cuenta conmigo, en las buenas y en las malas.

—Quiero darte un abrazo —y entonces Abril percibió un fenómeno sobrenatural: el palpitar del corazón de una mujer privilegiada que también brincaba acelerado, como su propio corazón.

16

El impacto psicológico causado por la ceguera le provocó a doña Evangelina Wasserman una penosa etapa de melancolía. Necesitaba expulsar demasiados recuerdos atorados en el fondo de su alma, que solían aparecer como fantasmas durante tantas noches de pesadilla.

En su intento por encontrar alivio buscó con quien compartir pero descubrió que ya no quedaban personas de su generación que la comprendieran o la pudieran escuchar.

Una tarde, por la época en que Abril ya había superado dos años de estar a su servicio, doña Eva la sorprendió con una extraña pregunta.

—Abril, ¿por qué nunca me has preguntado por mi vida?

—Doña Eva, porque su vida es un cofre privado. Nadie tiene derecho a abrirlo sin su consentimiento.

Esa respuesta la animó y entonces tomó la decisión de abrir la caja fuerte de su memoria para que una extraña, de nombre Abril, ingresara sin condiciones a su vida, contradiciendo las expresas advertencias de su marido.

—La historia de mi generación ya no cuenta porque no nos quedan sobrevivientes que la cuenten. Más temprano que tarde el Alzheimer terminará amordazando la memoria de los pocos que estén vivos. Me llegó la hora de hablar, antes de que sea demasiado tarde.

Yo soy Evangelina Akkerman. Mi historia se inicia un martes de febrero de 1941, cuando cumplí trece años. La Gestapo cayó en la casa de mis tíos en Ámsterdam. Los acusaron de ser auxiliadores de la resistencia. Se llevaron a toda mi familia, tres tíos, sus mujeres, cinco primos, mi mamá y yo. Luego de muchos interrogatorios resultamos clasificados como disidentes políticos —unzuverlässige elemente— es decir, «indeseables». Por ser muy joven me enviaron a un reformatorio. Nunca volví a saber de mi familia.

Cuando cumplí los quince me asignaron a un campo de trabajo.

Padecí tres días de viaje en tren, hacinada en un vagón sin ventanas que hedía a sudor, mierda y miseria. Durante el viaje no pude disimular el terror ante la incertidumbre, pues las mujeres tejían toda clase de especulaciones sobre nuestro destino. Ingresé al campo de trabajos forzados en la primavera de 1942. Por esa época ya estaba endurecida por la experiencia de dos años en el reformatorio y, de paso, desarrollé una especie de resignación que me permitió soportar todas mis desgracias con una actitud de fatalismo. Incluso terminé aceptando la muerte como algo inminente y natural. También aprendí a vivir alerta porque son los instintos —y la suerte— los que infunden la fe que permitirá alcanzar la supervivencia.

Para el ingreso al campo me sometieron a ese trámite severo que caracteriza a cualquier «manual de procedimiento alemán», interpretado por guardias inhumanos. Me despojé obediente de la vergüenza y de la ropa, pasé por las duchas de desinfección, me sometí al corte de pelo rapado y a los exámenes ginecológicos degradantes. Me asignaron un número y me lo tatuaron —míralo aquí— en mi muñeca. Sobre el traje a rayas me colocaron un

Durante cinco días seguidos la señora Eva permaneció trepada en un imparable monólogo, con algunas interrupciones que le hacía Abril para que se abrigara, para que caminara como parte de su rutina de ejercicios, para preguntarle si quería más mantequilla en las tostadas o más mermelada de fresa en las galletas y para que se tomara sus medicinas a tiempo. Pero la anciana no deseaba escuchar eso. Lo que necesitaba era sentir la reacción de Abril sobre las historias que le estaba develando.

—¿Te aburren tantas historias?

—Me fascinan, doña Eva.

—Abril, lo que le te he contado hasta ahora son los gozosos; ya vendrán los dolorosos.

—Doña Eva, la escucho.

—Mi esposo y yo fuimos enemigos irreconciliables. Por pura coincidencia nos topamos en el mismo río de la historia, pero atrincherados en orillas opuestas. Él encarnaba el poder de un régimen brutal que podía disponer de todo, incluso de mi vida. Su Dios era enemigo del mío. Lo conocí todopoderoso, arrogante, elegante, lejano e inalcanzable. Pero dejemos esta historia para el próximo lunes…

17

En febrero de 1945 Alemania cayó pulverizada por la ofensiva de los aliados. Yacía derrotada y en ruinas: sin carreteras, sin trenes, sin puentes, y como consecuencia, sin alimentos.

La noticia de la inminente llegada de los rusos se regó entre las prisioneras como pólvora. Los guardianes no pudieron ocultar el terror ante las noticias y entonces empezaron a circular historias pavorosas sobre las violaciones masivas de mujeres por parte de los bolcheviques. Por cuenta del pánico todo se paralizó. No hubo trabajo, pero tampoco comida. Los guardianes esperaban órdenes para trasladarnos a otros campos de prisioneros hasta que un día los muy cobardes huyeron en traje de civil, confundiéndose entre miles de refugiados. Sin guardianes, el caos tomó el mando. Pero ninguna de las prisioneras escapó. No sabíamos qué camino tomar y terminamos aceptando con mansedumbre nuestro destino: aguardaríamos el arribo de los rusos con el corazón en la boca. Durante esas heladas semanas de abril esperamos que se materializara la promesa de una liberación, que ninguna de nosotras sabía cómo manejar; nos habíamos acostumbrado a aletear entre una jaula y nos paralizaba el miedo de volar en libertad, a campo abierto.

El campo de trabajos forzados fue liberado en medio del desorden y la anarquía. Evangelina Akkerman fue a parar al puerto de Marsella, confundida entre miles de refugiados judíos que eran evacuados desde Europa hacia cualquier parte del mundo. Logró embarcarse en el Carpatia, un barco cargado de cientos de infelices iguales a ella, apátridas, rechazados por todos los países, sin licencia para desembarcar en ningún puerto.

A la mañana siguiente del zarpe, los refugiados se contemplaban sus miserias sin curiosidad, tratando de encontrar apoyo en algún rostro conocido. La única cara que a Evangelina le causó intriga fue la de un hombre alto, de abrigo y sombrero, manos largas muy bien cuidadas, que permanecía aislado en un rincón, abrazado a una pequeña maleta de cuero. La cara le pareció familiar. Al principio dudó pero al observarlo más de cerca reconoció que se trataba de Hermann Wassermann, el impenetrable director técnico del complejo industrial de la Siemens, donde ella laboró. En varias ocasiones intentó hacer contacto visual, pero el ingeniero la evadió. Sin embargo, a los tres días de embarcados sus miradas se encontraron por un instante. Evangelina, que también se sentía inmensamente sola, le sonrió.

El viacrucis que padecieron a bordo del Carpatia fue horrendo. El barco cruzó el Atlántico pero no fue autorizado a atracar en ningún puerto. Los países latinoamericanos se rehusaban a admitir más refugiados. Durante esos días de desesperanza, el ingeniero Wassermann y Evangelina Akkerman coincidieron que la única forma de sobrevivir era prestarse ayuda mutua. Convinieron en contraer matrimonio. El capitán del barco, un griego malgeniado y grosero, ofició la boda y certificó su validez a cambio de una cadena de oro que el ingeniero cargaba escondida. Siete semanas más tarde, convertidos en esposos, desembarcaron de manera clandestina en un puerto del Caribe sin conocer a nadie y sin hablar español, dispuestos a renacer de las cenizas.

El ingeniero Wassermann, como miles de alemanes que colaboraron en el esfuerzo de la guerra, cargó en el exilio con su incómodo pasado nazi. En esas circunstancias, su seguro de vida se soportaba en mantener discreción y sobrevivir en la clandestinidad. Confiaban que el tiempo se encargaría de apaciguar la intensa cacería que se montó en todo el mundo para perseguir a quienes hubieran estado vinculados con la administración de los campos de trabajos forzados.

Superado el impacto inicial por el arribo a un país que jamás figuró en sus planes, los Wassermann tomaron la decisión de refugiarse en una pequeña finca en las afueras de la capital y montar un proyecto agrícola autosuficiente.

Para borrarle el rudo acento alemán a su nombre, lo castellanizó y en toda esa región terminaron por reconocerlo como «don Hernán, el polaco». Es que con la colaboración de unas precarias redes clandestinas de ayuda a refugiados alemanes, él y doña Eva mantuvieron por muchos años documentos falsos en los que figuraron como «polacos exiliados». De paso, el ingeniero

Wassermann le eliminó la última «n» a su apellido alemán, para que sonara más judío.

Él no supo quién era realmente su esposa hasta el día en que celebraron su primer aniversario de bodas. Esa tarde, Evangelina le abrió su corazón. Le confesó que su oficio no era auxiliar de enfermería en un hospital en Holanda, como fingió hasta ese día. En las siguientes seis horas, ella le confió sus recuerdos de niña, hasta ese febrero de 1941, cuando los alemanes que ocuparon Holanda la separaron de su familia y la internaron en un reformatorio. Entre sollozos le relató los años de miseria en los campos de trabajos forzados y como si necesitara certificar la autenticidad de su historia, le mostró el número que le tatuaron en su muñeca, y que ella siempre se dio mañas para ocultarlo. En el último momento, con el temido arribo de los rusos, había decidido huir hacia al oeste, siempre hacia el oeste, para poder sobrevivir. De ahí su milagroso embarque en el Carpatia. Necesitaba alejarse de la pesadilla de la guerra y resucitar al otro lado del planeta.

La reacción del ingeniero Wasserman fue inesperada.

—¡Evangelina! ¡Esto no tiene sentido! ¿Por qué no me denunciaste en el barco?

—Porque eso hace parte de los misterios indescifrables del amor.

18

Abril nunca supo cómo operó en el alma de Gabriela la transición inesperada de su total indiferencia por ella, a una admiración desbordada.

En cambio, Gabriela siempre lo tuvo muy claro. Ocurrió el primer día que decidieron hacer planes juntas. Para romper el hielo, Gabriela le preguntó.

—¿Te bautizaron Abril porque naciste en abril?

—No. Yo nací en enero. Pero mis padres se amaban tanto que me dieron ese nombre porque fue en abril cuando me «fabricaron».

—¡Guau, amiga! ¡Qué historia tan bella!

—El origen del nombre de mi hermano Julio es igualmente bello. Él sí nació en abril, pero, con derroche de amor, lo fabricaron en julio.

Gabriela quedó conmovida con las anécdotas y de inmediato idealizó la fortuna de Abril que contaba con un hogar basado en el amor de sus padres. En contraste, se lamentó en silencio de la relación tormentosa que mantenían su todopoderoso padre con su exigente madre. Frente a las luces, las cámaras y los aplausos parecían una pareja inspirada en un cuento de hadas, pero de puertas para adentro su hogar era un infierno.

Del mosaico de profesores que durante los seis años de secundaria disfrutaron y padecieron las alumnas de la «clase del 2000», pocos dejaron huella tan profunda como ese par de maestros inolvidables: *sister* Eleonora, una monja bellísima que nunca nadie pudo explicar qué tragedia de amor la había iluminado para que se enfundara los hábitos de las evangelinas, y *mister* Scott («*with two tees*» resaltaba el viejo cuando se presentaba), hábil acuarelista que les dictó, durante cinco años, las clases de historia del arte, dibujo de figura humana, apreciación del arte, diseño gráfico e inglés.

Con el tiempo el popular maestro perdió su británico apellido de *mister* Scott, y se ganó el cariñoso apodo de *mister* Tutis, por aquello de las *two tees*.

Mister Tutis exhibía la veteranía de un «diplomático británico al servicio de su majestad». Alto, espigado, de mandíbula cuadrada, se dejaba una sombra de barba entrecana, impecable. Las cejas, abundantes y desordenadas, servían de marco para que sus ojos grises acentuaran su carácter fuerte. Las chicas lo miraban extasiadas porque encarnaba al hombre maduro, de mundo, que se las sabía todas. Para algunas religiosas del área de sociales el tipo era la reencarnación de Sean Connery, el famoso actor —tan escocés como *mister* Tutis— que protagonizara en los años sesenta las primeras cinco películas de James Bond. «¡Ay! Mírenlo bien… es el mismísimo agente 007».

El profesor Scott vestía a lo inglés clásico. Algunas veces con chaquetas de «tweed» con parches de cuero en los codos y zapatos de gamuza. Sus camisas eran de tela gruesa, tipo Royal Oxford, con dos botones en las puntas del cuello, y corbatas a rayas. En ocasiones especiales lucía un blazer azul marino con botones metálicos y, sobre el bolsillo del pecho, el escudo de Escocia de 1603 —el último antes de pactarse la unión de Escocia con Inglaterra— con un león rampante bordado con hilos de oro. Cuando no usaba corbata se anudaba al cuello un pañuelo de seda multicolor, a manera de bufanda. Hablaba muy bien español pero con más acento gaélico que británico, y expelía un aroma a macho, mezcla de agua de colonia, sudor y dulzón tabaco de pipa.

Solo una vez al año lucía su *kilt* —esa suerte de falda escocesa, que causaba delirio entre las alumnas del colegio—. Cada 30 de noviembre coincidían, el día de Saint Andrew, patrono de Escocia, con el día de la tradicional subasta de arte en el colegio. *Mister* Tutis era el centro de la celebración porque eran sus alumnas las creadoras de las obras de arte y lo obtenido en los remates se destinaba a financiar las obras sociales del colegio.

En esa fiesta de gala los padres se gastaban fortuna y media acariciándose en público el ego, en una competencia entre filántropos que pujaban entusiasmados, cada vez que el martillo gritaba: «¿Quién da más?».

A *míster* Tutis le molestaba que a las alumnas solo les interesaba saber tres cosas de su origen: si todos los escoceses usaban falda, si él sabía tocar la gaita y si usaba calzoncillos bajo la falda.

Claro que a la infaltable alusión a la falda él respondía con el entrecejo fruncido, más una dosis justa de arrogancia. Se sentía tan orgulloso de su origen escocés que consideraba grave falta de respeto que la gente inculta asociara —entre risitas estúpidas— a un «caballero escocés» con un «travesti con faldas».

Si la pregunta era sobre las gaitas se entusiasmaba con la oportunidad de subrayar las diferencias históricas entre las irlandesas, galesas, inglesas y escocesas, y se explayaba en detalles sobre la *highland*, la gaita militar, repleta de mecanismos misteriosos, roncones y «buxas».

Cuando enfrentaba lo de los calzoncillos, explicaba con la arrogancia propia del hombre escocés que, con una tela tan gruesa y pesada como la del *kilt*, resultaría impensable usar calzoncillos, porque —según aprendió en la calle— «los hombres corremos peligro que se nos sancochen las papas».

«En este colegio jamás ha existido una sola 'señorita bien' —así describía a sus alumnas— que no se haya imaginado a este noble caballero escocés en falda y sin calzoncillos».

El fuerte para *míster* Tutis nunca fue la diplomacia. Práctico, sincero y directo, solo manifestaba respeto por tres cualidades en el carácter de sus alumnas: la honestidad, la verdad y el trabajo duro.

Le molestaban «las disculpas peregrinas» y sermoneaba a sus alumnas cuando las sorprendía fabricando verdades a medias. En esas ocasiones les dictaba cátedra sobre el carácter de los escoceses. Y ¡ay de aquella que se atreviera a confundirlo con un inglés o con un irlandés! porque la lección sobre historia, tradiciones y soberanía de los territorios escoceses le hacía brillar sus ojos grises y encendía de carmín sus pómulos y la nariz.

A la hora de los descansos largos se le veía caminar por los jardines del colegio, prendido a su pipa Chesterfield. Sus colegas profesores reconocían que parte de su encanto era su indómita independencia, que lo llevaba a buscar la soledad entre los bosques y montañas de los alrededores.

Nadie recuerda de *míster* Tutis una expresión fuera de tono, ni siquiera una llamada de atención histérica. Lo que si era frecuente, como ejercicio de disciplina, era su orden: «señorita una plana de cien», castigo que consistía en copiar cien veces la frase: «*Nemo me impune lacessit*». Ese castigo se convirtió en un clásico en el colegio, bajo el apodo de «*una plana del Nemo*», pero ninguna de las alumnas sometidas a esa disciplina se tomó la molestia de interpretar la frase. En algún 30 de noviembre, durante la celebración de otra subasta, *míster* Tutis reveló que la dichosa frase, era el lema nacional de su amada Escocia: «Nadie me ofende impunemente».

19

Gabriel Hoffman no tiene amigos, sólo intereses. Si le convienes te sonríe. Si no, te ignora. Así de simple.

El banquero Hoffman parece actuar en un circo de diez pistas donde exhibe su pasmosa habilidad para cambiarse de máscara, maquillaje y sombrero. Él conoce, más que nadie, el poder magnético de su prestigio. Si su nombre está asociado a un complejo hotelero, esa aventura tendrá éxito; si es a una cadena de supermercados, su apellido obra como un imán; si se involucra en una obra social, atrae el dinero de ricos y tacaños como si estuviera abriendo el ojo de aquella aguja bíblica para que por allí entren al cielo todos los ricos de la tierra. Un simple guiño hecho a un político es señal de triunfo seguro en las elecciones. Incluso, cuando en la bolsa se rumora que está invirtiendo en cerveza, en cemento o en futuros de café, ese simple cuchicheo tiene la potencia de estremecer la piedra angular donde se asientan los mercados. Y si él vende un paquete de acciones, ¡alerta!, corran a vender sin consultar oráculos ni estadísticas ni asesores financieros porque en las próximas veinticuatro horas esas acciones exhibirán su más vergonzosa cotización en la bolsa de valores.

Como sabe que el éxito atrae al éxito, se rodea de figuras tocadas por la fama: científicos, políticos, periodistas, actrices y deportistas que disfrutan de «su cuarto de hora». Las fotos de Gabriel Hoffman atosigan las páginas sociales. La farándula lo seduce. Las luces de las cámaras lo transforman. Los micrófonos lo convierten en hombre lúcido y sabio, que se las sabe todas. Los reporteros procuran mantener con él una distancia reverencial; ninguno se atreve a plantearle una pregunta capciosa o hacerle un comentario agresivo por temor a irrespetar su dignidad. Si su Banco Financiero Internacional es demasiado grande para caer en la ruina, él, como presidente, es demasiado grande para caer en la cárcel. Su inmunidad se confunde con la impunidad, porque todos se rinden ante el tamaño de su poder económico. Todos le temen, le corren, nadie se niega. Sus tentáculos crecen en cada sector de la economía, pero en especial en los medios de comunicación, pues propietarios y directores, además de recibir su ayuda financiera en épocas difíciles, se benefician de manera directa de los faraónicos presupuestos de publicidad que distribuye con generosidad el inmenso grupo Hoffman. Los editores, ante el temor de padecer una disminución de su participación en la torta publicitaria del grupo Hoffman, se autocensuran sin vergüenza. Un simple gesto del banquero Hoffman genera la suficiente potencia nuclear para destruir un periódico, un noticiero de televisión o una emisora.

Como prudente banquero, el doctor Hoffman le molesta que lo asocien con alguien en quiebra o *sub judice*. Incluso evita tratar con personas pesimistas porque «los muy cretinos tienen la capacidad de generar esa energía invisible, peligrosa y contagiosa que los hinduistas llaman karma negativo». Ese axioma lo recita con la convicción de un iluminado, para justificar su falta de lealtad. Posee pésima memoria sobre aquellos compañeros de su época de colegio y universidad que llevan vidas modestas, y niega cualquier vínculo con personas que hayan caído en desgracia. Posee el instinto del camaleón; cambia de color político cuando le conviene y se yergue insolente y arrogante cuando un personaje famoso se encuentra a punto de caer por alguna falta a la moral o por alguna indelicadeza con los dineros públicos. Ahí se encarga de aplicarle el leve y definitivo empujón para que el señalado caiga hacia los insondables abismos del ostracismo. Por esa vía se presenta ante la maleable «opinión pública» como un moralista quisquilloso y puritano severo.

Sentado a la diestra del banquero siempre aparece Andrés Castello, su último *roommate* en Londres, un tipo bien plantado, buena vida, ocho años más joven y diez veces más parrandero. Se conocieron en The Crush, un antro escondido en el sótano de una cafetería para estudiantes donde solían emborracharse con un menjurje explosivo, mezcla de vino rojo, vino blanco y Advocaat, licor amarillento, espeso y azucarado, preparado con huevo y brandy y aromatizado con vainilla. En ese 1975 Gabriel Hoffman cursaba su último año en el London School of Economics.

Andrés, por su parte, ajustaba dos años sabáticos de vagancia por la City, meditando sobre la carrera que quería estudiar. Para matar el tiempo y justificar el dinero que le enviaba su papá, tomó clases de yoga y de teatro, luego asistió a un curso sobre momias egipcias dictado por el King's College en el Museo Británico y en ese momento recibía una certificación sobre apreciación de calidad en los vinos en la Wine & Spirits Education Trust.

En medio de una borrachera en el antro, Gabriel y Andrés planearon compartir los gastos de una pequeña habitación para estudiantes, en el vecindario del Tower Hill Station, con vista al Tower Bridge.

Gabriel Hoffman hizo el resumen de su intensa experiencia como estudiante. Arribó a Londres por la época en que los jóvenes de todo el mundo se contagiaron del virus revolucionario de los estudiantes de mayo del 68 en París. Apenas ajustaba dos meses en Londres cuando el exceso de adrenalina juvenil lo lanzó en ese octubre a marchar en Grosvenor Square, frente a la embajada estadounidense, para protestar contra la guerra de Vietnam.

Tres meses más tarde participó en la violenta protesta contra Walter Adams, el odiado director de su universidad, que concluyó con la clausura de plantel durante casi un mes. Los revoltosos estudiantes tomaron por la fuerza uno de los edificios universitarios, en Malet Street, y montaron allí «la sede provisional —en el exilio— de The London School of Economics».

—Mi querido Andrés Castello, de esta experiencia subversiva aprendí una lección: «la propiedad química de cualquier revolución estudiantil es que es soluble en dinero».

—De acuerdo, mi querido banquero, yo también aprendí mi lección: «cada año de vagancia en Londres, es un honor que cuesta».

20

Míster Tutis nunca pasó desapercibido. Todos ponderaban sus dotes de artista, su sabiduría y paciencia como maestro y su entusiasmo como animador de actividades culturales, pero nunca nadie osó curiosear sus antecedentes laborales. Este súbdito británico, recién jubilado, llegó al colegio gracias al aviso que leyó en un periódico en Bahamas, donde un prestigioso colegio solicitaba, de tiempo completo, un profesor de inglés con acento británico.

Míster Scott había desarrollado un maravilloso talento para «dibujar de memoria». Este don y la prohibición de tomar fotografías en los tribunales ingleses lo convirtieron en uno de los retratistas judiciales más valorados en la Corte Penal de la Corona. Durante casi treinta años cubrió la información gráfica judicial para importantes revistas, periódicos y cadenas de televisión inglesas. Su excepcional memoria fotográfica remedió las absurdas limitaciones legales para ejercer su trabajo, originadas en un extraño acto del Parlamento británico que, por allá en 1925, les prohibió a los retratistas dibujar o bocetar dentro del recinto de la corte. La ley solo permite tomar notas escritas sobre la fisonomía de los jueces, la actitud de los acusados y las expresiones de fiscales y defensores, pero el artista está obligado a salir del edificio y dibujar sus retratos en la calle.

Según el testimonio de *míster* Scott, las dos únicas referencias con las que contaba para hacer el retrato perfecto de un asesino en serie eran diez renglones en su libreta y su memoria fotográfica. Por esa prodigiosa memoria desfilaron los protagonistas más recordados de la crónica judicial de Londres, desde ladrones de cuello blanco hasta asesinos en serie; estafadores de alcurnia, asaltantes de bancos, espías y mujeres que se hicieron famosas por envenenar con paciencia y finos pellizcos de arsénico a sus celosos amantes.

El escocés jamás hizo alarde de su talento y con discreción mantuvo en reserva su experiencia y familiaridad de tantos años con el mundo del crimen por si algún día se llegara a presentar una buena causa.

21

Ana Sofía de Hoffman estaba condenada a vivir prisionera en una cárcel de apariencias para poder representar el arquetipo de la felicidad.

Carolina, la asistente de relaciones públicas de la señora Hoffman, le envía con dos semanas de anticipación la página digital donde se detalla el programa de protocolo que cumplirá su esposo; allí se subrayan las circunstancias en que requerirán de su compañía, además de analizar cada evento y emitir recomendaciones tan minuciosas que no hay posibilidad de error. Indica, además de fecha, hora, tipo de evento y vestido que debe lucir, el maquillaje, peinado, trajes y accesorios que no debe repetir.

Tan compleja y delirante planeación es necesaria para que, a la hora que fija el programa de protocolo, aparezca la señora de Hoffman, esplendorosa y radiante—, lista para actuar en su papel de «esposa feliz».

Antes de partir a cualquier recepción, el banquero examina su apariencia, pero no con la mirada contemplativa de un esposo orgulloso sino más bien con la actitud fría de un auditor financiero, o, más preciso sería decir, con el ojo desconfiado de un rústico comprador de ganado para engorde.

La belleza de Ana Sofía es parte de los recursos de ostentación de su marido; lo que nadie adivina es que detrás de esa hermosura se agazapa una vida de sacrificios que se ofrendan a diario en el altar donde se le rinde culto al éxito y a la fama.

Sus asesores de imagen mantienen un minucioso inventario de cada arruga de expresión, de cada rastro de acné, de cada mancha, de cada pelo rebelde que se atreva a brotar —traicionero— en el lugar equivocado. Porque para conservar esa figura es necesario someterla a los procedimientos más complejos, incluso quirúrgicos, con la obsesión de esculpir su cuerpo, resaltar sus rasgos y ocultar sus defectos. Además debe aceptar, sumisa, tratamientos hormonales y rigurosas dietas, largos procedimientos de tintura y corte de cabello, depilación y bronceo periódico en cámaras UV y extenuantes sesiones de aeróbicos.

El arsenal de recursos puestos al servicio de su vanidad no tiene límite. Cremas antiarrugas, inyecciones para diluir la grasa, piedras calientes, toallas tibias y bolsas heladas. Consume una dieta insípida a base de cereales enteros, frutas y yogur, verduras orgánicas y salmón a la plancha. Para no manchar sus blanquísimos dientes tiene prohibido beber café, té y vino rojo, y que ni se le ocurra fumar.

Frente al computador, el cirujano plástico capturó la silueta de la señora. A renglón seguido dibujó una cara perfecta y luego procedió a buscar el balance perfecto entre las dos imágenes. Con el bisturí y el pulso de un artista del Renacimiento logró la perfección. Hizo los labios más carnosos y sexis utilizando hilos de «goretex», le dio más volumen a los pómulos, le perfiló la mandíbula y le estiró la piel del cuello hasta dejarlo plano, libre de cualquier sugerencia de papada. La sometió a una liposucción para eliminar unos «bananos» en la cintura y le elevó el abdomen que se encontraba caído desde que parió a Gabriela. El bótox y la silicona acabaron de moldear su cuerpo.

Como ocurre en todo procedimiento destinado a eliminar la piel sobrante del abdomen, a la señora Ana Sofía de Hoffman le quedó una pequeña incisión encima de la ingle, imposible de ocultar, por más esfuerzos que hicieron de taparla con su vello púbico. Entonces le depilaron con láser toda la región vaginal y anal, a excepción de los pelos del frente, que quedaron tan finamente podados que emulaban un seto en los jardines del Palacio de Versalles.

De colocar la apetitosa cereza sobre el pastel se encargó un especialista en tatuajes. Para ocultar la pequeña cicatriz sobre la zona erógena le tatuó el monograma «GH», símbolo que todo el país reconoce como el del poder económico. Si un privilegiado llegara a observar a Ana Sofía de Hoffman desnuda, de pie y de frente, el monograma alineado debajo del ombligo luciría como una caricatura del poder con un bigotito «a lo Hitler».

Cinco años después de haber traído al mundo a Gabriela, Ana Sofía de Hoffman reestrenó, para vanidad de su esposo, la proporción perfecta de 90-60-90, más una pancita firme, plana y virginal que ostenta, en su base, la marca registrada: «GH».

Esa tarde, una vez concluyó la prueba ácida de su examen a ojo desnudo, el banquero dictó la sentencia sumaria:

—Señora, con esa facha me avergüenza. Lo que aquí veo no es a la señora de Hoffman, sino a una cabaretera de medio pelo. ¿Será que no le notificaron, con la debida anticipación, que vamos a la cena de gala de entrega de los premios nacionales de periodismo, y no a una parranda con narcos, en un burdel de mala muerte?

La señora se contuvo. No lloró para que no se le corriera el maquillaje. En el camino hacia su habitación donde se cambió el traje y los accesorios, repitió con fervor —cual si se tratara de una letanía sacra— su juramento de venganza: «¡Cabrón, me las vas a pagar! ¡Cabrón, me las vas a pagar! ¡Cabrón, me las vas a pagar!».

Cuarenta minutos más tarde, Gabriel y Ana Sofía Hoffman desfilaron por la alfombra roja. Ágiles, fulgurantes, sonrientes, agarrados de la mano como un par de adolescentes enamorados. La luz de los reflectores y la explosión de los *flashes* los cegaron, por lo que no pudieron ver a la multitud de curiosos y a los cientos de invitados que los aplaudían. En ese instante, Ana Sofía de Hoffman —sin perder ni por un instante su cautivadora sonrisa— le susurró al banquero su declaración de guerra.

—Le pido a Dios con todas mis fuerzas que no me deje olvidar la humillación de esta noche. Te juro que te voy a herir donde más te duele, en el corazón de tu autoestima.

—Sonríe, estúpida, que nos están grabando.

22

—Abril, ¿qué tal si nos vemos después de salir del colegio?

—Hagamos un plan ¿Cuándo salimos?

—No tengo muchas libertades para salir sola. Sabes que en mi casa me ponen limitaciones para todo, pero te invito a mi casa. ¡Sí! ¡Sí! Te espero en mi casa.

—Tal vez no pueda. Tengo problemas de transporte.

—Fresca, te vas conmigo en la camioneta, y al final de la tarde llamas a tu mamá para que te recojan en mi casa.

—Ellos no pueden. Están muy ocupados.

—No te preocupes. Yo hago que te lleven escoltada a tu casa.

—Por las tardes no puedo porque tengo el compromiso de acompañar a una señora ciega a quien le leo libros. Ella me necesita.

—¿Y este fin de semana?

—Suena mejor, pero antes tengo que cuadrar cómo me puedo aliviar de algunos compromisos que tengo los fines de semana en mi casa.

—Abril, si lo que les preocupa a tus padres es tu seguridad, tranquila. Yo le digo a mi mamá que llame a tu mamá para tranquilizarla.

La relación entre Gabriela y Abril germinó espontánea. Con el transcurrir de las semanas la amistad se fue volviendo más coherente, con satisfacciones recíprocas. Gabriela sintió cómo su tradicional visión del mundo cambiaba de manera súbita. Por primera vez en su vida no le costaba trabajo levantarse de la cama, ni lanzaba su cotidiana letanía sobre su agotamiento. Sin que mediaran complejas reflexiones, una mañana descubrió que tenía razones para acudir a ese lugar repleto de niñas que solía evocarle el purgatorio, sin que la dominara el estrés o la indiferencia. Por primera vez encontraba un motivo placentero —no impuesto— para animarse a madrugar al colegio.

Para Gabriela, su compañera Abril era toda una experiencia. La sintió como su conexión a ese mundo plagado de riesgos al que le estaba vetado ingresar. Abril era una ventana con vista a un universo desconocido por la que podía asomarse con la curiosidad de una exploradora. Por fin encontró una voz que no la reprendiera, un ser humano que era su par, que la escuchaba, la comprendía y la aconsejaba de manera directa y sin zalamerías. Pero también sintió un vacío agobiante, como de inseguridad; con el paso de los días se dio cuenta de que necesitaba cada vez más a Abril y que ya no funcionaba sin ese providencial polo a tierra.

Gabriela estaba impresionada por la madurez de Abril y, en especial, por el nivel de información que manejaba. El día que Gabriela le compartió su contrariedad por la soledad que padecía, consumida en un ambiente hostil donde sus compañeras parecían confabuladas para hacerle la vida miserable, descubrió que Abril tenía la capacidad de analizar los problemas en «tercera dimensión».

—Gabriela, es que tú no vives sola. Este mundo está interconectado. Cuando vas de subida tienes que saludar a todos los que van de bajada, porque ellos son los mismos con los que te volverás a encontrar cuando tú estés de bajada y ellos de subida.

Pero claro —se explicó a sí misma Gabriela—, la madurez de Abril y su natural capacidad de análisis tienen una explicación: ella está obligada a leer todos los días. Qué iba a sospechar Gabriela que, desde siempre, Abril había tenido que asumir roles de adulto para ayudar a su familia, y que, además, también tenía que lidiar a diario —como la misma Gabriela— con angustias, exigencias y deberes.

Gabriela descubrió otra ventaja evidente de Abril: su belleza infantil, capaz de abrir todas las puertas. Ella luce más joven que todas sus compañeras, posee un aire primaveral y descomplicado, ostenta con naturalidad su cabello castaño rojizo, casual y desordenado, sus pecas y ese flequillo que le hace marco a sus ojos color miel.

Para Abril esta amistad también la hizo descubrir que era más fuerte de lo que creía para enfrentar los retos de la vida, porque ella misma se imponía esos deberes y los asumía de manera voluntaria, porque eso era lo que marcaba en su familia la diferencia entre sobrevivir o morir.

Su relación con Gabriela también empezó a ser gratificante, pero por otra extraña razón. Coincidió el comienzo de su amistad con el cambio hormonal que le despertó gran curiosidad por explorar su «yo femenino», pero ya no en su papel de niña, ya no en la soledad de su habitación sino compartiendo sus sensaciones, sueños e idioteces con alguien de su generación. El cosquilleo de su propia sexualidad ya lo tenía identificado, así como el deseo de involucrarse en aventuras excitantes donde hubiese chicos, la necesidad de hablar de hombres y la confianza de tener una persona en quien confiar. Pero además sintió, sin proponérselo, que con su solidaridad se había ganado un cierto derecho de propiedad sobre Gabriela.

De paso se sorprendió al descubrir que, por dedicarse a mantener las apariencias en el colegio y a inventar toda suerte de negocios para ayudar en su casa, resultó muy popular entre todas sus compañeras, pero nunca tuvo tiempo de cultivar a una amiga de verdad.

23

Andrés Castello, siete años menor que Gabriel, heredero de un poder político que se remonta a la época de la Independencia, es, según la definición de Ana Sofía de Hoffman: «un maravilloso animal *todoterreno*».

Ese perfil de «todoterreno» se ajusta a su magnética personalidad. La misma cara de disfrute le aflora a su rostro —aquí— en el bar del club, cuando mira una copa de vino al trasluz, lo huele, paladea su dulzura, disfruta su suavidad, define el límite de su alcoholicidad, aprecia el nivel de taninos, la efervescencia, la sapidez, la acidez y el cuerpo, así como cuando —allá— se sienta sobre un bulto de papas en una tienda de mala muerte, a orillas de una carretera anónima, con un grupo de campesinos analfabetas, a brindar con un trago de aguardiente —fondo blanco— durante una campaña política.

Es de una elegancia exquisita. Se expresa en un castellano neutro y habla inglés, francés y portugués con mínimo acento. Escribe como los ángeles y sus intervenciones en juntas directivas, conferencias y clases, electrifican hasta a sus contradictores. Además es un buena vida. No se gana los honores sino que se los merece. No busca negocios sino que se los ofrecen. Es excelente *lobbyista*, mediador de conflictos, y polemista. Irradia triunfalismo. Además de bien plantado sabe tratar a las mujeres, según la fórmula infalible del éxito: «a las putas las trata como damas y a las damas como vagabundas».

—Esa fórmula no me lo inventé yo, ni es información privilegiada. Así funciona la dinámica entre los sexos desde los tiempos de Adán —anota sin escrúpulos.

Andrés Castello confía ciegamente en su buena estrella. Su pasión es seducir en la política, la diplomacia, la actividad social y la cama.

—Si lograran diseccionarlo para analizarlo por partes... es realmente feo —concluye con autoridad Ana Sofía—. Es muy delgado, alto, mandíbula con hoyuelo, ojos melancólicos, muchos pelos en la cara y cabello entrecano, pero visto en conjunto, es un verdadero «papito». Bueeeeno... no canta ni tampoco baila, porque eso sería pretender que el huevón fuera pluscuamperfecto.

Andrés es una extensión del poderoso brazo de Gabriel Hoffman. Muchas intrigas o tareas de consecución de información vital para los negocios financieros del banquero, o gestiones de alto valor estratégico que requiere, se las pide a Andrés sin que medie entre los dos ningún acuerdo. Siempre ha sido de esa manera. Pero eso sí, Gabriel Hoffman contribuye a alimentarle esa sensación de afortunado porque siempre lo incluye en su repartición de utilidades sin determinar de dónde salió ese generoso bono, porqué, ni cuándo se causó.

¡Ah! Pero a cambio, el banquero mantiene un cierto sentido de propiedad sobre Andrés. Le molesta no estar enterado de sus planes y de las ofertas que recibe. Incluso lo asesora de manera tendenciosa, a fin de evitar que un proyecto lo acapare o caiga en las redes seductoras de algún competidor.

Lo que el banquero más aprecia de Andrés es su capacidad creativa y su visión estratégica. Emite ideas con la cadencia de una *ametralladora .50* y le cabe el mundo en la cabeza. Pero como lo hace sin esfuerzo, el mismo Andrés no estima su propia capacidad, ni la valora.

Gabriel Hoffman mantiene un arsenal de promesas y proyectos fantásticos, que de cuando en vez suelta a manera de anzuelo, en especial cuando nota que Andrés se está involucrando en otros temas. «No te distraigas que eres parte fundamental del grupo, y conmigo tienes un futuro asegurado».

Andrés encarna el «efecto Pigmalión»: lo que se propone lo obtiene. En especial cuando el banquero le pide animar un proyecto. Entonces derrocha sus encantos, y logra comprometer, entusiasmar y coordinar a los involucrados, persuadidos por su convicción contagiosa.

Andrés se incomoda por la sobreprotección del banquero, pero, ingenuo, le achaca ese mal menor a la genuina amistad que los ha unido durante tantos años. Gabriel Hoffman y Andrés Castello conforman un dúo perfecto. Si el dinero tuviera aroma, el hedor sería a *Givenchy*, la esencia preferida del banquero. Y si el éxito despidiera fragancia, despediría un efluvio masculino a *4711*, la colonia preferida de Andrés.

Nunca pelean ni discuten, por razones elementales: No les falta nada, ni compiten por nadie, y no se tienen envidia, ni rencor.

Gabriel Hoffman maneja todas sus relaciones con la actitud del latifundista que pierde el sentido de las proporciones. Es consciente de que posee muchas vacas pero no sabe con exactitud hasta dónde se extiende lo que le pertenece. De lo que sí tiene certeza —sin sombra de duda— es del derecho divino que se arroga de poseer a Gabriela, su hija, a Ana Sofía, su mujer, y a Andrés Castello, su único amigo.

¿Que cuál es el más importante de los tres? A decir verdad, a él le tiene sin cuidado el orden.

24

Otra batalla campal en casa de los Hoffman se disparó con el anuncio de Gabriela: «mamá, tengo que hablar contigo». A renglón seguido, la adolescente sumisa cruzó la línea de no retorno, al atreverse a concluir la presentación de su caso con la frase: «porque yo también tengo derecho a tener un espacio privado».

En ese instante, Ana Sofía de Hoffman vio pasar la película de su propia vida, con recuerdos como destellos sobre la acumulación de sus frustraciones. Lo único que tenía claro en su vida era la innegociable resolución de que su hija no sería la copia al carbón de su tragedia. No quería verla actuar en la tragicomedia de la niña multimillonaria, acosada por actividades sociales, tontas y superficiales. Ella detestaba la carga miserable de responsabilidades que debió asumir, donde el éxito de las empresas Hoffman dependían de su cara de porcelana, de su figura espigada y del brillo blanquísimo de su sonrisa.

—¡No! No voy a permitir que ahora una pendeja desconocida se arrogue el privilegio de torcer con sus malas influencias el rumbo que durante 17 años te he trazado.

—Pero mamá, Abril es mi única amiga.

Esa afirmación desencadenó una retahíla de preguntas: ¿Quién es ella? ¿Cuáles son sus apellidos? ¿Qué tan importante es su familia? ¿A qué se dedica su papá? ¿Es la hija de algún miembro del club? ¿Tu papá los conoce? ¿Son católicos practicantes? ¿Juegan golf, polo o, por lo menos, practican equitación? ¿En qué condominio viven? ¿Dirigen alguna fundación u obra social? ¿Estás segura de que no corres peligro?

—¡Basta!

El grito de Gabriela, acompañado de un portazo y sollozos contra la almohada, dieron paso a la mediación de Zulemita como intermediaria en la confrontación.

—Señora Ana Sofía, Gabriela ya no es una niña. Yo le conozco su corazón. Ella necesita una compañerita de su edad con quien compartir.

Andrés Castello y Gabriel Hoffman salían del Club de Banqueros luego de una reunión con expertos en paraísos fiscales *offshore*, cuando el banquero recibió un mensaje para recordarle su agenda del mes.

—Andy, ¿cómo anda tu *balance de pérdidas y ganancias* con Dios?

—Sir «G», tú sabes que yo procuro estar, si no con superávit, por lo menos *even*. Y mi calificación de crédito con el de Arriba siempre ha sido «AAA». Por ejemplo, anoche me tropecé en la esquina sur de mi cama con una amiga de cuyo nombre no quiero acordarme, que intentó seducirme con el cuento que aún tengo edad para pecar. Yo, por temor al de Arriba, me negué en un principio, pero al final no me pude resistir por elemental cortesía con una dama en semejante situación de desamparo. ¿Crees que pequé por practicar ese acto elemental de misericordia?

—Pues, mi querido Andrés, en tu papel de «pecador jamás arrepentido» te voy a invitar a una misa donde tendrás la oportunidad de renovar tus votos de castidad, mas no los de pobreza. De paso, te puedes aliviar de la ligera carga de un par de millones de pesos para ayudar a la fundación que promueven las monjas del colegio de Gabriela. ¿Qué tal que mi Dios te vuelva a creer y el muy generoso le agregue a tu excelente calificación de riesgo otra «A+», en la categoría de «pecador generoso»?

Dos semanas más tarde Gabriel y Andrés compartieron una misa solemne, con desayuno incluido, donde se presentó la nueva junta directiva, ampliada, de la fundación. Ese sacrosanto recurso se lo inventó el banquero Hoffman para comprometer a nuevos empresarios que se disputaban el honor de demostrar —no a Dios, sino al banquero— su sensibilidad social, por si en los siguientes días fueran a necesitar los favores de un crédito del Banco Financiero Internacional.

La liturgia resultó muy solemne. La capilla lucía repleta, como si hubiesen invitado a las chicas a un concierto de rock. Reservaron las tres primeras filas para los invitados especiales y, adelante, sobre los doce reclinatorios tapizados con terciopelo rojo inglés, acomodaron a la nueva junta directiva del patronato que esa mañana se posesionó para dirigir los destinos de la fundación.

Al momento de la homilía, monseñor Villa destacó «la generosidad de estos sensibles empresarios, que comparten los beneficios de su trabajo con los pobres» y comparó a los doce miembros de la nueva junta directiva con los doce apóstoles, exaltando en ellos su generosidad y sensibilidad social.

Andrés no se aguantó el símil y en un susurró le preguntó al banquero: «sir G, ¿cierto que, entre estos doce, yo no soy el Judas?». El banquero sonrío, al tiempo que posó sus ojos sobre el decorado de la bóveda.

Al final, para rematar la fórmula del *ite missa est*, monseñor se acercó a la nueva junta y los saludó de mano. Entonces los «doce apóstoles», vale decir, la docena de empresarios ungidos en compromisos con el banquero, desfilaron por el centro de la nave hacia la puerta de salida, en medio de los aplausos entusiastas de las setecientas jovencitas que atiborraban la capilla.

—¡Brutas! Gabriela. ¿Quién es ese hombre?

—¿Cuál?

—¡Mira! El tipo ese, el de corbata *pink*, creo que actuó en una película de... no me acuerdo.

—¿A cuál te refieres?

—El que tiene pinta de galán de telenovela ¡Brutas! Ese que tu papá agarra por el brazo.

—¿Te impresiona? Abril, estás perdiendo la cabeza —respondió Gabriela en un susurro.

—Gaby, no me digas que no te parece ¡divino!

—Es Andrés Castello, el mejor amigo de mi papá. Lo conozco desde que nací. A mí no me impresiona, me parece muy viejo.

—¡Shhhh! —se escuchó la llamada de atención de *sister* Teresa—. Por Dios, niñas, ¿qué está ocurriendo? Me permito recordarles que están en la Casa del Señor.

25

Un mes antes de montar la exhibición anual de arte, *mister* Tutis realizó con cada alumna la crítica formal de su obra.

Se anunció que el ejercicio sería estrictamente personal. El objetivo era mejorar la técnica empleada, sugerir los mejores marcos y tonos de los paspartús, recomendar el tipo de iluminación que mejoraría el *look* de cada obra e, incluso, ajustar los títulos.

Abril, con la ayuda de Julio, su hermano, trabajaba en una instalación que bautizó *Ovni: objeto visible nada importante.*

Ese día decidió aprovechar el encuentro privado con *mister* Tutis, para confesarle la ansiedad que le causaba competir dentro de ese ambiente tan ostentoso y desigual.

—Profesor Scott, necesito hablar con usted de un asunto personal. Le ruego mantener en reserva nuestra conversación, como un «secreto de confesión».

Mister Tutis se sintió turbado. Evitó mirarla a los ojos y, de encime, descubrió que ese día no sabía qué hacer con las manos. Entonces extrajo su pipa y caminó lento hacia la esquina más lejana del salón, en un gesto que significaba: «Sígueme».

Lo que escuchó esa mañana conmovió al profesor hasta las lágrimas.

—Profesor Scott, lamento decepcionarlo. Estoy convencida de las importantes obras humanitarias que se construirán con lo que produzca la subasta de este año. Y también soy consciente de la alegría que a los escoceses les causa celebrar ese día, pero mi trabajo, en realidad, no vale nada… cualquier cosa que yo presente, no importan sus méritos ni su calidad. Tengo que ser realista: nadie ofrecerá un centavo por mi obra, ni por lástima.

Abril improvisó una pausa para tratar de hacer contacto con los ojos del escocés, pero éste rehuyó su mirada.

—Todos sabemos cómo funciona la mecánica de la subasta y cuál es el papel de las familias. Le quiero abrir mi corazón. Soy huérfana de padre y mi mamá es una mujer alcohólica, sufre de depresión severa y es adicta a los calmantes. Mi hermano está en silla de ruedas y yo, además de estudiar, tengo que rebuscarme los oficios más extraños para aliviar en algo la pobreza de mi casa. La pensión miserable que nos dejó mi papá, es, por ahora, el único sustento de nuestro hogar. Yo sé que lo estoy incomodando con estos asuntos que no son académicos, pero, perdóneme… tenía la necesidad de abrirle mi corazón y desatar este nudo que tengo atorado en la garganta. No asistiré a la subasta porque carezco de una familia que tenga capacidad para competir en esta feria de vanidades. Apenas puedo conseguir lo justo para mantener mis uniformes y pagar los cuatro buses diarios que debo tomar para llegar al colegio. Gracias a Dios estudio becada y hasta hoy he podido cumplir, con mucho esfuerzo, el requisito fundamental que me exigieron al otorgarme la beca: aparentar, durante seis años, lo que nunca he sido. Lamento decepcionarlo pero sé que estoy en el lugar equivocado.

Abril hizo un esfuerzo enorme para no llorar y el ahogo que sentía le impidió seguir hablando.

El pesado silencio que siguió se volvió intolerable. *Mister* Tutis tampoco dio la cara y continuó hurgando con un palillo la cazoleta de su pipa como si nada hubiera escuchado. Se le vio realizar su mejor esfuerzo para mantener el control de sus emociones, pero, al final, Abril puedo ver el brillo de una lágrima solitaria, que por algunos minutos intentó retener entre sus ojos grises, hasta cuando, sin vergüenza, se deslizó lenta por su mejilla.

26

El primer día que Abril entró a la suntuosa residencia de la familia Hoffman quedó extasiada con la habitación de Gabriela. Le pareció que la habían decorado para rodar una película sobre la «princesa desencantada» o como para una foto en *Architecture Magazine.* Al tiempo que disimuló su cara de sorpresa, calculó a puro ojo que su cuarto cabría siete veces en este («once», se corrigió mentalmente y sobre la marcha, cuando descubrió la sala contigua destinada a la televisión y a las «muñecas nuevas»).

La marca de fábrica de Abril era su optimismo delirante, además de su espontaneidad.

Le contó a la señora Wasserman de su entrañable relación con Gabriela y esta le retribuyó con las historias que vivió en los campos de trabajo en Ravensbrück cuando tenía su misma edad. De cómo compartía con sus amigas una lealtad recíproca de intenso valor. Porque de ello dependía la sobrevivencia de todas. Y de cómo compartían los domingos en la tarde, remendando sus miserias y despiojándose las cabezas.

Entonces la señora Wasserman tomó la iniciativa y reajustó su horario. Ya no enviaba al chofer a recoger a Abril en el colegio porque ella salía directo para la residencia de Gabriela, donde tomaban una ligera merienda y en seguida se encerraban en su cuarto con el pretexto de estudiar. A las cinco arribaba al exclusivo condominio Atlántida el Mercedes de la señora Wasserman para recoger a Abril.

De ese modo, las obligaciones de Abril se movieron dos horas hacia adelante y como, en teoría, ella ya había estudiado, atendía a la señora Wasserman hasta las ocho de la noche, hora en que el chofer volaba a llevarla hasta su casa, cargada con las obligaciones académicas que Julio y su mamá estaban listos a procesar, durante toda la noche, en la ya famosa FTA.

Abril por fin conoció al banquero en persona, durante la recepción que los Hoffman organizaron para celebrarle los diecisiete años a Gabriela.

Abril lucía radiante. Vestía un traje de cóctel, blanco, clásico, ajustado debajo del busto con un cordón dorado que —como se había vuelto usual— salió del clóset de doña Eva Wasserman. Con ese rostro de niña ingenua, las pecas en la nariz y sus ojos chispeantes de color caramelo, parecía una pícara novicia fugada de un convento.

—Papá, ella es Abril, mi mejor amiga.

El banquero Hoffman, que nunca pudo controlar su defecto de examinar a las personas de arriba abajo, esta vez mantuvo activa su «sonrisa oficial». En gesto recíproco, Abril le regaló otra sonrisa, esa sí genuina y con suficiente potencia como para disipar cualquier recelo.

—Encantada, señor Hoffman, y gracias por invitarme a su casa.

—Tu apellido es...

—Santamaría, señor.

—¡Ah sí! Creo conocer a tu papá en el club —sonrió de nuevo, al tiempo que un grupo de brujas de apellidos rimbombantes, que pretendían estar en paz con sus conciencias haciendo el papel de voluntarias en alguna fundación, se lo trastearon para un rincón con la idea de aplicarle otro descarado homenaje a su ego, que era la vía expedita para sonsacarle otra contribución a la causa.

Pese a que desde hacía casi un año Abril frecuentaba la casa de Gabriela, esta fue la primera ocasión que se sintió integrada al círculo social de la familia Hoffman. «Tengo que grabar en detalle la experiencia de esta noche porque mañana el interrogatorio de doña Eva será exhaustivo».

Por primera ocasión en su adolescencia Gabriela se mostró feliz. ¡Qué extraña sensación de tranquilidad! Abril era su conexión al mundo real y no tenía por qué ocultar la dicha que la embargaba. El balance emocional que por fin logró se le notaba en su expresión plácida. Como estaba delgada y era larguirucha, su pelo corto y el maquillaje muy discreto le proporcionaban esa elegancia lánguida y un tris melancólica que es patrimonio de las modelos que aparecen en los afiches de la Belle Époque.

Abril y Gabriela revolotearon como mariposas por entre diferentes grupos de invitados. Compartieron guiños y sonrisas de complicidad. Hicieron repetidas escalas en el baño para corregirse algún brillo o algún desajuste del vestido, pretexto para escuchar a Gabriela con sus chismes y secretos de tantos tipos y mujeres excéntricas que aleteaban por los salones, más los intrigantes chismes de cama que tenían como protagonistas a las más encopetadas personalidades invitadas. De súbito, Abril lanzó un grito de alerta…

—Gabriela, ¡sostenme! Me muero, me desmayo. Gabriela, mira quién está allí.

Era Andrés Castello, quien con ese aire de perdonavidas se dejó arrinconar por un grupo de mujeres que terminaron riendo a carcajadas ante la exhibición lujuriosa de su desparpajo y sus irreverentes opiniones.

Abril se prendió del brazo de Gabriela y fingió que se iba a desmayar. Dramatizó, impúdica, el gesto de haberse quedado boquiabierta ante la alucinación.

—¡Pilas!, Abril. Disimula. Deja de exagerar.

—¡No quiero morir sin estar confesada! —exclamó riendo.

Fue tan evidente la payasada de Abril que Andrés por poco las pilla *in fraganti*. Contagiadas de otro ataque de risa nerviosa, decidieron volver a buscar refugio en el baño.

Cuando retornaron al inmenso salón, Andrés Castello evocaba «un altar de Corpus». Ubicado en el mismísimo centro del grupo de mujeres, lucía como «nuestro Amo expuesto». A su alrededor se movía toda una parafernalia de sedas, tules, rasos y tafetanes, pestañas postizas y moños, más el reflejo de perlas, brillantes y solitarios, y, como si se hubieran puesto de acuerdo, con cada acceso de carcajadas, todas hacían tintinear al unísono el sonido metálico de sus pulseras.

De improviso, Castello levantó la mirada hacia el salón y, sin proponérselo, reparó en la pequeña amiga de Gabriela. Se cruzaron las miradas durante esa eternidad que carece de nombre —porque es menos de una milésima de segundo— pero ese ínfimo instante les desató a los dos una reacción química en cadena: sintieron un torrente de hormonas que les inundó el organismo, una chispa de electricidad seguida de un leve estremecimiento, un dolorcillo placentero debajo del esternón y esa sonrisa medio estúpida que se regalaron y que, muchos años después, ambos reconocieron como una mueca de complicidad.

Un instante después de esa fracción de segundo, Andrés Castello se autocensuró. «No. No es posible». Pero en seguida se sorprendió haciendo el cálculo de su diferencia de edades. «¡Qué estúpido! —se reprochó—. Si apenas es una niña». Pero en ese instante la razón dejó de responder a las instrucciones y se declaró subalterna de la emoción. Sin poder dominar sus instintos de cazador se empinó en repetidas ocasiones para barrer con su mirada el salón en busca de lo que no se le había perdido. «Esa amiguita de Gabriela irradia energía nuclear», pensó.

El encanto se esfumó cuando Ana Sofía de Hoffman, con un simple guiño, operó el milagro de convertir el agua en champaña. Un escuadrón de meseros desfiló con bandejas rebosantes de copas de cristal tallado donde burbujeaba generoso el Krug Clos du Mesnil, cosecha de 1998. Gabriel y Ana Sofía alzaron sus copas e invitaron a compartir la dicha que los embargaba al ver a su hija tan feliz, sin sospechar que Gabriela había desarrollado su particular máscara de felicidad para compensar el complejo de soledad que la acosaba al lado de los padres más ricos y exitosos del país.

Pero nadie lo notó. Desde cuando tuvo uso de razón, Gabriela aprendió a interpretar, de manera magistral, su papel de heredera dichosa.

Mientras el entusiasmo, la música y las carcajadas subían en intensidad, Abril, en su papel de Cenicienta, se alistó a desaparecer de manera discreta, antes de que «el reloj marcara la medianoche». Doña Evangelina Wasserman dispuso que a esa hora, el Mercedes la recogiera.

Andrés Castello, quien justificaba su abstención etílica con el cuento que en sus tiempos de estudiante en Londres se había bebido toda la ración de alcohol que mi Dios le había asignado en esta vida, también se disponía a escapársele a una divorciada que lo mantuvo acosado gran parte de la fiesta. De pronto, sintió que lo tocaron en la espalda.

—Hola, soy Abril —le estiró la mano—. Entiendo que usted es el mejor amigo del papá de Gabriela. Pues le cuento que yo soy la mejor amiga de Gabriela. ¿No cree que eso es una coincidencia?

Andrés le obsequió una divertida sonrisa que Abril guardó para siempre en su memoria. Pero ante la sorpresa, el ahora tímido señor Castello no atinó a decir ni mu. Justo en ese instante apareció Gabriela, le estampó un beso en la mejilla y lo sermoneó.

—Ajá, Andrés, te pillé. No pierdes la vieja costumbre de volarte de las fiestas cuando se empiezan a poner mejor. —Y sin que mediara otra explicación arrastró del brazo a Abril.

—¿Qué hice mal? —preguntó Abril en tono divertido.

—Acabo de descubrir que estás loca y eres impredecible. Veo que esta noche los que mandan son tus instintos. Te vas a meter en problemas —le susurró al oído.

Andrés se retiró de la fiesta con la imagen de una niña pecosa, de ojos color miel, atravesada en su mente. «Pederasta —se reconvino— si es la compañerita de colegio de mi ahijada».

27

¡Qué agite el de este noviembre en el colegio!

A la pomposa inauguración de un gimnasio y de un pequeño oratorio entre el bosque —donados por el banquero Hoffman— se sumó la tradicional cena de gala y subasta de arte, en beneficio de las obras sociales que sostiene el plantel.

El banquero pronunció seis discursos en tres días. Las palabras más emotivas se las reservó para el brindis que propuso al concluir la cena de gala del viernes. Con ese derroche de simpatía de los filántropos, concluyó: «Entrego estas obras al colegio, como mi reconocimiento personal por la espléndida educación que recibió en este plantel mi amada esposa Ana Sofía, y por la formación integral en liderazgo que durante seis años le impartieron a mi hija Gabriela, que ya pronto se despide de su colegio». Hizo una pausa, le obsequió la más cálida sonrisa a su esposa y en seguida buscó, entrecerrando los ojos, la mesa donde estaba su hija. Tan pronto la ubicó, levantó su copa: «¡salud!». Los asistentes se incorporaron. Todos respondieron el brindis como si lo hubiesen ensayado, mojaron al unísono los labios en champaña, y, en seguida, dejaron las copas sobre las mesas y se oyó una cerrada ovación, que incluyó chiflidos juveniles, gritos y porras.

Abril sonrió y, sin mirar a Gabriela, le aplicó un leve codazo. Ésta respondió poniendo los ojos en blanco como expresión de hastío ante la retórica paterna que se sabía de memoria. De esta mueca nadie se percató porque todas las miradas se habían posado sobre el halo que a esa hora rodeaba la imagen de Ana Sofía de Hoffman. Es que la esposa del benefactor lucía esa noche más bella e inaccesible que nunca. Irradiaba señorío y parecía flotar por encima de los demás mortales. ¡Sí! Flotar o levitar o como se llame esa singular sensación de levedad de la que solo son capaces de realizar, sin vergüenza, las santas en estado de éxtasis o las pecadoras que reúnan una belleza superlativa, un poder sin límites y un éxito arrollador.

—Se parece a Simonetta —comentó en voz baja *mister* Tutis.

—¿Sismo... que? —preguntó *sister* Eleonora, en un susurro.

—Simonetta, la modelo que posó para Botticelli en el *El nacimiento de Venus*.

—¿Modelo de virtudes?

—La modelo más bella de la Italia del «Quattrocento». Todas las mujeres de los cuadros de Botticelli son la fiel imagen de Simonetta.

—¿Si-mo-ne-ta?

—Sí, hermana, jamás lo olvide. Simonetta, Botticelli y Scott, compartimos una "doble te" en nuestros nombres.

—¿Y esa Simonetta —con dos tes— era tan joven como la señora Hoffman?

—Jamás le pregunto la edad a las señoras. Pero en cuanto a Simonetta Vespucci, ella murió de tisis a sus 23.

Esa comparación en boca de *mister* Tutis, profesor de apreciación del arte, poseía un gran valor evocativo, aunque es justo aclarar que la abstracción de la Simonetta de esa noche —la de Hoffman— no estaba desnuda como la Venus de Botticelli, sino cubierta con una impecable túnica blanca diseñada por Karl Lagerfeld ¡Ah! Y su cabello no flotaba como en ese cuadro —por acción de Céfiro, el dios del viento, y Aura, la diosa de la brisa— sino que lo llevaba recogido en una gran moña, atrás en la nuca, y el peinado se complementaba por un gracioso flequillo que le caía sobre su ceja derecha. Este fue el recurso que su maquillador utilizó esa tarde para disimular la bofetada que la noche anterior le propinara Gabriel Hoffman en su cara de porcelana, para zanjar, de un solo golpe, una violenta disputa que se estaba alargando demasiado.

La cena de gala de esta noche era muy especial. Quienes exhibían pinturas, fotografías, esculturas e instalaciones eran las alumnas de la «clase del 2000», entre ellas Gabriela, la hija del benefactor. Como si fuera poco, esta promoción tenía el privilegio y la responsabilidad de clausurar un año, un siglo, e inaugurar el nuevo milenio.

La exhibición y la subasta se constituían en algo parecido al carnaval de máscaras en Venecia. Lo importante no era demostrar qué tanto genio y talento artístico poseía una estudiante. Los padres consideraban, muy en serio, que esa exhibición anual de arte podría contribuir, o bien a dar lustre a su apellido o, en el peor de los casos, a mancillar el honor de la familia. Así que el nombre del juego era aparentar.

Para producir las obras se establecía una especie de conspiración silenciosa entre padres e hijas. La realidad que todos callaban era que las obras exhibidas no eran resultado del esfuerzo individual, sino del colectivo, porque en la gran mayoría de los casos eran los mismos papás quienes las pintaban y, en otras, algunos de ellos —con menos talento o menos tiempo, o más dinero— contrataban a artistas profesionales para que les produjeran cuadros «decentes» que luego los firmaban las niñas. La exhibición y subasta de la «clase del 2000» no fue una excepción a esa atávica costumbre.

El evento de esa noche no pretendía conmover a los padres con discursos sobre responsabilidad social empresarial, altruismo, y filantropía. El evento tenía un propósito simple: sacudirles los bolsillos a los ricos. En la práctica, no se trataba de una exhibición de arte, sino de la más ramplona exhibición de poder económico.

Era tradicional que a la entrada de la exposición, siempre estuviera visible *mister* Scott (*with two tees*). Pero claro, si en la nómina del colegio él era un «jugador estrella intransferible».

Mister Tutis fungía en el colegio el papel de «The real Mac-Kay» —el verdadero escocés original— y esta noche se había apropiado, además de su papel de curador de la exposición, de su rol como maestro responsable por las clases de arte que impartió durante los últimos seis años, a las populares chicas de esta «clase del 2000».

¡Qué elegancia la de *mister* Tutis! Apareció trajeado con su *Highland dress*. De arriba abajo: camisa blanca de algodón con su corbata escocesa verde selva, su impecable chaqueta negra con botones metálicos y lo más notorio, su *kilt*, esa falda masculina en tela de lana gruesa estampada a cuadros en la que predomina el fondo verde, más el típico broche dorado que permite mantener los pliegues bajo control. Las piernas las cubría con medias de lana, dobladas debajo de la rodilla y sostenidas por unas ligas visibles. Los brillantes zapatos de cuero negro los llevaba anudados a la manera tradicional escocesa: con los cordones alrededor de los tobillos. El complemento final era el cinturón de cuero y el tradicional *sporran*, una pequeña bolsa de piel que se asegura con una cadena.

Con derroche de simpatía, él mismo se encargó de entregar a cada invitado el impecable catálogo de la exposición con fotos de las obras y de sus autoras, así como la técnica utilizada, el tamaño y una breve crítica (naturalmente laudatoria) a cargo de profesores del colegio y otros maestros de arte que durante los meses previos fueron invitados a evaluar el progreso de las obras.

En el momento del registro se les pidió a los invitados que visitaran la exhibición y, en seguida, escribieran en una tarjeta «los títulos de las tres obras que más los habían impresionado». Esas tres obras serían las que, en el curso de la cena, se rematarían por el sistema dinámico de subasta, con ofertas a viva voz, animadas por un reconocido martillo de arte traído de Nueva York.

Otra actividad principal era la «subasta silenciosa», que aunque no generaba tanta tensión, sí producía generosos ingresos para la fundación. En el centro del salón, bajo una inmensa lámpara Chandelier de cristal de Bohemia, colocaron una mesa de caoba en donde organizaron las hojas para el *silent auction*. Sobre cada hoja se apreciaba la foto de una obra, con su título, tamaño, técnica y autora. Los invitados anotaban el valor que estaban dispuestos a ofrecer por cada una, sellando ese compromiso silencioso con sus iniciales.

Como era de esperarse, una de las tres obras seleccionadas para la subasta dinámica fue la de Gabriela, no tanto por su calidad ni como reconocimiento a la original técnica que empleó, sino por el usual gesto de subordinación de los padres hacia el benefactor del colegio. Se reconoció de esa manera que, dentro del recinto, el banquero Hoffman era el más generoso de los ricos.

El tema del cuadro de Gabriela era elemental: un parque rodeado por frondosos árboles con las siluetas de altos edificios recortados al fondo. La imagen podría sugerir un paisaje del Central Park de Nueva York o del Saint Albert en Londres. Según la descripción de su técnica, «es un trabajo de paciencia en la técnica de *stamp*, en el que utilizó, como único recurso de impresión, las huellas dactilares de sus diez dedos». Con las yemas de sus dedos —aquí y allá— con más o menos presión y dosificando la cantidad de tinta, logró los efectos de profundidad, luminosidad, textura de la hierba y de las hojas, y volumen de las edificaciones. Si algún investigador forense hubiera analizado la obra habría comprobado que las huellas dactilares correspondían a veinte dedos (en ninguna parte de la descripción técnica de la obra se mencionaba que los otros diez dedos pertenecían a su amiga Abril). Este fue el único cuadro que el banquero Hoffman examinó con extraña curiosidad. Durante escasos diez segundos se inclinó sobre la obra, como si estuviera buscando huellas en la escena de un crimen.

—Gabriela, dime la verdad. ¿Tú hiciste este trabajo? Porque si me hubieras consultado, hubiéramos pagado para que alguien te lo hiciera.

El proyecto de Abril consistía en una impecable caja de madera pintada de blanco y enchapada con una delgada lámina de fórmica semitransparente. Aunque la caja lucía sencilla, con una geometría elemental, en lo profundo de su alma escondía la magia de la luz. Los planos interiores los forró con papel metálico brillante y en la base instaló el mecanismo de un tocadiscos antiguo. Sobre el plato colocó una bolita forrada de espejos como las que se usan en las discotecas y, al frente, un proyector del tipo estroboscopio. Al girar el plato del tocadiscos la bola reflejaba, «enloquecida», los destellos intermitentes del proyector. Para hacer visibles los efectos encandilantes, Abril perforó pequeños agujeros sobre cinco de los seis lados de la caja. Mientras el artilugio se encontraba en estado de reposo, la fórmica semitransparente no dejaba notar los agujeros. Pero cuando algún espectador se aproximaba, un «sensor de alarma por acercamiento» activaba los mecanismos y entonces la caja cobraba vida como por arte de magia. Cientos de destellos, relámpagos en miniatura, se colaban a través de los agujeros. La instalación de Abril era, según la crítica que *mister* Tutis escribió bajo el seudónimo de Urania: «Un misterioso sarcófago que atesora rayos y centellas. En la expresión de un alquimista antiguo, no es otra cosa que taumaturgia pura».

Quizás por esa sencillez deprimente que a primera vista se apreciaba en la obra de Abril, no quedó entre las tres seleccionadas. Es que la gente o no la entendió, o solo la vieron de lejos. Acercarse era el requisito *sine qua non* para activar el mecanismo que daba vida a ese demonio fulgurante que se agazapaba en su interior. Pero como el profesor Scott trajinó durante tantos años en las cortes judiciales inglesas y aprendió los trucos de prestidigitación, malabarismo e ilusionismo que manipulan, por igual, fiscales y defensores, la tercera obra más votada de la exposición resultó ser la de Abril. Como recurso para subsanar de antemano cualquier complejo de culpa que lo hiciera arrepentir más tarde, recitó en voz baja, varias veces el viejo axioma del poder: «el que escruta, elige».

Durante la cena se remataron las «tres mejores» obras de la muestra. A juzgar por la pompa y circunstancia del evento y las sumas desproporcionadas que se ofrecieron, cualquier despistado podría pensar que eran Sotheby's o Christie's, como mínimo, las casas encargadas de la subasta.

Por el inmenso lienzo de Gabriela, que tituló *Paisaje en DNA* —por aquello de sus huellas dactilares— el hábil martillo animó la generosidad de la concurrencia hasta lograr doce mil quinientos dólares.

La verdadera sorpresa de la noche fue cuando *mister* Tutis pidió el micrófono para presentar la «tercera obra más votada de esta noche», la instalación titulada *Ovni: objeto visible nada importante*. Al tiempo que abrió un sobre del que extrajo una tarjeta blanca, hizo el ademán de leer: «Un comprador que se encuentra en este salón y que por razones personales prefiere permanecer en el anonimato, me ha entregado este poder —agitó la tarjeta como obligado a presentar la evidencia— para que lo represente en la puja por esta obra». Después de la más divertida sesión de ofertas y contraofertas, el martillo logró rematar la instalación por dos mil cien dólares. Nadie supo quién era el fanático de los ovnis, o, el admirador anónimo de Abril que había pagado esa suma. Lo cierto es que para cumplir su palabra de proteger la identidad de su representado, el profesor Scott se inclinó para firmar un cheque personal, que exhibió exultante al público que aplaudía.

—¿Sospechas quién es tu admirador secreto? —preguntó Gabriela entre risitas.

—Amiga: yo no nací ayer. En este caso no hay sospechas sino certezas. Yo me imagino quién es ese lunático, que además de guapo, también es generoso, y, de ribete, si no compadre, por lo menos muy amigo de tu papá.

¡Qué equivocada estuvo Abril!

El evento transcurrió en armonía con el libreto y la minuciosa preparación, pero, al final de la cena, cuando *mister* Tutis agradeció la presencia de los padres, destacó el trabajo creativo de sus alumnas y le dio las gracias a la madre superiora por la confianza que le depositó, tanta emoción lo hizo salirse del libreto. ¡Horror! Con su castellano pedregoso le disparó un pedido «casi personal» al benefactor del colegio.

—Desconozco si el doctor Hoffman me acepta este reto. ¿Qué tal sí la primera subasta del próximo milenio la realizamos en un nuevo edificio de exposiciones especialmente construido y dotado para cultivar ese alimento del espíritu que es el arte?

El benefactor sonrió condescendiente y tomó, a mala hora, la pésima decisión de demostrar su arrogancia y altanería, que a veces disfrazaba de informalidad.

—Gracias, profesor Scott. De no ser por su llamada de atención hubiera olvidado mis responsabilidades sociales como filántropo. Con gusto consideraré su propuesta si usted me acepta, en reciprocidad, otro reto.

El profesor improvisó su mejor sonrisa para invitarlo a que planteara el reto.

—Seguro, doctor Hoffman.

—Mire, estimado profesor —comenzó diciendo el banquero con cara de picardía—, revélenos esta noche el secreto de los escoceses. ¿Es cierto que ustedes no usan calzoncillos debajo de esa falda?

Mister Tutis pidió el micrófono. Apuntó sus ojos grises entre las dos cejas del doctor Hoffman, se acarició la barba y le respondió, con patética seriedad.

—Distinguido señor. Hoy, 30 de noviembre, Día Nacional de mi amada Escocia, usted me pide que le revele un secreto celta que hemos conservado durante tres mil años. Pero lo haré esta noche en su honor. —Carraspeó para aclarar la garganta—. Entre el cuerpo de un verdadero escocés, como el mío, y lo que usted llama erróneamente «falda», yo solo uso talco para bebé. ¿Lo quiere comprobar? Lo autorizo a que meta la mano.

La carcajada colectiva estalló espontánea en todos los rincones del salón. Los invitados festejaron la manera tan inteligente y divertida como el profesor Scott logró aliviar el ambiente, que ya lucía sobrecargado por las tres horas de protocolo versallesco.

El banquero no pudo disimular ese espasmo incontrolable que le hacía temblar su barbilla, cuando estaba insuflado de cólera divina. El último fugaz contacto de su mirada con la del profesor Scott contenía una severa llamada de atención por su flagrante falta de respeto. En vista de que los asistentes consideraron que ese chiste marcaba el epílogo de la cena, se incorporaron de las mesas en medio de animadas despedidas e iniciaron la evacuación del salón hacia el área donde estaba organizado el servicio de *valet parking*.

Aún no se extinguía el eco de las últimas carcajadas cuando la familia Hoffman ya se desplazaba —a más de 140 kilómetros por hora— en un Mercedes blindado protegido por una caravana de camionetas negras, en dirección al exclusivo conjunto privado Atlántida.

La única carcajada que se mantuvo delirante durante los 27 minutos del viaje fue la de Ana Sofía de Hoffman. La muy provocadora continuó, alegre, recordando el suceso, incluso, cuando ya se encontraban en la mansión. Como efecto de ese comportamiento descocado y retador, su recursivo maquillador se verá obligado a dejar caer mañana, sobre la ceja intacta de la bella señora, otro flequillo que sirva para disimular el nuevo golpe que se ganó esa noche, por hacerle apología al irrespetuoso profesor.

Mister Tutis no tenía intención de ofender al temido y muy respetado benefactor, pero muy pronto descubrirá que los megalómanos pierden, por igual, el sentido del humor y el sentido de las proporciones.

—¡Mil veces canalla! ¡Hijo de puta! ¡Cobarde! ¡Machista! Sólo un miserable como usted reacciona con estúpida violencia cuando le dicen la verdad. Pretende burlarse de manera pública de un profesor cuyo único pecado es mantener con orgullo la tradición del auténtico escocés. Pero cuando el tipo reacciona con similar sarcasmo, usted es incapaz de soportar su respuesta inteligente.

La reiterada mención del suceso con el escocés provocó otra violenta reacción de Gabriel Hoffman. Gritó como un endemoniado y le arrojó con furia a su mujer un fino florero que —a centímetros de su cabeza— se estrelló contra la pared, para desaparecer convertido en moléculas de cristal. En seguida, quizás frustrado por su falta de puntería, dio un portazo y se encerró en su estudio.

—Abril, gracias por contestar mi llamada a esta hora. ¡Qué desgracia! ¡Otra vez están que se matan! Los odio. Quiero largarme de este infierno… Abril ¿me recibes en tu casa?

28

Si algo despertó enorme expectativa en la familia Hoffman fue el cambio del milenio. Durante los dos años previos el banquero Hoffman se mantuvo exaltado barajando las más disparatadas opciones para recibir el año en un lugar inolvidable. Reservó diez cupos para asistir al cacareado concierto de Jean-Michel Jarre en la pirámide de Keops, en Egipto. Ordenó a su vicepresidente administrativo que le calculara los costos de invitar a la cena de año nuevo a sus veinticinco mejores clientes y a sus esposas, con todos los gastos pagos, en el restaurante Le Louis XV-Alain Ducasse, en el Hotel de París en Montecarlo, que según él mismo «es tan elegante que apesta a lujo». Más tarde, en el curso de su monomanía por hacer algo único, se engolosinó con la planeación de un viaje exótico que le permitiera «pasar a la historia». Su meta: la primera persona en el planeta en ser testigo del arribo del tercer milenio. Ordenó buscar «hasta en el fondo de los siete mares» un crucero que tocara la isla Carolina a la medianoche del 31 de diciembre de 1999. Cuando le advirtieron que nadie se aventuraría a ir a una isla deshabitada en el Pacifico, en un archipélago que pertenece a la República de Kiribati, se entusiasmó aún más ante la expectativa de ser el «primer ser humano en recibir el milenio, unas 24 horas antes del descenso de la bola de cristal en el Times Square de Nueva York». Pero los últimos meses del año 99 fueron frenéticos para el banquero Hoffman. Abrigaba fundados temores que las computadoras del banco y de las empresas del conglomerado fallaran durante el cambio del milenio, por la deficiente sincronización que estaba anunciada en el «Y2K». Pudo más el temor a una catástrofe financiera que su afán de gloria. Optó entonces por una fiesta más íntima, con apenas trescientos invitados, en su bellísima hacienda Lapislázuli.

—Acompáñame a la hacienda. Lo que mi papá planeó para la fiesta de fin de año será inolvidable.

—Gabriela, gracias, pero no puedo. Mi mamá organizó una reunión familiar y le prometí estar con ella.

—¡Invítala! Dile que venga. ¿Te imaginas? Será una maravillosa oportunidad para que conozca a mi mamá. Mi mamá puede ser cansona, insoportable e intensa, pero es solo conmigo. Estoy segura de que se van a entender.

—Gracias, Gabriela, pero es muy tarde para cambiar los planes de tantas personas.

—Por fa… No me vayas a dejar sola. ¿Y qué tal si yo te acompaño a la reunión de tu familia? El único problema sería con el dispositivo de seguridad. Debo avisar con tiempo para que la unidad de seguridad del banco programe una visita al conjunto donde vives. Tú sabes. Es fácil. Ellos revisan sobre el terreno la seguridad física de tu casa, entrevistan a los vecinos y planean el desplazamiento. Si no ponen objeciones, pues nos vamos a divertir y, de paso, me presentas a tu hermano Julio.

—Gabriela, no sé qué decirte… quizás no. No es conveniente alterar los planes de tu familia y de la mía. Además tengo que pasar a saludar a doña Eva en la tarde del 31. Se lo prometí. No sabes lo que significa para ella. Desde hace diez años se propuso una meta: vivir para poder ser testigo del cambio del milenio.

En las semanas siguientes Abril no tuvo muchas opciones. Julio la animó para que aprovechara la oportunidad de celebrar en casa de los Hoffman, con la promesa de que él se encargaría de atender a su mamá.

Doña Evangelina Wasserman también la animó. Aprovechó la oportunidad para relatarle a Abril sus experiencias en el campo de trabajos forzados, cuando esperaban —en medio del desaliento y el gélido invierno— el arribo de 1944.

—Aprovecha la juventud —le insistió— las oportunidades llegan, y si no las aprovechas, jamás vuelven.

La fiesta en la hacienda Lapislázuli derivó en un derroche surrealista de imágenes y emociones. Esa tarde de miércoles hasta el color del cielo apareció teñido de un azul tan perfecto que parecía sintético. A las seis de la tarde empezó la concentración de invitados en el bar de la cancha de polo.

Una hora más tarde se inició el desplazamiento —de unos cuatrocientos metros— hacia la casa principal. Seis carruajes de tipo Landó, con la capota recogida, tirados por dos caballos cada uno, y adornados con flores, atalajes negros y campanillas de bronce, se encargaron de transportar a los invitados, bajo diez arcos rebosantes de flores que simbolizaban las diez últimas décadas. Tanto los cocheros como los ayudantes, que ubicaron en ambas postas para ayudar a las damas a abordar y a descender de los coches, lucían uniformes impecables: chalecos de paño negro, *britches* blancos, botas altas y sombreros de copa.

Predominaban entre los invitados apellidos de claro origen italiano, alemán e inglés, y, sin excepción, todos hacían ostentación de ellos. Las mujeres, o bien eran herederas de algunas de las treinta familias que desde la época de la Independencia se preciaban de ser las propietarias del país, o pertenecían a esa monarquía vernácula de exreinas de belleza, cotizadas modelos de publicidad y actrices famosas de la televisión. Sea cual fuere el balance de sus arrugas, todas portaban algo falso —tanto en el exterior como en el interior de sus anatomías— desde dientes blanquísimos en resina acrílica e implantes de silicona, hasta pestañas, moños y uñas artificiales. Casi todas eran «rubias» y lucían un bronceado cercano a lo perfecto, aunque «aquí entre nos» reconocían las fortunas gastadas en su afán por lucir «tan naturales». Las damas mayores se confesaban católicas apostólicas y extravagantes. Las más jóvenes competían por emular esa elegancia andrógina a lo «barbie», al tiempo que otras damas —más generosas en carnes— sin la menor vergüenza, intentaban imitarlas. En esta ocasión, todas las señoras se presentaron con su nombre pegado a un «de» para apropiarse de los dos apellidos de sus consortes, cual si fuera preciso ostentar la reputación de una «marca registrada».

Como muestra de la superficialidad y el derroche, la división de recursos humanos del banco contrató a una legión de jovencitas rubias —mercenarias— con el encargo de guiar a los invitados a lo largo de la extensa alfombra roja que conducía hasta la faraónica tienda blanca que levantaron frente al lago, para oficiar el banquete.

La extravagancia fue la invitada de honor. No solo por el espectáculo, que incluyó una generosa exhibición de fuegos artificiales con el lago como telón de fondo, sino por el espectacular *show* de un famoso ilusionista que trajeron de Las Vegas, junto con su exótica parafernalia de cajones, cortinas, varita mágica, dos tigres albinos y tres rubias oxigenadas.

Cuando empezaron los alaridos que en desafinado coro acompañaron el conteo regresivo anunciando la inminente entrada del nuevo milenio, todo el mundo experimentó una fuerza mágica, energía pura, inevitable y magnética; los invitados parecían absorbidos por el agujero negro más grande del espacio. La euforia abrió la puerta a un voluptuoso caos que creció a niveles incontrolables cuando se empezaron a escuchar, lentas, las doce campanadas. Ahí sí se alcanzó el clímax, gritos, lágrimas, oleadas de entusiasmo, abrazos y besos; parecía la fiesta de despedida de este mundo, la antevíspera del juicio final. En una de estas oleadas, Abril quedó aturdida ante la ocurrencia de un milagro: Andrés Castello se materializó frente a ella con una sonrisa de complicidad y picardía, como si desde el octavo día de la Creación ambos se hubiesen puesto esta cita justo a la medianoche. No vio más, porque al mismo tiempo que abrió los brazos y sonrió espontánea, cerró los ojos. En el siguiente instante se sintió volando en los brazos de Andrés. Él la alzó como a una pluma. Cinco vueltas más tarde cesó este espontáneo acto de levitación, tocó tierra y experimentó un grato dolor debajo del esternón como si su organismo en estado de excitación hubiera dado la orden de expulsar, enloquecido, todas sus hormonas. En ese instante —sin que mediara señal, guiño, permiso, aceptación, licencia o beneplácito— Andrés le estampó un beso sorpresivo y prolongado, que Abril le correspondió atrapándole los labios con la furia de una gata en celo. Abril sintió de pronto una incómoda humedad en la entrepierna, se angustió, dio media vuelta y huyó en medio de la euforia que no amainaba, en procura del baño. El nuevo milenio la sorprendió sentada en la taza del inodoro limpiándose las piernas con papel higiénico.

—¡Abril! ¡Abril! ¿Dónde estabas metida? —le gritó Gabriela con una enorme sonrisa de felicidad— te he buscado por todas partes.

—Andrés Castello me violó.

—¡No, no puede ser! ¿Qué paso? ¡Dime! ¿Te hizo daño? ¡Qué tal este malparido!

—¿Quieres saber toda la verdad?

—Sí, dime. Por fa, no me ocultes nada. ¿Te violó?

—Sí, el tipo me violó. Violó mi tranquilidad, mi paz, mi sosiego y mi sueño. No me explico qué pasó, porque el muy imbécil, cuando me abrazó, justo ahí, yo cerré los ojos, y entonces me hizo volar por el espacio. Yo experimenté la «gravedad cero», la levedad del espíritu, la magia de la telequinesis. Y como si fuera poco, cuando me devolvió a tierra, el muy estúpido me besó y me hizo reconocer la sensualidad, el erotismo, la arrechera infinita y, como pasa en las películas de extraterrestres, el cabrón desapareció, se esfumó como si estuviera compitiendo con el huevón del *show* cuando hizo desaparecer a los dos tigres albinos. Pero Castello me decepcionó. No tuvo los suficientes pantalones para violarme de verdad. No me lo vas a creer, Gabriela, pero eso era lo único que hace cinco minutos yo le pedía a la vida, que el hijo de puta me sacara de aquí, cargada al hombro, como los bárbaros cuando saquearon a Roma, y me revolcara allá en medio de la oscuridad, en ese jardín, frente al lago.

—Abril, qué cuento tan fascinante. ¿Y ahora qué piensas hacer?

—Ponerme las pilas. Que ese huevón no se me acerque porque no le daré ni la hora.

29

—Mira, Vargas, ¡Mira! Me pegó otra vez —dijo Ana Sofía de Hoffman mientras le mostraba a su estilista un hematoma cerca del pómulo y raspones en el antebrazo.

—¿Dijiste Vargas? ¡Ay, no! «No me digas Vargas que me siento con las mechas largas» —contestó repitiendo el mismo chiste cretino que usaba cada vez que alguien le recordaba su apellido—. Mi nombre artístico es François, pero ya sabes que aquí en el salón me puedes llamar Paco.

—Paco, ¡mírame! —sollozó—. A este mal nacido lo odio, lo detesto, lo abomino.

—Ay, qué haremos con estos cavernícolas. Estás agotando mi reserva de árnica y de maquillaje para seguir tapando tanto ojo negro. No, linda, si a los veinte años de casada no has podido domesticar a esa fiera, aplícale electrochoques donde más le duela... y no es precisamente en los genitales, gorda hermosa.

Francisco Vargas es el más reconocido estilista de reinas, peinador y maquillista, formado en la tradicional escuela del chisme, las quejas y las consejas. A sus cuarenta y un años es una suma variopinta de personalidades. Ha logrado acumular tanta experiencia en el mundillo de la belleza y de la moda que un centenar de mujeres, ubicadas en la cúspide del poder social y económico, lo consultan para que él les resuelva toda clase de problemas, desde los íntimos, hasta los otros. ¡Qué influencia la de este pajarraco! Conoce las intimidades de sus clientas más que sus propios maridos. Es que François es, además de estilista reconocido, un sicólogo empírico, consejero sentimental, asesor en inversiones, adivino, intérprete de la cábala y el tarot, ginecólogo y obstetra aficionado, experto anatomista, intérprete de todos los males que padece el sexo débil, incluidos los padecimientos imaginarios. Lo que valoriza aún más a François es su vocación intuitiva como conspirador. De las mujeres conoce, como ningún otro, sus emociones y pasiones y además ha aprendido a odiar a los maridos por cuenta de los chismes que revolotean, como avispas ponzoñosas, en su salón.

—No me cuentes más, querida Ana Sofía, porque estoy fúrico. Si en este momento tuviera a ese patán frente a mí, le arañaría la trompa, así arruine el arreglo de mis uñas.

—¿Qué hago para detener esta maldita espiral de violencia, Vargas?

—¿Vargas? ¡No! ¡Mil veces no! Dime Paco. No-me-pon-gas-a-po-dos. La clave, preciosa, es darles de tragar su propia medicina. Sacarles el dinero a manotadas, pues es lo único que aman. ¡Asáltalo! Conviértelo en un pobre diablo... bueno, técnicamente, más pobre que diablo. Castígalo. Sácale hasta el último *chavo*.

—Pero el hijo de puta del Gabriel tiene demasiado. Al tipo ni le importa.

—¿Y es que ese cretino de tu marido es de Júpiter? Mira, Sofi —le susurró al oído— tengo una clienta que hace como diez años se autosecuestró y dejó a su «arcángel san Gabriel» sin cinco. Ahora ella es la que manda. El tipo come de su mano. Eso es lo que se llama «choques eléctricos», tontita.

—¿Dijiste autosecuestro?

—Ay, mi niña, yo jamás pronunciaría semejante palabra. Porque si además de permanentes, rayitos, tintura, *manicure*, masajes y todas estas maricadas, yo prestara ese tipo de servicios a mis clientas, estaría nadando en dinero y en Miami. No sabes lo rico que es confabularse contra esos abusadores. No conozco mujer que se resista a conspirar contra esos tipos.

—Yo no soy capaz.

—Entonces, mija, chupa por tonta y no vengas a quejarte. Aprende a maquinar. Todas mis amigas lo hacen. Si quieres pararle el hipo al desgraciado empieza por ponerle los cuernos. ¡Se ven tan divinos los cabrones! Con cuernos parecen un árbol de Navidad.

—Eso me suena. Pero me preocupa hacerle daño a Gabriela.

—Cuernos y celos, esa es la fórmula. Así nos suene feo. Porque, mi amor, debe ser hediondo imaginarse al hombre de una acostado con otro hombre. Esa receta de los cuernos luce tan asquerosa como la de fabricar longaniza. No le vayas a contar a nadie cómo la preparaste porque entonces nadie se la come. El único que debe oler que hay salchicha escondida es el marido. Los celos, Ana Sofía, ¡los celos!, le arrugan la habichuela hasta al más arrogante. Los celos poseen la capacidad química de disolver hasta el más resistente ego con el mismo poder corrosivo del ácido sulfúrico.

Antes de un mes Ana Sofía de Hoffman se encontrará trepada en una virtual «montaña rusa», más compleja, frenética y delirante que su propio matrimonio, de la que ya no podrá bajarse, ni ponerle freno, ni accionar la reversa porque le podría costar la vida.

30

La reunión se realizó a la once de la mañana en un rincón discreto del Level 21th Wine & Bar, en el último piso del Hotel Charlot, que a tan temprana hora lucía desierto. Ana Sofía de Hoffman pidió una botella de agua Evian y el hombre de anteojos oscuros pidió un Chivas 12 años, doble, que despachó de un trago.

—Tengo poco tiempo. Si me demoro subirán los escoltas a buscarme.

—Yo tampoco tengo tiempo, mi señora.

—¿Quién me garantiza que no me va a pasar nada?

—Usted misma, mi señora.

—Quiero estar segura de lo que hago. Por eso le insisto, quiero conocer quiénes son ustedes y cómo van a desarrollar el trabajo.

—El trabajo se lo garantizo. Somos profesionales en este negocio. El señor Vargas conoce varios trabajos, por lo demás impecables, que hemos realizado para algunas de sus clientas.

—¿De qué Vargas me habla? Estoy nerviosa. No le entiendo. Explíqueme.

—El dueño de la peluquería, el caballero ese amanerado que nos puso en contacto.

—¡Ah! ¿Se refiere a François?

—Positivo. Y a usted no le va a acontecer nada porque usted misma escoge el día y hora de su secuestro y el sitio de su reclusión.

Con base en esas decisiones y a la información adicional que nos debe suministrar, nuestros expertos montan la operación, para que parezca genuina.

—¿Qué quiere decir con genuina?

—¡Impecable! Su esposo no sospechará. Operamos con los máximos estándares de profesionalismo. Incluso, si para proporcionarle más impacto y dramatismo a la operación es necesario que corra algo de sangre, no se preocupe, todo lo tenemos fríamente calculado.

—¡No quiero escándalos!

—Mi señora, estamos hablando de un secuestro en la modalidad de *express*. Si bien este servicio está rodeado de la máxima discreción, se requiere aprovechar el factor sorpresa para neutralizar, en el primer segundo, a todo su sistema de seguridad, y lograr, en el siguiente segundo, el máximo impacto emocional en su esposo. De ese impacto depende que se inicie la negociación de inmediato, para que usted retorne ese mismo día, o a más tardar, antes de tres días. Haga de cuenta que es una cirugía ambulatoria. Por eso es urgente contar con información suficiente, veraz y detallada. Esas claves, señora Hoffman, garantizan que este parto sea exitoso, por la vía natural y sin dolor.

—¿Y el costo?

—Usted nos anticipa una suma por los gastos de consultoría profesional, el alistamiento y entrenamiento del mejor de nuestros equipos y toda la logística que se requiere para la ejecución del proyecto. Del rescate obtenido le reintegramos el cincuenta por ciento del anticipo que nos entrega, y sobre el saldo neto nuestra organización va por mitades. Usted decide dónde le depositamos su parte. Pero, le insisto, cualquier estimado sobre costos depende de la calidad de la información que usted nos suministre.

—Suficiente ilustración. Envíeme a través de François, en un sobre cerrado, la información que necesita. Pero antes debo poner en orden mi cabeza. Gracias.

—Gracias a usted. Yo me encargo de la cuenta. ¡Ah! Y olvídese de mi cara. Esta fue la primera y será la última ocasión en que nos veamos.

Una semana después del encuentro en el bar del Hotel Charlot, el peluquero apagó por un instante el secador y le sopló al oído de la señora Hoffman que le tenía una sorpresa. Ana Sofía sintió una descarga eléctrica en el esternón. Sin mediar más palabras el tipo colgó sus instrumentos y salió del reservado. Cruzó el inmenso salón repleto de señoras, con ese aire de emperador y su caminado relamido, boleando un cepillo redondo al vaivén de su desplazamiento. La señora de Hoffman se incorporó de la silla y lo siguió, mansa y temerosa. Su cerebro trató de ordenar esa mescolanza de odios acumulados, rencores imposibles de redimir y la agobiante sensación de pánico ante la incertidumbre. Tantas emociones encontradas la tenían al borde de la parálisis. ¡Ay! Se sintió apostando su vida, su matrimonio y su patrimonio, en una única jugada, en esa ruleta del autosecuestro, tan atractiva como incierta.

El peluquero se calzó unos guantes de látex, con el profesionalismo de un cirujano cerebral. Tomó del cajón de su escritorio un sobre de manila, lo abrió con las tijeras y dejó ver otro sobre blanco en su interior.

—Es para ti.

No sacó el sobre con su mano. Le alargó otro par de guantes desechables y le hizo un gesto con los labios para que ella lo tomara.

—Desconozco remitente, contenido y objeto. Yo jamás he hablado contigo. Ni te conozco, ni te reconozco. Soy etéreo, ingrávido, no existo. No me preguntes, porque no te contesto. Soy mudo, autista, imbécil y perdí el uso de la razón. Ahora, no te quiero ver más en esta oficina porque me pones nervioso.

Dichas estas palabras desapareció el espantapájaros de Francisco Vargas.

Cinco días más tarde, Ana Sofía regresó al salón de belleza de François, y se dirigió directo a su despacho. Le notificó a la asistente que necesitaba un lugar privado para hacer una llamada. Cerró la puerta, abrió el cajón del escritorio de François y deslizó el sobre blanco, cerrado, sin ningún texto ni marca. Se sintió serena. Respondió todo el cuestionario de inteligencia que le entregaron y, según las instrucciones, manejó los papeles «con guantes quirúrgicos para no dejar huella».

El detallado reporte sobre las intimidades del esquema de seguridad de la familia y una serie desordenada de datos confidenciales sobre la fortuna del banquero Gabriel Hoffman eran indispensables para definir el costo de la operación y su capacidad de pago

Agobiada por la incertidumbre, y ante la extraña dinámica que tomó el proyecto de autosecuestro, Ana Sofía empezó a padecer frecuentes pesadillas. Se despertaba a mitad de la noche, lavada en sudor, angustiada, imaginándose que Gabriel Hoffman había descubierto el plan y la iba a matar. Otras noches soñaba con un aparatoso rescate de la policía, con muertos, heridos y mucho terror. Sintió que el obsesivo libreto, que se renovaba cada noche, la estaba haciendo perder el juicio. Las puestas en escena imaginarias incluían el dramático abrazo de su esposo al retornar a su casa y la emoción de su hija Gabriela al verla aparecer sana y salva. Algunas noches la embargaba un profundo sentimiento de soledad; era una pesadilla en la que se veía sucia, despeinada y sin maquillaje, recluida en un escondite asqueroso, sola y deprimida, sobre un colchón tirado en el piso, esperando un rescate que nunca llegaba. En esas noches de tensión y angustia se imaginaba que la amnesia de su familia y el abandono eran la justa condena que debía pagar por su vida disoluta. El clímax de la monomanía lo alcanzó aquella madrugada cuando se despertó gritando «¡¿Por qué no vienen por mí?! ¿Acaso no eran máximo tres días?». De súbito se abrió la puerta, y tronó la voz de su marido: «¿Otra noche gritando estupideces? ¡Ana Sofía, carajo, déjeme dormir!». El ogro desapareció en seguida tras un violento portazo.

31

Para Abril Santamaría resultó más fácil sostener durante seis años la apariencia de pertenecer a una familia acomodada —por aquello de las exigencias que le demandaba la beca en su colegio— que exhibir ante Gabriela la verdadera dimensión de su pobreza.

Abril consideraba innecesario hacer ostentación de su realidad, porque temía que Gabriela se decepcionara. Quizás fuera menos traumático que llegara a comprender poco a poco el funcionamiento de su mundo real, lleno de desilusiones y carencias.

La relación entre ellas, en un espacio alejado de los muros del colegio, empezó a ser más compleja. Gabriela cultivó una dependencia sicológica de Abril. La consideraba, más que su amiga íntima, su arquetipo y su polo a tierra. Llegó a convertirse en la única luz dentro de ese túnel blindado de sobreprotección que le construyó Ana Sofía y por esa razón Gabriela se transformó en un ser posesivo y dependiente de su consejo y compañía.

Superadas las largas vacaciones se enfrentaron a la nueva realidad: ya no estaban en el colegio y como consecuencia, se agotaron los gozosos y empezaron los dolorosos. Abril le compartió a Gabriela que no tenía planes de ir a la universidad porque debía enfrentar otros retos. Gabriela se resistía a aceptar que Abril desapareciera de su vida. Entonces, resultó necesario empezar a descorrer la máscara que falseaba la realidad.

—Gabriela, debes comprender. Mi familia está pasando por dificultades económicas y a partir de este año no cuento con su apoyo. Quizás más adelante pueda ingresar a la universidad. No ahora.

Gabriela reaccionó como un rayo.

—¡Yo te pago la carrera!

Abril le clavó una severa mirada de reproche y levantó una ceja en actitud de extrañeza.

—Abril, perdóname. Creo que la embarré. Te conozco muy bien. Nunca aceptarías nada que no te hayas ganado. Eres muy orgullosa, y eso me encanta. ¿Qué tal si yo hablo con mi papá y te consigo un crédito educativo en el banco? Entiendo que se empieza a pagar al terminar la carrera, cuando se consigue el primer trabajo.

Ana Sofía maldijo su casa repleta de espejos monumentales. Una madrugada se sorprendió al contemplar el reflejo de una mujer disminuida por el insomnio, ojerosa y melancólica que debía enfrentar otro día repleto de obligaciones sociales.

«9:30 a. m. Ministro de Educación. Inauguración de la biblioteca móvil donada por la Organización Hoffman. 11 a. m. Audiencia con el Nuncio Apostólico para coordinar el viaje a Roma de la Congregación de damas voluntarias que apoya la obra de Las Damas Negras o Religiosas del Niño Jesús. 12:30 p. m. Almuerzo con el doctor Hoffman, Banco Financiero Internacional. Homenaje al vicepresidente del Banco Mundial con asistencia del Ministro de Economía y Finanzas...» y así seguía leyendo cómo, hora tras hora, con odiosa milimetría, a su cara de muñeca de porcelana, y a esa dentadura perfecta, le asignaban la misión de adornar las páginas sociales de los principales medios como parte de la estrategia de imagen de su esposo y del conglomerado de empresas Hoffman.

A las 5:30 de la mañana una empleada colgó en el vestidor los trajes, accesorios y zapatos que debía lucir en cada uno de los siete eventos programados para ese día. A esa misma hora, Manrique, un asistente de Vargas, se anunció en la puerta del condominio para iniciar las labores de peinado y maquillaje de la señora, trabajo que demandaría casi dos horas.

Manrique es un tipo simpático, maquillista de televisión, peinador y masajista, dotado de excelente sentido del humor, que aprovecha su encanto y su animada conversación como bálsamo para serenar «a mi señora». Su especialidad son los chistes sobre hombres.

—¿Sabes cómo te puedes quitar 85 kilos de grasa inútil de encima?

—¿Cómo?

—¡Divórciate, querida!

A fuerza de chistes viejos, mal reciclados, que él mismo celebraba con su risita afeminada, este sicólogo *amateur*, a domicilio, realizó el milagro de serenar a Ana Sofía. Pero de súbito, la burbuja de la calma se reventó cuando Manrique le relató una historia —que ella no supo si era real o no— pero que coincidía con la propuesta de François.

—¡Ay, qué mala pata! Conocí a una señora que para castigar a su esposo montó el *show* de un autosecuestro. Una semana más tarde descubrió que el muy desgraciado no solo se negó a pagar un centavo por su devolución sino que le propuso a los supuestos secuestradores que les pagaría el doble del rescate para que no se la devolvieran. ¿Ah? ¿Cómo te pareció el cuento?

Como el tipejo no paraba de reír, Ana Sofía se puso iracunda y le ordenó clausurar la trompa.

Dos días más tarde Ana Sofía hizo una escala apresurada en el salón. Sin siquiera saludar a François, lo llamó a su oficina, cerró la puerta y le disparó su nueva decisión.

—Olvidémonos del asunto de tu amigo con el que me reuní en el Hotel Charlot.

—Gorda, desconozco de qué me hablas.

—De los tipos del autosecuestro. ¡Carajo, no te hagas el güevón!

—¡Ay, no entiendo!, y te ruego no usar en este reputado establecimiento semejante vocabulario. Yo jamás he pronunciado la palabra «autosecuestro» y nunca la había escuchado. Es más, no tengo idea de su significado ni de cómo se deletrea esa palabrota.

—¡No te hagas el imbécil!

—Desagradecida. Primero te quejas y de ingenuo te ayudo para que ahora me salgas con un chorro de babas. Por eso es que los hombres nos rompen las narices, porque además de enredadoras, somos unas desagradecidas, incapaces de honrar la palabra empeñada.

Las tres únicas personas en quien Abril confiaba eran —en estricto orden— Julio, su hermano, la señora Evangelina Wasserman y el profesor Scott.

Con las dos primeras compartió la conversación que tuvo con Gabriela sobre su carrera universitaria. Abril fue enfática en aclarar «no busco ayuda económica sino consejo sobre cómo manejar mi relación con Gabriela».

Julio se saltó los consejos y, con derroche de entusiasmo, analizó las capacidades de su hermana, su experiencia, y le ofreció apoyo para que estudiara una carrera. Aunque estuvo tentado de sugerirle que probara robótica o mecatrónica, eso le sonó sospechoso y optó por proponerle la arquitectura como su verdadera vocación. «Si te decides por la arquitectura, ¡cuenta conmigo!».

Apenas transcurrieron tres días de la charla entre Julio y Abril cuando Gabriela notificó en su casa que había decidido estudiar arquitectura.

Ana Sofía y Gabriel Hoffman no estaban preparados para una resolución tan unilateral, porque Gabriela —por primera ocasión en su vida— no pidió consejo, ni elevó una consulta, sino que fue enfática; esa era su decisión y era inapelable.

Entonces papá y mamá decidieron treparse, de manera abusiva, en ese escenario tan polémico, como si no tuvieran más temas para controvertir y pelear.

—Por caridad, Gabriela —le rogó su mamá—, estudia alguna carrera de humanidades que te enriquezca.

—La única carrera que la puede enriquecer está vinculada con el sector financiero—la interrumpió su marido, armado de su arrogancia imperial.

—¡Ignorante y materialista! —le respondió Ana Sofía a los gritos.

—¿A dónde la puede conducir esa mierda de estudiar filosofía o literatura? Trajimos al mundo a una hija cuyo destino es manejar el imperio económico que le construimos. Y eso no lo puede hacer una poeta pálida y escuálida escribiendo maricadas, o una maestra de escuela dictando clases en un pueblo de mierda.

A falta de suficientes razones para que estos dos fanáticos polemizaran a los gritos, el debate sobre la selección de carrera derivó en una nueva disputa sobre un tema que acabó de incendiar los ánimos: «¿dónde?».

Gabriel Hoffman argumentó que su éxito se lo debía a sus estudios en la London School of Economics, «la mejor universidad del mundo». Ana Sofía, como respuesta, decidió exhibir todo el egoísmo que destila aquella clásica «madre controladora», que considera vital la supervisión estricta de su hija.

—Con Gabriela viviendo en otro país voy a bajar al infierno cada vez que en la tele me pregunten: «¿sabe qué está haciendo su hija en este momento?».

Luego de una hora de controversia, insultos y gritos, se percataron de que, a estas alturas del partido, ellos solo podían expresar simples opiniones porque, a sus casi dieciocho años, la última palabra la tenía Gabriela.

—Que estudie lo que le venga en gana, pero fuera del país, no aquí —concluyó el irritado banquero—. Este es un país de codiciosos y mezquinos, y me preocupa su seguridad.

Al final de cuentas, Julio resultó clave para decidir la carrera de Gabriela. Y por razones de su vulnerabilidad, la división de seguridad del Banco Financiero Internacional definió su universidad. Esa fue la conclusión del detallado estudio sobre oportunidades, amenazas y riesgos que ordenó el doctor Hoffman.

La señora Wasserman también puso oídos sordos a la petición de Abril sobre sus consejos y, en cambio, le ordenó que le preparara un presupuesto detallado sobre el costo de un semestre académico y el tiempo que le demandaría su carrera.

Una tarde, luego de la lectura de algunos capítulos de *La música en Cuba* de Alejo Carpentier, la señora Eva le propuso a Abril que hablaran sobre el proyecto de financiación de su carrera de arquitectura. «Estas cuentas se ajustan a la realidad financiera, con intereses incluidos; esto ni es gratuito ni obedece a un gesto de compasión —le advirtió—. Se trata de un negocio que me asegura tu dedicación diaria por los siguientes 27 años y medio. Según mis cálculos, cuando yo esté soplando mis primeras 116 velitas de cumpleaños, ya habrás cancelado la deuda... o antes, si en un acto de generosidad me da la chifladura de perdonarte los intereses».

32

Cuando Ana Sofía decidió ponerle los cuernos a su marido imaginó que eso le resultaría simple a un libretista de telenovelas. Pero engañar a Gabriel Hoffman en vivo y en directo, esa sí que era una prueba suicida. Bueno, traicionarlo a escondidas podría resultar sencillo —incluso se imaginó lo fácil que sería calmarse la calentura con un desconocido, durante quince segundos, en el baño de hombres de una discoteca y, además, de pie—. Pero montar la tramoya de una infidelidad con el propósito perverso de que el cornudo se enterara y sufriera… ¡Mierda! Solo el hecho de pensarlo le causaba escalofríos.

Con el paso de los días, el corrosivo plan se le volvió una obsesión. A veces sonreía ante las imágenes de algunos amigos «no tan feos», que le saltaban a su memoria, en otras, en cambio, la entristecía la pobre calidad de los cretinos que se colaban en sus pensamientos.

Ana Sofía estaba consciente de que jugaba con peligrosos elementos radioactivos. Los celos son sentimientos de carga negativa que pueden desencadenar reacciones impredecibles, y en cadena, con el alto riesgo que podrían salirse de control.

Además, no contaba con una amiga, ni una cómplice, ni nadie que por lo menos la escuchara. Fuera de François, su peinador, no existía otra persona que la animara. Y para embrollar aún más el asunto, ese cretino narcisista se hacía el difícil y se volvía altanero cuando se sentía indispensable. Ana Sofía no confiaba en nadie, ni siquiera en su siquiatra, ni en la mujer que le leía el horóscopo, ni siquiera en el embaucador que de vez en cuando le interpretaba la tal «carta astral».

Una tarde acudió al salón de Françoise y le compartió su total frustración. Como no se sintió segura con el plan de autosecuestro, ahora quería activar su esquema de infidelidad y celos.

Ana Sofía se encerró en un reservado del club, armada con papel, lápiz, y todas las agendas telefónicas y listas de protocolo que logró reunir. «No más vueltas. Sé que soy capaz. Sólo tengo que encontrar con quién».

De entrada, ella era consciente de que su belleza operaba como un blindaje magnético contra los hombres. Todos la podrían desear pero pocos se atreverían a cruzar ese campo minado. Otro riesgo que consideró era el posible encaprichamiento del candidato, como le sucedió con su noviecito de Kentucky, e incluso, si el tipo resultaba un celoso obsesivo y compulsivo, podría aprovechar el fugaz encuentro sexual para extorsionarla durante mucho tiempo.

De manera sistemática analizó, uno tras otro, a los hombres del amplísimo círculo de sus amistades. ¡Qué asco! A los amigos del club los descartó, porque cualquier filtración se convertiría en crónica de una masacre anunciada. Los conocidos en el gobierno eran unos engreídos *amateurs* y, los políticos cercanos, unos mediocres sin el menor encanto. ¡Qué pesadilla! Unos obesos, los otros calvos, la mayoría con menor estatura. Unos demasiado viejos, los otros demasiado jóvenes. Unos llenos de pergaminos, de camisa almidonada y ademanes victorianos, otros unos esquizofrénicos de mierda, que publicarían el video en internet y su hazaña en la portada de las revistas de farándula. Luego de tres horas de escribir, tachar, borrar y enmendar, se convenció de que el efecto corrosivo de los celos era efectivo, como teoría, pero que su puesta en marcha resultaba impracticable.

—Te veo liberada, ¿fue que ya te echaste a la muela al escogido?

—François, tranquilo. Descarté también la conspiración de los celos. No encontré con quién ejecutarlo.

—Ay, gorda, yo hasta me sacrificaría por ti pero debo confesar que tú no eres mi tipo. A las mujeres las manoseo solo para hacer sonar la registradora. O si no, ¿de qué vamos a vivir los estilistas?

—¿Qué me aconsejas?

—¡Ay, mi Sofía Loren! Si no pasas a la ofensiva y pones tus condiciones, un día te voy a recibir entre una caja de cartón, con el pedido que aquí, en este salón de remiendos, te vuelva a armar, como si tú fueras un rompecabezas ordinario o un vulgar mecano.

33

Para aprovechar el largo fin de semana del día de la Independencia, los Domínguez Arrázola invitaron a un selecto grupo de amigos a su residencia en la playa de Puerto Escondido.

Los Hoffman se embarcaron a las siete de la mañana del viernes, en el Learjet 31 A del Banco Financiero Internacional, un jet privado blanco, de ocho puestos, cuya fina nariz lo hace lucir como un hermanito menor del Concorde. Allí se acomodaron Gabriel y Ana Sofía, junto con Andrés Castello y su amiga Monique, una azafata de Air France que aparecía ocasionalmente para surtir su clóset de Agua de Colonia 4711, y satisfacer su apetito por los chocolates que le compraba en «La Maison du Chocolat», allá en París, en la rue du Faubourg Saint-Honoré.

La cena empezó a las ocho de la noche, en la amplia terraza con vista a la playa. A lo lejos instalaron un perímetro de antorchas que le proporcionó al lugar un toque exótico. ¡Que fiesta faraónica! Desfilaron cuatro bandas y tres agrupaciones de músicos locales. El bufete de frutos del mar, preparado bajo la dirección de un tal Pierre, chef francés, resultó espectacular, así como la champaña Dom Pérignon, que circuló generosa, con ese aroma que, según el menú, «evoca almendras frescas y pomelos».

Gabriel Hoffman revoloteó por las mesas con el aire de una estrella de cine en su papel de moderno Casanova, seductor y elegante. Brindis, abrazos y fotos. Cuando por fin retornó a su mesa lucía un tris achispado y libre de todo prejuicio, tanto que se olvidó de su esposa y de su mejor amigo y concentró toda su capacidad de seducción en la exótica Monique. Según la peregrina explicación que improvisó entre carcajadas, se propuso completar el curso acelerado de francés que 35 años atrás no había podido culminar en la Alianza Francesa, por razones de trabajo.

Cuando Monique —veterana en cómo lidiar con este tipo de «pasajeros importantes»—, asumió su nuevo rol de «maestra de francés», Ana Sofía sintió que su corazón le daba un volantín. Andrés Castello la miró y levantó sus hombros, como justificándolo —«este tipo es mi hermano»— y Ana Sofía le respondió con su más electrizante sonrisa y un guiño cómplice. Andrés no entendió el juego de Ana Sofía, o se hizo el desentendido. Siguió hablando de la suerte de haber tenido diez tías, ocho de ellas solteronas, que, con puntualidad británica, se morían cada cuatro años. Andrés, que fue el consentido de sus tías y el único sobrino que las visitaba religiosamente cada fin de semana —mientras estuviera en el país— recibía una nueva herencia cada cuatro años, como caída del cielo. Ana Sofía se reía a carcajadas, como si ésta fuera la primera vez que escuchara el viejo cuento de las tías, que Andrés reiteraba con picardía cuando estaba eufórico.

Gabriel Hoffman se levantó de la mesa e invitó a su bella «maestra de francés» a contemplar el paisaje. Apoyado sobre la baranda, de cara al mar y de espaldas a la mesa, lucía su cara de lujuria, aparentando que se encontraba hipnotizado por el acento francés de Monique.

Las risotadas de Ana Sofía correspondían a las de una adolescente irresponsable que acababa de descubrir los efectos delirantes del alcohol. Con desenfado, no desaprovechó ocasión para hacer contacto con los ojos de Andrés. En cada oportunidad le mostraba coquetona la puntita de su lengua rosada y se humedecía los labios con gesto provocador.

En la fiesta todos bebían con la euforia irrefrenable que experimenta la tribu de beduinos sedientos que acaban de descubrir un oasis perdido en la mitad del desierto. En el caso de Ana Sofía, la sobredosis de burbujas de champaña le provocó un estado de laxitud e intrepidez que ella misma desconoció. En ese ambiente de excesos y clandestinidad, animada por una aventura no planeada, sintió que la excitación se le estacionaba en el esternón y descendía como un gratificante dolorcillo hasta los ovarios, y justo ahí, en ese instante, experimentó una sensación lujuriosa de humedad en medio de los muslos. Temerosa de que alguien lo notara, aprovechó otro ataque de risa nerviosa para colocarse una servilleta bajo la breve minifalda.

Ana Sofía estaba dispuesta a elevar su apuesta en este juego erótico. Miró a su alrededor para cerciorarse de que no hubiera moros en la costa y estiró su larguísima pierna hasta que su pie hizo contacto con el muslo de Andrés. Éste lo retiró sorprendido con un «¡oh, perdón!» Pero ella improvisó su mejor cara de coqueta y lo volvió a intentar. Como era evidente que Ana Sofía no le quitaba los ojos de encima, Andrés le advirtió en voz baja: «Pilas, hermana, que estás volando a ciegas y por instrumentos, y de pronto resultas aterrizando de barriga». Ella le guiñó un ojo y le encimó una sonrisa de complicidad.

Cuando Gabriel y Monique se reincorporaron a la mesa, la fiesta estaba en su apogeo. Un conjunto de música tropical empezó a tocar y Monique, contagiada por el son caribe, se llevó al banquero para la pista. Andrés y Ana Sofía se quedaron mudos, mirándose sin pestañear, hasta cuando ella se despojó de sus sandalias, estiró la pierna y —a traición— se la encajó directo en la entrepierna. Cuando Andrés la miró con cara de «¿a qué jugamos?», ella le presionó los genitales con la punta del pie.

—¡A bailar! Nos estamos perdiendo lo mejor de la rumba —gritó Andrés y arrastró a Ana Sofía hacia la pista de baile.

Bailaron alegres como un par de adolescentes, hasta cuando Andrés se enredó con Gabriel, tropezón que aprovechó para cambiar de pareja y recuperar a su Monique.

Al día siguiente los Domínguez organizaron una vuelta por la bahía para exhibir su nuevo juguete, un yate Marquis de 65 pies, que los Hoffman y diez invitados más abordaron después del *brunch*.

Gabriel Hoffman continuó poseído por el «síndrome del macho alfa», como si fuera necesario hacer alarde, impúdico, de su conducta dominante. «Anoche por fin aprobé mi curso acelerado de francés por el método de inmersión total en champaña. Y hoy realizaré, de la mano de Monique, en estado de sobriedad, un recorrido virtual por los castillos medievales del valle del Loira».

—¿Qué tal este desvergonzado hijo de puta? —exclamó en voz baja Ana Sofía.

En seguida invitó a Andrés hacia la popa para contemplar en silencio el vuelo de las gaviotas, las estelas de espuma que dejaban las hélices y la línea de la costa que se iba desdibujando del paisaje.

—«Sor» Ana Sofía, anoche te note un pirriquitín sobrerrevolucionada. Te advierto que la champaña no es vino de consagrar. Se trata de un combustible de alto octanaje que solo se usa en motores de carreras.

—Lo comprobé. Es un combustible muy explosivo, en especial cuando a uno se le queda pegado el acelerador sobre algún órgano obsceno.

—Cambiemos de tema —sonrió Andrés con cara de angustia fingida.

—¿Tema? Adelante, escoge. ¿Política? ¿Finanzas? ¿Negocios? ¿Bolsa de valores? ¿Bancarrotas? ¿Wall Street? Dele que dele, ¿estaremos obligados a repetir los mismos temas en estas reuniones? ¿Qué tal algo más serio? ¿Qué tal literatura?

Ana Sofía le confesó que admiraba a Óscar Wilde, no solo como un genio incomprendido, sino también por sus libros, sus piezas teatrales y, en especial, por sus epigramas, esas ácidas frases cargadas de crítica, humor, sátira, sabiduría y verdades de a puño.

—Las descripciones que hace Wilde de la aristocracia victoriana, corrompida, clasista, con caballeros supuestamente honorables que se adjudicaban licencia para mentir y robar, rodeados de damas frívolas y amaneradas, son ¡oh, maravillosa coincidencia!, el mismo retrato de lo que a menudo tengo que vivir en este ambiente de mierda del Banco Financiero Internacional y sus miserables obras de misericordia.

Andrés se encogió de hombros, como sugiriéndole resignación.

—Reverenda madre Ana Sofía de Hoffman, tienes derecho a saber que los efectos secundarios de la champaña, doce horas después de su ingestión, pueden causar una encantadora disposición a filosofar.

—Sí, tengo ganas de filosofar. Cuando yo misma me pregunto qué opino de tu amigo Gabriel, respondo como Wilde: «es un cínico que conoce el precio de todo, pero que no reconoce el valor de nada».

—Sor Ana Sofía, suficiente. Por expresa disposición médica, no te conviene ingerir una copa más de Dom Pérignon, porque tus epigramas podrían convertirse en peligrosas armas cortopunzantes.

—Andrés, ¿recuerdas la primera incursión de Wilde en el teatro? Te puedo recitar de memoria el parlamento de Lady Plymdale, en *El abanico de Lady Windermere*: «Hoy en día es muy peligroso para un marido galantear a su mujer en público. Porque le hace pensar a la gente que le pega cuando están a solas».

—Reverenda madre, has logrado conmoverme con Wilde. ¿Tienes algún epigrama final para cerrar este aburrido sermón sobre literatura inglesa?

—Sí, querido Andrés. A falta de uno, tengo dos: «Los hombres engañan más que las mujeres; las mujeres, mejor».

—¿Y el de irnos?

—«No hay nada como el amor de una mujer casada. Es una cosa de la que ningún marido tiene la menor idea».

—Amén —respondió Andrés, al tiempo que blanqueó los ojos, y se persignó.

34

Los Domínguez Arrázola despidieron el fin de semana de la Independencia con una fantástica «noche romana» en la playa. ¡Qué maravilloso retrato de la banalidad! ¡Qué manera de caricaturizar la felicidad! ¡Qué mosaico patético de obesos billonarios obstinados en demostrar la miseria de la opulencia! ¡Qué manera tan agropecuaria de demostrar la burda estética de la frivolidad!

Porque una cosa es apreciar de lejos a la pomposa clase dirigente apoltronada en el Club de Banqueros, embutidos los muy majos en sus trajes ingleses —cortados a la medida en Chittleborough & Morgan— y estrangulados sus pescuezos con corbatas Charvet, Hermes y Zegna, pero otra bien distinta es contemplar a los mismos distinguidos caballeros, semidesnudos, mostrando vergonzosas adiposidades y exhibiendo, impúdicos, la flacidez de unos músculos atrofiados porque su único ejercicio físico es firmar cheques. A qué nivel de ridiculez están dispuestos a descender para estar a tono con el ambiente del *jet-set*. Qué patéticos se ven, vestidos con ese remedo de túnicas blancas, calzados con sandalias de franciscano y coronadas sus testas con ramitas de laurel en plástico, *made in China*. En realidad no parece gente decente sino una comparsa de doscientos chiflados escapados de una película de Fellini.

Los anfitriones se esforzaron por recrear el ambiente romano prometido. El escenario lo decoraron con columnas y estatuas clásicas, fabricadas con cartón y espuma plástica. La ilusión se reforzó gracias a una noche de luna, acariciada por la cálida brisa marina y por cientos de antorchas colocadas en la playa. Como si fuera poco, las reservas de vino en las cavas de los anfitriones —vinos italianos, como es de suponer— Brunello di Montalcino, Chianti, Borgo Scopeto, Recioto Masi y Amarone, resultó tan abundante como para lavar caballos.

La última pareja en ingresar a la terraza fue la de Hoffman y Ana Sofía. Él se adelantó por el centro del patio, con mal disimulada prisa. Parecía un general victorioso ingresando a Roma por la llamada «Porta Triumphalis», aclamado por esta legión de macarronudos banqueros, porque, para distinguirse, ordenó la confección sobre medidas de una *toga palmata,* de color púrpura, decorada con bordados y cordones en oro, del mismo modelo que en la Roma clásica estuvo reservada para los emperadores.

Ana Sofía se quedó rezagada, pero en un golpe de inteligencia aprovechó el *impasse* para alimentar el insaciable apetito erótico de estos romanos de mentiras. Permaneció quieta, con la imponencia de una estatua helénica, hasta que la multitud se calló. Entonces el mármol se animó, y así, dueña y señora de la pasarela, desfiló con su porte de diosa por el borde de esa majestuosa piscina de color turquesa, que los Domínguez iluminaron esa noche como para filmar una película en Hollywood.

Ana Sofía lucía el cabello recogido —señal evidente que esa noche actuaría el papel de esposa digna, pues las prostitutas romanas solían llevar el pelo suelto—. Su piel nacarada, los ojos súper maquillados, los labios grana y sus cabellos dorados le daban un toque de exótica belleza. Luce una túnica blanca en seda semitransparente, del modelo que los romanos llamaban «exómis», túnica sencilla que se sostiene en el hombro izquierdo, y deja desnudo el derecho; la tela desciende sin mostrar un solo pliegue, para ostentar como único adorno, esa erótica abertura lateral que revela su larguísima pierna y un finísimo cordón dorado al nivel de la cintura, que sugería una brevísima tanga.

El «emperador» Gabriel Hoffman la esperó de pie, en la mesa de honor, con esa cara de satisfacción que improvisa cualquier criador de ganado de engorde al sentirse reconocido como propietario del más bello ejemplar de la exposición. Cuando Ana Sofía alcanzó la mesa, su amante esposo la besó y la plebe estalló en gritos y aplausos a rabiar. Todos levantaron sus copas y esa fue la señal para encender la fiesta.

Esa noche lograron reproducir la ilusión estética de una orgía romana de manera tan veraz, que cualquier despistado juraría que el Circo Máximo de Roma se había trasladado a la playa de los Domínguez Arrázola. Todos recordarían al borracho que se adueñó del micrófono: «urgimos, por favor, la presencia en el estrado de Nerón, Calígula, Julio César y Marco Antonio, para que muevan sus carruajes porque están mal parqueados y obstaculizan la entrada de los gladiadores y la descarga de las jaulas con los leones».

Durante esa noche de excesos, Andrés Castello brilló con luz propia gracias a su cuerpo de Apolo, al tono bronceado de su piel, a esa melena castaña clara con hilos de plata entreverados y a su cautivadora sonrisa.

—Andrés, yo que te conozco en todos los trajes, jamás me imaginé lo ridículo que se puede ver un tipo decente como tú, actuando en semejante pinta: semidesnudo, con una ridícula sábana enrollada en la cintura, sin corbata y luciendo sobre la testa una corona de laurel fabricada en China.

—¿Dijiste sin corbata? ¿Ese es otro de los epigramas de tu amigo Wilde?

—No. Oscar Wilde afirmó: «Una corbata bien anudada, es el primer paso serio en la vida».

—¿Y el segundo? —respondió Andrés en broma.

—¿El segundo qué?

—El segundo paso —le respondió Castello con una alegre carcajada.

—Para atreverme a improvisar ese segundo paso, debo beberme antes dos botellas de este vino blanco, refugiarme contigo en aquel jardín y perder el juicio.

Para ambientar la fiesta, los guardaespaldas y meseros aparecieron disfrazados de gladiadores y a las muchachas que atendieron las mesas las ataviaron con trajes de esclavas. A la medianoche la borrachera general llevó a muchos excesos. Si bien no arrojaron a ningún cristiano a los leones, a las mujeres más bellas las arrojaron a la piscina. Algunos invitados aprovecharon el desorden y se deslizaron hacia la oscura playa, donde el reflejo de la luz de la luna sobre la cresta de las olas marcaba el límite con el agua.

Cuando Ana Sofía sorprendió a Gabriel Hoffman en subido estado de ingestión alcohólica, inclinado sobre la azafata francesa, buscando algún objeto que se le debió caer escote abajo, tomó de la mano a Andrés Castello y se lo llevó a buscar, en medio de la oscuridad de la playa, lo que no se le había perdido.

El acto pareció espontáneo. Tomados de la mano caminaron lentos hacia el mar. Se mojaron los pies, y, entonces, en medio de risas de adolescente, caminaron de frente, hasta que al agua les empapó los muslos. Allí Ana Sofía asumió la iniciativa. Intentó buscar algo entre la empapada túnica de Andrés, pero éste le detuvo la mano.

—¡Quietos todos! ¡*Vade retro*! Entiéndeme Ana Sofía. Cuando siento que el agua me humedece mis partes nobles me da un acceso imparable de risa, que no me deja concentrar.

—¿No deseas estar conmigo?

—Claro que sí, pero filosofando. Lo que pasa es que eres una mujer de una perfección delirante y la perfección excesiva me causa hipo.

—Nunca tomas las cosas en serio, imbécil. ¡Bésame! Pero con pasión. Quiero ser tuya esta noche.

—Señora de Hoffman, ¿es una orden?

—¡Sí, una orden!

—¿Y quién responde después por el desorden?

—El desorden es parte de este juego. Una infidelidad es divertida solo si implica alto riesgo y despide olor a peligro.

—Ana Sofía, entiéndeme. Tengo pésima memoria. De las cien oraciones que me enseñaron mis tías solo recuerdo aquello de «no me dejes caer en la tentación».

—Esta oportunidad jamás la volverás a tener.

—Estoy en esa edad en la que prefiero quedarme con las ganas que tener que cargar el resto de mi vida con un pesado complejo de culpa.

—¿No ves cómo tu mejor amigo te acaba de humillar con la Monique? Esta será la mejor forma de mandarle un mensaje al hijo de puta del Gabriel.

—Ana Sofía de Hoffman, no seas ingenua. A los lobos no les quita el sueño la opinión de las ovejas.

—Andrés, ayúdame a vengarme.

—Ana Sofía, no me hagas pecar por tres minutos, porque carezco de la suficiente paciencia para pedirte disculpas por el resto de mi vida.

—Andrés, este humillante rechazo te causará —tarde o temprano— un insoportable complejo de culpa. Te lo juro. ¡Lo tendrás que cargar!

—Ana Sofía, te quiero y te admiro, pero está decidido. La mejor manera de librarme de las tentaciones de la carne es volverme vegetariano.

35

Algo inexplicable ocurrió. Apenas habían transcurrido cinco semanas después de esa «noche romana» en la playa de los Dávila cuando el sereno mundo de Andrés Castello cambió su centro de gravedad. El punto de inflexión se hizo evidente desde el día, en que, sin razón aparente, fuerzas invisibles se dedicaron a amargarle el sueño, lo abrumaron con mensajes insultantes y amenazas de secuestro. Le advirtieron que estaban dispuestos a divulgar malos manejos en las juntas directivas de las que alguna vez hiciera parte y juraron montarle escándalos por manipulación fraudulenta de títulos en la bolsa.

Pero Castello era inmune a muchas presiones terrenales, porque se trataba de acusaciones sin respaldo y de dolos que jamás sucedieron, y como no mediaba extorsión económica, decidió manejar las amenazas, si no con indiferencia, por lo menos sin afanes. Aprovechó que conocía al general Trujillo, el entonces director de los servicios de inteligencia de la Policía, para pedirle ayuda y éste se la ofreció siempre y cuando hiciera una denuncia formal que le diera soporte al inicio de una investigación. Pero en vista de que Castello carecía de indicios sobre los autores y no pudo determinar las causas, la tal denuncia jamás se presentó y, como consecuencia, la Policía nunca intervino.

Al tiempo que las provocaciones mantenían inquieta la mente de Andrés Castello, el maquiavélico banquero Hoffman presionaba a sus abogados: «hay que montarle a este traidor una mentira, lo más parecida a la verdad». El Comité de acción jurídica —que llevaba treinta años dando soporte a todos los grandes negocios de la Organización Hoffman— empezó a desmenuzar la historia personal de Castello, sus vínculos familiares, sus viajes, su actividad profesional, política y corporativa, con el único propósito de montarle una trapisonda judicial.

El banquero Hoffman colaboró con la información que cargaba en su memoria. Conocía a Castello como a la palma de su mano, era su mejor amigo y, en mala hora, lo nombró padrino de Gabriela; de él podría recitar de memoria sus gustos, fobias, intimidades y debilidades.

Montar el «caso Castello» resultó tarea tan simple como hacer copia al carbón del expediente de alguno de sus clientes y cambiar el nombre del protagonista, las fechas, los orígenes del dinero y los nombres de las entidades financieras involucradas. Cuando «el caso Castello» estuvo listo, se preparó una denuncia anónima sustentada en indicios, pruebas falsas y testigos comprados, y se envió a la Fiscalía. El denunciante anónimo señalaba a Castello como el «cerebro gris» encargado de asesorar en ingeniería financiera a los grandes barones del narcotráfico, líderes de los más importantes carteles que operan en Perú, Colombia y México. Se le señaló como lavador de dinero y activos de la mafia en paraísos fiscales en el Caribe, y se sugirió que las propiedades que aparecían a su nombre en realidad pertenecían a la mafia, y que Castello operaba como su testaferro.

36

La unidad élite de la Fiscalía a cargo de la detención de Andrés Castello planeó una operación discreta. El factor sorpresa era indispensable para evitar que el personaje tuviera tiempo de huir del país, montar su defensa o destruir documentos, pruebas y evidencias, o, en últimas, pudiera demostrar las inconsistencias y falsedades de los testigos comprados. Por esa razón se planeó detenerlo en el New Course Golf Club, un lugar campestre muy alejado de la ciudad.

Lo que realmente sedujo a la Fiscalía fue la oportunidad de atrapar a «un pez gordo» perteneciente a la élite social, acción que demostraría ante la opinión pública nacional e internacional que la nueva imagen de ese organismo no era simple maquillaje, que se trataba de una institución independiente, neutral y valerosa, capaz de perseguir, judicializar y castigar, incluso, a uno de los más visibles representantes del poder.

Para agilizar la operación de captura se aceitaron fiscales del más alto nivel y se facilitó información detallada sobre la rutina de Castello durante sus «martes de golf». Pero al momento de aparecer en el club para notificarle a Andrés Castello que «quedaba detenido e incomunicado con fines de extradición», algo falló.

El episodio cimero fue una carrera contra la muerte.

Castello se encontraba en el sauna del New Course Golf Club sorbiendo un Tom Collins, cuando uno de los masajistas entró a las carreras: «¡Señor Castello! ¡Se tomaron el club! Más de veinte hombres armados lo andan buscando». Castello sintió un chorro de adrenalina que le quemó el esternón y en una fracción de segundo desfilaron las imágenes de tres amigos que tiempo atrás fueron secuestrados en las mismas instalaciones del club. En especial recordó el plagio de José Schneider, dos años atrás, a quien sacaron herido del club en medio del pánico de cientos de personas. La reacción ante la alarma fue inmediata. Su instinto de supervivencia lo catapultó de un salto al guardarropa, se enfundó como un rayo un pantalón deportivo y una camiseta blanca, saltó, descalzo, por una ventana del bar y se ocultó en el jardín. De una mirada trató de comprender la situación y treinta segundos más tarde corrió hasta su auto estacionado a un costado del edificio.

Castello al timón de su convertible rojo parecía iluminado por ese aire a «rebelde sin causa», a lo James Dean. El auto es un Porshe 911 Turbo S, que a juzgar por la forma como Castello lo conduce, se podría jurar que él y el auto compartían el mismo ADN. Así que cuando presintió que el peligro de caer secuestrado era inminente, metió la llave en el encendido y despertó a esa fiera dotada de fábrica con 560 CV, que rugió como un jet, para pasar en los siguientes cinco segundos, de la inmovilidad absoluta, a una velocidad de cien kilómetros por hora.

Tomó en dirección a la caseta de entrada y con tremenda habilidad le sacó el quite a dos carros negros que se encontraban estacionados afuera de las instalaciones y que parecían formar parte del esquema de los secuestradores. En un instante ya serpenteaba por curvas muy cerradas a velocidad de infarto, carretera de montaña abajo, buscando conexión —ocho kilómetros adelante— con la Autopista Norte. Pese a que se desplazaba como un bólido, alcanzó a tener en su espejo retrovisor uno, dos y hasta tres vehículos negros, quizás dotados con motor de persecución. Pero la barra estabilizadora de su Porsche y un centro de gravedad mucho más bajo, le permitían descender como una exhalación. Por tratarse de una carretera terciaria con pequeños predios rurales a lado y lado, se veía mucha actividad y algunos vehículos de pasajeros que bufaban, carretera arriba, con su carga de paisanos y mercados.

En su frenética huida Castello solo pensaba en llegar a una estación de policía o a un cuartel militar donde pudiera pedir protección. Confiaba en que, una vez empezara a rodar sobre la Autopista Norte, lograría, si fuera necesario, los 280 kilómetros por hora, y entonces no habría vehículo que lo alcanzara. Pese a que la impecable ingeniería del Porsche le permitió cambiar de dirección con una agilidad asombrosa, a que el control de estabilidad funcionó en cada curva, y a que su sistema de frenos ABS se encontraba pre-cargado para una frenada extrema, la bestia mecánica rozó un bus viejo, rebotó contra la valla protectora y fue a parar, despedazado, en el fondo de una quebrada de lecho rocoso cuando apenas le faltaban quinientos metros para alcanzar la llanura y entrar a la autopista.

Castello se fracturó once huesos y pasó dos semanas inconsciente en la unidad de cuidados intensivos del Hospital del Norte, conectado a un equipo de respiración asistida. Una vez recuperó la conciencia y se descartaron daños cerebrales, fue sometido a dolorosas intervenciones en la unidad de traumatología y cirugía ortopédica. Al final, a contrapelo de los deseos y pronósticos de unas aves de mal agüero que apostaban por un desenlace fatal, se salvó.

37

Francisco Vargas regresaba de cenar en un restaurante de su vecindario cuando fue abordado por dos tipos de gafas oscuras que, en el colmo de la frialdad, lo trataron de «faltón, enredador y cizañero» y le advirtieron su candidatura para la inolvidable paliza que se había ganado por comprometer la seguridad de la organización. El peinador se arrodilló. Gimió. Maldijo a Ana Sofía. Pidió perdón en todos los tonos. Prometió pagar los gastos en que hubieran incurrido y conseguir otra cliente para coronar un «auto secuestro *express*».

—Maricón, jamás olvide que tenemos memoria de elefante. De ahora en adelante, duerma con un ojo abierto ¡Cabrón! Y recuérdele a su amiga que somos profesionales muy serios, que hacemos «negocios de palabra» con «gente de palabra». Dígale que este mundo da muchas vueltas y que nos volveremos a encontrar, cuando nosotros pongamos las condiciones.

Si bien es cierto que Ana Sofía de Hoffman cortó de inmediato todas sus relaciones personales y comerciales con el salón de belleza de Francisco Vargas, y que jamás recibió llamadas ni mensajes, ni fue objeto de acoso por parte del hombre con quien se entrevistó en el bar del Hotel Charlot, su visceral deseo de venganza y su incontrolable odio hacia Gabriel Hoffman ya la habían empujado a cometer demasiados errores que pronto tendría que pagar.

Una semana después, la asistente de Ana Sofía le entregó un diminuto sobre con una tarjeta blanca: «Señora, los caballeros del Charlot lamentamos no haber podido llegar a un acuerdo. El mundo da muchas vueltas. Ya tendremos la oportunidad de atenderla como se merece. Gracias por su información y su tiempo».

Qué aparato de seguridad tan ridículo —por lo exagerado— le armaron a Andrés Castello durante su larga convalecencia en el Hospital del Norte. El piso donde lo recluyeron resultó convertido en el fuerte más resguardado de toda la nación, so pretexto de evitar la huida del delincuente o su rescate inminente por parte de un supuesto grupo de comandos israelíes que, según la leyenda urbana, respaldada por declaraciones oficiales, Andrés Castello —en persona— había coordinado desde su lecho en el hospital.

¿Había coordinado? ¿Cómo podía una persona coordinar un tejemaneje tan complejo, mientras yacía, colgado de poleas y alambres, conectado a tubos, mangueras, monitores, respiradores, sondas y bolsas de sangre y suero?

El fiscal declaró que «el detenido poseía los recursos suficientes y los contactos claves para huir del país y refugiarse en el exterior, con el propósito de evadir la acción de la justicia».

Es que por esa época le adjudicaron, de manera generosa y gratuita, alianzas con poderosos carteles y organizaciones delictivas internacionales, inversiones en paraísos fiscales y asociaciones con varios regímenes dictatoriales en América Latina, África y el Lejano Oriente.

Hoffman aprovechó las circunstancias de la postración de Castello en el hospital y el largo tiempo que permaneció aislado para que sus abogados construyeran el caso y sembraran las evidencias. Más tarde, con la «colaboración» de testigos, igualmente falsos, de esos que a las puertas de los juzgados transan sus testimonios por estipendios o favores miserables, en un comercio perverso e inhumano, los abogados lograron que esas falsas declaraciones juramentadas coincidieran con las «evidencias sembradas».

Andrés Castello salió del coma y empezó su lento reingreso al mundo de los vivos. «Durante no recuerdo cuántos días traté de entender el escenario surrealista en el que me encontraba. El horizonte de mi vida se extendía hasta donde me alcanzaba la vista, en una estrecha sala de recuperación de un hospital».

Allí se encontraba inmóvil, sus miembros suspendidos de un enredo de poleas, pesas, ganchos y cuerdas que pretendían reducirle el efecto de sus fracturas. Estaba conectado a una maraña de cables, tubos y monitores que cada segundo le recordaba que su vida se había reducido a una sinfonía de «bip-bip-bip», que iban dejando constancia —en exasperante monotonía— de cada palpitación, cada respiración, cada suspiro.

En medio de tantos recursos mecánicos y científicos, Castello no encontró ni una sola cara conocida. Entonces se sintió alarmado. Los primeros días interpretó que se encontraba bajo protección de las autoridades como consecuencia del intento de secuestro, pero cuando empezó el sospechoso desfile de funcionarios que lo interrogaban sobre asuntos que no entendía y se vio sometido a la presión de firmar notificaciones judiciales, que tampoco comprendía, y los médicos y enfermeras no le podían explicar qué sucedía, supo que, además de estar realmente inmovilizado, se encontraba impotente y a merced de enemigos poderosos.

A los seis días de volver en sí, una doctora muy amable lo visitó en cuidados intensivos. Al despojarse del tapabocas descubrió que su rostro le era familiar. La mujer le dio las primeras luces sobre su estado de salud, sobre los pormenores del accidente y sobre un hecho que le causó sorpresa y estupor: lo enteró de su situación jurídica. Se encontraba resguardado e incomunicado por orden de la Fiscalía, por delitos graves y con consecuencias penales imprevisibles, entre otras, su inminente extradición por alianzas que mantenía con carteles internacionales del narcotráfico. Le recomendó que no firmara nada, no declarara nada y buscara la representación de los mejores abogados. La supuesta doctora no era otra que Ángela Pinzón, una periodista especializada en asuntos judiciales, famosa por su tenacidad en lograr acceso a fuentes a las que no llegaban ni los fiscales más obstinados. Ángela se dio mañas para ingresar esa mañana a la unidad de cuidados intensivos disfrazada de doctora.

El «*affaire* Castello» estalló con el efectismo de una exhibición de fuegos artificiales, y quedó vibrando en el orden del día noticioso por las siguientes cuatro semanas. La periodista prometió compartirle los nuevos episodios que fueran montando en ese escenario de la «justicia espectáculo»; ella sospechaba que los instigadores del escándalo les interesaba promover entre el público la imagen delincuencial de Andrés Castello.

Tan pronto le asignaron una habitación, el entorno jurídico de Castello saltó del secreto despacho de la Fiscalía al bullicioso escenario del espectáculo público. Entonces llovieron presiones de los mejores bufetes de abogados para lograr una entrevista con Andrés Castello. Se arracimaron alrededor de su cama con expresiones de solidaridad y amistad, y con ostentación de títulos y merecimientos. Lo cierto es que estas hienas carroñeras, que suelen alimentarse de los restos dejados por otros depredadores, vieron en el «caso Castello» un trampolín para ganar honorarios exorbitantes, y, al quedar asociados con un caso tan célebre, ambicionaban aumentar su prestigio profesional y su visibilidad social.

Pero de manera extraña y sistemática, todos los abogados a quienes Castello les otorgaba poder para representarlo renunciaban a los pocos días. Nunca supo si se debía a dádivas, amenazas o advertencias sobre el riesgo de perder otros negocios.

Una vez Castello concluyó su terapia de recuperación en la clínica, el juzgado ordenó que fuera recluido en La Muralla, el penal inexpugnable donde los delincuentes requeridos por crímenes internacionales aguardan sus procesos de extradición.

Pese a su evidente estado de invalidez, lo condenaron a permanecer encerrado en el penal mientras —según la versión oficial— «los fiscales preparaban la causa y se desarrollaba el juicio». Cuando la opinión pública comenzó a presionar con preguntas incómodas, la Fiscalía justificó este adefesio moral invocando, como pretexto, que «el Estado está en la obligación de proteger a Castello». ¿Protegerlo? ¡Sí! Según el vocero de la Fiscalía, «fuentes de inteligencia de la Policía advierten sobre el pánico que reina entre los más poderosos barones del narcotráfico ante la real posibilidad de que Castello abra la boca». Y para rematar el cuento se inventaron otro «peligro inminente»: «¡La mafia ya impartió la orden de silenciarlo!».

No hubo argumentación jurídica ni poder humano que les moviera el corazón a los jueces para que le concedieran a Castello detención domiciliaria. La razón era lógica: en todos los niveles del sistema judicial funciona la mermelada que distribuye con generosidad el Grupo Hoffman.

En el colmo de la ingenuidad, Castello jamás se imaginó que todas estas maniobras en su contra se habían fabricado con eficiencia industrial, en las mentes perversas del poderoso «5C», «Comité de Comunicaciones Corporativas en Circunstancias de Crisis», del Banco Financiero Internacional. El «5C» operaba de manera tan eficiente y silenciosa como en la antigüedad lo hiciera la «Sagrada Congregación Vaticana para la Propagación de la Fe». Ellos manipulaban el clima de opinión pública en beneficio de los intereses de su amigo y compadre Gabriel Hoffman.

Tres equipos de *hackers*, asesores *outsoursing* del comité «5C», empezaron a mover por las redes sociales medias verdades sobre el «*affaire* Castello». Se difundieron leyendas urbanas y opiniones de supuestos expertos que pontificaron sobre la capacidad de Castello de acceder a los más importantes círculos de poder del país, «recursos que el oligarca utilizó como fachada para encubrir sus operaciones financieras criminales». Lograron que la simple mención del apellido Castello se convirtiera en tendencia viral.

Detrás de semejante engranaje sensacionalista, lo único que permanecía invisible era la mano del titiritero encargado de mover los hilos de la conspiración.

El banquero sabía cómo aceitar la maquinaria de la calumnia y la difamación en todos los estratos. Abajo, al nivel de redacción, con generosas propinas a los periodistas. Y arriba, en los niveles directivos y editoriales, con generosas tajadas de la enorme torta publicitaria del Grupo Hoffman.

Además, tan pronto la bola empezó a rodar, las crónicas, artículos y notas del «caso Castello» —fueran realidad o fantasía— vendieron cientos de miles de revistas y periódicos e hicieron subir, como espuma, los *ratings* de sintonía de los informativos de la radio y la televisión.

Andrés Castello repetía *ad infinitum*: «Nunca estuve allí. Nunca tuve una cuenta en ese banco. No conozco las personas con las que me vinculan. Puedo demostrar que en ese tiempo no me encontraba en el país. No conozco al testigo que dice conocerme». Pero esas afirmaciones, bajo la gravedad del juramento, poco importaban. El deteriorado y corrupto sistema de justicia tomaba determinaciones sin que el acusado hubiera sido vencido en juicio, vulneraba el derecho a la defensa, arrasaba con la presunción de inocencia y condenaba o absolvía al ciudadano en esa vergonzosa exposición que los medios, hambrientos de *rating*, manipulaban sin compasión. Y el instinto revanchista de las clases populares necesitaba ver más cabezas de personajes de la clase alta ensartadas en la picota pública.

Consumido en este inédito escenario de soledad e indiferencia, nuevos demonios asaltaron la tranquilidad de Castello. Su visión de la vida y la importancia de su imagen, el valor de su patrimonio y su prestigio fueron adquiriendo una dimensión diferente. Ahora se invirtieron, tanto su escala de valores como sus prioridades. Su futuro lo contemplaba a través de los filtros borrosos de su incapacidad física y de la pérdida de su libertad. Todo lo fue aceptando con una extraña actitud de resignación. Todo, todo, menos el lacerante silencio de Gabriel Hoffman, su compadre y su amigo, que jamás le respondió las llamadas que con insistencia le hizo.

Desde su arribo a la prisión de máxima seguridad de La Muralla, Andrés Castello se convirtió en un mito rodeado de una rara mezcla de admiración, curiosidad y leyenda. El cuerpo de guardianes, el personal administrativo y sus compañeros de cautiverio le reconocían una extraña aura de ingenuidad que los impresionaba.

Con el transcurrir de los meses, se ganó el título de «el bacán de la silla de ruedas».

38

El ingeniero a cargo de la división de seguridad del banco, les advirtió a Gabriela y a Abril: «el mejor seguro de vida se llama discreción».

Las sermoneaba sobre los riesgos de socializar con desconocidos en una universidad tan grande. Si por las exigencias académicas debían trabajar en grupo o deseaban incorporar a un compañero a su círculo de amigos, tenían la obligación de informar a la división de seguridad para practicar la respectiva investigación de seguridad personal. El protocolo que debían seguir para conseguir amigos resultó tan incómodo que, sin proponérselo, ambas decidieron mantener una distancia prudente con sus compañeros de clase y aislarse hasta donde fuera posible. Crearon una burbuja de intereses comunes y disfrutaron de ese mundo privado, como si ello les garantizara invisibilidad y seguridad. Por fortuna les sobraban temas sobre qué hablar, y obligaciones académicas por cumplir, más planchas, maquetas, proyectos y cálculos que realizar. Eran conscientes de que la ostentación podía tener consecuencias fatales.

Evitaban estudiar en grupo y poco se las veía por la cafetería. Cuando salían de clase se refugiaban en un lugar tranquilo al costado sur del extenso jardín del campus. Allá iban a parar con su carga de libros, computadores, planos y maquetas. El rincón era un parche de jardín rodeado por un muro bajito de piedra, con tres árboles muy frondosos, flores silvestres y un camino de lozas. No había bancas pero sí tres plataformas de madera en diferentes niveles. De ese escondite se apropiaron para estudiar y hablar como loras.

El sitio era tan apacible, alejado y discreto que Gabriela pasó por alto otra de las advertencias que le machacaban a diario: «la rutina es un enemigo mortal». Y en efecto, esa rutina estaba siendo observada, cronómetro en mano.

Abril y Gabriela ajustaban ya dos horas hablando de la compleja situación en la que se encontraba Andrés Castello, de los informes sobre su recuperación y su traslado a la prisión de La Muralla. Toda la información provenía de las especulaciones publicadas por las revistas de farándula, porque el nombre de Andrés Castello se había vuelto impronunciable en casa de los Hoffman. De súbito, Gabriela advirtió que se les había hecho tarde.

—¡Mierda! El tiempo vuela. Los de seguridad ya pasan a recogernos.

—Volemos al baño.

—Dale tú. Yo voy recogiendo este reguero de papeles y las *laptops*.

—¡Mi cartera!

—¡Corre! No te preocupes que yo organizo todo.

Gabriela corrió por el prado las cuatro cuadras hasta el edificio donde funciona el centro de bienestar estudiantil. Le dio una ojeada a su reloj, ingresó al inmenso hall del primer piso del edificio y se enrumbó directo al área de los baños. Saludó a la mujer que trapeaba con un «hola, ¿puedo entrar al baño?». La mujer retiró los dos conos y el pequeño trípode con el aviso de «No entre. Baños en reparación».

El inmenso baño estaba desierto. Se metió al segundo cubículo, cerró la puerta, y cuando estaba a punto de sentarse en la tasa sintió que otras personas entraron de prisa a los cubículos vecinos. Terminó de orinar, abrió la puerta y se dirigió al lavamanos. Se jabonaba las manos cuando sintió una sombra a su espalda. Alzó la mirada al espejo y en ese instante el universo se le desplomó encima.

—¡Hijueputa! ¡No se atreva a gritar! —le susurró un hombre en la oreja, al tiempo que con una mano le tapaba la boca y con la otra le encajaba en el rostro un objeto metálico y negro.

—Grite y le curo la sinusitis de por vida. ¡Malparida!

Con el terror estacionado en el cerebro, Gabriela sintió deseos de trasbocar. Tres arcadas terminaron en un latigazo frío que le recorrió en segundos desde los talones hasta la garganta, como si ella estuviera buscando la exacta ubicación donde se aloja el alma. Con los ojos desorbitados hizo contacto visual con el gigante que la estrangulaba y con la mujer del aseo que le acababa de facilitar la entrada al baño.

—¡No me mire, malparida! —chilló la mujer.

La panorámica que quedó impresa en su memoria era devastadora. Vio a otros dos hombres saliendo de los cubículos. De inmediato la amordazaron y vendaron. A las carreras, con innecesaria rudeza, la envolvieron con cinta adhesiva de color gris metálico, hasta dejarla inmovilizada como una momia.

—¡Rásguele la camisa para inyectarla! —ordenó la mujer.

Esas fueron las últimas tres palabras que recordó, antes de despertar en el infierno.

Los tres secuestradores introdujeron el abatido cuerpo de Gabriela entre un tanque plástico, de color verde, con capacidad para 55 galones. Se pusieron overoles sucios y cascos amarillos que los hacía pasar como contratistas de mantenimiento y salieron al hall en procura de la salida del edificio. Las dos mujeres se confundieron entre los estudiantes pero sin perder de vista a los tres hombres que escoltaban el carrito donde acomodaron el tanque verde de plástico y unas herramientas. A punto estaban de alcanzar la puerta principal cuando apareció un guarda de seguridad.

—Por aquí no puede transitar personal de mantenimiento.

—Pero si ustedes mismos nos llamaron de emergencia para reparar un tubo roto en ese baño de mujeres del primer piso.

—¿Tienen la orden de trabajo?

—¡Claro! Está en la camioneta.

Mientras el guarda hacía un par de apuntes en una planilla y llamaba por radio a alguna central, los tres hombres se miraron como asegurándose de estar decididos a jugarse el pedazo de devaluada vida que les quedaba. Después de cuatro meses de seguimientos y vigilancia ya estaban consumidos de mierda hasta el cogote y debían sacar su botín a la fuerza, así tuvieran que adelantar una hora el día del Apocalipsis, y dejar en la huida un reguero de «muñecos» rellenos de plomo. La alternativa era clara: jugarse el todo por el todo, aquí, en los predios del campus universitario, o tener que responder con sus vidas y las de sus familias ante los gatilleros del patrón. Su instinto animal en estado de alerta máxima los hacía estar dispuestos a desencadenar una tragedia si las condiciones se llegaban a agravar.

Desde la distancia, una de las mujeres de la banda llamó por el celular para alertar a sus compinches en el parqueadero: «¡Alerta! Obstáculo no previsto. Está paralizada la operación en la puerta del edificio».

Luego de esperar lo que les pareció una eternidad el guarda de seguridad les señaló la salida pero por la parte posterior de la edificación.

«La procesión sale del templo —informó la mujer—. De los dos pajaritos solo cayó el pavo real».

Ya se desplazaban por la plazoleta, hacia al área de parqueo, cuando el mismo guarda les gritó que se detuvieran.

—¡Estamos cagados con este hijueputa!

—Cálmense, cabrones. Si este guarda es veterano de la policía sabe reconocer el olor a miedo —les advirtió el jefe del grupo.

—¡Aprieten el culo! ¡Aguanten! El tipo está cabreado, pero no seguro.

La mujer que supervisaba la operación, comentó por el celular:

—¡Pilas! El malparido uniformado está mosca. Los congeló de nuevo. Preparados allá en el parqueadero. De pronto se va a escuchar el «cacareo de las metras». ¡Pilas! La prioridad es alzar vuelo con el «pavo real» sin que pierda ni una pluma.

El guarda de seguridad se acercó de nuevo.

—¿De quién son esas herramientas?

—De la empresa. Entre la camioneta están los comprobantes.

—¿Y qué cargan en esa caneca?

—Escombros y toda esa inmundicia que atascó las cañerías. Si está preparado se la destapo para que la huela. Pero usted asume la responsabilidad porque este edificio va a quedar impregnado con ese olor a mierda por lo menos un mes.

El guarda no disimuló un gesto de asco y transmitió un mensaje en clave. Quizás ese era el único procedimiento que le hacía falta para cumplir con el protocolo de «sin novedad en el frente». Les dio vía libre, dio media vuelta y retornó con paso vivo al interior del edificio.

Superado «el obstáculo» y empapados de sudor, iniciaron su camino hacia el parqueadero. Para mantener la sensación de serenidad el jefe de la operación empezó a marcar el compás de la marcha con una letanía que improvisó: «paso a paso, sin mostrar culillo... paso a paso, sin mostrar culillo». En semejante tensión uno de ellos intentó encender un cigarrillo para calmar sus nervios. «¡Cabrón, aquí no se puede fumar ni en el potrero! ¿Quiere que nos detengan otra vez?». Serpentearon por entre los jardines y el extenso parqueadero hasta arribar al lugar donde estaba la camioneta. Abrieron las puertas posteriores y treparon con cuidado su precioso botín. Antes de partir retiraron de los costados los avisos magnéticos con el nombre de «MIP —Manejo de inundaciones y plomería», y los reemplazaron por «Animal World - Peluquería canina». En seguida el vehículo se desplazó lento, casi que al ritmo de la letanía que continuó repitiendo el jefe: «paso a paso, sin mostrar culillo...».

Las dos mujeres observaron desde el séptimo piso del edificio la salida de la camioneta hacia la autopista. «De los dos pajaritos, el pavo real, ya está entre el horno. Buen apetito. Todo OK-5. ¡Fuera!».

Siete minutos más tarde, al momento de ingresar a la autopista, dos de los hombres lanzaron un berrido de alegría.

—¡Cabrones! Esta mierda apenas empieza. Les recuerdo las órdenes. Total silencio de radio y de teléfonos. Nada de exceso de velocidad en la autopista. Y prepárense a bajar de la camioneta en la próxima salida porque a ustedes dos se les acabó el pasaje. Ya saben cuál es el procedimiento para el pago, eso incluye que no les quiero volver a ver las narices hasta que los mande llamar. ¡Ah! ¡Y no olviden! Abstinencia total de trago, putas y parrandas durante los próximos noventa días, y si son más, allá les llegará el mensaje. Que nadie se ponga a hablar mierda ni a ostentar que son la «mamá de Tarzán». ¿Alguno necesita que yo le recuerde lo que les pasa a los hijueputas que se tuercen? Y para concluir esta maricada, no me miren. Ninguno de ustedes me conoce. ¡Cabrones!

39

Los radios cambiaron de manera automática sus frecuencias de comunicación de «abiertas» al modo «restringido». Este proceso se encuentra predeterminado y se activa en el momento en que la central de seguridad detecta algún «peligro inminente».

En toda la red de seguridad de las empresas Hoffman se replicó la alerta pero no se informó el motivo. Solo el canal encriptado quedó activado, para manejar la emergencia.

La noticia zigzagueó por los canales reservados a la velocidad de la luz, hasta trepar, allá arriba, al *penthouse* donde se alza el despacho privado de Gabriel Hoffman. Pero el personaje no se encontraba. Su secretaria decidió enterarlo sin pérdida de tiempo.

Lo localizaron en una reunión en el Club de Banqueros, donde un grupo de políticos peregrinaba para pedirle financiación en vísperas de la campaña de renovación del Congreso.

En ese tipo de reuniones el doctor Hoffman no se sentía poderoso, sino todopoderoso. Porque, además, nadie se atrevía a disputarle tamaño privilegio.

Hubo revuelo en la recepción del club porque el doctor Hoffman impartió la orden explícita de no interrumpirlo. Finalmente, una asistente fue notificada por el canal de emergencia y respondió. «Acabo de copiar la novedad y ya le informo». Escribió una breve nota en un papel y se lo pasó doblado.

Como en ese momento el banquero pontificaba sobre su respeto a las fronteras existentes entre los intereses colectivos de la Nación y los privados del conglomerado de empresas Hoffman, no le prestó atención al papel que permaneció abandonado sobre la mesa. Minutos más tarde, mientras el jefe del directorio conservador respondía a uno de sus cuestionamientos, Gabriel Hoffman desdobló, sin mucha curiosidad, el papelito y le dio una mirada displicente, pero, en el siguiente segundo, recapacitó y palideció. «¡Alarma! Código 3». Fue tan notorio su cambio de expresión que el jefe político que hablaba enmudeció de repente y todos los asistentes se miraron asombrados.

—Debo retirarme. Es urgente —dijo sombrío y en tres trancos traspasó la puerta.

Durante el minuto que Hoffman empleó para descender del cuarto piso hasta la camioneta blindada, aparecieron en su mente decenas de imágenes de Gabriela juntó con el maldito texto: «¡Alarma! Código 3».

Los escoltas fueron los primeros sorprendidos ante el súbito giro del programa. Entonces el dispositivo de seguridad se desplegó de manera tan aparatosa que dejaron en evidencia la cantidad de guardaespaldas, equipos de comunicación, armas y vehículos que conformaban el primer anillo de seguridad del banquero.

—¡Al banco! —vociferó.

No tenía idea qué le aconteció a Gabriela, pero ese nivel de alarma jamás antes se había activado. En algunas ocasiones, se elevó el grado de alistamiento como la tarde que la niña se distrajo en un centro comercial, o cuando se demoró en salir al finalizar una clase de esgrima. Todo el sistema obedece a unos índices de riesgo que el computador va analizando de manera continua y automática, frente a una serie interactiva de factores de seguridad. Si se interrumpe la secuencia de verificación, pues se dispara la alarma. Pero, ¡mierda!, pasar directo a «¡Alarma! Código 3» era muy grave y excepcional.

Al tiempo que la camioneta y los vehículos de escolta volaban en dirección al edificio del Banco Financiero Internacional, el banquero sudaba a borbotones. Necesitaba aire. Antes de activar el computador que se encuentra instalado frente a su puesto, se despojó del saco, se alivió la corbata y en una misma contorsión hizo volar tres botones de su impecable camisa. Presionó el mando que aísla, con vidrios blindados, el área donde viaja y por temor a que su llamada quedara grabada, no empleó el celular. Entonces introdujo en el computador el *password* de alta seguridad y preguntó a la central de seguridad.

—Resuma: ¿qué pasa con ¡Alarma! Código 3?

Durante los pocos segundos que tardó en aparecer sobre la pantalla la respuesta, sintió que su corazón galopaba acelerado y que la sangre le martillaba la sien.

«Hora 16:21. Dispositivo escolta reportó desaparición Código 3. Área: campus universidad. Violencia: 0. Testigos: 1. Posibilidad: retención por elementos externos: 3 en 10. Se ordenó silencio de radio: 100%. Testigo detenido e incomunicado. Evaluación de su complicidad en la desaparición: 75%. Pánico y explicaciones confusas. Resultado de pesquisas en el área: 0. Pistas: 0. Conmoción en el área: 0. Lapso entre último contacto visual con testigo y alarma: 12 minutos, aprox. Documentos y pertenencias abandonadas por Código 3: 100%».

El banquero miró el reloj, volvió a revisar la pantalla y tembló, no sabía si de rabia, impotencia o de arrepentimiento por no haberse impuesto sobre Ana Sofía y Gabriela para que la niña se largara a estudiar a Europa. «Maldita debilidad la mía. ¿Por qué putas no la saqué del país? ¿Por qué?».

Las curvas a gran velocidad lo hicieron golpear contra los costados y el techo, por lo que decidió ajustarse el cinturón de seguridad.

—Moneypenny, habla Código 1. Libere el ascensor privado para que esté listo cuando yo llegue al sótano. No quiero demoras.

Golpeó con el anillo sobre la ventana y le hizo señas al conductor para que aumentara la velocidad. Enseguida presionó el timbre del altavoz y le ordenó al jefe de escoltas que activara el intercomunicador en «modo privado».

—Ordene alerta máxima a todo el dispositivo de seguridad. Eso incluye silencio total de radio. No quiero filtraciones de información, y mucho menos chismes y especulaciones. Advierta a sus hombres que no ha pasado nada. El hijo de puta que yo sorprenda en habladurías que obstaculicen la recuperación de Código 3, lo estrangulo con mis propias manos.

—Copiado señor. ¿Alguna otra orden?

—Anule de manera inmediata los procedimientos para información compartida. Solo un número ínfimo de funcionarios de seguridad ¡que yo designe! tendrá acceso a la información. La compartimentación debe ser total: cada quien sabrá únicamente lo que debe saber, ni una coma adicional. Todos los aparatos de comunicación involucrados en la búsqueda y rescate deben ser inalámbricos, con encriptación de punta a punta. Cambie todas las contraseñas y los códigos de autenticación.

—Señor, ya mismo coordino con el ingeniero de sistemas para que todos los móviles en el sistema utilicen algoritmos encriptados de cifrado simétrico.

Sobre la pantalla de la computadora apareció un mensaje firmado por Moneypenny: «Doctor Hoffman, ¿se convoca al comité de crisis?».

¡No!

40

Tan pronto el encargado de la escolta aceptó su responsabilidad en la desaparición de Gabriela y consideró que a partir de ese momento debía enfrentar las consecuencias, descargó toda su frustración sobre Abril.

La trepó a una de las camionetas y empezó su brutal interrogatorio. Sin darle oportunidad de hilar una respuesta completa, intentó forzarla a incurrir en contradicciones sobre los detalles que dio en la versión original: hora, actividad que ambas realizaban, ruta que tomó Gabriela, tiempo transcurrido, movimientos sospechosos, primera reacción y cien etcéteras más. Al reconocer que la búsqueda de Código tres en el campus no aportaba ni la más débil señal de esperanza, el jefe de los escoltas ordenó que retornaran los vehículos al dispositivo inicial. Además dispuso que Abril quedara incomunicada dentro de la camioneta mientras recibía nuevas instrucciones por radio. Y, para ganar tiempo, reanudó su despiadado interrogatorio volcando toda su frustración sobre la única sospechosa.

El impacto de la noticia sumió a Gabriel Hoffman en un estado de total confusión. Pese a su reputación de ejecutivo excepcional, hábil para manejar los desafíos más complejos, y de paso, experto en inventar conflictos y manipularlos a su antojo, sintió lo que nunca antes había imaginado: desconocía qué diablos debía hacer para recuperar a su hija, y ni siquiera se le ocurría por dónde empezar.

Sin fuerzas y desorientado le pidió a Moneypenny una botella de Rémy Martin-Edición limitada, su coñac favorito. En la soledad de su oficina se sirvió 8 onzas en una copa barrigona, la contempló a contraluz y se la tomó de un solo trago, sin un solo gesto. Sintió que el alcohol le inundaba su organismo y que la glándula suprarrenal le enviaba a su cerebro un chorro de adrenalina. Para no perder los efectos de la pócima energizante, dejó que sus instintos le dictaran el plan operativo y se puso a escribirlo sobre un block de notas, a toda velocidad y en caótico desorden: «Mantener un mando unificado en todas las operaciones. Control total de la información. Creación de un clima de confianza con los secuestradores. Disponibilidad de dinero en efectivo suficiente para atender sus demandas. Apertura de un canal de comunicación fluido y confiable con los plagiarios. Contar con varios negociadores conocidos y leales. Desconfianza general sobre todas las personas que han permanecido cerca a Gabriela, desde el servicio doméstico y los agentes del dispositivo a cargo de su seguridad, hasta, en el futuro, la misma Policía. Pulso firme en la negociación. Seguimiento agresivo de cualquier pista y... y...», ahí cayó en cuenta de la importancia de controlar cualquier fuga de información que pudiera afectar el trabajo normal en sus empresas y sus cotizaciones en la bolsa de valores. Entonces escribió: «sensación de que aquí no ha pasado nada y... y...», ¡mierda! ¿Qué sigue? Luego de una pausa y otro coñac, escribió: «Dibujar un mosaico de posibles autores intelectuales del secuestro». La desaparición tan limpia y el silencio tan agobiante de los secuestradores durante estas primeras horas era, a todas luces, obra de profesionales.

El nombre del primer sospechoso que apareció en la pantalla de su memoria lo escribió con mayúsculas: ANDRÉS CASTELLO.

«Debe estar soberbio —pensó— con el merecido carcelazo que él mismo se ganó por su ingratitud y vileza. Ha disfrutado de muchos meses de reflexión en una celda y a lo mejor los ha utilizado para planear el plagio. ¡Claro! Desde la cárcel se traman los más sonados secuestros. Tengo que abrir un canal de comunicación confiable con Andrés Castello. Sé que me va a costar mucho dinero. Sí señor, tengo que atraerlo, así me toque bajarme los pantalones. ¡Ah! Y la segunda sospechosa». Escribió en mayúsculas ABRIL y lo subrayó con rabia, hasta casi romper el papel. «¿Cómo dejamos entrar a nuestra casa a una desconocida? Por complacer los caprichos de Gabriela esta mujer resultó infiltrada en nuestra familia, es su única amiga y conoce exactamente lo que yo desconozco: su forma de pensar y actuar, sus fortalezas y debilidades, en otras palabras, el mapa íntimo de su alma. Además está familiarizada con sus rutinas, sus horarios y las rutas de su escolta. ¡Qué imbéciles! A estas alturas no conozco ni mierda sobre ella, ni un coño sobre su familia y no tengo ni puñetera idea sobre sus antecedentes».

Si bien el banco continuó funcionando con la simpleza y fluidez de un reloj de arena, como si nada aconteciera, en la casa de la familia Hoffman se ordenó un embargo inmediato de toda la información sobre Gabriela; se desconectaron los teléfonos y las doce personas del servicio fueron sometidas a una discreta cuarentena. El grupo de escoltas a cargo de la seguridad de Gabriela fue acuartelado en el campo de entrenamiento que el departamento de seguridad del banco mantenía en las afueras de la ciudad, con absoluta restricción de salidas, hasta nueva orden, so pretexto de prepararse para una inminente operación de rescate. Moneypenny siguió encargada de manejar la agenda del señor y, con su impecable estilo, le proporcionó al conjunto de empresas Hoffman una imagen de normalidad, en la que nada raro acontecía.

Gabriel Hoffman se mantuvo impaciente, en espera del informe de los agentes que corrieron a investigar los antecedentes de la hasta ahora misteriosa Abril Santamaría. «Lo único sospechoso —por no coordinar con el modesto barrio donde vive— es que, según los vecinos, desde hace tres o cuatro años la joven suele llegar a su casa en un Mercedes negro, que, por la descripción, no pertenece a la flotilla de vehículos del Banco Financiero Internacional».

«¡Tráiganla!», ordenó Gabriel Hoffman con su afectado estilo imperial.

La caravana de escoltas abandonó el campus universitario. Abril fue inmovilizada. Le ataron las muñecas con una banda plástica, le vendaron los ojos, le taparon la boca con cinta adhesiva y le cubrieron la cabeza con una bolsa de tela negra. Dos horas después de sucedido el plagio, Abril ingresó a través del ascensor privado, al penúltimo piso del Banco Financiero Internacional, donde se ubican las oficinas ejecutivas de la presidencia.

Una vez libre de ataduras y vendas, Abril se encontró en un amplísimo salón insonorizado, sentada a la cabecera de una gigantesca mesa. Al frente vio una enorme biblioteca, de pared a pared, con libros tan impecables que le evocó el decorado falso de una película sobre Wall Street. Como presintió que estaba vigilada por quién sabe cuántas cámaras, que le estarían analizando cada movimiento, permaneció quieta, con expresión de amargura pero tratando de controlar sus nervios. A manera de exorcismo repitió una y otra vez «Abril, tranquila, quien nada debe, nada teme». Estaba confiada que ese salmo tenía los poderes de serenarla y expulsar a todos los espíritus malignos.

Luego de que el banquero conoció la descripción del modesto vecindario de la familia Santamaría, las actividades de sus vecinos, el historial de las necesidades de Abril, con una madre alcohólica y un hermano parapléjico, se apresuró a sacar sus propias conclusiones: «No tengo la menor duda. Abril Santamaría está enredada, por necesidad y ambición, en el plagio de mi hija». El banquero suspiró. Por fin conocía la cara oculta de Abril y sus verdaderas intenciones. «¡Qué hija de puta! Le abrimos las puertas de nuestra casa con generosidad y la muy cabrona nos clava un puñal por la espalda».

Transfigurado, Gabriel Hoffman ingresó en el salón y se sentó en la cabecera opuesta. De súbito, sin que mediara saludo, ni otro gesto, golpeó con furia la mesa, como si se hubiera enloquecido de repente, y comenzó a vociferar.

—¿Dónde está Gabriela? ¡Cabrona! De aquí no sales viva si no confiesas quién te pagó por su secuestro. ¿Quién te pago? ¡Perra! No vas a disfrutar ni un centavo, porque antes te vas a morir. ¿Dónde la tienen? ¡Desgraciada! ¿Cuánto están pidiendo? ¡Contesta! ¡Hija de puta! ¿Qué planes tienen? Te juro que no vas a disfrutar ni un centavo de lo que yo pague.

Abril sintió un sudor frío que le escurría por la espalda y acusó un temblor incontrolable en sus piernas y su quijada. Estaba aterrorizada. Con cada golpe de Hoffman sobre la mesa, ella brincaba con el eco que rebotaba en su cerebro. El banquero arrojó al suelo la copa de coñac, estrelló contra la enorme puerta blindada dos floreros de cristal, agarró una enorme porcelana que estaba en la biblioteca y la convirtió en añicos. Fuera de sí, se fue acercando amenazante a la joven que se sentía paralizada de espanto. De súbito, Abril se agarró la cabeza y gritó con todas sus fuerzas. «¡No más! ¡¡No máaaaas!! ¡¡Basta ya!!».

El banquero se detuvo por un instante, le arrojó al rostro el agua del vaso que le habían traído y enseguida lanzó el recipiente contra el piso. Entonces cambió su tono histérico por una voz menos violenta pero cargada de cinismo. Arrimó su rostro deformado por la rabia a la cara de Abril, tan cerca, que la joven percibió su desagradable tufo a alcohol.

—Confiese de una vez. Colabore y le prometo solucionar todos sus problemas económicos y los de su familia por el resto de sus vidas. ¡Confiese! Es el mejor negocio que puede hacer en estas circunstancias. Colabore. Diga cuánto pide. Póngale precio. Le pago lo que sea. Ya conozco la miseria en la que viven usted y su familia. Deme información. Ayúdeme. Yo le prometo no denunciarla. La saco del país. Le organizo su cambio de identidad.

—¡No más! ¡No más, señor Hoffman! ¡No más!

—Pero si se niega a colaborar, la entrego a la Policía. Ellos sabrán mejor que yo cómo interrogarla. Y le juro que hago desaparecer a su mamá y a su hermano. Le juro por mi hija que jamás los volverá a ver.

—¡Por Dios! ¡No más! ¡No máaaaas! ¡Señor Hoffman, yo no sé nada! —gritó Abril, al tiempo que se limpió las narices con la falda de su camiseta.

Entonces el banquero, fuera de sí, la agarró por el pelo y la paró en vilo del asiento: «Confiese malparida, antes de que la golpee».

Moneypenny abrió la puerta en ese momento y carraspeó. Por señas le hizo saber a su jefe que lo necesitaba urgente. El banquero soltó a Abril y salió presuroso, con la ilusión de una buena noticia.

—Doctor Hoffman, la señora Ana Sofía ha llamado ocho veces. Está histérica. Dijo que después de salir del gimnasio se fue a comer con unas amigas y que llegó a la casa pasadas las once y no encontró a Gabriela en su habitación. Está descontrolada, presa del pánico. Que algo grave debió suceder porque la seguridad se tomó la casa y el personal de servicio se encuentra aislado.

El banquero se negó a atender las llamadas histéricas de Ana Sofía de Hoffman. Moneypenny le pidió que la calmara para que no fuera a tomar decisiones precipitadas que pudieran comprometer la discreción que era preciso conservar. «Recuerde que no pueden poner en peligro la vida de la niña, ni el buen prestigio del banco».

—¡No, señorita Moneypenny! En esa mujer que fue mi esposa tampoco confío. Dígale que se tranquilice, que la niña está bien. Que a ella sí la espero aquí, en la oficina, a las seis de la mañana, para hablar de asuntos urgentes y que se prepare para lo peor. Que me debe responder por lo que pasó y por lo que está pasando.

De inmediato retornó al inmenso salón para continuar con su firme propósito de quebrar la voluntad de Abril y hacerla confesar. Así alternó durante tres horas, las blasfemias con promesas, los insultos con propuestas de recompensa, en medio de un rosario de especulaciones demenciales, golpes, gritos y juramentos.

Agotado de insistir en el mismo formato, el banquero Hoffman y su jefe de seguridad decidieron probar otra técnica de interrogatorio. El primero mantuvo el papel de ángel exterminador y el segundo, el de defensor de Abril. A las amenazas del primero se sucedieron las promesas del jefe de seguridad de convencer al doctor Hoffman para que pusiera fin al interrogatorio y la dejara ir, pero a cambio necesitaba su confesión, el señalamiento de los cómplices y su total colaboración para recuperar a Gabriela. Mientras el jefe de seguridad actuaba, Gabriel Hoffman observaba —como un felino hambriento— las reacciones de Abril, a través del sistema de circuito cerrado de televisión. Ansiaba pescar un mínimo gesto que le trajera algo de esperanza o una frase clave que fuera suficiente para ordenar, de inmediato, la operación de rescate.

Al filo de la madrugada, Moneypenny, que había permanecido pendiente de cada movimiento de su jefe, lucía como si no hubiesen transcurrido diez horas continuas de padecimientos.

—Doctor Hoffman, le pido que me escuche por un minuto.

—¿Qué pasa ahora, Moneypenny?

—Doctor Hoffman, le ruego suspender este interrogatorio. Es, además de infame, desproporcionado. En el tiempo que llevo trabajando para usted he podido ver de lo que usted es capaz, pero hasta hoy todas sus víctimas han sido gente de su misma condición. Pero esto es distinto. Usted no puede arrogarse el derecho a juzgar y torturar a una persona basado en su pobre condición económica.

—¿Qué quiere decirme? Usted me está faltando al respeto. ¡Hable claro!

—Señor Hoffman, con todo respeto, si no detiene ya mismo esta injusticia, yo me largo y lo denuncio. ¿Le quedó claro, señor presidente?

Un silencio agobiante —que no duró más de veinte segundos pero pareció una eternidad— se estacionó en el cuarto donde se monitoreaban las cámaras instaladas en el banco.

—Acabo de recibir el informe de inteligencia —dijo la secretaria con voz firme—. Aquí se ven los resultados de los seguimientos ordenados por la señora Ana Sofía sobre Abril Santamaría durante los últimos tres años y medio. Los primeros 120 días el nivel de confianza fue calificado como «crítico», pero a partir del quinto mes se elevó el nivel de confianza y se estabilizó hasta hoy. Sin embargo, la señora Hoffman pidió que la siguieran evaluando, ya no como «sospechosa», sino como «personaje de interés». En estos tres años aparecen 41 reportes de «conductas bajo investigación» correspondientes a presuntas violaciones del esquema de seguridad. Aquí figuran cuatro escapadas a discotecas, tres fiestas en casas de amigas de la universidad, siete visitas a centros comerciales, sin haber notificado a Seguridad. Abril Santamaría se ha quedado 27 fines de semana en casa de la familia Hoffman. En conclusión, Seguridad no encontró factores de riesgo en su relación con Gabriela.

Gabriel Hoffman lucía agitado. Escuchó a su secretaria en un mutismo absoluto. Pese a que aún resonaban los ecos de los gritos y blasfemias que acababa de proferir como un poseído, no conseguía aceptar el hecho de haber incurrido en error, ni sentía, aún, el menor arrepentimiento. Obvio. El banquero mantuvo durante toda su vida una actitud prepotente, dueño de la verdad, inmune a la crítica, y protegido de errores por una suerte de infalibilidad pontificia.

—Pero, Moneypenny, comprenda, ella es la única sospechosa —le contestó confundido por la angustia.

—Abril es una buena mujer y usted se va a arrepentir de lo miserable que ha sido con ella. Es mejor que intente enmendar su conducta en este instante. Hágalo, señor, porque en las próximas horas ella será más útil si está de su lado que si desaparece o asume una actitud de absoluta indiferencia con el caso de Gabriela.

—¡Esto es muy difícil! Me siento solo. Jamás me imaginé estar en estas circunstancias. Moneypenny, por favor, tráigame un vaso de agua. Necesito serenarme. No tengo en quién confiar.

—Doctor, confíe en mí. Pero antes, entre al salón y justifique ante esa niña sus reprochables excesos. Ella comprenderá el impacto y dolor incontrolables que usted sufrió como padre, ante esta inesperada tragedia.

—¿Algo más?

—Su esposa se encuentra enloquecida, fuera de control. Calme a la señora Ana Sofía. Tranquilícela. Evite otra tragedia.

—Ya le dije que en esa mujer no confío. Conozco sus episodios de histeria. Usted es testigo de su forma de manipularme. Después de haberle dado: dinero, posición, éxito, una hija y mi irrestricto apoyo, me es infiel. Dígale que ya mismo salgo para la casa para que me responda por todo.

41

La señorita Moneypenny abrazó a Abril. Estaba dispuesta a demostrarle que su gesto era muestra genuina de aprecio y solidaridad. Le pasó la mano por la frente para despejarle el pelo rebelde y le limpió las mejillas que mostraban las huellas desordenadas de muchas lágrimas. La acompañó hasta el baño y en seguida la acomodó en un sofá y la cubrió con su abrigo. Abril tiritaba no del frío de la madrugada, sino de una mezcla de rabia, desconcierto y sensación de desamparo.

—Abril, han cometido una tremenda injusticia contigo. —Moneypenny intentó montar la defensa de su jefe, pero no se le ocurrió un argumento que justificara tanto derroche de brutalidad y violencia—. No sé qué decirte, pero el mundo no siempre es justo.

Abril aclaró su garganta con un carraspeo y, contra toda lógica, justificó la conducta de banquero.

—Cualquiera se enloquece con la tragedia de esta tarde. Claro que yo fui quien sufrió las humillaciones, pero tengo que comprender el dolor del señor Hoffman. Pese a que no hay excusa para descargar tanta violencia contra mí, decidí perdonarlo.

—¿Y estarías dispuesta a ayudarle?

—¡Sí! Así no me lo pida. Tengo muchas razones para ofrecer mi colaboración. No solo porque Gabriela es mi amiga, sino porque ella es un ser humano especial, una niña huérfana de afecto que siempre confió en mí y que a esta hora debe estar sufriendo padecimientos inimaginables. Sé que, en este preciso instante, yo le hago más falta que su misma familia.

—Tenemos que comer algo —dijo, y se apresuró a llamar a alguna dependencia para ordenar el envío de un refrigerio para las once personas que se encontraban en el piso.

Pero justo cuando arribaban con toda la parafernalia de platos se desencadenó un tsunami. Gabriel Hoffman salió como una tromba de su despacho. Los escoltas se movilizaron como en una película, dando órdenes por los radios y controlando los ascensores. Todos corrieron a ocupar sus puestos, mientras Moneypenny volaba detrás del banquero para tomar nota de sus últimas instrucciones. De repente, Hoffman, que caminaba a toda prisa hacia el elevador privado, frenó en seco.

—¡Abril!

—Sí señor, aquí estoy —se escuchó la débil voz de la joven—.

—Le pido que me acompañe —la tomó por el brazo— realmente necesito su ayuda. Estoy devastado. Jamás estuve preparado para enfrentar esta tragedia. Tengo que reconocer que es muy poco lo que conozco de Gabriela.

—Cuente conmigo —lo cortó Abril para detener el rosario de explicaciones incómodas, que ella no pensaba pedir—. Señora Moneypenny, gracias por su ayuda. Antes de salir, necesito que me devuelvan mi celular, por favor —le pidió Abril, al tiempo que recogía a las carreras sus libros y apuntes de la universidad que yacían regados por el suelo.

La caravana se desplazó a velocidad de vértigo por la enorme ciudad que dormía bajo un manto de niebla.

Qué impotente se sentía el todopoderoso propietario de una telaraña de más de veinte mil líneas telefónicas satelitales que mantenían intercomunicado su imperio financiero, tratando de imaginar cuál de ellas escogerían los secuestradores para extorsionarlo. Estaba furioso por la pérdida de tiempo. Cómo pudo apostar todas sus emociones sobre la primera sospechosa que señalaron sus instintos. Se hundió entre el mullido asiento del

Mercedes G55 blindado. Iba despojado de su sonrisa y de su tradicionales saco y corbata, con la facha de sobreviviente de un naufragio. Cerró los ojos por diez segundos tratando de imaginar la imagen de Gabriela en ese instante y en la boca sintió ese sabor metálico que produce la rabia, la tensión y el desconcierto. Miró de reojo a Abril. Parecía una esfinge, pétrea, sin expresar emoción alguna. «Ella es la única persona que conoce el mapa tridimensional de Gabriela y la única que me puede ayudar a interpretarlo», pensó. Consultó el reloj y sintió un leve temblor. Como recurso para mantener bajo control su ira empezó a desgranar una retahíla desordenada de reflexiones. «No puedo permitir que se filtre la más mínima información porque pierdo el control. Por mucha influencia que tenga sobre la prensa, no faltará el imbécil que pretenderá convertir mi tragedia en un doloroso chisme de farándula. Ya aparecerán docena y media de malparidos regando pistas falsas que terminarán desgastando mi capacidad de maniobra. La clave es negociar con rapidez. Informarle a la Policía implica un riesgo con costos impredecibles. Tengo que identificar al miserable que rompió el sistema de seguridad. Si permito que mi imaginación reproduzca el infierno que en este instante padece Gabriela, me paralizo. ¡Putas! Tengo que manejar la histeria de Ana Sofía y comprender su angustia; al final de cuentas es su mamá. ¡Qué fastidio! Hasta que rescatemos a la niña debo soportar a Ana Sofía con su carga de excentricidades y caprichos, no tengo opción, debemos aparentar unidad y solidaridad hasta que se resuelva esta tragedia».

El Mercedes ingresó como una tromba al condominio Atlántida. El banquero, rodeado de sus guardaespaldas, descendió de un salto e ingresó al interior de su residencia, gritando:

—¡Ana Sofía! ¡Ana Sofía! ¡Carajo! ¿Dónde te has metido? ¡Ana Sofíaaaaa!

42

—*Hello*. Scott *speaking* —contestó el viejo escocés mirando el reloj. Marcaba las cinco y cinco de la madrugada. Pensó que se trataba de la llamada de algún familiar desde Gran Bretaña.

—¿*Mister* Scott?

—*Yes, I am*.

—Profesor me siento muy mal por llamarlo a esta hora —se escuchó la voz de una mujer angustiada, que realizaba un enorme esfuerzo para que no la atropellaran sus palabras—. Le habla su antigua alumna, Abril. Soy Abril Santamaría. ¿Me recuerda? La más bajita de la «Clase del Milenio», la que usted llamaba *shorty*, la que le presentó como proyecto final de la clase de arte la instalación que bauticé Ovni. *Mister* Scott, la que le confesó la miserable vida de apariencias que tuve que soportar durante seis años para tener el privilegio de graduarme en el mejor colegio. ¿Me recuerda?

—¡Oh! ¡Claro, Abril! *Shorty*, la linda «chaparrita». Te recuerdo con mucho cariño. Si me notas sorprendido es porque hace muchos años que una dama tan bonita no me llama a estas horas de la madrugada.

Mister Scott abrió la cortina para cerciorarse de que aún no aclaraba.

—Señor, es que estoy en graves problemas y necesito su ayuda, con urgencia.

—¿Estás enferma? ¿En la cárcel? ¿En un hospital? ¿Te atracaron? ¡Dime!

—Peor que todo eso, *mister* Scott. Secuestraron a un familiar y necesito su consejo. Usted conoce mi historia. No tengo a quién acudir ni conozco otra persona que me inspire confianza.

—¿Ya llamaste a la Policía?

—La advertencia es clara: si llamo a la Policía pondré en peligro la vida de esa persona.

—No llames a nadie. Dame la dirección donde estás. Me visto en seguida y salgo para allá.

—¡No! No puedo ahora. Pero quiero asegurarme que cuento con usted. Es de vida o muerte. Necesito verlo pero no puedo hablar más.

Antes de que sonara el clic que desconectó la llamada, *mister* Scott alcanzó a escuchar en el fondo un alarido de dolor, como el de una bestia herida.

A Scott se le dilataron las pupilas.

El alarido del banquero: «¡Nooooo!» rebotó contra las paredes del baño con la fuerza de una onda explosiva. La imagen de su diosa desnuda, pálida, con esa expresión en su rostro de total placidez, lo trastornó de golpe. Se sintió aterrado. Se apoyó contra el lavamanos y trató de vomitar.

Jamás antes Ana Sofía de Hoffman había sido retratada tantas veces y desde ángulos tan diversos. En la primera de las más de trescientas fotografías tomadas por los investigadores de la oficina forense aparecía su cuerpo blanquísimo y perfecto, con el aspecto de una muñeca de porcelana. Sobre su monte de Venus resalta el monograma «GH» como si fuera una marca al fuego, que advierte propiedad.

Le cepillé el cabello a mi patrona durante más de una hora. Estaba pálida y no habló casi nada. Luego me mandó a acostar. La vi encender el sistema de sonido ambiental y en seguida se encerró en el baño. La música tronaba en la habitación», declaró, entre sollozos, la última persona que la vio viva.

Ana Sofía de Hoffman colocó el concierto de *Carmina Burana*, a volumen ensordecedor, en el modo de repetir, repetir y repetir la misma canción, de manera obsesiva.

Ana Sofía se desnudó. La bata de seda aparece desmadejada, como si hubiese caído en cámara lenta. Abrió la llave para dejar correr el agua tibia y se metió en la tina para dar inicio al macabro ritual. Tomó la fina cuchilla y se realizó dos tajos impecables en las venas de ambas muñecas. Descansó su cabeza sobre una almohada de plástico, cerró los ojos y dejó que su pensamiento divagara en imágenes de aquel adolescente rubio de Kentucky que, muchos años atrás, le prometió hacerla feliz si dejaba todo y lo seguía a ese pueblo carbonero, perdido en la mitad de los Apalaches, donde le juró convertirla en una matrona gorda y dichosa, dedicada a cocinar para una familia numerosa.

No le puso el tapón a la tina porque le espantaba que su última imagen fuera la de una mujerzuela consumida entre un charco de sangre. El torrente de agua tibia la recorrió durante horas, y lavó el cuerpo de la bellísima mujer sin dejar rastro de sangre. El vapor contribuyó a darle a la escena un matiz alucinante y el eco de los coros de *Carmina Burana*, que rebotaba contra las paredes, sugería el arribo del cataclismo universal.

El haber seleccionado *Carmina Burana* fue un enigma para los investigadores, que buscaban pistas para explicar las razones del suicidio. «Lo que escuchaba la occisa corresponde a poemas cantados en una abadía del siglo XII, donde se hacía homenaje a la naturaleza, al gozo por vivir, a los placeres terrenales y al amor carnal. Se satirizaba a la Iglesia y se criticaba a los arrogantes que detentaban el poder», se menciona en el informe forense.

Ana Sofía de Hoffman lucía inmaculada, como una Afrodita de mármol rescatada del fondo del mar Egeo. No se halló una carta que explicara sus motivos, ni anotaciones en su diario que permitieran culpar a alguien. Quizá se propuso no mortificar a nadie.

Una tarjeta blanca, que no despertó la menor sospecha, apareció entre el bolsillo de la bata: «Señora, a partir de hoy sus amigos del Charlot estamos atentos para atenderla como se merece».

A todo lo ancho del enorme espejo, la señora Hoffman escribió con su lápiz labial este epigrama de Wilde: «Los buenos terminan bien; los malos, mal. En eso consisten las novelas».

43

El banquero quedó paralizado. En el libreto de su vida jamás se imaginó que pudiera existir la página que esa madrugada le tocó representar. Su primera reacción fue ocultar el suicidio pero un pensamiento perverso se le atravesó. ¿Y si al servicio doméstico de la residencia le diera por soltar la lengua sobre los continuos episodios de violencia doméstica? La tragedia podría resultar tergiversada, filtrada a la prensa y convertida en escándalo pasional.

—Doctor Hoffman —le graznó al oído el jefe de seguridad— aprovechemos la figura del suicidio para despejar toda duda.

Una patrulla de investigaciones forenses de la Fiscalía actuaba en el escenario de la tragedia siguiendo el minucioso protocolo para el levantamiento de un cadáver: fotografías, mediciones y colección de evidencias. Cuando le notificaron al banquero Hoffman que necesitaban interrogar al servicio doméstico y que el inmaculado cadáver debía ser trasladado a las dependencias de Medicina legal para practicarle la autopsia de rigor, la acumulación de tantas tensiones en tan pocas horas dejó al banquero al borde de la demencia. La macabra imagen de Ana Sofía de Hoffman botada sobre una gélida mesa metálica sometida a la acción de unos insensibles médicos patólogos que la volverían picadillo, lo llevó a mover cielo y tierra para detener el procedimiento. Sacó de su cama al mismísimo ministro de Justicia, quien dispuso que al no aparecer evidencia de un acto criminal, y para evitar un dolor adicional e innecesario a la familia, se concluyera la diligencia judicial en ese punto y que los seis funcionarios se impusieran, de manera voluntaria, sendas mordazas.

Como decisión del patético comité que a esa hora presidió el banquero, los agentes de la Fiscalía coincidieron en certificar «muerte súbita natural» como causa del deceso, que era lo que en esas circunstancias sonaba más adecuado. Si algún periodista morboso insistiera en detalles adicionales se podían agregar al fatal diagnóstico solo siete palabras: «...por pérdida abrupta de la función cardíaca».

Abril aprovechó la primera oportunidad para llamar a su hermano Julio y en seguida a la señora Wasserman, los tranquilizó por su ausencia, sin comentario alguno sobre la tragedia que, en contra de su voluntad, protagonizaba. A la única persona a quien le insinuó el secuestro de Gabriela —pero no el suicidio de su mamá— fue al profesor Scott.

Superada la difícil prueba de esa madrugada, el banquero ordenó manipular y controlar toda la información. Previendo la aparición de alguna información tendenciosa que originara chismes y especulaciones sin control, la División de Asuntos Externos de la Organización Hoffman reunió a los siete mejores redactores de sus agencias de publicidad para que escribieran los titulares y las crónicas sobre «el deplorable fallecimiento de esta maravillosa dama de nuestra sociedad, objeto de reverencia y admiración por parte de la gente más necesitada, gracias a su generosidad, belleza y discreción».

Los departamentos creativos de las principales agencias de publicidad compitieron en la tarea de escribir los más sentidos obituarios que se difundieron por las redes sociales, la prensa, y los informativos de la radio y la televisión.

Para espantar suspicacias y tapar la otra tragedia que en el breve curso de diez horas, descendió sobre Gabriel Hoffman, con la potencia de una maldición gitana, se enfatizó en «la entereza demostrada por su hija Gabriela que pese a encontrarse devastada por la tragedia, acompañó hasta la última morada a su madre, pues era muy grande, el amor, la devoción y la estrecha amistad que las unían».

La gente quedó aturdida con el sorpresivo desenlace. ¿Cómo pudo desaparecer, sin antecedente diferente al de estar viva, una mujer que lo poseía todo —y en exceso— belleza, felicidad, bienes materiales, un matrimonio pluscuamperfecto, un marido espectacular y una hija maravillosa? Ese fue el pretexto que el padre Lazcano utilizó para advertir a los creyentes y agnósticos que «debemos estar preparados para el llamado del Señor, porque tal decisión divina ocurre en el momento más inesperado».

El banquero Hoffman lucía devastado. Apropiado de la imagen de caballero virtuoso, filántropo, esposo fiel y amoroso, miembro destacado de la sociedad y empresario exitoso, encabezó el grupo de amigos y familiares encargado de llevar el cajón —en cuya tapa lucía el monograma GH en plata alemana— desde la puerta de la iglesia hasta el carro funerario.

Todas las organizaciones pías y de caridad que la señora Hoffman iluminaba con su sonrisa y beneficiaba con su filantropía compitieron en dejarse notar con la corona más aparatosa. El faraónico costo de tantas y tan variadas coronas les hubiera podido garantizar las tres comidas diarias, durante un año, a los setecientos ancianos que se atendían en una de esas instituciones.

Cualquiera juraría que el estado del tiempo fue obligado a hacer juego con el dolor que acongojaba a la familia, porque a la hora de la inhumación, en punto, se desgajó un torrencial aguacero. Qué efecto alucinante ese océano encrespado de paraguas negros, brillantes, que se desplazaban —desde todos los ángulos del camposanto— como si hubiesen sido convocados a un desfile de fantasmas, marchando obedientes hacia esa suerte de agujero negro que ejercía, sobre reporteros, curiosos y dolientes, una atracción irresistible.

El banquero ayudó a subir el ataúd hasta el puente de tiras de lona que se levantó sobre el sepulcro abierto y, en seguida, se retiró a distancia reverencial para proteger con su brazo a Abril.

Los reporteros describieron la escena: «La inconsolable Gabriela, hija única del matrimonio Hoffman, desfiló abrazada a su padre, el banquero Gabriel Hoffman. Ella lucía un abrigo negro, largo, su cabeza protegida por un sombrero de fieltro de ala ancha y anteojos oscuros».

Los informativos de la televisión interrumpieron su programación regular para emitir en directo, desde el cementerio, un *flash* de última hora. «La noticia ha conmocionado a las miles de personas que conocieron a Ana Sofía de Hoffman. A esta hora se preguntan, ¿cómo pudo desaparecer, víctima de una dolencia que jamás se le diagnosticó, una mujer joven y bella, tan llena de proyectos y tan generosa con los más necesitados?».

Donde la noticia causó más consternación fue en un bar ubicado en el centro de la ciudad. Tres hombres que departían alrededor de una botella Chivas 12 años, palidecieron perplejos.

—¡Putas! Se nos «patasarribió» esta vieja y se nos complicó esta mierda.

Las primeras paladas de tierra que cayeron sobre la tapa del cajón de madera provocaron el efecto de un extraño rugido de ultratumba. El banquero, sobrecogido por el eco, apretó a Abril contra su costado. Quizás pensaba en Gabriela o, de pronto, al sentirse liberado de las cadenas que lo ataban a su difunta compañera, necesitaba compartir esa satisfacción con una cómplice.

Gabriel Hoffman descartó cualquier posibilidad de enredarse en pésames protocolarios. Se limitó a saludar al sacerdote que ofició la ceremonia y en seguida, llevando de la mano a Abril, desapareció entre el grupo de sus escoltas que lo treparon en la enorme limusina negra, con vidrios polarizados, que parecía competir en pompa y circunstancia con el carro fúnebre que condujo hasta el camposanto el cuerpo de Ana Sofía de Hoffman.

—Abril —se escuchó la voz del banquero, en medio de una honda exhalación— ahora sí nos llegó la hora de la verdad.

—Sí, señor.

—Cuénteme cómo es Gabriela, qué clase de adolescente es, cómo es su personalidad, y la pregunta más difícil de valorar, ¿tendrá la resistencia suficiente para aguantar hasta el límite de sus capacidades el tiempo que necesitamos para rescatarla?

<h1 style="text-align:center">44</h1>

Una llamada urgente de Moneypenny ubicó al doctor Hoffman a bordo de la limusina. La secretaria le comunicó que acababa de recibir en su oficina una carta con sellos de «Personal, urgente y reservado» que fue entregada la misma tarde del secuestro en el departamento de correspondencia del Banco Financiero Internacional.

—Digitalícela y envíemela vía correo electrónico cifrado. La necesito de inmediato, ¿me entendió?

Dos minutos más tarde el banquero inició la lectura del documento sobre la pantalla del computador de la limusina.

Señor Gabriel Hoffman.

Banco Financiero Internacional.

Estimado colega:

Este mensaje lo preparamos hace más de tres meses, lo que demuestra la excelencia en la planeación de nuestras operaciones. Hace pocos minutos logramos completar todas las fichas del rompecabezas. Estamos listos para iniciar la negociación. Esta es una transacción netamente comercial, que se rige por la ley de la oferta y la demanda. Con la misma frialdad con la que usted establece los intereses de usura de su organización, nosotros establecemos nuestras condiciones. De la misma forma como usted esquilma a la gente pobre, nosotros lo hacemos con los ricos. Que acepte nuestras condiciones es su problema. Debemos llegar, por mutua conveniencia, a pactos fríos, corporativos, como cuando usted ordena a sus abogados la toma agresiva de una empresa, con pulso firme y con los riesgos legales fríamente calculados. Estamos en el mismo negocio. Considéreme su colega. Los dos especulamos en esta especie de bolsa de valores que es la vida. A la hora de negociar, usted y yo poseemos la dureza, la brillantez y la frialdad del acero. Si hacemos una lectura transversal de nuestros oficios, usted y yo coexistimos con las mismas reglas: agio, usura, explotación de quienes se encuentran en situación de debilidad. A la hora de negociar, ni usted, ni yo, conocemos la palabra «escrúpulos» y los dos nos cobijamos bajo el mismo principio de la «libre empresa». ¿Dónde radica nuestra diferencia? En el método para lucrarnos. Usted se enriquece a costa de miles de familias que por la ilusión de poseer un auto, una casa, o una pequeña empresa, se encadenan a sus condiciones —propias de un negrero— durante el resto de sus vidas. Nosotros, en cambio, trabajamos con familias aristócratas, como la suya, que se pueden dar el lujo de pagar cualquier capricho, en un solo contado.

Para comenzar (y terminar de una vez) van las seis condiciones inapelables de este negocio.

1. No tratamos con extranjeros, ni negociadores profesionales.

2. Solo aceptamos como negociadora a la madre, Ana Sofía de Hoffman.

3. A la menor sospecha de intervención de la policía, nos silenciaremos para siempre.

Gabriel Hoffman releyó la carta más de diez veces en su intento de encontrar entrelíneas una pista, tratando de identificar el estilo de redacción de algún ejecutivo de su entorno, el argot de sus hombres de confianza, o la forma de hablar de un miembro de su escolta, la de un familiar o amigo cercano.

Después de varios minutos de silencio, se dirigió a Abril.

—¿Reconoce en la redacción de esta carta alguna persona cercana a Gabriela?

Abril se acercó. Apoyó la quijada sobre la palma de su mano derecha y leyó entre susurros, esforzando su imaginación en busca de alguna luz.

—No señor, no asocio a nadie con ese texto.

—Mmmm... Tengo el pálpito que la mano traidora de Andrés Castello está metida aquí —sentenció—. Incluso la redacción me recuerda el estilo corrosivo y mordaz de Ana Sofía, cada vez que le daba la borrachera por criticar mi ética como banquero. ¡Que estúpida! ¡Qué ingenua! La ética tendría valor si los banqueros pudiéramos especular con ella.

Abril lo miró espantada sin poder disimular un leve estremecimiento. No lo podía creer, si veinte minutos antes este mismo hombre se mostró públicamente afligido por la muerte de su esposa.

—¡Qué ratas! Para amedrentarme se atribuyen la perfección en sus planes. Luego, los muy miserables pretenden estar a mi nivel moral e intelectual. Y, para rematar, se juegan el comodín de la mamá para aprovecharse de su debilidad emocional. Pero los muy estúpidos jamás contaron con que la negociadora se les iba a suicidar.

45

Al día siguiente se publicó el aviso: «El Banco Financiero, sí cumple», con un texto sobre las ventajas del nuevo servicio de tarjeta de crédito Platino para realizar compras *online* en cualquier lugar del mundo.

El jueves en la noche, después del funeral, Abril retornó a su casa. La tensión padecida durante cuatro días se asomaba al balcón de su mirada. Con rapidez se enfundó entre la pijama y, sin pedir permiso, se escurrió entre la cama de su hermano. A manera de preámbulo respiró hondo y en seguida empezó a hablar de corrido, como si con ello pudiera expulsar los fantasmas que sentía atorados en su alma. Le contó a Julio la experiencia traumática del secuestro de Gabriela y el infinito dolor que sentía con la muerte de su mamá.

—Estoy segura de que a esta hora la mente de Gabriela está conectada con la mía. ¡Es nuestro pacto! Cierro los ojos y le envío toda mi energía. Aunque en esta casa jamás hemos sido rezanderos me inventé un par de oraciones sencillas que son, en esta hora de tinieblas, el único canal que nos mantiene espiritualmente en sintonía.

Como no quería que Julio se enfureciera, Abril se guardó los detalles sobre los actos de violencia que el banquero Hoffman ejerció sobre ella y no dejó filtrar el temor que ahora sentía ante su presencia.

El caballero a carta cabal que admiró durante tres años escondía una personalidad demoníaca que la asustaba. Su perfeccionismo extremo y su actitud controladora, unidos a ese trastorno obsesivo-compulsivo de su personalidad, con cambios súbitos —del amor posesivo al odio extremo— se convirtieron en pesadillas que empezaron a atormentar a Abril, incluso, cuando estaba despierta.

Abril sacudió la cabeza para espantar esos pensamientos tóxicos y le pidió a Julio su consejo sobre cómo actuar mientras Gabriela continuara desaparecida.

—Primero, se trata de un secuestro y de un suicidio, dos hechos gravísimos. Tienes que buscar apoyo en alguien que te ayude a serenar tu alma, pero debes estar segura de que «ese alguien» no te vaya a enredar, ni con la familia de Gabriela, ni con la ley.

Abril se sentó en la cama y con ambas manos se agarró la cabeza. Parecía como si estuviera abriendo y cerrando los cajones donde mantenía organizados sus recuerdos. Se repetía una y otra vez «¿a quién le digo?, ¿en quién puedo confiar?».

—A propósito —interrumpió Julio— el señor Scott te ha estado llamando con insistencia. Siempre me pregunta que si ya regresaste del viaje. Nunca supe qué contestarle. Lo sentí muy ansioso. Me parece que te quiere compartir algo importante. Siempre, antes de despedirse, el viejo se hizo el simpático, como recurso para tranquilizarme.

—¡*Mister* Scott! ¡Ese es el hombre! Hace tres días, en plena crisis, hablé con él pero me vi obligada a colgarle.

—¡Llámalo! Si confías en él, hazlo ya.

Abril miró su reloj y saltó hacia el teléfono. Necesitaba retomar el hilo de la conversación que en la madrugada de la angustia, tres días atrás, se vio obligada a interrumpir.

—También debo hablar con la señora Wasserman —agregó mientras el teléfono repicaba—. Qué mujer excepcional. Pese a su ceguera mantiene una extraña visión práctica de la vida. En ella también puedo confiar.

46

Durante más de una semana, el banquero se resistió a digerir la cruda realidad. La desaparición simultánea de Gabriela y Ana Sofía le parecían una pesadilla que padeció en otra vida. ¿Cómo pudo el azimut de su vida dar un giro imposible en el transcurso de tan pocas horas? Cargar sobre sus hombros dos elefantes de semejante magnitud, y, de encime, mantener sus obligaciones empresariales como líder del Grupo Hoffman lo colocaron al borde del agotamiento.

A Gabriel Hoffman le molestaba sentirse ansioso, pero lo que lo irritaba mucho más era tener que aparentar ante los ejecutivos del banco y ante sus amigos que nada estaba pasando y que todas sus emociones las mantenía bajo control.

El banquero decidió organizar un consejo de crisis pero no confiaba en nadie. Barajaba los nombres de un financiero, un abogado, un ingeniero de telecomunicaciones, un experto en seguridad, un asesor en manejo de crisis, un estratega en comunicaciones. Escribía, borraba, tachaba, arrojaba papeles a la basura. Por primera vez en cinco meses echaba de menos el consejo honesto y espontáneo de Andrés Castello. La desconfianza lo llevó a una insólita reflexión: «¿quién iba a pensar que la única persona que merece mi plena confianza es la tal Domitila Pérez, mi leal Moneypenny. ¿Hasta cuándo me resistirá esta mujer?».

Hoffman se movía en todas las direcciones en busca de consejo. Tomó contacto con su viejo amigo Ulbrecht Rosenbauer, representante de una multinacional alemana que padeció un sonado secuestro. Pero la entrevista no lo tranquilizó, antes bien lo aterró y traumatizó. Escuchó el emotivo testimonio de cómo lo habían sepultado en el sótano de una vieja casona ubicada en una zona rural montañosa y gélida, donde hallaron evidencias de otros secuestros y quizás de dos ejecuciones. Durante siete meses permaneció encadenado a un catre metálico, sin ver el sol y sin que nadie le hablara. En su memoria quedaron tatuados para siempre los olores a cebolla, leña y orines del ambiente. Le pasaban la comida por un agujero y recogían sus excrementos en un balde. Perdió la esperanza, la noción del tiempo y casi la mente. El día de su liberación sintió el frío del cañón de una pistola 9 milímetros que el hampón que lo cuidaba le encajó entre la boca durante las tres horas y media que duró la negociación con la policía. Esa noche se enteró de que el chofer asignado a su esposa había vendido la información que desembocó en su secuestro. El banquero necesitaba vomitar y pidió que le indicaran dónde quedaba el baño.

Desde esa entrevista, desconfía de todos y se agravó su delirio de persecución. Su jefe de seguridad personal lo mantenía cabreado, le molestaba desde su forma de hablar hasta la de caminar, sus gestos, sus consejos, su mirada.

De manera discreta viajó en el avión privado de los Domínguez Arrázola a Washington D. C. para entrevistarse con los expertos de una firma internacional de manejo de crisis y negociación de rehenes. De ese viaje relámpago obtuvo cinco lecciones.

«Primero, me debo situar al mismo nivel de los secuestradores o, de lo contrario, me convierto en su rehén.

Segundo, los secuestradores impondrán un negociador fácilmente impresionable.

Tercero, el ambiente de la negociación es pura candela, porque los negociadores son pocos, muy visibles y vulnerables, que deben responder por resultados inciertos, a terceros invisibles.

Cuarto, tengo que acelerar al máximo la negociación.

Y quinto —¡Dios no lo quiera!— evitar que por vacilaciones, errores y demoras revendan el secuestrado a otra organización».

47

Doña Eva Wasserman escuchó a Abril con toda atención, sin interrupciones ni preguntas. Cuando le tocó el turno, hizo un sorpresivo reconocimiento.

—Abril, te pareces demasiado a mí. Tienes una vocación innata para meterte en los líos más extraños. Te contaré mi experiencia.

Doña Eva volvió a ambientar el tema con otra de sus historias sobre el campo de concentración donde transcurrió su adolescencia. Esta vez se centró en el final de la guerra, cuando pequeños grupos de prisioneras, aterrorizadas por las historias que circulaban sobre la brutalidad de los soldados rusos que avanzaban aplastando la resistencia alemana y violando a las mujeres que encontraban a su paso, decidieron escapar hacia el oeste; hambrientas, sí, pero siempre hacia el oeste; enfermas, sí, pero tercamente hacia el oeste; congeladas, sí, pero abriéndose paso por entre la nieve, con la mirada fija en el oeste.

—Abril, lo primero que necesitas definir es ¿dónde queda tu *oeste*? Una vez lo resuelvas, ponte en la tarea de aliviarte de todo el peso innecesario que te impida saltar sobre los muros, huir por los tejados, reptar bajo las alambradas… abandona todo lo que te incapacite para nadar por entre las alcantarillas.

—Doña Eva, le confieso que desconozco dónde queda mi *oeste*.

—Ya lo encontraremos. Para empezar, actúa siempre con flexibilidad, prepárate para afrontar cambios inesperados y siempre mantén activo un plan B.

—Doña Eva, gracias por sus consejos. Pero para pasar de la teoría a la práctica, de nuevo necesito su apoyo.

—Cuentas conmigo.

—¿Se siente cansada?

—No. Al contrario. Esta aventura me parece fascinante. Si me das la oportunidad de retornar a la acción y volverme a sentir valiosa, entusiasta y útil, como en los viejos tiempos, tendrás mi apoyo.

—Doña Eva, gracias.

—De nada señorita. ¿Cómo se traduce al castellano la expresión en alemán *komplize*?

Abril dudó, pero se arriesgó a murmurar, «me suena a cómplice».

—Sí, claro, eso es. Señorita, queda oficialmente notificada: en esta aventura, quiero ser tu cómplice.

Luego de los dos movimientos de apertura se completaron seis días sin que nada pasara y ése silencio lacerante de los secuestradores tenía a Hoffman devastado. El todopoderoso banquero, propietario del recurso mágico del «ábrete Sésamo» —que, según él, «es la fórmula para robarle a los cuarenta ladrones»— descubre, para su propio asombro, que el hechizo de su palabra ya no abre todas las puertas a su antojo.

Al filo de la desesperación, los mensajes empezaron a fluir por diferentes canales.

El primer correo electrónico fue enviado desde un café internet en Panamá: «Para reemplazar a la reina madre, publiquen en los Clasificados del próximo domingo, en los tres diarios de mayor circulación, tres avisos diferentes en la sección de Contactos: "Mujer busca mujer", indicando los nombres de tres candidatas para sucederla».

Hoffman se encerró en su oficina, consciente de que necesitaba ser muy sagaz para garantizar que la mujer que pedían como negociadora fuera, además de toda su confianza, una ejecutiva de su nivel, visión, ambiciones y subalterna de sus caprichos. Sin consultarla, seleccionó a una eficiente ingeniera de telemática que le montó las nuevas tecnologías para interacción de información *online* con los clientes internacionales. La segunda mujer, a quien tampoco consultó, era la directora de captaciones de la oficina de Panamá. Y la tercera, la directora de la división de Responsabilidad Social Empresarial.

Antes de veinticuatro horas, en un mensaje grabado en el contestador automático del apartamento de la secretaria de Hoffman, se escuchó la sentencia: «Ninguna de las candidatas pasó la prueba. Mientras encontramos solución, repasen el tercer punto de las condiciones».

—Ingeniero, identifique de dónde se originan estos mensajes.

—Señor presidente, es imposible rastrearlos.

—No le acepto que se disculpe con tecnicismos.

—Señor Hoffman, es simple. Estos tipos emplean una técnica de *spoofing* que les permite manipular la red para que el número desde donde se hace la llamada emita una señal como originada en otro país y en otro número. Además de cubrir el origen de la llamada, el sistema falsea la voz de la persona que llama.

—¿Es que estos hijos de perra son más inteligentes que usted?

—Señor presidente, esos *softwares* están al alcance de cualquiera. Utilizan una compañía proveedora de VoIP o líneas PRI, y listo. Incluso pueden emular la señal FSK de la Bell 202, o adquirir un programa como el Asterisk o el FreeSWITCH.

—¿Y los correos electrónicos?

—Manipulan el sistema. Un mensaje por *email* o por texto lo envían desde un café internet o desde cualquier computador móvil con un número de identificación ficticio. Operan en *darknets*, que son redes clandestinas que ocultan el origen y destino de la información y falsean la identidad del aparato emisor.

—Veo que no pudo. ¡Retírese!

—Sí señor. Si me requiere estoy pendiente.

—Cuando le ordeno que se retire, es de mi banco. ¿Entendió?

Gracias a la información que Ana Sofía suministró a los plagiarios para su frustrado auto secuestro, ellos aseguraron total capacidad para dosificar el pánico.

«En la mesa de noche de la que fue su esposa debe reposar una libreta de cuero y cremallera donde hay anotaciones sobre algunas de sus compañeras de gimnasio y unos poemas».

«¿Aún se cuelga al pescuezo el Cristo engarzado en una cadena de oro que su esposa le regaló, para que lo protegiera? Jamás olvide que ella ordenó fundir los dos anillos de su matrimonio para fabricar esa imagen».

«No siga escondiendo aquella foto de su esposa que durante muchos años exhibió en su despacho».

El doctor Hoffman quedó en *shock*. Durante varios días los plagiarios dejaron fluir detalles insólitos sobre él, su esposa y su hija, con el pulso y la pulcritud de un asesino en serie. «No tengo la menor duda. Algún traidor del círculo íntimo de la Organización Hoffman está proporcionando esa información».

Como si todos los frentes de batalla que debe atender el banquero fueran pocos, ahora Hoffman tenía que enfrentar un nuevo desafío: los demonios de la incertidumbre. Si antes dormía seis horas, ahora solo reposaba tres.

A ese par de semanas frenéticas con mensajes que se colaban por infinidad de canales, le siguieron otras tres semanas de aterrador mutismo.

Una madrugada dejaron grabado un mensaje en el sistema telefónico privado de la residencia de los Hoffman. Se trataba de una llamada relámpago, generada desde un teléfono público en Madrid, España: «Publiquen el aviso de venta de un auto Jaguar X-Type modelo 2001 mencionando como vendedora a la intermediaria que proponen. Última oportunidad para escoger a su negociadora».

Sin consultarla ni pedirle permiso, el banquero utilizó el nombre de la psiquiatra que durante los últimos diez años había atendido a Ana Sofía. Gabriela la conocía porque se entrevistó con ella en alguna de las varias crisis de depresión severa que sufrió su mamá. Si los plagiarios la aceptaban, él se encargaría de convencerla con la promesa de pagarle lo que le pidiera por sus servicios de intermediación.

El mismo día de la publicación del aviso, Moneypenny recibió un fax con la respuesta: «El Jaguar no se vendió. Le recuerdo: Incumplir el punto 3 de las condiciones, cierra toda posibilidad de trato».

La soledad y el fantasma de la incertidumbre golpearon en la puerta donde se aloja el alma del banquero.

«¡Qué falta me hace el malparido del Castello! ¡Qué falta la que me hace Ana Sofía! ¡Qué par de traidores! ¡Qué falta me hacen!».

48

Serían las cuatro de la tarde cuando Abril ingresó en la biblioteca donde la señora Wasserman la esperaba impaciente.

—Doña Eva, buenas tardes. Vengo con el caballero que me comprometí a presentarle. Él es el profesor Scott.

—Un gusto señora, soy Scott, *with two tees*.

—Abril, no me lo describas, lo veo muy claro. Durante cinco años me he gozado las anécdotas de *mister* Tutis —sonrió la anciana.

—Profesor Scott, ella es doña Eva. —Abril hizo una pausa pues dudaba si debía presentarla como mi jefe, mi empleadora, mi amiga, o mi cómplice, al final se aventuró a presentarla como— mi consejera.

—Encantado señora Eva. Abril me habló en varias oportunidades de lo grato que es trabajar como su lectora. De paso, Abril ha madurado como persona y se ha enriquecido intelectualmente. Y tú, querida *Shorty*, luces más joven que cuando nos veíamos a diario en el colegio. Tenemos que ganar tiempo. ¿Para qué soy bueno?

Durante las siguientes cuatro horas, Abril abrió, de par en par, su corazón. Hizo gala de su memoria de notario público e hiló su historia con esa maestría que es patrimonio de los cronistas de viajes. Así fue describiendo, paso a paso, la cronología de su relación con Gabriela. Desde su ingreso al colegio, pasando por la indiferencia que mutuamente se regalaron durante más de tres años, hasta la ocurrencia de los dos eventos fortuitos, no calculados, que las condujo a mirarse con franqueza a los ojos, a encontrar coincidencias y a jurarse una amistad a toda prueba, «todo ello sin importar nuestras abismales diferencias económicas y de clase social». Concluyó con los eventos sucedidos el día del secuestro, su detención, la incomunicación a la que fue sometida, el duro interrogatorio en el búnker del Banco Financiero Internacional, las humillaciones que recibió y la forma como, gracias a la secretaria del banquero, éste reconoció que había cometido «un error de apreciación». Enseguida describió la escena del suicidio de la mamá de Gabriela y el asombro del banquero, y relató con detalles las carreras para ocultar, bajo la figura de «muerte súbita natural», el suicidio y la manera acelerada como fue organizado el sepelio, recurso para echarle tierra a un episodio tan incómodo. Finalizó la crónica con su dramática lectura de la carta de los secuestradores, a bordo de la limusina, e hizo énfasis en las seis condiciones que demandaban para negociar.

—Eso es todo lo que sé —concluyó.

—¿Cuánto dinero piden? —preguntó *mister* Tutis.

—No sé. Tengo la sensación que quieren una negociación rápida, pero, como buenos traficantes, están empeñados en demostrarle al papá de Gabriela que ellos son los que mandan. El problema gordo es que exigen, como única negociadora, a la mamá de Gabriela.

Mister Tutis se acarició la ligera barba entrecana como si ese fuera el mecanismo para concentrarse y relató el estado de conmoción en que quedó con la misteriosa llamada de Abril, esa madrugada.

—Como te noté tan angustiada y en seguida colgaste y desapareciste del radar, y nadie sabía de ti, ni siquiera tu hermano, dediqué mi tiempo a analizar una variedad de opciones. A los dos días escuché en las noticias lo del fallecimiento de la bellísima mamá de Gabriela y grabé lo que transmitieron los noticieros de televisión desde el cementerio. Ahí mismo confirmé el pálpito que tuve: Gabriela Hoffman estaba secuestrada.

—¿Pero cómo se lo pudo imaginar?

—Abril, te puedo dibujar de memoria en esa magistral actuación que improvisaste como «doble de Gabriela». Demasiado pequeña para mi tabla de proporciones, así te cubrieras con ese sombrero negro y esas gafas oscuras y te protegiera el brazo paternal del banquero Hoffman.

—No, no señor. No actuaba. No me lo propuse. Todo fue espontáneo. Me dejé llevar por la avalancha de unos acontecimientos que no logro entender todavía.

En seguida *mister* Tutis le relató a doña Eva su experiencia en las Cortes inglesas y de cómo durante treinta años aprendió a conocer el mundo criminal en los conmovedores testimonios de aterrorizados testigos y en las patéticas confesiones de avezados hampones, amén, que hizo apología de algunos fiscales, defensores y jueces, hábiles e inteligentes, que conoció, durante su carrera periodística.

La señora Wasserman lucía tan emocionada con la aventura que repetía, una y otra vez, la misma rutina. Se despojaba de sus espejuelos y limpiaba los vidrios con una servilleta, como sí en verdad estuviera viendo lo que escuchaba.

—Abril —preguntó el profesor Scott— ¿qué tanto conoces el entorno familiar de los Hoffman? Es que no me cuadra el suicidio de la señora. ¿Ella tomó esa decisión perturbada por la noticia del secuestro de Gabriela? ¿Ocultaba algo? Pese a que se veía tan espectacular y de buena salud, ¿padecía alguna enfermedad? Veo algunas piezas sin sentido en este rompecabezas.

—No quiero ser irrespetuosa, pero descubrí que el señor Hoffman es un ser diferente al que todo el mundo cree conocer. Es tan poderoso y arrogante que irradia pánico. Todos le temen. Además, tengo la certeza, contra todas las apariencias, que el señor Hoffman odiaba a su esposa.

—¿Sería que su marido la mandó a matar? —se atrevió a preguntar Doña Eva, que no quería interrumpir, pero tampoco quedarse al margen—. Porque casos parecidos suceden, siempre por celos —agregó en seguida, en un intento de enmendar su atrevimiento.

—No. Yo creo que ella murió para liberarse del estrés que le causó durante tantos años estar obligada a fingir una felicidad postiza al lado del señor Hoffman.

—El drama siempre camina por dentro —comentó doña Eva— y nadie se da cuenta.

—Por Gabriela conozco el infierno de la personalidad conflictiva de su papá. El mejor ejemplo es su relación con su inseparable amigo y confidente, Andrés Castello, tan cercano a sus afectos que es el padrino de bautizo de Gabriela. Con él compartía todo, negocios, proyectos, viajes, parrandas, todo. En estos días se ha referido a él en términos vulgares y ofensivos, incluso, repite con descaro y sin la menor prueba, que Castello es el autor intelectual del secuestro.

—Yo también he sido víctima de la soberbia y de la compleja personalidad del señor Hoffman—acotó Scott.

Los tres permanecieron en silencio, como si las neuronas de sus cerebros estuvieran a punto de fundirse.

—¿Has vuelto a hablar con él?

—No. Pero yo me comunico tres o cuatro veces al día con la señorita Moneypenny, su secretaria. Necesito que el señor Hoffman sepa que por Gabriela estoy dispuesta a hacer lo que sea necesario.

—¿Dijiste Moneypenny? —interrumpió *mister* Scott—¿La legendaria secretaria inglesa, de cuerpo generoso, que en las películas del agente 007 le coquetea a mi paisano Sean Connery?

—Así le dicen pero ella no es inglesa, es local. No tiene pinta de haber sido importada. Es bajita, menuda, con pelo corto y negro, que con el paso de los días y el repaso de los tintes se le ha venido aclarando. Pero le puedo asegurar que es cien veces más eficiente que la Moneypenny de «cuerpo generoso» que a usted tanto lo impresiona.

49

El banquero concentraba —con obsesión— todas sus energías y recursos en la liberación de Gabriela y por ello ordenó cancelar sus compromisos sociales, no esenciales, «hasta más allá de los próximos seis meses». Pero entonces lo asaltó una duda: «¿una drástica modificación de mi agenda enviará signos de debilidad a los secuestradores?». De todas maneras, la coartada del luto por la muerte de su esposa era pretexto suficiente para cancelar muchas actividades corporativas, sociales y filantrópicas. De paso, el banquero aprovecharía ese inesperado clima de duelo para consolidar su prestigio como esposo fiel y generoso.

Aunque el secuestro de Gabriela se mantenía invisible, el silencio de los secuestradores hacía crecer su angustia. El banquero se preguntaba hasta cuándo podría resistir tanta tensión y en un acto de desesperación le dio por publicar de nuevo el mensaje: «El Banco Financiero Internacional SÍ cumple», esta vez en doce periódicos y seis revistas.

La agonía de dos semanas de silencio se rompió el jueves en la noche. Un *email*, en apariencia enviado desde un café internet ubicado en Maracaibo, Venezuela, rezaba: «Nuestra huésped sugiere un negociador que puede beneficiar a las dos partes y agilizar nuestros acuerdos y transacciones. Estamos estudiando sus antecedentes, vinculaciones y compromisos. Si supera los filtros de seguridad, en el término de 72 horas le notificaremos su nombre».

—¡Putas, que mi Dios me asista! —vociferó el banquero—. Ahí está pintada Gabriela. Lo único que faltaba es que designen a Andrés Castello como el único negociador.

50

—Hola, buenas noches.

—¿Eres Abril Santamaría? —tronó una voz femenina por el teléfono.

—Sí, ¿quién llama?

—¡Urgente! Deja todo lo que estás haciendo. No te muevas de tu casa. No ocupes esta línea. En segundos te vuelvo a marcar por una línea encriptada para darte nuevas instrucciones.

Como ahí mismo colgaron, Abril ni siquiera tuvo tiempo de sorprenderse, pero en el siguiente pestañeo reaccionó y de un salto tomó el celular.

—Profesor Scott. Una mujer me llamó para ponerme en máxima alerta. Algo debió acontecer con Gabriela. Usted ya tiene mi número en su pantalla. Voy a colgar porque me están llamando de nuevo.

—Sí, diga.

—Abril, soy yo, Moneypenny. Ya envío una camioneta blindada a buscarte.

—Un momento. ¿Qué pasa? Tengo derecho a saber qué pasa.

—El señor Gabriel Hoffman te busca como desesperado.

—Hoy no puedo. Ya estoy acostada. Mañana lunes nos hablamos.

—Por favor, Abril. Se trata de Gabriela. Ella te necesita.

—¡Dios santo! ¿Apareció? ¡Dime, necesito saber!

—No te puedo adelantar nada pero es preciso que vengas de inmediato.

—Ya tomo un taxi. ¿Dime a qué dirección voy y quién me espera?

—El Señor Hoffman te está esperando en el edificio principal del Banco Financiero.

—¿Allá? ¡No! ¡Allá no quiero ir! Mira la hora. Son las diez de la noche. Hoy es domingo.

—Hazlo por Gabriela, por favor.

—Voy pero con un compromiso: si me acompañas a la reunión. Te confieso, aquí me veo paralizada por el pánico. Sigo padeciendo los efectos de la violencia que padecí esa noche miserable. No quiero volver a ese edificio… mucho menos de noche.

Abril colgó y de inmediato se puso en contacto con *mister* Tutis.

—Abril, arréglate bien. Debes causar una excelente impresión. Entre tanto yo coordino un taxi de confianza que te lleve hasta el banco. Asegúrate de tener cargado el celular. Durante el viaje coordinamos detalles.

En el bus que sale del barrio le hubiera tomado una hora y media en llegar hasta la zona financiera, en el corazón de la capital, pero el taxi voló por las calles desiertas de un domingo en la noche, y en apenas veinte minutos ya se destacó, a lo lejos —contra el fondo de terciopelo de una noche estrellada— el perfil del edificio principal del Banco Financiero Internacional.

Durante el veloz recorrido, Abril y *mister* Tutis mantuvieron por el celular una agitada conversación. Las instrucciones sobre cómo actuar frente al banquero fueron precisas: «Dile que por Gabriela estás dispuesta a correr cualquier riesgo, pero adviértele que no vas a admitir nada sospechoso, enredado o ilegal. Todo planteamiento debe ser claro y transparente, sin agendas ocultas». De paso, el profesor Scott especuló acerca de los tres motivos que, en su concepto, podrían justificar la llamada. «Opción A. Gabriela ya fue liberada». «Opción B. Ya se negoció la liberación y te requieren para que valides alguna información, para comprobar que en realidad tienen a Gabriela como rehén». «Opción C. Te requieren para validar alguna prueba de la supervivencia de Gabriela».

Apenas el taxi se detuvo frente al edificio seis hombres de seguridad rodearon el vehículo, sacaron a Abril casi en vilo y la escoltaron a toda prisa hacia el elevador privado. «Personaje asciende al cielo. Envíen un OK cuando ingrese al Edén», alcanzó a escuchar Abril antes de que se cerraran las puertas del elevador.

Abril fue conducida a una lujosa sala de espera. Trató de disimular que sentía el corazón en la boca. Se sentó en la punta de un sofá de cuero y para tratar de controlar la ansiedad, se imaginó que estaba asistiendo a un acto de magia y debía adivinar por cuál de las tres puertas se encarnaría el banquero. Se mantuvo quieta, con la certeza que más de cien pares de ojos la analizaban de arriba a abajo. Para su sorpresa no se abrió ninguna puerta, pero la imagen de Gabriel Hoffman se materializó sobre una pantalla plana que surgió de un cuadro clásico ubicado sobre la pared.

—Hola, Abril. Gracias por venir esta noche. Le agradezco su generosidad con Gabriela. En un par de minutos la recibo.

Abril procesaba a toda velocidad las instrucciones recibidas de *mister* Tutis, cuando percibió que alguien se acercaba. La ansiedad la devoraba.

—Bienvenida, jovencita.

El banquero improvisó un saludo afectuoso y sin esperar respuesta la introdujo por un largo pasillo, alfombrado e insonoro, que más parecía una galería de arte. Se dirigieron, sin musitar palabra, hacia la enorme puerta de dos hojas, identificada con letras de bronce: «Directorio».

El banquero posó la palma de su mano sobre una diminuta pantalla digital que obró el milagro del «ábrete sésamo». En la amplísima sala de sobria elegancia, «uno, dos... cinco... siete...

once tipos» —contó Abril— se encontraban apoltronados luciendo el semblante pétreo de las esfinges egipcias.

Ella, que llegó preparada para hablar de manera serena con un padre angustiado, se encontró de bruces con la edición moderna del «Tribunal del Santo Oficio de la Inquisición». Pese a que era domingo, los once maniquíes lucían el uniforme del establecimiento: traje de paño inglés, camisa blanca impecable, corbata de seda italiana y zapatos negros estilo «Oxford».

El banquero se sentó en la cabecera de la imponente mesa y le señaló a Abril la cabecera opuesta.

—Abril, le presento a este eficiente grupo de abogados. Constituyen el mejor equipo de planeación estratégica del sector financiero. Son eminentes juristas, muy veloces y acertados en sus análisis y de rapidísima capacidad de respuesta. Son excelentes cuando se requiere hacer cosas buenas, y son realmente fríos y despiadados a la hora que las circunstancias los obligan a asumir actitudes agresivas.

Abril no atinaba a cuál de ellos mirar, pero tenía la certeza que todos la observaban como a una intrusa.

—Este equipo la respaldará, día y noche, en la delicada misión que le vamos a encargar. Escúcheme, Abril.

El banquero se inclinó hacia adelante, le clavó su mirada de águila y, para que no quedara duda de la solemnidad del acto, le habló con severidad, subrayando cada sílaba.

—Usted va a ser la representante de la familia Hoffman, y de los intereses de nuestro Grupo Financiero, ante la organización que tiene secuestrada a Gabriela.

El banquero hizo una larga pausa y Abril no pudo disimular un traicionero espasmo muscular.

—Nunca hubiera pensado en exponerla a esta situación tan riesgosa, pero ha sido una decisión de Gabriela. Acabamos de recibir un mensaje en ese sentido de los secuestradores, y ese fue el motivo para llamarla con tanta urgencia. ¡Entiéndame Abril! Si nos ayuda, este puede ser el principio del fin de la pesadilla.

—Sí, pero... pero yo no puedo aceptar eso, no tengo experiencia, no conozco a nadie, me da miedo.

—Precisamente por esas razones —la interrumpió el banquero— le hemos tejido la más eficiente red de apoyo, para que nunca se sienta sola.

—Pero me da mucho miedo.

—Debemos reconocer que es la voluntad de Dios la que dispone que usted asuma la función de negociadora. Representará a la familia Hoffman y defenderá nuestros intereses. Confiamos en su buen juicio porque estará a cargo de una negociación de vida o muerte.

—Es que, me siento aturdida, me paraliza el temor de opinar ante tanta gente que no conozco.

—La reserva es total. Solamente yo, estos once caballeros y la cúpula de la organización que retiene a la niña, conocemos el papel que usted va a representar.

—No puedo. Es una responsabilidad demasiado grande.

—¡Claro que lo es! —afirmó el abogado que estaba a la derecha de Abril—. Para tranquilidad de todos, usted debe firmar este Acuerdo de *Non-Disclosure Agreement*. Como va a recibir información confidencial, usted se compromete a no divulgarla a terceros, sin la expresa aprobación de este «comité de crisis».

La voz de *mister* Tutis —con sus consejos— iluminó su mente.

—Señor Hoffman, a Gabriela la considero mi hermana pero yo no estoy sola en esta vida. Un compromiso tan importante como el que me obligan a asumir lo debo consultar con mi familia.

—No hay tiempo —interrumpió otro de los abogados—, no podemos malgastar esta oportunidad que por fin se abrió esta noche. Hay que empezar a negociar de inmediato. Incluso aquí está redactado el contrato de representación legal de la familia

Hoffman. No es más que lo firme —le señaló con el dedo una raya— y de esa manera todos quedamos blindados de posibles demandas en el futuro.

Abril respiró profundo, contó hasta diez y ensayó su mejor sonrisa. Pensó que la mejor forma de bajarle la arrogancia a estos burócratas era fijar su posición.

—Señor, si piensa que voy a firmar ese papel, lo siento, creo que usted calculó mal. —Improvisó una pausa para recordar las instrucciones de *mister* Tutis—. Es tan transparente mi voluntad de ayudar como transparente debe ser cualquier propuesta. No confío en ningún contrato que usted me presione a firmar. Además, mi papá me enseñó a desconfiar de la letra pequeña que ustedes los abogados redactan en los contratos.

—Un momento —tronó la voz de Hoffman—. Abril, le ruego que pase a mi despacho, necesito hablar con usted de padre a hija.

—Doctor, perdone que lo interrumpa —ingresó al salón Moneypenny—. Acaba de entrar otro mensaje.

El banquero salió a las carreras y dejó a la asombrada Abril Santamaría a merced de esa jauría de abogados, celosos del protagonismo de una jovencita de dudosa prosapia. El ambiente era tenso y nadie abrió la boca.

A los tres minutos la secretaria del banquero ingresó al salón y rescató a Abril. En el desplazamiento al pasitrote por entre varias oficinas vacías, Moneypenny le fue explicando el motivo de tanta urgencia.

—Los secuestradores exigen que en «tiempo real» les comprobemos que la negociadora que ellos impusieron, Abril Santamaría, se encuentra lista a actuar y no se trata de una impostora o de una agente de la policía, o de una negociadora profesional.

—No sé qué sugerir. Lo único que se me ocurre es que Gabriela pregunte algo que solo ella y yo conocemos.

Moneypenny dejó a Abril instalada en su oficina.

—Voy a comunicar tu sugerencia. Ya regreso.

En pocos minutos retornó.

—Debemos esperar. ¿Cómo te sientes?

—Tengo miedo. No quiero ninguna relación con ese comité de manejo de crisis. Me crean ansiedad, terror y desconfianza.

Moneypenny le prodigó un abrazo parecido al de la noche que la rescató del salvaje interrogatorio de Gabriel Hoffman.

—Yo tampoco confío en ellos. Son unos expertos en la filigrana legal, capaces de enredar judicialmente a una persona y enviarla a la cárcel. Carecen de hígados. Tienen la habilidad de desfigurar la verdad, de manipular los hechos, de esconder evidencias, de comprar conciencias y de fabricar testigos.

—¿Entonces qué hago?

—Analiza bien la situación, Abril, porque, por otro lado, ellos te van a proteger. Te van a defender de una posible persecución judicial por parte de la policía. Crearán una inmunidad legal que te va resguardar en el futuro.

—Pero no me inspiran confianza. Me causan pánico.

—Tienes razón, por aquí dicen que son tan eficientes a la hora de hacer el bien como fríos a la hora de hacer el mal. Ahí está el caso del señor Castello. Aunque no conozco bien los detalles, por su deslealtad en algún negocio este grupo de abogados logró enredarlo en un lío judicial que lo tiene en la cárcel.

—Eso es lo que me da más miedo. ¿Qué me aconsejas?

—Tienes que ser clara con el doctor Hoffman. Pon tus condiciones. Él depende hoy de ti.

El intercomunicador vibró.

—Sí, doctor Hoffman, Abril ya sube a su despacho.

51

Abril ingresó, sobrecogida, al inmenso salón. A esa hora, a esa altura, en semejante estado de tensión, ciento noventa y tres metros más cerca del cielo, frente a ese hombre todopoderoso, se sintió aterrorizada, minúscula. Quería salir corriendo.

Gabriel Hoffman se incorporó de su asiento.

Abril miró a su alrededor. Se descubrió boquiabierta, inmersa en un ambiente donde flotaba la opulencia de la nada, nada de decoración, nada de muebles, nada de cortinas ni de adornos, ni de paredes. Vidrio, solo vidrio, espacio vacío, diminutas luces allá abajo y estrellas allá arriba. La estremeció descubrir la foto de Gabriela en un pequeño marco de plata, sobre el escritorio.

El banquero empujó del fondo del salón una silla y ambos se sentaron frente a frente. En los siguientes treinta segundos Hoffman reconoció que, a primera vista, era difícil determinar la edad de Abril. Bajita, su cabello castaño rojizo, un tris rebelde, enmarcaba un rostro de niña salpicado por una constelación de pecas en desorden que hacían juego con unos ojos brillantes color miel. Reconoció que se sentía inerme, entregado a una mujer desconocida, treinta y tres años menor que él.

El banquero le abrió su corazón, le confesó que detrás de su personalidad dura, perfeccionista y exigente, intentaba esconder el dolor devastador que le causaban las dos tragedias familiares de las que Abril era único testigo. Le rogó que aceptara el papel que «la fortuna, el destino, Dios, la Divina Providencia, Jehová,

Adonaí o Yahvé, o, en fin —como quiera llamar a ese Ser Superior— le ha asignado esta noche».

Pasadas las dos de la madrugada, la pregunta de verificación entró en un mensaje de texto.

«¿En qué mes nace Abril?»

—¡Abril! ¡Es urgente! Es en «tiempo real». Responde ya.

Abril le rapó el celular y aporreó el teclado: «Abril nace en enero».

«¿En qué mes nace Julio?»

«Julio nace en abril».

52

Con el mensaje de aprobación de los plagiarios, Abril recibió dos celulares de última tecnología, un sobre de manila con el equivalente a ocho mil dólares en efectivo e instrucciones sobre la operación de los teléfonos claves pregrabados en los celulares, más la orden de destruir el documento una vez finalizara la inducción. También le entregaron un diminuto aparato de GPS —independiente del teléfono— para determinar su ubicación en caso de emergencia, más copias de los contratos de confidencialidad y representación de la familia Hoffman, para que los analizara. Los once sabios del Comité de Crisis, no perdieron la oportunidad de lucirse ante el banquero emitiendo un rosario de instrucciones exageradas sobre cómo debería asumir Abril su responsabilidad como «negociadora».

Abril se negó a que una camioneta del banco, y su escolta, la llevaran a su casa. A las cinco y veinte de la mañana pidió un taxi y desde la oficina de seguridad le avisaron que estaba listo. En el camino pidió detenerse en un teléfono público con el pretexto de llamar a su casa para que le tuvieran preparado el desayuno.

—*Hello*. Scott *speaking*.

—Adán debe salir para el Edén. Eva lo espera. Cita a ciegas y en ayunas. —En seguida colgó.

Presintiendo que el taxi pudiera pertenecer al engranaje de seguridad del banco, tres kilómetros adelante Abril le ordenó que se detuviera, le pagó la carrera, cruzó la avenida y se trepó en un bus que la retornó al centro. Descendió cerca de la floristería donde trabaja aquella amiga dueña de «una cara difícil de recordar», la misma con quien compartió puesto en el bus durante varios años, la que le consiguió el trabajo sabatino en el cementerio. La tuvo que esperar casi media hora en una cafetería cercana. A sabiendas de que los dos celulares y el GPS tenían dispositivos de rastreo, organizó un paquete y lo dejó a guardar en la floristería.

A las siete de esa mañana, *mister* Scott ya se había bebido tres tazas de té «inglés» y la señora Wasserman ya estaba enterada por el escocés de que ese té no era una creación inglesa sino escocesa. Le contó, con mal disimulado orgullo, que la reina Victoria se encontraba de visita en el castillo de Balmoral, en Aberdeenshire, Escocia, y se encantó con el aroma que despedía la infusión de una mezcla de tés negros de Kenia, Assam y Ceylán. Desde entonces —hacía más de un siglo— los ingleses se habían apropiado de la fórmula escocesa y la rebautizaron English Breakfast Tea. En ese punto del chisme estaban cuando apareció Abril.

La crónica de lo vivido en la noche anterior se prolongó durante más de una hora y Abril confesó que estaba a punto de desfallecer y se quería ir a su casa, pero doña Eva la obligó a descansar en la habitación de huéspedes y le ordenó a una empleada que la atendiera.

Doña Eva Wasserman y *mister* Tutis se dedicaron a beber té «escocés» toda la mañana, analizando los documentos que preparó el tal «comité de crisis» y evaluando los movimientos que Abril debía realizar en las próximas horas.

A las once y media de la mañana Abril reapareció en escena. No solo lucía recién bañada sino, de paso, acabada de resucitar.

—Abril, ¿sabes jugar? —Le preguntó *mister* Tutis.

—¿Jugar? ¿A esta hora?

—La clave de tu supervivencia, de aquí para adelante, es estar dispuesta a jugar a cualquier hora. Es urgente que practiques un juego donde aprendas a manejar tus emociones, y reconozcas hasta dónde aguanta tu «apetito de riesgo». ¿Sabes jugar ajedrez?

—No, profesor. Apenas sé mover las fichas.

—¡Estupendo! Olvídate del ajedrez. Ese es un juego lento, ideal para desempleados y presos políticos. Demasiada lógica y razón. Demasiadas variantes. El análisis de probabilidades es muy complejo. Y, lo que resulta aún peor, no se gana dinero.

El profesor Scott se acarició la barba. Lucía como enfrascado en una partida de ajedrez maquinando un «jaque mate».

—Abril, para graduarte de negociadora profesional debes desarrollar habilidades de jugadora profesional. Toda negociación es un juego. A veces no son tan importantes las cartas que tengas, sino las cartas que aparentas tener.

—¿Dijo un juego?

—Sí. Con una diferencia. Negociar un secuestro es un juego donde ni la lógica ni la razón tienen valor, este es el más perverso juego de emociones.

—Pero ¿cómo se puede ganar en lo que usted llama este «juego»?

—Nos debemos preparar para resistir intensas emociones y presiones psicológicas de diferentes jugadores. En este reto la vida de la secuestrada está en peligro, pero también la vida de la mediadora corre un alto riesgo.

—Me aterra todo esto.

—Querida *Shorty*, a todos nos engarrota el miedo. El terror también es otra emoción. Para triunfar es preciso mantener el control de nuestras emociones, en medio de conmociones inesperadas. ¿Sabes jugar al póker?

—No, señor.

—Te acabas de ganar una beca para un curso de póker intensivo. Vas a aprender a apostar duro, en medio de grandes tensiones, sin permitir que tus emociones se noten. Vas a aprender a analizar jugadas en fracciones de segundo para tomar decisiones en apariencia ilógicas. Debes descubrir lo mejor de tu agresividad y de tu paciencia; de tu capacidad de observación y de tu inteligencia; de tu concentración y disciplina y, lo que en este caso debe convertirse en tu mayor virtud, debes aprender a mentir sin que nadie se dé cuenta.

—¿Mentir? Ay, profesor, y yo que pensé que usted me conocía. No puedo mentir sin que se me note.

—Para tener éxito como negociadora debes aprender a mentir. Mentir con frialdad. Fingir sin que te dejes intimidar por presiones y tensiones.

—Profesor, cuando miento no solo me pongo colorada sino que siento que «me crece la nariz».

—No es cierto. Durante seis años jugaste en el colegio a posar de «niña rica». Manejaste infinidad de variantes y probabilidades. Al final ganaste porque supiste manejar tus cartas y controlar tus emociones. Así es, querida alumna, el juego del póker.

—Sí, lo reconozco, fui capaz de fingir eso. ¿Y qué tan prolongado podría ser este «juego de mentiras»?

—Esto no es un juego que se pueda resolver de la noche a la mañana. Intermediar en un secuestro es un juego largo, de semanas, meses y, en algunas ocasiones, de años. Claro que debemos presionar para que el juego sea corto. Y prepararnos, porque sin importar el tiempo que nos demande, este juego promete ser de gran intensidad.

—¿Y cómo se gana?

—Grábate esto. En el póker sólo hay dos maneras de quedarse con todas las apuestas: o crear la ilusión de que no tienes la mejor mano, o *bluffear* con la peor.

53

—Abril, esta es la tarjeta, la clave y la llave de la oficina 11-11. Es un despacho que nunca se usa, discreto e independiente. Monta allí tu centro de operaciones. —Moneypenny le alargó un sobre cerrado con las instrucciones—. En ese piso funcionan otras oficinas de la auditoria interna del banco. Nadie te molestará.

Esa misma tarde, Abril bajó a reconocer su «cueva». Pasó el dedo sobre la tapa del escritorio y por la huella de polvo dedujo que esa oficina no había sido abierta en años.

Se dio a la tarea de buscar cómo ventilarla. Hizo una prolija lista de los elementos de aseo que necesitaba, salió al supermercado y, de regreso, pasó por la floristería donde trabajaba su amiga del barrio.

Serían las diez de la noche cuando alguien tocó a la puerta. Ella lucía como un ama de casa en día de aseo general: guantes de caucho amarillos, una pañoleta para cubrirse el pelo y escoba en mano. Sus pecas resaltaban más que de costumbre y sus ojos color miel brillaron por la sorpresa.

—¡Doctor Hoffman!

El realmente sorprendido fue el banquero. La oficina lucía impecable, adornada con dos docenas de rosas amarillas. Sobre una columna estaba pegada aquella foto pequeñita de Gabriela —en uniforme del colegio— que Abril solía cargar en su billetera. Al lado de la foto, pegó un *post-it* amarillo, donde se leía:

«¡Ánimo hermanita! ¡El tercer regimiento de caballería ya salió en tu rescate!».

Por sugerencia de míster Tuttis y aceptación de doña Eva, Abril resultó montando su «segundo centro de operaciones» en la residencia de la señora Wasserman.

—¡Te debes sentir como en casa!

—Gracias, doña Eva, porque tengo mucho miedo, y aquí me siento protegida.

—¡Todos sentimos miedo! —intervino *mister* Tutis—. Un viejo proverbio escocés afirma que no se han inventado la medicina para el miedo.

Scott se bebió de un sólo trago el whisky que le ofrecieron, como si esa fuera la medicina tranquilizante que los escoceses inventaron para controlar el miedo.

—Abril, son justificados tus temores. Para empezar te pusieron en el centro de un laberinto oscuro, con la orden de correr, sin saber para dónde —sentenció doña Evangelina.

Mister Scott clavó su mirada sobre la pipa y empezó el ritual de hurgarla y cargarla para salir al jardín a darse una buena fumada. «Ya regreso», se excusó.

—Profesor, le repito, no es necesario que salga. Ese olor a tabaco me recuerda a mi esposo. Los domingos en la tarde él fumaba su pipa en este mismo lugar, aquí, alrededor de la chimenea, mientras escuchaba, por la onda corta, la furiosa competencia informativa entre comunistas y capitalistas: Radio Berlín Internacional, de la República Democrática Alemana contra la Deutsche Welle, de la República Federal Alemana.

—Gracias, doña Eva, en nombre de todos los fumadores de pipa. Ahora regresemos al laberinto oscuro de Abril. Para empezar, te comprometieron como la única negociadora que reconocen los secuestradores. Además, toda la organización Hoffman tiene sus ojos puestos sobre ti. Para agravar tu situación, tan pronto las autoridades sepan sobre tu papel en el secuestro, la policía meterá sus narices en tu vida. Tienes un compromiso de vida o muerte con Gabriela, y la tranquilidad de Julio y tu madre dependen de tus decisiones. Y, de encime, veo que la suerte de este señor Castello ya te empezó a quitar el sueño.

—Tengo un miedo adicional —contestó Abril—, y es que por mi culpa doña Eva resulte enredada en problemas legales.

—Abril, nadie va a sospechar de mí. Soy una anciana de noventa años, viuda, inválida, inofensiva, ciega y sin ambiciones, que contrata desde hace años a una jovencita para que venga a esta casa, todos los días, a leerme el periódico.

54

Después de toda una vida de trabajo creativo en las cortes criminales inglesas, *mister* Scott se retiró. Con la generosa pensión del gobierno británico podía vivir cómodamente en cualquier país latinoamericano. Sus ahorros los invertía de manera conservadora y gracias a su disciplina podía, a sus sesenta y seis años, exhibir un espíritu de treinta, una fortaleza de veinticinco y una creatividad de quince.

Le fascinaba sentir la adrenalina bullendo por sus músculos, era un inteligente jugador de póker y hábil conductor de motos de carreras. Pero por encima de todas sus cualidades, contaba con una fuerza superior que lo mantenía vital: no olvidaba los agravios públicos que el banquero Hoffman le había hecho por su condición de escocés y la forma soberbia y fanfarrona como lo hizo despedir del colegio de sus amores, donde se había propuesto pasar los años más tranquilos y creativos de su vida. Esa ofensa ni la olvidaba ni la perdonaba.

Por la suma de esas razones, el caso de Abril se convirtió para *mister* Scott en una cruzada personal. Sin que nadie se lo pidiera, decidió asumir, con dedicación y pasión, su tutoría. Razones le sobraban. Fue una alumna excepcional y conocía su drama familiar. Pero lo que más lo motivaba era la llamada de auxilio de aquella noche de confusión y angustia, cuando resultó vejada y maltratada por el mismo hombre poderoso que a él también lo humilló en público y lo hizo expulsar de su trabajo.

—«Hacer la guerra es costoso, pero, en algunos casos, no hacer la guerra podría resultar aún más costoso» —sentenció *mister* Tutis recordando algún proverbio inglés—. ¿Saben cuánto costará la operación para la liberación de Gabriela? —Scott hizo una pausa para que la frase vibrara en el aire—. Obvio que todos esos costos económicos los asume el banquero, pero también existen costos morales que no podemos asumir, por ejemplo, Abril, no puedes convertirte en una simple servidora de los caprichos del señor Hoffman, porque él te usará, te manipulará y cuando decida que ya no le sirves, te abandonará a tu suerte.

En ese ambiente de conspiración, ni la señora Wasserman ni Abril se atrevieron a respirar duro para no interrumpir las reflexiones en voz alta de *mister* Tutis. El profesor no las miraba y continuaba hurgando su pipa como si buscara nuevas ideas en el fondo de la cazoleta.

—Debemos conseguir los recursos económicos que nos aseguren cinco capacidades: Capacidad de imaginarnos lo que viene y adelantarnos a sus consecuencias. Capacidad de mantener la iniciativa. Capacidad para comprar información y algunos favores. Capacidad para viajar. Y capacidad para poder enmendar los errores que pudiéramos cometer.

Las dos mujeres presumían que en ese punto ya habían concluido sus letanías financieras, pero Scott siguió con otra pregunta.

—Abril, ¿sabes cuánto cuesta tu seguridad? ¿Cuánto cuesta neutralizar cualquier rastreo que intenten hacerte ahora y después de la liberación de Gabriela? ¿Sabes cuánto cuesta la seguridad de tu mamá y la de Julio? ¿Estás consciente de que una vez termine este episodio nadie te lo va a agradecer y, si alguien considera que sabes demasiado, interesará silenciarte?

—No puedo sino sentirme amenazada, profesor —contestó Abril—. Se abren abismos a lado y lado. Me siento como *Alicia en el País de las Maravillas*; todo me sorprende, todo es absurdo, nada tiene sentido.

—Bueeenoooo —dejó escuchar su voz la señora Wasserman—, calmémonos. Si bien todo esto parece confuso, a mí me resulta interesante y hasta divertido. A mi edad no es fácil participar en una experiencia como la que ustedes me están permitiendo vivir. Si esto luce complejo y enredado debemos esforzarnos para que luzca más simple. Yo tengo algunos «ases» en mi manga que en algún momento vamos a tener que utilizar.

—Para empezar, aclaremos el papel de Abril —recomendó el profesor—. Debes intermediar, con éxito, la liberación de Gabriela. Si intentas saltar en esa laguna oscura, plagada de pirañas, y salir bien librada al otro lado, me temo que no podrás hacerlo sola.

—Pero, profesor, entiendo que represento a la familia Hoffman. No estoy sola. Eso fue lo que el banquero me dijo. Y que, además, cuento con todo el respaldo de su «comité de crisis».

—Abril, no seas ingenua, en ese esquema tú no eres nadie. Te están utilizando y de manera perversa. ¡Estás sola! Para sobrevivir necesitas contar con tu propio equipo, que te ayude a salir inerme al otro lado.

—¿Mi equipo?

—¡Sí! Nosotros debemos organizarnos como equipo. Somos muy pocos: tú, doña Eva, tu hermano Julio, yo y pare de contar.

—No veo qué puede hacer un equipo tan pequeño y sin recursos.

—Hoy estamos en la etapa de las promesas y las vacas gordas, pero tenemos que imaginar las consecuencias que en el futuro se pueden derivar de tu intermediación y blindarnos de antemano. ¿Qué va a pasar contigo si la liberación fracasa? ¿Cómo vas a defenderte y a defender a tu familia si te señalan como la causante de un trágico error? ¿Quién saldrá en tu defensa si resultas enredada judicialmente por la fiscalía? ¿Con qué recursos vas a vivir cuando dejes de ser vital en este negocio y tengas que esconderte o desaparecer? ¿Te has puesto a pensar que tu papel no es negociar con monjitas de la caridad sino con una organización criminal internacional, por un lado, y con un negociante astuto por el otro? ¿Estás consciente de las consecuencias y los costos de manejar ese riesgo?

—Perdone que lo interrumpa profesor —dijo doña Eva—, y ¿cuánto cree que cueste organizar nuestro equipo y dotarlo para que esta aventura tenga éxito?

—Pues tendremos que calcular un presupuesto mínimo, que contemple varios desplazamientos al exterior, equipos electrónicos de escucha y grabación, compra de *software*, compra y preparación de vehículos, alquiler de un par de conciencias y muchos etcéteras adicionales, desde atender imprevistos, hasta pagar soporte jurídico si se llegara a requerir. También habría que presupuestar la seguridad de los miembros del equipo, y tan pronto logremos recuperar a Gabriela, el costo de esfumarnos.

—¿Y se atrevería a decir cuál sería ese «presupuesto mínimo»? —insistió doña Eva.

—Mmmm... doña Eva, entre uno y dos millones de *greenbacks*.

—Pues yo podría aportar algo para asegurar que no me van a dejar por fuera de una aventura que pinta tan emocionante.

—Doña Eva, esos recursos deben salir de la misma organización Hoffman. Ellos deben entender que los plagiarios van a demandar una cuota inicial que demuestre el ánimo de negociar —concluyó *mister* Tutis.

Tan pronto Abril escuchó eso de «millones de dólares», la estremeció de nuevo el pánico.

55

Mister Scott asumió la iniciativa. Llamó a Julio y se hizo invitar a su casa. Antes de 24 horas llegaron a un acuerdo y asumieron los riesgos de constituirse en el equipo de respaldo que necesitaba Abril para intermediar el secuestro. Se prometieron brindarle guía y protección ante la variedad enorme de amenazas, difíciles de imaginar, que debería afrontar.

—Gracias profesor, cuente conmigo. La apoyaré con la misma seriedad y organización con la que manejamos, durante tantos años, el proyecto de la «FTA».

—¿Qué diablos es eso? —preguntó el profesor Scott, levantando una ceja.

—Era la «Fábrica de Tareas de Abril». Déjeme le explico.

—Julio, no basta con conocer la fórmula teórica para calcular el volumen que ocupa un millón de dólares americanos en billetes de veinte —el profesor parecía dictando una clase teórica sobre conspiración—. Para entender cómo manipular este volumen físico de billetes lo mejor es realizar pruebas en ambiente de laboratorio.

Julio pidió varias resmas de papel bond. Cortó miles de hojas al tamaño de esos billetes, ensayó diferentes formas para organizar los fajos, con diferente número de billetes, pesó, organizó paquetes, y, como resultado de muchos ensayos, presentó sus recomendaciones.

Ese fin de semana, *mister* Tutis y Julio redactaron —a cuatro manos— la primera demanda de rescate, en efectivo, fingiendo ser los secuestradores de Gabriela.

Cuando Abril supo de la reunión entre *mister* Tutis y su hermano, se puso histérica.

—¿Se enloquecieron? No quiero, no puedo, me resisto a creer que mi hermano Julio y mi admirado profesor Scott hayan pactado ponerse al margen de la ley.

—Enana, una cosa es ponerse al margen de la ley, eso es inmoral, y otra bien distinta es combatir a quienes están al margen de la ley empleando sus mismas estrategias.

—Julio, me siento miserable. Tengo temor de Dios.

—*Shorty*, vamos a reflexionar —propuso el profesor—. ¿Tú planeaste este secuestro? No. ¿Tú encendiste esta guerra? No. A ti te obligaron a pelearla. Y tú escogiste a doña Eva, a Julio y a tu profesor Scott para que te ayuden a ganarla.

—Pero la guerra es inmoral.

—¿Inmoral? Según san Agustín, máxima figura del pensamiento cristiano, «Las guerras son pacíficas cuando se promueven no por codicia o crueldad, sino por deseo de paz, para frenar a los malos y favorecer a los buenos".

—¡Qué confusión! Me duele la cabeza.

—Abril, si en mi conciencia sospechara, por un instante, que estás del lado de los malos, sería el primero en sacarte de una oreja. Hermanita, gracias a Dios estamos al lado de los buenos.

El lunes a las diez de la mañana Abril ascendió al altar mayor del Banco Financiero Internacional para entregarle al banquero la primera supuesta demanda de dinero de los secuestradores.

—Señor Hoffman, anoche deslizaron por debajo de la puerta de mi casa una tarjeta de condolencia, junto con esta carta. Ya revisé que aparecieran los códigos de verificación acordados con los negociadores. Es auténtica. —Dejó escapar el suspiro de pánico que la estrangulaba y le estiró la tarjeta.

El banquero se acomodó en su silla, se ajustó las gafas de leer y presionó unos botones para ordenar que nadie lo interrumpiera.

—Señor, vine directamente porque no confío en esa gente del comité de crisis. Me asalta el pálpito que quieren sacar beneficio de usted. En este ambiente, todos desconfiamos de todos, ellos desconfían de mí y yo desconfío de ellos. Ignoro qué le informarán pero la presión que ejercen sobre mí me tiene asfixiada. Es tan grande el acoso que estoy a punto de empezar a inventar información falsa para saciar su hambre de noticias. Por eso desisto del encargo de intermediar con los secuestradores. ¡Me voy! Quiero mucho a Gabriela, pero no soporto esta agonía. Estoy a punto de hacer cosas que mi conciencia rechaza. Tengo los nervios deshechos. ¡Renuncio!

Abril no tuvo que hacer el menor esfuerzo para fingir su nerviosismo; acababa de cruzar su propio Rubicón y se sentía morir. Para aliviar su conciencia trató de justificarse con el hecho de haber sido torturada, mental y físicamente, en ese mismo lugar, pero no sintió el menor descanso. Mientras el banquero leía y releía la nota, Abril no pudo despegar sus ojos del pequeño marco con la foto de Gabriela, único adorno en medio de este universo de opulencia, donde el derroche de silencio, espacio y luz eran apabullantes. En el vano intento de justificar el riesgoso paso que acababa de dar, buscó en su memoria otras excusas. Pensó en la injusticia que se estaba cometiendo con Andrés Castello. Recordó la petulancia despiadada de la que hizo gala el señor Hoffman cuando hizo echar del colegio a *mister* Tutis, el más bondadoso e inteligente de sus profesores. Y extrajo del fondo de su memoria las humillaciones y malos tratos que éste le propinaba a su esposa. Pero nada apaciguó su complejo de culpa ni el nerviosismo que le hacía temblar la barbilla sin control, ni pudo retener el par de lágrimas que contra su voluntad se le escaparon.

El banquero volvió a repasar las exigencias y fue tomando nota en su tableta electrónica.

Objeto de la transacción: evaluar la buena disposición de la familia Hoffman para iniciar las negociaciones de recuperación de su patrimonio familiar.

Estimado colega. Con el propósito de conocer su buen ánimo para negociar, le sugerimos transferir dos millones de dólares a nuestra organización, a manera de anticipo. Esto nos permitirá cubrir los gastos en que hemos incurrido para mantener en las mejores condiciones posibles la prenda que nos dejó en garantía.

Esta mercancía debe estar disponible en 72 horas y ser entregada en las coordenadas que se le señalen, en cualquier momento.

Por favor, siga estas instrucciones:

Consiga cien mil billetes de veinte dólares (todos los billetes deben estar usados, limpios, sin marcas y sin numeración continua).

Preparare mil fajos. Cada fajo debe contener cien billetes de veinte, asegurados con una banda de caucho #64.

Organice los mil fajos en veinte paquetes. Cada paquete debe contener cincuenta fajos. Cada paquete debe ser envuelto en plástico transparente (Stretch Film) de 7 micras.

Para evitar que algún objeto de rastreo electrónico caiga accidentalmente entre la mercancía y arruine la operación, debe asegurarse de que el peso neto de la carga total de billetes no supere las 112,23 libras.

> *Al peso neto anterior agregue 2,25 libras por las bandas de caucho y 2,75 libras por el film de plástico de los veinte paquetes. Asegúrese de que cada uno de los veinte paquetes pese 5,86 libras.*
>
> *Cada uno de los fajos de billetes debe empacarse entre un condón sin lubricante (kingsize de 60 mm x 200 mm), que se debe sellar con un nudo. (peso 2.597 gramos).*
>
> *Le ruego tener en cuenta que cada paquete será examinado y escaneado por uno de nuestros proveedores outsoursing de tecnología de punta en busca de marcas, códigos invisibles, GPS y cualquier chip de georreferencia.*
>
> *Quiero advertirle que si nuestra organización detecta en el sistema bancario cualquier lista —por limitada que ella sea— donde aparezcan las series y números de los billetes que usted nos transfiere, daremos por cancelada esta inversión, porque ella estaría superando nuestros estándares de riesgo.*
>
> *No olvide que esta transacción se realiza entre colegas. Recuerde, estimado señor Hoffman, que cualquier intento de rastreo que su organización, las autoridades o cualquier otro tercero, intenten realizar sobre esta operación financiera podría afectar la integridad de la prenda que usted nos facilitó como garantía.*

—Malparidos. Me empezaron a ordeñar. —Con esas cinco palabras el banquero reconoció que el juego de verdad había comenzado.

Hoffman, el ejecutivo de inteligencia excepcional, capaz de manejar cien proyectos a la vez; el moderno «rey Midas» que convierte en oro todo lo que toca; el mismo que en una entrevista en el Financial Times, se arrogó estar bendito con «el tercer ojo» o sea la capacidad de «precognición», que lo hace presentir el comportamiento de los mercados financieros, a mediano y largo plazo… ahora se le ve agotado y ojeroso, consumido entre ese mullido sofá de cuero, que evoca un terreno de arenas movedizas que se lo estuviera devorando.

—Abril, antes de impulsar cualquier decisión necesito pruebas fehacientes de que mi Gabriela está viva, ¿me entiende? ¡Que está viva y bien tratada!

—Señor, voy a activar de inmediato los códigos de contacto. Pero no puedo asegurar la velocidad de su respuesta. Permanecer en silencio es parte de la estrategia que emplean para estresarnos al máximo.

—¡Pues hágalo ya! —gritó exasperado— ¡No se quede ahí mirándome! ¡No pierda tiempo!

Abril abrió los ojos sorprendida.

—Lo siento. No pretendía ser rudo, pero entienda que la impaciencia y la impotencia me tienen acorralado.

—Doctor Hoffman, espero que los secuestradores contesten antes de que yo me vaya de su banco.

—Abril, usted no me puede dejar solo. Ya le dije «lo siento». Se lo repito: ¡Lo siento! Compréndame. ¿Qué necesita? ¡Pídame lo que quiera! ¡Lo siento!

56

Doña Eva preside desde su sillón favorito las reuniones de conspiración. Aunque es visible la ansiedad que la consume, en simultánea sonríe encantada, pues tiene claro que a su edad, esta podría ser la última aventura de su vida.

—¿Cómo reaccionó Hoffman? —preguntó *mister* Tutis.

—Apenas leyó las exigencias del rescate, me gritó: «¿Es que me piensan ordeñar? Necesito ¡ya! una prueba de supervivencia». Yo me quedé helada. Es que con el silencio de tantos días tengo un pensamiento fatal atravesado: ¿Y si Gabriela no está viva?

—Tranquila, *Shorty*. Conozco la mentalidad de esa plaga —respondió *mister* Tutis—. Primero, en este secuestro no hay enredos ideológicos, ni políticos, ni religiosos. Y, segundo, las mentes criminales son menos pasionales y más prácticas. Gabriela representa un valor astronómico. Por eso es impensable que se atrevan a preparar un sancocho con la gallina de los huevos de oro.

—Profesor Scott, ¿y qué pasa si esta vez los plagiarios no entregan las pruebas de supervivencia? —preguntó doña Eva.

—En ese caso nos enfrentamos a dos escenarios: en el peor de los casos se les murió la rehén. En el mejor de los casos, no son los verdaderos secuestradores.

Ese pragmatismo tan crudo de *mister* Tutis desconcertó a doña Eva y a Abril.

—Seamos prácticos. Este negocio es tan complejo y estamos obligados a enfrentar tantos problemas que, cuando sea posible, escojamos nuestras propias batallas.

Doña Eva y Abril pusieron cara de no entender. *Mister* Tutis encendió su pipa con una lentitud exasperante, para darse tiempo de ordenar sus pensamientos.

—Tenemos que ser, de manera simultánea: proactivos y reactivos. Proactivos consiste en prepararnos con anticipación para lo que viene, por ejemplo, si Hoffman paga la cuota inicial que le pedimos, ¿cómo diablos vamos a manipular dos millones de dólares en billetes de veinte, que quizás lleguen marcados?

—¿Y lo de reactivos?

—Doña Eva, hay que reaccionar ante lo inesperado, ¿qué tal que se silencien los secuestradores?, o que Hoffman no pague, o que Hoffman ponga el caso en manos de la Policía, o que no aparezcan nuevas pruebas de supervivencia de Gabriela. En todos estos casos tenemos que estar listos para reaccionar, siempre en procura de volver a asumir la iniciativa.

Con el cuento de ser proactivos se cumplió un viejo sueño de doña Eva: conocer a Julio.

La reunión tuvo un carácter especial. Para Julio fue una suerte de ceremonia de consagración. Él siempre se mantuvo activo, pero en la reserva. Aconsejó a su hermana las veces que fue necesario, y cuando *mister* Tutis se lo pidió, interpretó sus ideas y sugerencias. Por problemas con su movilidad, nunca tuvo la oportunidad de conocer la residencia de doña Eva, pero él, inmovilizado en su silla de ruedas y ella ciega, siempre se consideraron unidos por el denominador común de sus impedimentos.

Doña Eva y Julio se dieron el abrazo franco y estrecho de dos amantes separados por la guerra. Durante más de dos minutos permanecieron así, sin pronunciar palabra.

—¡Bienvenido! Así suene un poco exagerado, «me encanta verte» mi querido Supermán.

—Perdone mi atrevimiento, pero así suene exagerado, hemos aplazado tanto esta «cita a ciegas», que llegué a pensar que usted, doña Eva, pertenecía al mundo de los cuentos de hadas.

—Orden en la sala —pidió *mister* Tutis—. A lo que vinimos, vamos.

Entonces se concentraron en resolver lo que doña Eva llamó «bajarnos los pantalones», es decir, confrontar la realidad.

—¿Cómo vamos a manejar semejante cantidad de billetes?

—Es necesario poner la mayor distancia entre ese dinero y nosotros. Ese volumen de billetes no lo podemos esconder debajo de la cama de Abril, ni entre la despensa de la cocina de doña Eva, ni debajo de mi mesa de dibujo. Hay que enterrar ese dinero donde nadie lo busque.

—¿Y si lo enterramos en el jardín de esta casa?

—Julio tiene la palabra —respondió el profesor.

—Ni lo sueñe, doña Eva. Por más exámenes que les practiquemos a los billetes, nadie sabe qué película invisible, «overprint», le pueden haber aplicado al papel para que produzca un leve nivel de radiación, que pudieran rastrear por satélite o con un dron que sobrevuele esta casa.

—¡Ay!, estoy aterrada con tanta tecnología. Una ya no puede ni pensar porque corre el peligro de que algún cretino le intercepte los pensamientos.

—Doña Eva, en este negocio es mejor posar de pesimistas y considerar todos los riesgos. Estamos enfrentados a una organización familiarizada con alta tecnología de seguridad. Si nos entregan la «cuota inicial», de acuerdo con las instrucciones, lo primero que hay que incinerar son las cajas de cartón en las que empacaron la mercancía.

—¿Tan exagerado el procedimiento? —preguntó Abril.

—Existen tecnologías de rastreo que nos pueden amargar la vida. Si nos colocan un simple *spychip* en una de las cajas, en forma de una elemental fibra de cartón, nos van a rastrear en tiempo real y nos arruinarán la fiesta.

—¡Ay Dios! Ahora sí estoy al límite de la preocupación. Estoy aterrada. ¿Cómo funciona eso?

—Hermanita, siempre me ha encantado tu preguntadera. Un *spychip* es un dispositivo así de grande, tan pequeño como un grano de arena, que puede ser rastreado a distancia por un sistema de radiofrecuencias RFID.

—¿Y existirá algún método para evitar ese rastreo?

Mister Tutis permaneció en silencio. Parecía un maestro orgulloso de los alcances de su aprendiz.

A Julio, por su parte, se le iluminó la cara y como si estuviera participando en una rumba de aquellos tiempos, cuando su guitarra lo convirtió en el invitado obligado a todas las fiestas, se acomodó el mechón de cabello y se lanzó a explicarles las complejas opciones técnicas que podrían neutralizar esas señales. Concluyó con un «¿ahora sí entendieron?»

—Querido Julio, perdóname, pero a esta edad ya me gané la licencia para poder decirte que no entendí ni pío —le confesó doña Eva, con una amplia sonrisa.

—Perdón doña Eva, va la misma explicación en su versión más simple: El sistema de rastreo por radiofrecuencias no funciona si el *spychip* lo consumimos entre un líquido.

—¿Puede ser agua?

—¡Puede ser agua!

57

O a los plagiarios también les entró el afán de deshacerse de la «papa caliente», o amanecieron con ánimo de cooperar. A los seis días de solicitar la nueva prueba de supervivencia, Julio recogió debajo de su puerta, un mensaje para su hermana.

Las instrucciones eran tan simples, como si las hubieran diseñado a prueba de idiotas. Con encomiable economía de palabras, indicaron:

Lugar: Catedral.

Fecha: Miércoles, 12 de noviembre.

Instrucciones: Vaya sola. No lleve celular, ni cámara, ni grabadora, ni reloj, ni ningún aparato electrónico.

A las 18:30, únase al grupo de la Cofradía de Nuestra Señora del Topo, que todos los miércoles reza el rosario hasta las 19:30.

A las 19 horas, levántese y diríjase al único confesionario que se encuentra en esa capilla. Ingrese al cubículo de las pecadoras, arrodíllese en el reclinatorio y espere. Tan pronto abran la rejilla pronuncie el santo y seña: "Ora pronobis". Espere a que nuestro agente le responda: "Dominus vobiscum". Y confirme su identidad con la frase: "Anima mea".

Abril se aprendió de memoria la rutina. El miércoles se apareció en la catedral y por fortuna arribó una hora antes, porque no fue fácil encontrar al discreto grupo reunido en una capilla pequeña. Cuando empezó el rosario, aprovechó la oportunidad para pedirle a la Virgen que la protegiera de todo mal. A las siete en punto se incorporó del reclinatorio y entre el murmullo mecánico de «ruega por nosotros los pecadores, ahora y en la hora, de nuestra muerte» se dirigió hacia el único confesionario que vio. Las piernas le temblaban. Miró de reojo a su alrededor. Además de las imágenes de seis santos que la observaban desde lo alto de sus nichos, a nadie más le importó su desplazamiento. Ingresó al cubículo y se arrodilló. Durante noventa eternos segundos —que contó— no sucedió nada. La ansiedad se le alojó en la boca del estómago en forma de un vacío insoportable. De súbito percibió el ingreso raudo de alguien que tomó a su cargo la ejecución del protocolo de validación de identidad. Superado ese paso, ordenó: «El área está limpia. No se atreva a abandonar este confesionario antes de diez minutos. Al momento de retirarse, agáchese y debajo del reclinatorio encuentra un sobre. Tómelo, pero no lo abra. Gracias por su cooperación».

—Señor, espere. Me tienen confundida. Yo soy una simple intermediaria. Hace dos semanas me retuvo un hombre que me juró que la tenía.

—No sé de qué me habla. Yo solo sé lo que debo saber y punto.

En el sobre apareció un papel con el siguiente texto:

Pegado al papel —bajo una ancha cinta de enmascarar— se notaba un anillo. Impresionante. Inconfundible. Con ese diamante solitario, «del tamaño de un garbanzo», engastado en un aro de platino.

58

—¿Café?

—Gracias profesor, pero prefiero una Cocacola con mucho hielo.

—Abril, no pude dormir anoche. Me desvelé pensando en cómo asegurar los recursos que vamos a recibir. No veo muchas opciones, fuera de enterrar los paquetes en el patio trasero de mi casa o en el jardín de doña Eva.

—Lugares hay muchos, profesor. Incluso tengo la certeza de que mi amiga de la floristería puede guardarme las cajas, con total seguridad. Es más, pienso que hasta en el sótano de la Librería Europea, el señor Rosemberg me facilitaría un espacio por un tiempo. O podríamos alquilar un garaje discreto en mi vecindario. Así que el lugar es lo de menos. Lo que me angustia es que los paquetes vengan con esos chips de rastreo de los que Julio y usted hablan. Esa amenaza, por ser invisible, me aterra —concluyó Abril.

—Súmale otro gran problema: debemos combinar la seguridad de los paquetes con el fácil acceso a los billetes. En esta operación, que carece de agenda y horario, se pueden necesitar recursos en cualquier momento, no importa si es de día o de noche, si está diluviando o es Nochebuena.

—Profesor Scott, yo tampoco pude dormir. Pero esta mañana, mientras esperaba en la oficina del presidente Hoffman encontré la respuesta.

—No me cuentes, Abril. ¿Con los dos millones del anticipo piensas abrir una cuenta de ahorros, en el Banco Financiero Internacional?

—Ja, ja, ja. No, profesor. Ese es el banco de los muy vivos. Yo tengo un lugar en el vecindario del banco donde todos los clientes están muertos.

—Ja, ja, ja. Ahora sí me hiciste reír, mi alumna preferida. ¿Muertos de risa? Me pones muy mosca cuando usas tu corrosivo sentido del humor. ¡Ahora sí, cuéntamelo todo!

Abril puso su mano sobre el dorso de la mano derecha de *mister* Tutis y fijó su mirada sobre las cejas entrecanas, como rogándole que confiara en ella. Se sintió sorprendida al tocar, por primera vez, la piel de su admirado profesor.

Scott le siguió el juego de señales y para indicarle que confiaba en su alumna preferida, posó, a su vez, su enorme mano izquierda sobre el dorso de la mano de Abril.

—*Mister* Scott —Abril falseó su voz hacia los tonos graves para enfatizar la importancia de su hallazgo—, si necesitamos enterrar la cuota inicial, enterrémosla de verdad, verdad. El lugar que tengo en mente es más seguro que la bóveda de un banco, allí podremos abrir y mantener una cuenta corriente y nadie nos va a preguntar nada, porque los vecinos de nuestra bóveda son de muy pocas palabras.

—Querida *Shorty*, no me explico qué desayunaste, pero estás con el sentido del sarcasmo muy alborotado.

—No, profesor. Desde la oficina del presidente Hoffman, en el piso 74, se ven a lo lejos las ocho o diez manzanas donde funciona el Cementerio Central.

Abril ensayó una larga pausa para ordenar sus argumentos y entonces imitó el recurso dialéctico de su profesor: se quedó mirando fascinada su vaso de Cocacola, le introdujo un dedo y, mientras pensaba, puso a girar el hielo más grande.

—¡Tengo la solución! —Lo dijo con tanta convicción como sí de súbito hubiera resultado iluminada por una revelación divina— Profesor, si hay que enterrar el dinero hagámoslo, en nuestra propia bóveda, con todas las de la Ley.

En seguida le relató a *mister* Tutis su amistad con la «mafia» de sepultureros del cementerio. «A fuerza de compartir todos los sábados, durante tantos años, mi trabajo de arregladora de tumbas, logré ganarme sus corazones. Me conocen y me estiman. Para esos hombres rudos y elementales —que no le guardan respeto ni a la muerte— yo me convertí en la niña que ellos se propusieron proteger».

—Querida Abril, mi alumna preferida, ¿no has pensado en el éxito que tendrías si reorientaras tu vocación a escritora de novelas de ultratumba?

—¿Por qué lo dice?

—Señorita Santamaría, hay que aterrizar las ideas. ¿Cómo diablos incorporamos a unos desconocidos, ordinarios y necesitados, en una operación financiera de esta magnitud que, de encime, debemos manejar en un ambiente de clandestinidad?

—Profesor, confíe en mis instintos.

—Y tú, confía en mis sugerencias. ¡No nos metamos en más líos!

59

Abril confió en que, pese a los casi cuatro años que acumulaba sin asomar las narices por el cementerio, podría recuperar a sus viejos amigos y disfrutar del ambiente de camaradería y solidaridad que conoció en el camposanto. Los recordaba muy bien, pero cuando trató de escribir la lista de sus contactos, se sorprendió que a ninguno le conocía su verdadero nombre y sólo los recordaba por sus apodos.

El jueves decidió poner a prueba su intuición. A las diez de la mañana, vestida de negro, «con los ojos enrojecidos de tanto llorar», un pañuelo blanco en una mano y una azucena en la otra, traspasó el monumental arco de entrada, que en su fachada advierte: «*Expectamus resurrectionem mortuorum*». Se dirigió directo a la capilla para dejarse ver y luego a la floristería Guadalupe y a los talleres de marmolería. En las siguientes dos horas se enteró de todo lo bueno, lo malo y lo feo sucedido en los últimos años. Supo que ya habían enterrado a seis viejos conocidos, pasó revista de quiénes continuaban en la brega y le contaron de algunos nuevos integrantes de esta cofradía de la muerte, donde la profesión se hereda de padres a hijos porque son pocos los que quieren practicar este oficio.

Aceptó la invitación que siete de estos veteranos le hicieron para brindar con unas cervezas por el reencuentro. Al mediodía fueron a parar a la tradicional cantina vecina al cementerio, donde suelen reunirse familiares y deudos de los finados, antes del entierro y a dónde regresan, concluida la ceremonia, para ahogar —entre cerveza y aguardiente— la maldita melancolía.

Abril pidió una Cocacola, pero no tenían hielo y decidió bebérsela tibia y a pico de botella, porque no confiaba en la higiene de los vasos. Contempló a sus viejos colegas. Estos eran los «mero-meros», los viejos sepultureros. Enterraban y exhumaban cadáveres con una serenidad y una sangre fría que espantaban. Conocían todos los recovecos y secretos ocultos bajo las cuarenta mil bóvedas y los casi tres mil lujosos mausoleos del camposanto. El terrorífico ambiente de su oficio los dotaba de un aura de respetabilidad. Recibieron a Abril con el entusiasmo de quienes se sienten felices de recordar viejos tiempos «con esa parienta bonita que vive en el extranjero». Abril —entre sollozos— les relató su historia: «Estoy urgida por conseguir una tumba discreta, que no despierte sospecha... necesito depositar los restos de mi única tía, que es pobre de solemnidad. Es la única hermana de mi papá, el que falleció en el accidente, y ella se encuentra en un asilo con una enfermedad terminal. A la familia nos invade el temor que por falta de dinero la tengamos que inhumar en una fosa común, sin lápida, en medio de delincuentes, suicidas, prostitutas y esos cadáveres olvidados incluso por los forenses porque ya perdieron hasta el último rastro de su identidad».

Entre chismes, consejos y promesas, Abril les juró que haría una colecta entre la familia «para corresponder con algún dinerito a tanta generosidad».

Cuando sus achispados colegas ya ajustaban seis cervezas por cabeza, Abril ordenó que les sirvieran costillitas de cerdo, papas chorreadas, longaniza, morcilla, envueltos de maíz y otras exquisiteces propias del vecindario. Una vez se aseguró de que sus viejos colegas estaban en el clímax del entusiasmo, se evaporó. Pero antes tuvo el detalle de cancelar la cuenta, incluyendo tres rondas de cerveza adicionales.

Por la vía de la solidaridad, los sepultureros se impusieron la tarea de buscar una tumba que cumpliera con los requerimientos mínimos para enterrar a la tía. Barajaron muchas opciones y al final seleccionaron tres bóvedas. Las recomendaban tanto por su ubicación, como por el hecho que no figuraban en el inventario de la administración del camposanto.

A los tres días se citaron en una cafetería también cercana al cementerio. Abril puso como condición «ni una cerveza». Así, alrededor de unas tazas humeantes de café, unas empanadas deliciosas, pero casi obscenas por lo gordas, más su Cocacola con hielo, analizaron las tres opciones. Al concluir, Abril improvisó una cara, mezcla de felicidad y desamparo.

—Las bóvedas están muy bien ubicadas, ¡mil gracias!, pero están demasiado altas. Es que para mantener bien cuidado un hueco de 60 x 60 x 160 centímetros, en el octavo nivel vamos a necesitar la escalera más larga del cementerio, más un seguro de vida por si alguien de mi familia se desnuca cuando venga a ponerle flores a la tía.

—¿Que por qué buscamos bóvedas tan arriba? Mire, señorita Abril, por una elemental razón: la seguridad de su tía. Le garantizamos que allá tan arriba no se trepan los profanadores de tumbas, esos que viven buscando restos humanos para sus rituales de magia negra. Quedar al nivel del suelo puede parecer muy cómodo, pero es demasiado riesgoso.

—¿Y no habrá otra opción?

—Pues nos tocará encomendarnos a santa Bárbara bendita y a san José de Arimatea, los patronos de nosotros los sepultureros, para que nos iluminen porque no se ven muchas más.

Pues los dos santos se debieron sentir notificados porque ahí mismo, durante la reunión, surgió una opción milagrosa.

—¿Qué tal si nos apropiamos de un mausoleo?

—Eso ya me parece demasiado ambicioso —respondió Abril.

—Ambicioso sí, pero... posible.

Iluminados por la idea, Abril y sus siete colegas se pusieron en la tarea de analizar semejante opción tan extravagante.

—Mal contados, tenemos casi tres mil mausoleos que no pertenecen a la municipalidad. Son propiedad privada.

—Las familias más ricas de la ciudad los construyeron a lo largo de casi dos siglos. Hoy pertenecen a los herederos de sus herederos y, desde ahí, hacia abajo, a cuatro o cinco generaciones de nuevos herederos.

—Son propiedad perpetua de las mismas familias que desde la época de la Independencia, se han repartido el poder en este país.

—Algunos de estos mausoleos son verdaderas obras de arte. Fueron concebidos con esa ambición de exhibir el poder de la familia más allá de la muerte. Los destinaron a alojar a todos los descendientes de un mismo tronco familiar, hasta el Día del Juicio Final. Están dotados de bóvedas, osarios y los más lujosos, cuentan hasta con oratorio privado.

—¿Y qué tan posible es esta opción?

—Niña, en esta vida todo es posible si uno se lo propone.

—Muchos de estos monumentos fueron abandonados cuando sus herederos se largaron a vivir al extranjero, y no regresaron a visitar a unos tatarabuelos a quienes el paso de los años les fumigó su importancia.

—Y la ventaja es que están casi intactos. Para evitar saqueos y prácticas de santería — los dotaron con puertas de seguridad y rejas, que mantienen alejados a los profanadores de tumbas.

El compromiso quedó sellado al mediodía. Los sepultureros se impusieron la tarea de identificar un mausoleo privado, dotado de derechos patrimoniales a perpetuidad, y que estuviera abandonado. Exhumarían los cadáveres allí depositados sin la menor preocupación pues los volverían a inhumar en el vecindario, en las tres bóvedas abandonadas, ubicadas allá arriba, en el octavo nivel, lugar a donde a nadie se le ocurriría ir a recostar una escalera.

De manera simultánea, Abril se responsabilizó de adelantar una colecta entre sus parientes más pudientes, para poder «heredar ese bien mostrenco», de manera perpetua o hasta que nos pillaran.

—Lo escrito, escrito está. Pongamos manos a la obra. Por ahora nadie se va a enterar. Quizás al final de los siglos, el Día del Juicio Final, alguno de ellos levante su mano para protestar por el despojo, pero para entonces, será un pirriquitín tarde.

—¡Amén! —respondió el colectivo de sepultureros, al tiempo que se persignaron, pagaron la cuenta y cruzaron la avenida a las carreras para regresar a sus trabajos dentro del cementerio.

—Querido profesor, acabo de recibir las llaves de la bóveda de nuestro banco privado. De paso, cargo dos deudas. Una de agradecimiento por la lealtad de mis colegas en el camposanto. La otra es una deuda económica. Prometí entregarles el dinero que alcance a recoger entre mis parientes más pudientes.

60

«¿Dos millones de dólares?» El banquero dibujó sobre su rostro una extraña sonrisa, mezcla de soberbia y amargura.

Frente al drama que estaba padeciendo, esos dos millones de dólares no le espantaban el sueño. Pero estar obligado a cumplir las minuciosas instrucciones que le dictaron los secuestradores, le alborotó la ansiedad. Claro que el banquero sentía que el estrés lo estimulaba. Es más, lo disfrutaba como si fuera un mágico elixir energético y se gozaba el ambiente de alta presión que comprometía a sus ejecutivos más allá del límite. Pero, conseguir «cien mil billetes de veinte dólares, en apenas 72 horas y con especificaciones tan precisas, se convirtió en un reto insoportable».

Cuando el banquero se enfrentaba a este tipo de desafíos, en apariencia insolubles, lo asaltaba un terror cosquillero, al tiempo que sobre la pantalla de su memoria se repetía la miserable imagen de cuando debió reconocer en público que aquel proyecto, que con bombos y platillos había anunciado a la prensa nacional e internacional, no lo podía cumplir. Es que le dio la chifladura por levantar una nueva torre para el Banco Financiero Internacional, «un milímetro más alto de los 400 metros del Empire State Building de Nueva York», pero a la hora de la verdad, ni la colosal maqueta, ni su ambición de gloria, ni su optimismo contagioso lograron contradecir los cálculos estructurales de los ingenieros, ni neutralizar el cabreo de los inversionistas japoneses.

Durante esos episodios de frustración, acudía a la única «medicina» infalible que lograba serenarlo: ingresaba solitario a su bóveda de seguridad, para acariciar todas sus reservas de poder: dólares, euros, yenes, lingotes de oro y platino, obras de arte. Esa mañana paseó la mirada por ese entorno de opulencia, y lanzó su plan de choque. Ordenó a sus oficinas en todo el país y en el exterior, acaparar, de inmediato, los billetes de US $20 que estuvieran circulando, y hacerlos llegar a la sede principal, a través del servicio de transporte de valores del banco. Una vez consolidado el dinero, debían capturar la imagen digital donde apareciera el número de serie de cada billete. «¿Cien mil fotos, doctor Hoffman?», preguntó con cara de asombro el vicepresidente ejecutivo. La respuesta del banquero llegó cargada de arsénico: «Veo que al recursivo sabio que tengo de asesor, le quedó grande la tarea. ¿No se le ocurre, mi doctor, que en cambio de quejarse por las cien mil fotos, podría organizar los billetes en grupos de cien y tomar apenas mil fotos? O, de pronto, ¿qué tal que sus neuronas se despierten y le soplen al oído que puede organizar grupos de mil billetes, para grabar cien mini videos?»

Al segundo día se convenció de que la tarea de conseguir los billetes, aunque compleja, no le iba a quedar grande. Cuando le informaron que la gente estaba haciendo demasiadas preguntas y que «aunque el valor del dólar continuaba inalterable en la bolsa de valores, allá en la calle los billetes de veinte se encarecieron más de cuarenta por ciento», despejó toda duda con un «¡Carajo, no me importa! ¡Sigan adelante!»

En el transcurso de los tres días que estuvo pendiente del desarrollo de la operación, aceptó que puede controlar todo a su antojo menos el agresivo silencio de unos secuestradores, sin rostro, que lo desafían —de tú a tú— desde la sombra.

«Dos millones de dólares y cero pruebas de supervivencia», gruñía el banquero. Y para empeorar la situación, la vida del ser que más amaba dependía de la intermediación de una mujer demasiado joven, impredecible pero al mismo tiempo eficiente e imprescindible, bonita y bien presentada, pero de un nivel social muy bajo.

Durante esa vigilia de setenta y dos horas, Hoffman reconoció que estuvo al borde de un estallido de cólera, pero se contuvo. Estaba obligado a mantener encadenadas sus emociones, o de lo contrario, podría afectar, de manera irreversible, el negocio de su vida: la liberación de su única heredera.

Qué incómodo se sintió al reconocer que la incertidumbre había pasado a convertirse en su infierno personal.

61

—Hola, buenos días.

—Abril, sube de inmediato.

Abril ordenó a las carreras su despacho en el 11-11 y antes de tres minutos ya ascendía hacia el despacho del presidente. Se sentía eufórica. Portaba «la prueba reina».

—Rápido, sigue, sigue —fue el saludo de la señorita Moneypenny—. El doctor Hoffman está muy apurado.

El banquero acababa de arribar y tan pronto Abril asomó sus narices, se acercó con la expectativa asomada a sus ojos. Sin tiempo para saludar, fue directo al punto.

—Abandoné la reunión de junta directiva tan pronto recibí su mensaje.

Abril se propuso mantener bajo control sus emociones. Se limitó a alargarle el sobre.

El doctor Hoffman se encontraba tan excitado que no tuvo el menor escrúpulo en rapárselo. Era tan corto el texto y tan contundente la advertencia sobre «las nuevas pruebas de supervivencia, por el método de múltiple escogencia» que, a juzgar por el tiempo que lo contempló, lo debió leer por lo menos quince veces. Levantó la cinta pegante y liberó el anillo de platino con el diamante solitario «del tamaño de un garbanzo». No le importó expresar la profunda emoción que lo embargó. Se lo llevó hasta los labios y cerró los ojos como invocando el espíritu de su hija.

—Puede retirarse.

Abril se escurrió invisible frente a Moneypenny y regresó a la oficina 11-11. En el momento en que metía la llave, sintió sonar el teléfono.

—¿Hola?

—Sube, por favor, sube otra vez.

El presidente del banco se incorporó.

—Abril, olvidé decirle gracias. Conserve este anillo. Quiero que sea usted quien se lo entregue a Gabriela el día de su liberación.

En el momento del traspaso del anillo —que en estas circunstancias parecía hacer las veces del «testigo» en una emotiva maratón de relevos— las manos del banquero y de Abril temblaron sin control, como si ambos temieran que en el momento de hacer contacto… los fulminara un corto circuito.

62

De acuerdo con las instrucciones, las cajas de billetes fueron dejadas a la medianoche en un botadero de desechos industriales, a orillas de un nauseabundo río de aguas negras, en una zona solitaria y peligrosa

Esa misma madrugada, cuando el banquero estaba a punto de conciliar su tan esquivo sueño, un mensaje urgente de Abril lo dejó sentado en la cama.

—¿Y ahora qué pasó?

—Perdóneme que lo llame a esta hora pero tengo que leerle el mensaje que acabo de recibir: «Recojan sus paquetes en el sitio que los dejaron, antes de que algún vagabundo se los robe. Como resultado de un escaneo que realizamos por telemática y robótica, hemos comprobado que sus cajas contienen *spychips* activos. No deben olvidar que esta transacción inicial está destinada a construir confianza entre las partes. Obren de buena fe. Si incumplen de nuevo con las condiciones, o alertan a las autoridades, ponen en grave riesgo la liberación de la prenda que nos entregaron como garantía, y cancelaremos, para siempre, cualquier posibilidad de transacción».

El banquero Hoffman reaccionó intoxicado de ira santa. Se levantó de su cama y citó para las cuatro de la mañana a su comité de crisis.

—¡Estúpidos! ¿Quién putas ordenó poner dispositivos de rastreo? ¿Quién? —Para enfatizar su sospecha señaló con su temido dedo acusador a los vicepresidentes de seguridad y telemática del Banco—. ¿Quién putas se atreve aquí a mandar más que yo? Estos cabrones del comité de crisis, ¿qué putas se creen? Por miserables dos millones de dólares no pondré en riesgo lo que más quiero en mi vida. Recojan esa mierda de paquetes y asegúrense de que nadie, ¿me entendieron?, ¡nadie! se atreva a seguir jugando a los ladrones y policías con la vida de mi hija.

Esa misma tarde, *mister* Scott, analizó su jugada de póker. «El bluf funcionó. Nunca hicimos el menor intento de ir a recoger los paquetes en semejante botadero de basura. Por allá huele a mortecino, es muy húmedo y oscuro, y a la medianoche asustan los fantasmas. Me imagino que el banquero ya mandó a recuperar sus paquetes. En realidad, nunca sabremos si los paquetes venían envenenados con *spychips*, pero esa no era la batalla que íbamos a pelear. Lo fundamental es el mensaje que le enviamos a Hoffman. Él acaba de reconocer que no somos unos rateritos aficionados y ahora está convencido de que contamos con los más sofisticados sistemas de rastreo por telemática y robótica. De encime, quedó notificado que en asuntos de negocios somos más serios que él».

Dos madrugadas más tarde, el solitario conductor de un jeep trepó cordillera arriba, por una trocha tortuosa, hasta el sitio señalado en las nuevas instrucciones: una cabaña solitaria que pertenece al sistema de parques nacionales, y que se utiliza como refugio para practicantes de carreras de montaña a campo traviesa. Descargó allí las cajas y regresó por donde vino. Difuminados entre la oscuridad, la neblina y el bosque esperaban dos motociclistas. Tan pronto las luces del vehículo desaparecieron trocha abajo, recogieron los dos paquetes, de 50 kilos de peso cada uno. En plena montaña volcaron su contenido en los dos contenedores plásticos que traían preparados y procedieron a incinerar los empaques de cartón. En seguida desaparecieron entre la oscuridad y la llovizna.

Mister Scott no mostró el menor interés en contar los billetes. Se limitó a pesar los paquetes. «No sé si la cagué. Si hubiéramos pedido la cuota inicial en billetes de cien, los dos millones pesarían apenas veinte kilos».

En seguida, con la ayuda de Julio, se dieron a la tarea de organizar entre pequeñas cajas de plástico «composite», los dos millones de dólares, que venían empacados entre condones. Estas cajas, fabricadas con filamentos de polietileno, son herméticas e impermeables.

Obsesionado por extremar las medidas de seguridad, Julio escaneó cada caja, para asegurarse que ninguna emitía radiación, y, en seguida, las acomodaron dentro de un ataúd ordinario, forrado en su interior con papel aluminio.

Esa misma tarde los dólares ingresaron al cementerio. Sobre la tapa del ataúd bailaba una corona de flores. Dos presuntos vecinos «de buen corazón» acompañaron a la «tía» hasta ese bello mausoleo, el único en el mundo dotado con dos *jacuzzis*.

Enseguida, en una operación relámpago, las pequeñas cajas —herméticas e impermeables— fueron consumidas en el fondo de los dos *jacuzzis*.

Una vez se neutralizó la posibilidad de rastreo, cesaron las carreras y regresó la calma.

63

«Un verdadero acto de fe es permanecer aquí, enclaustrada en el despacho 11-11 del Banco Financiero Internacional, sin saber qué diablos podría suceder en la siguiente semana o en el próximo segundo. Sin noticias sobre Gabriela, ni buenas ni malas. Qué miseria estar obligada a inventar un quehacer cada día para dar tiempo a que se materialice una luz, una pista, una señal, un mensaje. Cada minuto miro las pantallas de los celulares para tratar de interpretar los motivos por los que no timbran Qué tormento quedar atrapada en una pesadilla sin poder despertar. Y como si todas estas incertidumbres no fueran suficientes, vivo con la sospecha que cualquier sonido que emito, me lo están grabado, que cualquier paso que doy, me siguen como mi sombra, y que cualquier pensamiento que cruce mi mente, me lo pueden monitorear».

Pasan los días y nadie golpea la puerta del 11-11. La imagen de Gabriela y su frase de apremio «ya pasan por nosotras y tengo que ir al baño», resuenan en el cerebro de Abril a toda hora, pero, fuera de ansiedad y angustia, no aportan nada, ni una pista que ella pueda compartir con el «comité de crisis».

Sentirse «parte» de una organización todopoderosa y enorme, que carece de humanidad, con tentáculos que controlan todo, donde se pierde la huella que marca la frontera entre el pragmatismo y la mala fe, mantienen a la abnegada Abril en estrés permanente. No tiene derecho a moverse de esa oficina. Está condenada a esperar. «No use los sistemas de comunicaciones para asuntos personales. Apréndase las claves de verificación y permanezca en estado de alerta».

Por eso, cuando el martes en la tarde timbró su teléfono, Abril sintió que el corazón se le salía del pecho.

—Hola. Habla Abril.

—¿En qué mes nace Abril? —Qué llamada tan extraña y miedosa. La voz sonaba distorsionada por algún modulador digital.

—Abril nace en enero.

—¿Entonces, quién nace en abril?

—Julio nace en abril.

—Tenemos mensaje y nueva prueba de supervivencia. Salga ya mismo de su oficina, párese en la esquina del edificio con la Avenida 7. Lleve un paraguas. Tan pronto esté ubicada, ábralo y ciérrelo tres veces. Si pasados cinco minutos nadie la ha abordado, debe repetir la rutina. Lo abre y lo cierra tres veces. Si no la encontramos en esa esquina antes de diez minutos, se perdió la oportunidad y solo volveremos a contactarla dentro de tres meses (clic… bip, bip, bip, bip…).

Abril se sintió inundada de pánico y al mismo tiempo excitada por la oportunidad. Saltó por encima del escritorio, cargó un celular y decidió no llevar su cartera con el localizador de GPS.

—¡Mierda! No tengo paraguas.

Corrió de arriba abajo por diferentes oficinas buscando a alguien que le prestara uno. Entró a las volandas en una, dos, tres, cuatro oficinas. «Por favor, ¿quién me presta un paraguas? Era una petición extraña en una tarde con un sol esplendoroso pero al fin alguien le pasó un paraguas que colgaba de la puerta de un baño y Abril salió como una tromba del edificio.

Llegó a la esquina señalada con la angustia de no saber si se había tardado más de los diez minutos. Abrió y cerró tres veces el paraguas y trató de absorber la máxima información visual que le permitía una de las esquinas más congestionadas del centro de la ciudad. Empezó a contar los primeros segundos pero, casi de inmediato, perdió la cuenta. No sabía a quién esperar. Cuando calculó que ya ajustaba cinco minutos en la esquina y se disponía a abrir el paraguas de nuevo, un hombre en una moto se detuvo, y le pasó un papel y un casco. Entre el rugir del motor, Abril leyó: «Bote el paraguas. Póngase el casco. Trépese a la moto».

El tipo arrancó como un rayo, exhibiendo su capacidad de improvisar piruetas. ¡Qué carrera de vértigo por las calles del centro! La peor sensación de miseria era estar obligada a abrazar por la cintura a un tipo desconocido, pero a semejante velocidad no le quedaba otra alternativa: abrazarlo o salir despedida al pavimento. Y el desgraciado se gozó cada curva. Abril, curada de prejuicios, se agarró aún más al desconocido y resultó apretando su cabeza contra su espalda. «¿Será que nos están persiguiendo? ¿Pero, quiénes? Dios mío. ¿Quiénes? En el peor de los casos me voy a matar y en el mejor de los casos… nos vamos a matar».

En el intento de salir del centro, el tipo de la moto culebreó por entre los carros en una carrera suicida, pero era tan hábil que la moto parecía cubierta con teflón, pues resbalaba por entre la congestión de vehículos sin tocar nada ni a nadie. Controlaba los espejos y de vez en cuando volteaba la cabeza como para cerciorarse de que no los seguían. De súbito entró a la autopista y, con una única acelerada a fondo, Abril sintió la «gravedad cero». Ahora Abril se abrazaba al conductor como si fuera su hermano siamés y por más que se lo propuso, no pudo echarse la bendición. Unos diez kilómetros adelante la moto salió de la autopista de manera sorpresiva. Desde su incómoda posición, sin poder ver mayor cosa, tuvo la sensación que se encontraban fuera de la ciudad. Sin que disminuyera la velocidad, tomó por una carretera rural desierta y luego salió a campo traviesa, hacia una pequeña colina. El hombre volteó la cabeza varias veces para estar seguro de que nadie los seguía. Tan pronto coronó la colina, empezó a desacelerar el aparato hasta que frenó con estudiada suavidad y apagó el monstruo que rugía encabritado. Abril no sabía si continuar abrazada o soltar al hombre. Levantó la cabeza y la giró a lado y lado en su intento de mirar el paisaje, pero el casco estaba tan fuera de lugar que no pudo ver nada. Percibió que el tipo se disponía a desmontar y entonces descubrió, avergonzada, que todavía estaba abrazada a su secuestrador.

El desconocido aseguró la pata de la moto en el suelo, desmontó y se despojó del casco.

—¡Profesor Scott!

—*Shorty*, ¿aprendiste la lección?

—Señor, ¡nos hemos podido matar!

—Donde te equivoques la próxima vez, te van a matar.

Mister Tutis le ayudó a Abril a quitarse el casco y a poner sus pies en el suelo. En seguida la invitó a que se sentaran en la hierba. La ciudad se insinuaba a lo lejos.

—Abril, estás rodeada de lobos hambrientos. No te imaginas cuántos criminales tienen sus ojos puestos sobre ti. Una operación de secuestro de tanta envergadura podría mantener a no menos de cinco bandas criminales peleándose a muerte una participación en la operación. Eso sin contar la actividad de otras bandas criminales en el extranjero interesadas en intermediar el pago del rescate. Por más «profesional» que parezca la organización que mantiene secuestrada a Gabriela, sus miembros son seres humanos, llenos de ambiciones. Cualquier información que se filtre, se transforma en amenaza mortal.

—¡Tengo miedo!

—El miedo es instintivo. La lección de esta tarde es: no debes actuar movida por el primer impulso.

—Reconozco que ese fue mi error. *Mister* Scott, gracias por esta impresionante lección.

—Jamás lo olvides. Estás jugando póker —de tú a tú— contra el hombre más poderoso de la nación, y como si fuera poco, contra hampones de la peor calaña que buscan quedarse con una tajada del negocio. ¡Ah! Y si en el futuro intervienen las autoridades, cada policía estará pendiente de una oportunidad para tumbar a alguien. Te repito, estamos nadando desnudos en una laguna de aguas negras, repleta de pirañas hambrientas que ya olieron tu sangre. Entre bandidos no hay lealtades. Cuando un negocio tiene esta magnitud, las tensiones son incontrolables y cualquier imbécil se desespera y se deja enloquecer por la ambición. Así se desencadenan episodios como éste.

—Me duele la barriga, querido profesor, ¿puedo abrazarlo?

—Pero antes del merecido abrazo te debo regañar: no debiste traer tu teléfono. Por cuenta del GPS de tu celular, cualquier persona interesada podría saber en qué lugar nos encontramos.

64

—El presidente Hoffman dice que sigas —susurró la eficiente y discreta Moneypenny.

—Me salí de la reunión. ¿Qué sucede? ¿Cuál es la urgencia? ¿Qué noticias tienes de Gabriela?

Abril le relató de manera minuciosa el evento ocurrido la tarde anterior, y cómo había logrado escapar del hombre de la moto en las afueras de la ciudad, cuando por pura suerte se toparon con un puesto de control de velocidad de la Policía.

—Señor, tengo miedo. No puedo seguir soportando esta presión. ¡Intentaron secuestrarme! Hay personas desleales dentro de su organización que están tratando de sacar provecho del plagio de Gabriela. No me siento bien compartiendo información con esos «doctores» de su «comité de crisis». Ellos manejan este doloroso episodio como un negocio financiero. De por medio está la vida de Gabriela, a quien yo conozco más que usted, doctor Hoffman. Tengo el pálpito que entre esos once se agazapan uno o dos traidores.

—Abril, pídame la protección que necesite. Pídame lo que quiera, pero, por Dios, no me vaya a abandonar en este momento tan crucial.

Mister Tutis parecía ensimismado escarbando la cazoleta de su pipa, de pronto, dejó escapar un suspiro y en seguida esta sentencia: «Para neutralizar el poder de Hoffman es preciso blufear. Hay que sembrar desconfianza entre sus asesores. Al final, estos cretinos resultarán disparándose entre ellos por el pretexto más pueril».

65

Dos abogados del comité 5C, en su afán por llamar la atención del presidente Hoffman, decidieron inventar otra crisis. En repetidas oportunidades afirmaron —sin prueba alguna— que los contactos con los secuestradores evidenciaban que «Gabriela había sido vendida a otra organización criminal».

Abril escuchó la versión de los abogados y se puso mosca. No abrió la boca, pero decidió evaluar esa posibilidad.

Abril —vestida con el atuendo de trabajo que mejor le sentaba: *jeans*, camiseta casual y zapatos tenis sin medias— se encontraba trabajando en su oficina 11-11 sobre una enorme cartulina de pliego que colocó en el suelo. Como en sus tiempos del colegio, desplegó a su alrededor marcadores, reglas, papeles de colores, tijeras y pegante.

Estaba concentrada en consolidar —sobre un gráfico simple— los contactos que hasta la fecha había mantenido con los secuestradores. Su objetivo era demostrar que, si bien no podía detectarse un patrón claro de comportamiento de los secuestradores, ella percibía que la organización continuaba siendo «la original».

Sobre la cartulina dibujó una línea de tiempo, y se encontraba escribiendo detalles sobre sus entrevistas directas, comunicaciones telefónicas y mensajes electrónicos, cuando sonó el teléfono.

—¡Abril! Soy yo, Julio.

—Hola mi adorado Supermán. ¿Cómo estás?

—Enana, deja todo y vente como una flecha para la casa.

—¿Qué pasa? ¡Dios mío, dime Julio! ¡No te quedes callado.

—Es algo grave. Necesito que vengas de urgencia para la casa, ¡pero ya! Es de vida o muerte.

—¿Le pasó algo a mi mamá? ¿Le dio un infarto? ¿Ya se la llevaron al hospital?

—Ven volando. No puedo darte detalles. Es urgente.

(La comunicación se cortó)

En segundos, Abril salió a la calle. Se trepó en un taxi, con el alma en la boca. «Señor, le pago lo que me pida. ¡Vuele si puede! Mi mamá está grave».

Durante el trayecto realizó múltiples llamadas, tanto al teléfono fijo de su casa, como al celular de Julio. Incluso llamó a tres vecinas para que fueran hasta la casa y averiguaran qué había pasado. Pero en el teléfono de su casa nadie contestaba y el celular de Julio se conectaba directo al buzón.

La preocupación derivó en angustia, cuando sus vecinas le informaron que, a pesar de haber golpeado con insistencia la puerta, nadie respondía.

Jamás antes, ni después, le pareció tan largo el trayecto. La vía estaba congestionada —como era habitual a esa hora— pero nunca antes como esa tarde.

—Profesor Scott, soy Abril.

—Me lo imaginé *Shorty*. A mi edad, solo dos mujeres me llaman. La soltera, que eres tú, y la otra, que es una dama viuda de apellido Wasserman.

—Otra vez estoy metida en líos.

—Así es la vida, hija: un lío atrae más líos. ¿Ahora qué te pasa a este lado del Atlántico?

—Mi mamá. Creo que se la llevaron para un hospital.

—¡Dame detalles!

—No sé nada. Voy en un taxi para mi casa.

—Tranquila, *Shorty*. ¡Serénate! Quedo en espera de tus noticias en modo de máxima alerta.

Mister Tutis se quedará en máxima alerta por las siguientes 24 horas, porque tan pronto Abril ingresó a su casa, sintió el acero de la pistola Beretta 7.65 que le colocaron en la frente.

Le arrebataron los tres celulares, la encerraron en su habitación y, en seguida, hurgaron en todos los rincones de la casa en busca de micrófonos, sistemas de escucha y señales de transmisión. La inspección resultó compleja por la cantidad de pedazos de aparatos electrónicos, repuestos, proyectos de robótica sin concluir, aparatos de medición y control remoto que Julio almacenaba en su taller.

Durante el procedimiento, también aislaron en otra habitación a Julio y a su mamá.

Decidida a controlar su angustia, Abril apretó los ojos y concentró su mente en las lecciones de póker de *mister* Tutis: «debes sentir el virus del juego que te hierve en la sangre. Ese deseo irrefrenable de triturar a tu adversario pero sin que lo dejes notar. Pon tu mejor cara de ingenuidad, incluso sonríele a tu oponente, al tiempo que lo alientas a que intente un alegre brindis con arsénico».

En cada oportunidad que se sintió desfallecer recordó alguna reflexión de su profesor: «Paciencia. Este no es un juego de azar, es un juego de paciencia. Aguza todos tus sentidos y observa. Y recuerda que ellos poseen una mejor mano porque tienen a Gabriela».

Transcurrida la hora de revoloteo, el personaje que se comunicaba por códigos con alguien afuera y supervisaba la inspección, se dirigió a Abril.

—Señorita, gracias por venir, y gracias por su paciencia. Esta es una entrevista rutinaria de seguridad.

«¡Dios mío! Más que cara de paciencia tengo que poner cara de inocencia», se ordenó a sí misma.

Abril improvisó su mejor sonrisa de aceptación. Con ese gesto le reconoció que en circunstancias tan difíciles, quien ponía las condiciones del juego era él. El tipo no parecía un delincuente. Su aire juvenil, de chico bueno y decente, cabello muy corto y actitud de misionero mormón sugerían otra cosa. Estaba vestido con una costosa chaqueta *sport* que le combinaba con el resto de prendas.

—Señor, le suplico que me ayude —le susurró en voz baja—. Como se habrá dado cuenta, no tengo experiencia en negociaciones. Creo que todos se equivocaron al escogerme: Gabriela, la organización que la retiene y el señor Hoffman.

El tipo no respondió, pero frunció el entrecejo.

—Ahora que usted ya conoce a mi familia, por favor, transmítale a sus jefes que Abril Santamaría es una mujer sencilla, a cargo de un hogar modesto, sin muchos estudios ni experiencia, y que fue el destino el que la impuso, contra su voluntad, como representante de la familia Hoffman.

Abril se sorprendió cuando sintió que le brotaba una lágrima que, para mejor efecto en la puesta en escena, se deslizó mejilla abajo, en cámara lenta.

—Claro que en teoría cuento con unos asesores en el banco que me ayudan a pensar y me aconsejan, pero hasta hoy, no los conozco. Lógico que hablo a diario con el papá de Gabriela, pero nunca antes había cruzado palabra con él, que, por cierto, no confía en mi gestión. Pero me tuvo que aceptar, porque las condiciones las imponen ustedes. No son mis condiciones, tampoco las de él. Además, él me acusó, de manera injusta y temeraria, de ser la autora intelectual de este secuestro.

—¿Secuestro? —preguntó el tipo con furia—. ¿Dijo secuestro? Jamás lo olvide. ¡Nosotros no secuestramos! ¿Me entendió, jovencita? ¡Retenemos! Le repito, retenemos con propósitos financieros.

—Perdón señor, si les pido que me releven de este trabajo es porque yo no entiendo todos esos tecnicismos de su negocio. Yo estoy haciendo lo que puedo. Yo no pertenezco a la familia del señor Hoffman, ni estoy en la nómina de su organización, ni creo que usted venga a ofrecerme que ingrese en la suya. Gracias por venir a visitarme. Si esta casa le resulta atractiva puede quedarse con ella. Aquí mi mamá le puede dar un informe detallado sobre nuestra modesta economía doméstica. Y aquí mi hermano le puede informar lo que hace todos los días con sus inventos electrónicos, para no estar obligado a pararse en un semáforo a pedir limosna. Entienda. Mi trabajo aquí es voluntario. Mi único objetivo, por el que incluso estoy dispuesta a dar mi vida, es lograr la liberación de Gabriela. Usted no tiene idea de la mujer tan noble y sencilla que es Gabriela y la necesidad que tiene de mi afecto. Yo soy su hermana. ¿Entendió mi posición y mi papel?

—¡Basta! Sin dramas. No me interesan sus sensiblerías.

—Lo entiendo. Además entiendo que el valor que a Gabriela le asignaron en la negociación es algo que ni usted ni yo podemos modificar.

—Sip.

—A propósito, señor, tengo tres preguntas.

—Adelante.

—En dólares, ¿cuánto valgo yo para su organización?, y ¿por qué su organización no exige que les asignen a una persona que los atienda de forma más eficiente, así resulte, de pronto, un pirriquitín más costosa?

El tipo respondió con un gesto de «ese no es mi problema», pero no abrió la boca.

—¿Mi familia le genera miedo? Si su respuesta es no, ¿por qué no ha querido tomarse el café que le sirvió mi mamá? Mi madre sufre de un cuadro severo de depresión, pero esa condición no es contagiosa. ¿Teme que lo envenenemos?

El tipo manipuló una clave en la cerradura de su maletín ejecutivo que, a juzgar por su apariencia, le fue diseñado sobre medidas. Abril alcanzó a ver una tableta electrónica, un celular, un aparato de radio y una pistola negra, grande, de ángulos muy marcados. Se puso unos guantes y sacó una hoja impresa.

—Estas son las condiciones de la negociación. Son a prueba de tarados. Tiene tres minutos para leerlas.

Las demandas eran tan simples y las instrucciones tan claras que el tipo tenía toda la razón, eran a prueba de idiotas.

—Entendí todo.

—Se preguntará por qué le caímos a su casa. Simple. Estamos abriendo otro canal de enlace con la persona que designaron como mediadora y necesitamos asegurar que este canal es confiable. Ahora, mire su reloj. Nadie puede salir de esta casa, ni asomarse a las ventanas, ni abrir la puerta, antes de una hora. Sus celulares están desactivados y los GPS inutilizados. De ahora en adelante, el único celular que puede utilizar es éste —el tipo le estiró un teléfono portátil muy delgado—. Antes de una hora recibirá la señal que le indica que está activado.

—¿Y cómo opera?

—No se preocupe por nada. La única advertencia es que el aparato está sellado y si alguien intenta abrirlo, lo sabremos de inmediato y se suspenden las negociaciones.

—Comprendo, señor. Muchas gracias por su visita. Seguiré al pie de la letra sus instrucciones. Una última pregunta, ¿cuándo lo vuelvo a ver?

—¡Nunca! —contestó, y como si esa palabra hubiera sido la clave para desencadenar el Apocalipsis, tres golpes muy fuertes sonaron en la puerta principal.

—Somos la Policía. ¡Abran! ¿Hay alguien ahí?

—¡Activo triple seis! —susurró en el celular—. ¿Putas, qué pasa?

—Estoy chequeando.

—No joda. Sin tantas vueltas. ¿Qué putas pasa?

—Dos ovnis… una ambulancia… seis verdes…

El joven hampón se transfiguró. Empuñó la pistola y de un visaje ordenó a sus dos compinches sacar sus armas y atrincherarse. Sus músculos alcanzaron el máximo de tensión y su mirada de ojos claros adquirió el tono y la consistencia del acero. Del aire de chico bueno no quedó la menor huella.

Tronaron de nuevo los golpes y Abril saltó.

—¡Tranquilos! Esto va por cuenta mía —dijo con decisión, sin dejar duda de que ella tenía la sartén por el mango—. ¡Confíen en mí!

Abril se alisó el pelo con la mano, agarró una escoba y exhibiendo su mejor sonrisa de «aquí no pasa nada», abrió la puerta.

—Dios mío, ¿qué pasa? Mi pobre mamá que sufre de los nervios está histérica.

Las tres vecinas a las que Abril había pedido ayuda aparecieron arracimadas, con cara de asombro, escoltadas por cuatro policías y dos rescatistas.

—Abril, discúlpanos, pero como nadie contestó, decidimos llamar a la Policía. Como golpeamos tantas veces, presentimos lo peor. Hasta en nuestra imaginación nos olió a gas.

—¿Requiere algún servicio de la Policía? —preguntó el oficial dirigiéndose a Abril.

—No señor. Mil gracias.

—Le pido que firme este reporte, por favor.

—Con mucho gusto.

—Esta unidad mixta de Cruz Roja y Policía está asignada a este cuadrante. Para cualquier novedad apunte este número y deme una llamada. Regresamos más tarde para comprobar que todo sigue bien.

Cuando cerró la puerta, Abril ya sabía que se había ganado el respeto de los secuestradores.

—Por el momento la que va a definir las reglas del juego soy yo —le sonrió al jefe de la operación—. Estos policías estarán patrullando los alrededores del vecindario toda la noche, así que les ruego silenciar sus radios, comportarse como niños buenos y empezar las maniobras de evacuación de mi casa cuando aclare.

—Pero...

—Aquí no hay «pero» que valga, señor. Les juro que esta noche la Policía tocará esta puerta varias veces, así que los vehículos que los van a recoger deben tener paciencia. Cualquier imprudencia puede desatar una balacera innecesaria y mi madre se puede poner histérica.

66

Tres días más tarde la organización madrugó a estrenar el nuevo celular. Abril palideció. «Debo contestar», se excusó ante doña Eva y *mister* Tutis, y a señas les pidió silencio.

Un hombre llamó para coordinar una reunión a las siete de esa misma tarde, en el bar Guadalupe del hotel Panamericano. «No lleve grabadora, ni Ipod, ni cámara de fotos o video, ni celular diferente al que le dejamos en nuestra visita a su casa. No comparta esta reunión con nadie, ni siquiera con el señor Hoffman. Por su propia seguridad, siga al pie de la letra estas instrucciones».

Abril se encontraba muy nerviosa y no se pudo contener. Les gritó que no tenían derecho a jugar con su vida. «Si esta negociación se prolonga más ¡renuncio! Para eso hay negociadores en la policía y en el banco que tienen la habilidad y la paciencia para tratar con ustedes. ¡Respóndame! ¿Ustedes por qué le han puesto precio a mi vida?».

Como el llanto resultó incontenible, y para enfrentar esa situación el vocero de los plagiarios no recordó qué procedimiento seguir, decidió colgar para no posar de despistado.

—Te felicito por tu brillante actuación.

—No profesor, está equivocado. Yo no estaba actuando. Mis lágrimas son tan auténticas como la angustia que siento. —A continuación, en medio de dos suspiros, Abril aprovechó el dorso de su mano para trapearse la nariz y las huellas de las lágrimas que brillaban sobre sus pecas. —Este juego me tiene exhausta.

—«Shorty», perdóname. Yo, a mis años, curtido de experiencia, también caí en tu trampa. ¡Júrame que esas lágrimas sí son reales! Si es así, acepto: soy un irredimible ingenuo. Te felicito, esta es la primera ocasión que me ganas una mano de póker.

Mister Tutis y doña Eva hicieron su mejor esfuerzo por serenar los ánimos. Analizaron la iniciativa de los plagiarios y concluyeron que era una señal positiva que había que aprovechar. Abril se dejó contagiar por el optimismo y como señal de aceptación recuperó su sonrisa. Justo en ese momento le vibró una alarma.

—Me vuelo. No me gusta llegar tarde a la oficina. Gracias por el desayuno.

Abril se propuso llegar puntual a la cita que le pusieron en el bar del hotel Panamericano. Arribó al *lobby* del hotel, justo a la hora. En su mente repasaba los consejos que *mister* Scott y la señora Wasserman le dieron esa mañana. «Después de semejante pataleta, ellos están convencidos de que eres una ingenua a la que pueden manipular. Pon tu mejor cara de inocencia y asegúrales que si aceleran la negociación y la entrega de Gabriela, estás dispuesta a todo, incluso, a colocarse de su lado y ayudarlos. Ellos deben sentir que pueden contar contigo».

Pero la despistada Abril perdió casi diez minutos en su vano intento de ubicar el dichoso bar. Cuando por fin logró entender que el Hotel tenía cinco bares y que al que debía acudir se encontraba ubicado en el *penthouse*, ya estaba retrasada. Para complicar las cosas, no le permitieron el ingreso al bar «por ser menor de edad». Como el hombre de la entrada no entendió razones diferentes a lo que apreciaban sus ojos, Abril le suplicó que llamara al gerente. Transcurridos otros cinco minutos, el tipo por fin se encarnó. «Es la ley» se disculpó. Abril le alargó su documento de identidad. «Estoy a punto de cumplir veintiún años». Con una enorme sonrisa de «anuncio de dentífrico» el tipo examinó el documento, lo comparó con la joven y, como no creyó que coincidiera la cara que veía con los datos del documento, retornó a su oficina, escaneó la tarjeta, y esa fotocopia la adjuntó a una forma. Abril, mediante su firma autógrafa y su huella, avalaba que se trata de un documento oficial y auténtico. «Es la ley», se volvió a disculpar, con otra sonrisa que a estas alturas sonaba estúpida. Cuando Abril por fin pudo ingresar al bar se sintió como un chimpancé recién enjaulado. Miró a todos los lados en su intento de orientarse, al tiempo que un centenar de hombres de negocios la seguían, con morbosa curiosidad, en su camino hacia la barra.

—¿Manhattan? ¿Tom Collins? ¿Bijou? ¿Caipirinha? ¿Margarita? ¿Algo más fuerte?

—Gracias. Lo más fuerte que tomo es Cocacola. Y con mucho hielo, por favor.

Tres sodas más tarde, pidió la cuenta. Le pasaron la factura con una nota: «Nuestros procedimientos corren a sesenta minutos por hora. Hoy perdimos veinte y de paso, la paciencia. Su cuenta ya la pagamos, por esa razón, en nuestra contabilidad aparece su saldo en rojo».

Abril advirtió que adjunto a la factura «cancelada» le entregaron un sobre pequeño, cerrado y dirigido a ella. A juzgar por la breve nota manuscrita por Gabriela, ella no estaba enterada de la muerte de su mamá.

Amiguita. Eres la única persona en el mundo en quien yo confío. Habla de inmediato con mi papá y apersónate de mi liberación. Habla fuerte y en mi nombre. Esta experiencia es terrible. Dile a mi papá que por ningún motivo informe a la policía ni a ninguna autoridad, y que, por favor, le impida a mi mamá involucrarse en la negociación. Me da pavor que su intervención pueda complicar más las

Al pie de su nombre, Gabriela estampó su huella dactilar.

Abril salió del hotel con mal disimulada calma. Una vez alcanzó la calle corrió como alma en pena, como si un asesino la estuviera persiguiendo, atravesó la ancha avenida y cortó camino por los jardines del parque, hasta alcanzar el edificio del banco.

Abril, que a fuerza de compartir con el banquero conmoción tras conmoción ya creía conocer todas sus facetas emocionales, quedó crispada ante la extraña reacción de Gabriel Hoffman. Apenas terminó de leer la breve carta se incorporó de su asiento, tomó el pequeño portarretratos en plata con la imagen de Gabriela y alzó sus ojos hacia el firmamento. Sin despegar la vista de las estrellas, murmuró con una serenidad fascinante: «Señor, Gabriela está en tus manos».

67

La alegre sor Juliana, ahora Juliana viuda de Santamaría, se fue recluyendo en un mundo oscuro que orbitaba alrededor de la melancolía. Perdió el sueño, el apetito y el interés por la vida. La depresión, que es como un veneno diluido en lágrimas que se aplica gota a gota por vía intravenosa hasta corroer el alma de los desesperanzados, le pasó su factura. Los trastornos mentales le abrieron la puerta, de par en par, a otros males del cuerpo. A sus limitaciones económicas y a su pesimismo —los negros nubarrones que la acompañaron durante toda su vida— se agregó el impacto de su repentina viudez y la pena de ver a Julio, su hijo, su ídolo, postrado en una silla de ruedas. Los sucesivos golpes y las decepciones fueron trazando esa ruta, tenue pero inexorable, que la condujo del desaliento a la melancolía, y de allí, a una debilidad persistente, a la pérdida de la autoestima, luego al abismo insondable de la depresión, y —en caída libre— al alcoholismo, a la dependencia de calmantes y estimulantes, y a los pensamientos suicidas. Claro que volvía a la superficie en sus momentos de euforia y entonces reconocía la huella que le iba dejando Abril en su vida. «Le doy gracias a Dios por haberme dado una Juana de Arco». Abril se constituyó en su soporte material y espiritual, y le transmitió, tanto a ella como a Julio, la esperanza de que aún podrían encontrar una salida decente. Recordaba el día que Abril se propuso enfrentar las deudas que les arrebataban el sueño. Sin pedir licencia, ni alardear en sus propósitos, se remangó la camisa y se inventó toda clase de trabajos hasta que logró juntar los ahorros suficientes para negociar las viejas deudas con nuevas condiciones. «Fue una época de optimismo. Me sentí activa y útil, incluso le encontré algún sentido a mi vida, pero nunca, jamás, me pude quitar del alma esa sensación agobiante de culpa y desesperanza que padecí desde que me expulsaron de mi comunidad de religiosas y me enfrenté, sin preparación, a una vida sin derecho a soñar y a una viudez prematura».

En el último año Abril ya contaba con medios para sostener a su mamá y a su hermano pero cada vez tenía menos tiempo para compartir con ellos. Cumplía con unos horarios absurdos y vivía a las carreras, porque la disponibilidad que le exigía Gabriel Hoffman era la de un «cajero automático, 24/7».

Esa mañana Abril acababa de llegar a su oficina del Banco Financiero Internacional cuando recibió la llamada de Julio.

—Enana, te tengo una noticia que nos va a doler pero al mismo tiempo nos va a aliviar el espíritu.

—¿Qué ocurrió?

—Abril, no te vayas a angustiar. Esta mañana vi que entraste al cuarto de mi mamá para despedirte. ¿La viste dormida?

—Sí. Como estaba oscuro y dormía con placidez no la quise despertar.

—Enana, lo mismo me sucedió. Como no se levantó temprano, desayuné solo. Hace cinco minutos me acerqué a su cama para saber si se le ofrecía algo y entonces me di cuenta de que jamás se despertaría de nuevo. La estoy viendo desde aquí y se ve más serena que nunca. Por fin descansa libre de tantos fantasmas que la acosaron durante tanto tiempo.

Abril sintió una descarga eléctrica que le recorrió la espalda.

—¡Julio, salgo para allá! A partir de este instante, tú y yo somos un solo nudo de amor y solidaridad. Te quiero, mi Supermán.

—Moneypenny, te ruego le comuniques al doctor Hoffman que no puedo asistir a la reunión. Mi mamá acaba de fallecer.

Los funerales fueron de una austeridad conventual. Asistieron los vecinos, la señora de la floristería, *mister* Tutis, doña Eva, su chofer y dos de sus tres empleadas, unos diez compañeros de estudio de Julio, otra docena de amigos de las viejas parrandas y los cinco o seis compañeros jubilados de su fallecido esposo. No apareció ninguna de las compañeras de estudio de Abril. El señor Rosemberg envió una linda nota de condolencia y se excusó por la obligación de mantener abierta su librería. La señora de la floristería preparó unos arreglos de flores diminutos que distribuyó para que los presentes los portaran durante la misa. Al concluir la liturgia, casi todos coincidieron en consultar sus relojes y se esfumaron a las carreras. Solo seis personas acompañaron a Julio y a Abril hasta el lugar de la cremación, en la esquina más lejana del cementerio.

La única corona grande y estrafalaria, cruzada por una cinta de color violeta, la envió el departamento de personal del Banco Financiero Internacional, pero ni el doctor Hoffman, ni Moneypenny, y, por supuesto, ningún miembro del comité de crisis, se atrevieron a asomar sus narices.

Una vez de regreso a la casa, Julio y Abril descartaron la idea de organizar la novena de difuntos porque sabían que su madre no necesitaba tanto aspaviento terrenal para descansar en paz. «Ella hizo todo el bien que en su limitado entorno pudo y lo poco que hizo, lo hizo bien» concluyó Abril.

Tres días más tarde, Abril retornó al banco.

A excepción de Moneypenny, nadie más le manifestó su pesar ni la reconfortó con un abrazo de solidaridad.

—Quería acompañarte pero el doctor Hoffman no me dio permiso. Cuando le pregunté si él pensaba ir me respondió que no. La división de seguridad del banco le recomendó no buscarse problemas por esos sectores de la ciudad.

—Amiga Moneypenny, si hablamos de pobreza, pobre el doctor Hoffman. Quizás él no recuerda que yo sí me mantuve a su lado durante los funerales de su esposa.

—¿Quieres que le diga algo de tu parte?

—No, pero gracias a la frialdad corporativa con la que reaccionó a mi pena, esta vez no le quedo debiendo a él, ni a su banco, un centavo de solidaridad.

68

El celular que los secuestradores le dieron a Abril emitió una alerta. Ella respondió de inmediato con la clave de autenticación. En un mensaje le notificaron que a las tres de la tarde debía esperar en el *lobby* del hotel Intercontinental a que alguien la abordara. Aunque el hotel se alza a pocas cuadras del edificio del Banco, decidió llegar con la suficiente antelación por si se perdía o confundía, como le sucedió, días atrás, buscando el Bar Guadalupe.

Quince minutos antes de las tres se sentó en el congestionado vestíbulo, que a esa hora hervía de actividad. La sensación de estar bajo vigilancia la puso muy nerviosa. Uno de los botones se le acercó.

—¿Busca a alguien alojado en el hotel?

—No sé —le contestó Abril, vacilante—. Me citaron aquí para entregarme un mensaje.

—¿Y su nombre es…?

—Soy Abril Santamaría.

El botones dio media vuelta y diez minutos más tarde reapareció en escena. Le estiró su mano, vestida con guante blanco, para entregarle un sobre adornado con el logotipo del hotel. «Un huésped que acaba de partir para el aeropuerto, le dejó este sobre».

La tarde de aquel lunes, cuando Abril se sentó en el Blue Bar del hotel Hilton Panamá, experimentó el frío metálico de la soledad. Qué incomodidad sentirse como una extraterrestre recién llegada de Venus. Estaba fuera de su elemento, fuera de su país, lejos de su familia y más lejos aún de esa sombra familiar, con apellido británico, que solía protegerla con paciencia, paternalismo y el espíritu del «agente 007, con licencia para matar».

Desde que salió de su habitación se propuso pasar desapercibida, pero lucía demasiado joven, ingenua y, lo que era peor, demasiado sola. Luego de comparar el colorido ambiente del hotel con esa sensación gris de su propio desamparo, concluyó: «Lo que siento es una dolorosa caricatura de la soledad». Pero claro, alternaban en el mismo salón un alegre conjunto caribeño y la gente en las mesas trepaba la voz para poder conversar. Algún imbécil le envió un «Manhattan». Ella improvisó su mejor gesto de candidez antes de advertirle al mesero: «Dígale al que lo envió que tengo la edad, la madurez y el dinero para ordenar la bebida que me apetezca». Agregó que no iba a ordenar nada hasta que no llegara un «familiar» que estaba esperando. No levantó la vista de su celular para evitar el revoloteo fastidioso de conquistadores baratos que, como buitres, trataban de establecer contacto visual con esa joven que lucía una virginal cara de desamparo.

De pronto ingresó al salón un tipo enorme, de apariencia local, embutido en una guayabera echa a la medida de su colosal estructura. Se trapeaba el rostro rubicundo, la nuca y ese cuello robusto como de buey Apis, con un pañuelo amarillento, empapado en sudor. Consultó en su celular una foto de Abril y se dirigió directo hacia su mesa. Observándolo a la distancia, cualquiera pensaría que «hedía» a sudor melcochudo, pero al acercarse, no había la menor duda de que el tipo se duchó con aquella exquisita agua de colonia que Farina bautizó como «aqua mirabilis».

Sin temor a equivocarse pronunció el santo y seña.

—«Robin Hood cuatro».

—Soy Abril.

—Me imaginé. Supuse que era joven, pero no tanto —ensayó una sonrisa condescendiente de abuelo y dejó ver unos dientes pequeños, como de roedor, manchados por el tabaco.

—Vamos a un lugar cerca del hotel, menos ruidoso y más discreto.

En ese punto y hora, Abril impuso sus condiciones.

—Lo siento. Yo no salgo de este hotel, mucho menos con desconocidos. Me imagino que el hotel tiene demasiados lugares para hablar de negocios, menos en mi habitación. De aquí salgo mañana, con lo que acordemos, directo para el aeropuerto, tal como fue convenido.

Ante reglas de juego tan precisas, los dos negociadores se sentaron en el bar contiguo a la recepción, donde el aire acondicionado se encontraba a punto de congelación. A juzgar por la profusión de maletines, *laptops* y papeles, más la música suave y las caras serias, allí solo se hablaba de negocios.

—Lo de siempre —ordenó al mesero, que al rato regresó con una botella de Chivas 12 años, un balde con hielo, dos vasos y una jarra con Acqua Panna.

—Lo siento. Yo no tomo alcohol. Para mí una Cocacola con mucho hielo.

—¿Quisiera ordenar algo adicional?

—Tráenos unos langostinos con chorizo y tortilla española —se volvió a enjugar el cuello— le va a encantar, señorita.

—Gracias, pero no. En la cafetería me comí una hamburguesa.

—Señorita Abril, ¿usted está familiarizada con la banca internacional?

—No.

—Perdón pero así será muy complejo entenderme con usted —dijo enjugándose las perlas de sudor que le brotaban espontáneas de su amplia frente.

—Dígame con claridad qué es lo que usted demanda, señor. A mí me enviaron para transmitir las exigencias de su organización, no para presentarle un examen sobre macroeconomía.

—Yo no soy un mercachifle. Aquí y en otros veinte países me respetan porque soy un asesor financiero de palabra, práctico y breve, así que ponga atención a la demanda de mi cliente. Aquí, en este sobre, están las claves y contactos de cinco sucursales de la Union des Banques Suisses y del Crédit Suisse, donde deben depositar quince millones de dólares, de acuerdo con las instrucciones que se detallan aquí mismo. ¡Le advierto! Usted no puede abrir el sobre. Entréguelo directamente al señor Hoffman.

—Muy claro señor. Ahora, compréndame. Yo no puedo llegar a donde la persona y organización que represento con su pedido como si yo fuera la mesera de una cafetería: «una orden de quince millones de dólares, con papas fritas y soda, para los cinco bancos suizos que están sentados en la mesa uno». ¿Cómo me garantiza usted, que de manera simultánea con la entrega del dinero aquí, se logra el milagro de la entrega de Gabriela… allá?

—Estos son negocios de palabra.

—No le quiero contar la cantidad de pícaros con los que he tenido que lidiar en todos estos meses, que juran ante un Cristo tener a Gabriela en su poder. Yo no tengo autoridad para juzgarlo a usted, pero su organización está totalmente infiltrada. No se imagina la variedad de vivos que ahora quieren sacar ventaja de esta negociación a punta de imposturas. Oriénteme con esa virtud de la brevedad que usted se otorga y dígame, ¿cómo quiere que le crea?

—¿Y qué sugiere?

—Antes de marcharme necesito una prueba de que Gabriela está viva y que no está siendo sometida a maltratos ni drogada.

—¿Cuándo viaja?

—Mañana. Copa despega a la 6:15 de la tarde. Debo estar en el aeropuerto dos horas antes.

—A las 4:15, estaré en Tocumen. Prepárese para la sorpresa.

El viaje a Tocumen le tomó apenas veinte minutos. Abril saltó del taxi al calor infernal de la tarde, y, a renglón seguido, al ambiente primaveral que se disfruta en el interior del aeropuerto. La sonrisa de roedor del «señor de Panamá» se materializó al fondo del salón. Una vez la vio se secó la frente con el infaltable pañuelo amarillento, miró nervioso la pantalla de su celular y la abordó de frente.

—Señorita Abril, soy un hombre de palabra.

—Buenas tardes, señor. Tengo muy pocos minutos.

—No se preocupe, no le quito mucho tiempo. Recibí instrucciones de molestarla apenas cuarenta segundos, ni uno más, ni uno menos. Si quiere podemos hablar en aquel rincón, incluso, de pie.

Por los rechinantes estampados de su amplia guayabera, el tipo parecía enfundado en una enorme tienda de circo. Qué contraste con la pinta de adolescente de Abril. Nadie sospecharía jamás que ambos negociaban un secuestro multimillonario. La escena era la de un abuelo que espera a su nieta al culminar un campamento de verano.

Abril se propuso mirar de frente a su interlocutor pero se sorprendió al verse reflejada, con su aire juvenil, su pelo rojizo, rebelde y desordenado, su sonrisa ingenua, sus pecas y sus ojos color miel, en los lentes de espejo que ocultaban la mirada de mafioso del «señor de Panamá».

Mientras cubrían los sesenta pasos hasta el rincón que acordaron, el tipo le entregó otro sobre pequeño.

—Estas son las nuevas condiciones: Tengo que recibir aquí, en Panamá, en la dirección que ahí está escrita, quince paquetes de verdes dólares americanos. Cada uno de los quince paquetes debe medir 34 centímetros de largo, 32 centímetros de ancho y 15 centímetros de alto, y contener un millón de dólares.

—Pero, señor, acláreme este enredo. Tengo grabadas en mi mente tres frases suyas, que sus nuevas instrucciones contradicen. Usted me dijo: «soy un asesor financiero práctico, soy un hombre de palabra» y algo así como «este sobre contiene las claves y contactos de cinco sucursales de la Union des Banques Suisses y del Crédit Suisse, donde deben depositar quince millones de dólares. No ha pasado un día y ya veo que me cambió las reglas de juego. Ahora me entrega especificaciones precisas en centímetros, y en dinero, para que le pague quince millones de dólares, en efectivo, aquí en Panamá y no en Suiza.

Abril le mostró los dos sobres.

—A estas alturas del partido, ¿a quién le creó, señor? ¿Al señor de Panamá de ayer, o al señor de Panamá de hoy?

El tipo iba a ensayar una respuesta pero Abril le soltó una mirada de «ayúdeme porque de esto yo no sé nada» y agregó.

—¿Recuerda mis palabras de ayer? A mí me enviaron para que le transmitiera a la familia Hoffman las exigencias de su organización. ¡Ayúdeme, por caridad! A mi retorno tengo que ser muy clara y específica. ¿O le entregan los paquetes físicos a usted o depositan los dólares en esos bancos suizos?

El tipo se sintió sorprendido. Podría ser un veterano asesor financiero para construir empresas de papel y abrir cuentas cifradas en paraísos fiscales, pero Abril pescó el brillo de la ambición en sus ojos y el oportunismo en su sonrisa de roedor: «Este gordo, cretino, no sabe jugar al póker», pensó.

—¡A mí! —sentenció el tipo, al tiempo que con inusitada rapidez, y sin vergüenza, le arrebató el par de sobres con las claves de los bancos suizos.

—Señor, gracias por ayudarme a entender cómo funciona su intermediación. Por esta lección, le debo «una». Ahora sí, hasta pronto.

—¿Por qué tanta urgencia, señorita? Si usted me pidió algo, y yo cumplo lo que prometo. Para agradecerle su visita, le tengo una sorpresa.

El «hombre de Panamá» presionó una clave de seis dígitos en su celular y se puso el aparato en la oreja.

—Aquí RH4. ¡Listo el contacto!

Diez segundos más tarde le pasó a Abril el aparato que chorreaba gotas de sudor y, entonces ella escuchó una voz para la que no estaba preparada.

—¿Abril? ¿Eres tú?, ¡Abril!

69

«La sorpresa de la jovencita fue de tal intensidad que me asusté. Pensé que si no le daba un infarto, por los menos se iba a desmayar —explicó más tarde el señor de Panamá—. Vi que bajó el rostro para que no la viera llorar, se acurrucó y apretó el celular con sus dos manos como si yo se lo fuera a arrebatar. Yo le grité: ¡Hable, niña! que solo tiene cuarenta segundos».

—¿Hola? ¿Gabriela? Amiguita, soy yo.

—Abril, gracias al cielo cuento contigo. Perdí toda noción del tiempo y del mundo, pero aprovecho cada momento para acercarme más a Dios. Ayúdame a salir de este infierno. ¿Te acuerdas bien de mí?

—Gabriela, a toda hora. En una cadena cargo el anillo que te regaló tu papá. No me lo pongo en el dedo porque me queda muy grande y aquí colgado te siento más cerca de mi corazón.

—Dile a mi papá que lo adoro y reconforta a mi mamá. ¡Abril! Ahora que sé lo que es la pérdida de la libertad tengo atravesada la imagen de mi padrino. Escúchame, si Andrés Castello sigue en la cárcel, prométeme que lo vas a visit... (bip... bip... bip...).

Abril se sentó en el suelo y consumió la cabeza entre sus manos. Lucía devastada. De pronto reparó que el celular yacía a los pies del «señor de Panamá». Sin mirarlo, lo recogió y se lo estiró.

—No sé cómo darle las gracias, señor. Ahora le debo «dos».

El «señor de Panamá» dio media vuelta y entonces, sus anteojos de espejo, su colorida guayabera como «carpa de circo» y el pañuelo amarillento se evaporaron de la escena, dejando una estela de aroma delicioso, que el mismo inventor del agua de Colonia se encargó de describir en 1708, como «fragancia a narcisos de montaña y a azahares de naranjo, justo después de la lluvia».

Abril apenas se recuperaba de semejante impacto emocional cuando vio unos pies al lado de su pequeña maleta. Entonces oyó una voz con acento británico que le sonó familiar.

—Abril, dame la mano. Levántate. Solo quería que supieras que no estás sola.

Cuando intentó reaccionar, ya el bondadoso turista estaba a punto de desaparecer en el fondo de la sala de espera, con aquel caminado de viejo escocés que cualquiera de sus compañeras de colegio podía identificar.

Desde el momento en que Abril se consumió entre el mullido asiento de «clase ejecutiva» del avión de Copa y cerró sus ojos, ya no pudo —ni quiso— desterrar de su memoria la voz de Gabriela, que se estacionó terca entre los pliegues de su cerebro. Durante el viaje repasó el mosaico de imágenes encadenadas que eran testimonio de su intensa relación con Gabriela, desde cuando se soportaron por años en un clima de mutua indiferencia, como compañeras de clase, hasta cuando decidieron ser amigas, hermanas y cómplices. Qué impredecible el destino. «Cómo pudo suceder que la vida de Gabriela, la única heredera de ese hombremito que ajustaba casi veinte años figurando en la lista Forbes de los doscientos milmillonarios del mundo, me la hayan confiado para que yo la proteja y la traiga de regreso a la vida».

En el transcurso de ese doble viaje —el de retorno de Panamá y el del repaso de tantas experiencias encadenadas— se sintió como aquella tarde de domingo, a los seis años, cuando su papá la llevó al cine a ver «Alicia en el país de las maravillas». Recordaba con nitidez la escena en la que Alicia y su hermana compartían aburrimiento recostadas contra un árbol y de pronto, apareció un conejo blanco, vestido con chaqueta y corbata, moviéndose de prisa y murmurando disparates. Alicia lo sigue y, víctima de su curiosidad, ¡Ayyyyyyyyy! cayó por un profundo agujero. En el fondo del abismo se inició la frenética aparición de secuencias absurdas que se encadenaban en incoherentes escenas. Esa tarde, la pequeña Abril salió del cine bizca, sin entender el argumento y afectada con un trauma sicológico que le provocó pesadillas recurrentes durante muchas noches.

Y ahora... ¡qué horror! La pesadilla retornaba solo que ahora la protagonista ya no era Alicia, sino la elegante y reservada Gabriela. La heredera única del imperio Hoffman. La que de acuerdo a los chismes de sus compañeras de clase, nació con ese diamante solitario —«del tamaño de un garbanzo»— engastado en su dedo anular, largo y pluscuamperfecto. La mujer sensible que Abril llegó a conocer como la palma de su mano, la misma que le abrió su corazón para mostrarle una ternura elemental que clamaba ser tratada como todos los seres humanos. La misma que apenas una hora atrás le había hablado desde el fondo del oscuro abismo. Abril experimentó una extraña solidaridad de clase, porque siendo ambas orugas, coincidieron en volverse mariposas en la misma primavera.

70

Esa misma noche, Abril tomó un taxi en el aeropuerto, directo a la casa de la señora Wasserman.

—Bienvenida, jovencita. El viaje, aunque breve, sirvió para extrañarte.

—Vine a darle un corto saludo. Perdónenme, doña Eva, pero con tantas carreras y tensiones, tengo abandonado a Julio. A propósito, ¿sabe algo del profesor?

—No sé dónde anda pero me huelo que también está de viaje. Me envió un mensaje con la noticia de que mañana regresa y que, por favor, lo esperes. Te pide paciencia antes de abrir la boca.

—Tengo urgencia de desahogarme con ustedes. Una extraña alarma resuena en mi cerebro. Gabriela me pidió con ansiedad que visitara a Andrés Castello en la prisión. Me siento obligada a hacerlo. Yo la conozco y estoy segura de que ella confía en que no la defraudaré.

—¿Hablaste con Gabriela? ¿La viste en persona? ¡Cuéntame!

—No, doña Eva. Fue una llamada relámpago. Apenas cuarenta segundos.

—¿Cómo estás de agenda con tu jefe?

Abril sentía las manos heladas y de manera instintiva le tomó las manos a doña Eva, para compartir su tibieza.

—Ni él ni nadie en el banco me esperan tan pronto.

—Entonces serénate. Tómate el tiempo para atender a Julio, mi querido amiguito solitario y, en seguida, espero que soportes a esta cómplice llena de preguntas y ávida de noticias.

—Doña Eva, me siento paralizada con la experiencia. Gracias por ayudarme. —Abril le apretó con fuerza las manos a doña Eva.

—¡A descansar! Es una orden.

Y poniendo acción a sus palabras dispuso que Manuel, su chofer, llevara a la señorita Abril hasta su casa.

Dos días más tarde Abril atendió la invitación a desayunar en casa de la señora Eva Wasserman. Cuando arribó, a las siete y cuarto, *mister* Tutis ajustaba más de cuarenta y cinco minutos en una deliciosa charla con la viuda. El profesor se incorporó con una renovada cara de felicidad y la abrazó muy fuerte, como si la hubiera perdido y la estuviera recuperando.

—No había podido expresarte mi admiración por tu comportamiento en Panamá.

—Profesor, gracias por aparecer siempre a mi lado en el momento que más lo necesito. Durante el vuelo de retorno me pregunté, ¿por qué razón mi Dios me asignó a un ángel de la guarda de nacionalidad escocesa?

—Abril, pequeña —sonrió la señora Wasserman— a estas alturas de mi vida no he podido definir si me resultas más útil como la lectora que eres de esta anciana invidente, o si te admiro más ahora, por los retos que la vida te ha obligado a enfrentar. —Profesor ¿y cómo vio el ambiente en Panamá?

—Abril, seré breve —prometió *mister* Tutis—. Primero, me quedé en Panamá para formarme una idea sobre quién era el «hombre de Panamá» y su articulación con los captores de Gabriela. Conclusión: es un vulgar mercachifle. Tiene un amplísimo despacho en el piso 54 de un rascacielos en el área financiera de Ciudad de Panamá. Durante los cinco días que metí las narices entre sus amigos y competidores recopilé tanta información sobre sus andanzas que estoy tentado a ofrecerle mis servicios como su biógrafo de cabecera. Conozco más chismes sobre su vida que los que sabe su madre. El sujeto ni es banquero, ni es respetable. Se trata de una sanguijuela todoterreno, representante legal de cientos de compañías de papel que no son otra cosa que organizaciones de fachada para prestar servicios de blanqueo de dinero. El tipo recibe plata de fuentes muy diversas: evasión de impuestos, malversación de fondos públicos, fraudes fiscales, desfalcos, narcotráfico, contrabando y piratería. Su portafolio de servicios los presenta como «negocios de guante blanco», eso incluye: cuentas numeradas en paraísos fiscales, fundaciones de papel, *trusts*, sociedades *offshore* y acciones al portador.

Luego de una pausa para prender la pipa, *mister* Tutis remató:

—Su mujer, una cincuentona obesa que fue reina de belleza y quien, a juzgar por el aroma que la rodea, debe comprar el Chanel No.5 por galones y el rímel por kilos, le establece los límites éticos al negocio. Recuerdo su seriedad cuando me advirtió: «Nuestras transacciones, caballero, no pueden dañar físicamente a nadie. Por eso no aceptamos negocios originados en prostitución, explotación laboral, ni terrorismo».

—Señora —le pregunté— ¿y manejan rescates en casos de secuestro? —La dama, que mueve con gracia unos veinticinco kilos de peso adicionales, y utiliza sus pestañas postizas como dos mariposas negras de mal agüero que aletean mientras piensa, improvisó una respuesta.

—Nosotros no estimulamos el secuestro, pero sí intermediamos esas negociaciones, como un gesto humanitario con las familias de los secuestrados.

La señora Wasserman, Abril y *mister* Tutis permanecieron en silencio tratando de digerir la posición ética que la mujer reclamaba para su negocio.

—Profesor —interrumpió Abril— ¿y qué papel tiene el «hombre de Panamá» en la organización?

—Es un mercenario que por el cinco por ciento de lo recaudado se encarga de lavar el dinero del rescate. Pero ese es un vampiro ambicioso que, sin duda, ya maquinó cómo estafar a la organización que representa.

—¿Estafar?

—Abril, jamás olvides esta cruda realidad: En los grandes secuestros, la organización que secuestra es la que menos dinero recibe, porque todos los intermediarios conspiran para quedarse con una porción grande del botín. Sospecho que si el tipo de Panamá demanda quince millones, la organización está exigiendo doce.

—¿Y qué sigue ahora?

—Continuar empujando la carreta. El proceso por fin fluye pero debes morderte la lengua. No le sueltes a Hoffman toda la información. Tu poder y tu importancia no se basan en la información que des, sino en la información que te reserves.

—¿Qué debo compartir y qué debo retener?

—Asegúrate primero de tener claridad sobre toda la información relacionada con las demandas de dinero. Debes estar segura de que entiendes bien, detalles como el *cuánto*, el *cómo*, el *cuándo* y el *con quién*. Y no sigas confiando ciegamente en tus instintos. ¡Planea!

—Pero las cosas no siempre resultan de acuerdo con lo planeado.

—Entonces improvisa. Pero con creatividad, para confundir al contrario.

—¿Confundir?

—Te recuerdo que estamos jugando al póker con ladrones, timadores y tramposos. Cuando se abra la ventana de oportunidad tenemos que reaccionar de primeros, aprovechar la sorpresa, asumir la iniciativa y tan pronto recuperemos a Gabriela… echarnos a correr, a correr, a correr. ¡Escondernos donde nadie nos encuentre! Y esto puede resultar más complejo que bailar un céilidh.

—¿Un cel... qué? —preguntó Abril arrugando la nariz.

—Céilidh. Es nuestro baile tradicional. Se baila en grupo, con una coreografía complicadísima. Todos los participantes, que en muchas ocasiones ni se conocen, se esfuerzan por coordinarse en pleno baile, ¿Y cómo? ¡Improvisando! Con el solidario propósito de lucir armónicos.

—Doña Eva, a entrenar. Creo que a las dos nos tocó bailar.

—La clave de este baile es entendernos todos, y en la búsqueda de armonía: ¡improvisar!

—Guauuu, profesor Scott, juntos haremos un trabajo perfecto.

—No, Abril. No persigas la perfección. La perfección es enemiga de la eficiencia. ¡Ah! Y a propósito de perfeccionismo, la próxima vez que te hospedes en un hotel cinco estrellas, no es tu obligación tender la cama.

71

—Abril, no tengo tiempo. Una misión del Banco Popular de China arriba en minutos. En la forma más breve cuénteme, ¿cómo le fue?

Abril agradeció a Dios que el doctor Hoffman no tuviera tiempo. Ella le teme a esa diabólica capacidad que se arroga el banquero de penetrar la mente de su interlocutor y saber si está diciendo la verdad o miente.

—Tomé contacto con el «hombre de Panamá». Aunque tengo dudas si pertenece directamente a la organización que retiene a Gabriela, o se trata de un intermediario financiero a cargo de gestionar el pago del rescate, el tipo me demostró, de manera sorpresiva, que tiene acceso al corazón de la organización.

—Sin demasiados detalles, ¿qué exigen estos cabrones?

—Que las negociaciones se desarrollen en el escenario internacional.

—¿Y el valor del rescate?

—El monto del rescate y el procedimiento de entrega de Gabriela lo están estudiando. Deduzco que necesitaban conocerme y evaluar si tengo las condiciones para continuar como representante de la familia Hoffman.

Abril omitió relatar el episodio cuando el tipo cambió su exigencia original de pago a través de cuentas cifradas en bancos suizos, por el pago en efectivo en su oficina. Mucho menos comentó sobre la penosa ansiedad que sentía, ante la pesadilla de verse sola y sin protección, cargando por las calles de la Ciudad de Panamá quince millones de dólares en efectivo, para entregarlos a domicilio.

—Yo le advertí al «hombre de Panamá» que para confiar en su legítimo papel de negociador requería una prueba de supervivencia de Gabriela. «Debo tener la certeza que la tratan bien y se encuentra coherente y no drogada».

—Sí, ¿y?

—En el aeropuerto de Tocumen, cuando me encontraba lista para abordar mi avión de regreso, el hombre me estiró su celular para que hablara durante breves segundos con Gabriela.

¡El banquero se transfiguró!

—¡¿Habló usted con Gabriela?! ¡Dios santo! ¿Qué dijo mi hija? ¿Preguntó por mí? ¿Cómo está de ánimo? ¿Cómo está su salud? ¿La han tratado bien? ¿Sabe lo de su mamá?

—Señor, le voy a recitar de memoria la breve conversación que tuvimos, porque fueron apenas cuarenta segundos.

Abril recordaba cada sílaba, pero a última hora, presa de una corazonada, se saltó el ruego que le imploró Gabriela, de cumplir con Andrés Castello —su padrino— la sexta obra de misericordia: «visitar al cautivo».

En ese instante, el banquero sudaba, parecía oscilar entre la excitación y el desencanto. Luego de un larguísimo suspiro concluyó.

—Escríbame un resumen ejecutivo.

—*Mister* Scott, me siento apenada por molestarlo de nuevo.

—Abril, nunca me molestas. Al contrario, me mantengo en modo de espera, con la ilusión de que alguien: tú, Julio, la señora Wasserman o Hugo, el mecánico de mis motos, se acuerde de este jubilado, improvise un acto de caridad y se rebusque un pretexto para llamarme.

—Es que Moneypenny me llamó para coordinar una audiencia con el señor Hoffman. Sospecho que el impacto que padeció al saber sobre mi conversación con Gabriela lo tiene en estado de ansiedad. Seguro que me someterá a un interrogatorio muy exigente. Le pido que me cuente un poco más sobre su experiencia en Panamá.

—Querida *Shorty*, si me dejas limpiar esta horrible pipa mientras te hablo, me haces un gran favor. Mira, la organización que retiene a Gabriela es de una eficiencia perfecta. Conocen su negocio. Son tipos cerebrales. Se mueven en el escenario internacional, sin dejarse ver la cara. Se apoyan en intermediarios que pueden desaparecer sin que a nadie le importe. Y maniobran con mucho dinero y recursos de altísima tecnología. Son unos verdaderos empresarios.

—¡Qué miedo! Pero me tranquiliza estar del lado de los buenos.

—¿Buenos? En esta confrontación nadie puede arrogarse ser más bueno que el otro. El banquero y los secuestradores son igual de perversos. Están embadurnados de la misma grasa espesa que lubrica los engranajes de su codicia. A ambos los seduce el poder, los consume la ambición de acumular riquezas y lavan sus conciencias con un detergente perfumado que huele a «obras sociales».

—¿Y qué podemos hacer?

—A estas alturas del partido, nosotros somos muy pocos, pero debemos montar una tercera fuerza. A Gabriel Hoffman y a los secuestradores los debemos tratar como a nuestros contradictores. Y debemos desconfiar de ambos. Son muy grandes, poderosos y arrogantes, por eso, si nos toca golpearlos, hay que hacerlo con creatividad y audacia, donde más les duela y menos lo esperan… ¡y con derroche de sencillez!

Mister Tutis miró a Abril, como calibrando el efecto de sus palabras.

—Abril, ¿quieres una muestra de lo que pienso?

—¡Sí! Por favor.

—Si yo tuviera que bautizar esta operación la llamaría: «Operación Gato por Liebre».

—Entiendo que vamos a necesitar más vidas que un gato y debemos correr como liebres.

—Casi, casi. Les vamos a prometer una liebre blanca y, al final, les entregamos un gato negro, blanqueado con agua oxigenada, con la cola cortada y unas orejas postizas.

—No entiendo nada.

—Mejor que no entiendas. Ellos caerán en la trampa porque la curiosidad mató al gato.

En el inmenso despacho del Presidente del Banco Internacional el silencio espanta.

Mientras el banquero lee el sencillo informe ejecutivo que Abril le preparó sobre los resultados de su misión en Panamá, no puede ocultar su cara de melancolía. Abril nunca se imaginó volver a ver esculpida la incertidumbre sobre el rostro granítico del doctor Hoffman.

—¿Cómo es ese hijo de puta? —su vozarrón retumbó como una explosión de dinamita en una catedral vacía.

Abril no supo interpretar si era un gesto de curiosidad o el desfogue natural de un hombre todopoderoso que estuviera buscando a un ser vivo sobre el que pudiera volcar toda su rabia.

Abril tembló un instante. Un escalofrío de muerte le recorrió la espina dorsal. Apretó los labios para controlar el llanto. Inspiró sin disimulo una larga bocanada de aire, abrió con su mano temblorosa su carpeta y se limitó a estirarle una fotocopia del boceto—en carboncillo y pastel— que *mister* Tutis grabó en su memoria fotográfica durante su fugaz encuentro en el aeropuerto de Tocumen, con el enigmático «hombre de Panamá».

—Así luce —afirmó, tratando de superar la conmoción— pero... doctor Hoffman, le advierto, este material es muy sensible. El informante que en Panamá me facilitó este dibujo me advirtió que eso le podría costar su vida. Si este boceto, que no es muy perfecto —enfatizó Abril, para bajarle la importancia al documento— se filtra a la policía, corremos el riesgo de perder a Gabriela para siempre.

El banquero quedó impresionado con la eficiencia de Abril y aceptó ese argumento sin chistar. Repasó con gesto de asco una y otra vez la ilustración, y, en seguida, sin ningún comentario, se rindió a sus condiciones. Estiró la enorme mano y se la retornó.

—Gracias y retírese.

Dentro del entorno de ese imperio financiero, escuchar una expresión de «gracias» del banquero sonó insólito. Cualquier persona se daría por bien servido. Pero Abril no pertenecía a ese exclusivo entorno y se quedó esperando, ilusa, algún otro adjetivo, el más simple, como reconocimiento al «trabajo» que había realizado en Panamá.

Tan pronto pudo huir de ese ambiente de ostentación —pestilente y asfixiante—sintió tal repugnancia que se le revolvieron las tripas. Los deseos de vomitar se impusieron. Entonces salió al pasitrote en busca de un baño, cerró la puerta, se arrodilló, se abrazó a la taza y vomitó toda la tensión y la miseria que la mantenían intoxicada.

Como efecto de la experiencia vivida en Panamá, se le espantó el sueño a la agotada Abril. Empezó a padecer de pesadillas confusas, del tipo «Alicia en el país de las maravillas». Se mezclaban, la voz suplicante de Gabriela que le pedía visitar a su padrino, con el temor por la brutal reacción del banquero si se llegara a enterar de su visita a la cárcel. Revivía la imagen de Andrés Castello cuando la besó en la fiesta de arribo al nuevo milenio, y se sentía miserable al tener que enfrentar, sola, una encrucijada de dudas, sin tener claro qué diablos hacer, ni por dónde empezar.

72

Abril se despertó en la madrugada con un incontrolable ataque de ansiedad. En contravía de las expresas admoniciones de *mister* Tutis, que le repetía una y otra vez que no tomara decisiones precipitadas, dejó que sus instintos se hicieran al timón de sus emociones y —confiada en su buena suerte— decidió asumir todos los riesgos y aparecer de sorpresa en la cárcel. No reflexionó sobre las consecuencias ni planeó la operación.

A las seis y cuarenta y cinco de la mañana, enfundada en una falda juvenil, zapatos cómodos de tacón bajo, un suéter y una pequeña mochila a la espalda salió de la casa y a las tres cuadras se trepó a las carreras en un taxi.

—Buenos días. Al centro. ¡Urgente! Como una flecha.

—Señorita, tomando en consideración que esta hora es la de mayor tráfico y la salida de este barrio siempre está taponada, prefiero devolverle su «flecha».

—Está bien, no se preocupe. Haga lo que pueda.

Así empezó este diálogo que se fue animando durante la siguiente hora y media. Al arribar al centro, Abril ya conocía la vida y milagros del conductor y poseía tal calidad de información que hubiese podido escribir «la biografía extensa del señor Nepomuceno Pérez, un jubilado de la rama judicial del Estado, de profesión conductor de taxi».

—¿En qué parte la dejo?

—En la Librería Europea.

«He debido decir mi librería —pensó— porque en esa esquina se entrecruzan inolvidables recuerdos de mi niñez y de mi pasión por los libros».

A las ocho y veinte arribaron a la conocida esquina que evoca la quilla de un enorme trasatlántico. Abril le pidió al conductor que la esperara con el motor prendido, e imitando al asaltante de un banco, descendió a toda prisa. Esta vez no se detuvo frente a la inmensa vitrina a recrear su mirada sobre las últimas novedades del mundo editorial sino que entró directo al rincón donde el señor Rosemberg solía permanecer, ensimismado en sus pensamientos, manso como una paloma, resignado a repetir el mismo traje negro nevado de caspa y similar rutina, hasta la antevíspera de su muerte. Él era parte substancial de la decoración y el primer ítem en el inventario de los activos de la librería. Don Isaac la recibió con el mismo amor distante que le profesaba y con su sonrisa de dientes pequeños y desordenados. Abril no le dio tiempo, de un saludo largo y con esa agilidad de adolescente y su familiaridad con el local, serpenteó por entre los estantes y pilas de libros para escoger, por puro instinto, seis novedades. A las carreras pagó sin pedir descuento y le encimó a don Isaac —a manera de propina— su sonrisa encantadora. El señor Rosemberg no salía de su asombro. Se sintió recompensado al ver la portentosa metamorfosis de su antigua «asistente de limpiar el polvo».

Abril le agitó su mano en señal de despedida y se trepó de un salto al taxi que ronroneaba en la calle.

—No sé si decirle señor Pérez o don Nepomuceno. Bueno, el siguiente destino se encuentra cerca. En el semáforo del parque voltea a la izquierda y yo lo voy guiando porque sé llegar pero no recuerdo la dirección.

Luego de serpentear por unas callejuelas, exclamó «¡Aquí, deténgase, es aquí! No me demoro». Descendió en la calle trasera de la panadería industrial «Pain au Chocolat» y a renglón seguido, como un paso de ballet mil veces ensayado, se inclinó a ras del suelo y golpeó sobre la estrecha claraboya que conecta con el sótano de la panadería. Los golpecitos sonaron de manera tan particular que parecían una clave en morse —*pan para pampán, pan, pan*—. De inmediato se abrió la pequeña ventana. Abril repitió la rutina de aquellos tiempos de rebusque, cuando compraba *croissants* para revenderlos en el colegio. Pidió dos docenas de pasteles surtidos y cuatro minutos más tarde el taxi despedía ese efluvio de dioses, mezcla de hojaldre recién horneado, chocolate, nueces y almendras, dulce de leche, manzana, melocotón y canela.

—Don Nepomuceno ¿quiere probar un pastel?

El siguiente destino fue la floristería de su vieja colega de bus en las madrugadas, su otrora representante comercial en el oficio sabatino de arreglar tumbas. Abril ingresó a la floristería, a las carreras. «¡Doña Elvira! ¡Auxilio! Necesito su ayuda. ¿Qué clase de flores se le regalan a un hombre?». La señora Elvira puso sus rasgados ojitos en blanco. «Hola, querida Abril, dame tiempo porque esa respuesta es difícil; eso depende... ¿Cómo qué tipo de hombre? ¿Un señor mayor? ¿Un señor al que le quieres agradecer algo? ¿Un hombre que genera admiración? ¿Un tipo que te fascina?». Abril imitó el gesto de los ojos en blanco que colocó su amiga y respondió con picardía: «Puedes marcar la casilla donde dice: ¡Todas las anteriores!». La florista, contagiada por el afán de Abril, se escurrió en la bodega y reapareció con un bellísimo bonsái. «Es bastante caro, pero ideal para un hombre al que le gustan las cosas exquisitas. Éste es un olmo y tiene más de veinte años de trabajo. No es mío. Una viuda me lo dejó hace varios meses para que se lo ayudara a vender». Abril no escuchó más argumentos, no pidió rebaja y se subió feliz al taxi, con la caja de cartón donde le acomodaron la planta.

—¿Ahora, a qué parte?

—Al penal de La Muralla.

El conductor, alarmado, se giró para mirarla y asegurarse de haber oído bien.

—¿A la prisión? Señorita, por Dios, ese sector de la ciudad es muy peligroso ¿Qué va a hacer por allá, y sola?

—Necesito visitar a una persona.

—¿Se trata de un preso o es alguien de la administración del penal?

—De un preso y, además, injustamente retenido, agregaría yo.

—¿Tiene un permiso previo?

—No.

—Perdóneme que me meta en sus asuntos pero está cometiendo una verdadera locura. —Don Nepomuceno apagó el carro, y en los siguientes diez minutos le dio a Abril una lección sobre el régimen carcelario, previa advertencia que él era jubilado de la rama judicial y trabajó muchos años en un juzgado. —Esa cárcel tiene un régimen disciplinario severo porque ahí van a parar los peores criminales. Eso no es ni un hotel, ni un convento, donde uno puede ir a visitar a un amigo cualquier día, a cualquier hora. Por lo que me cuenta, señorita, usted no clasifica para una visita normal. Si acaso, usted es de las personas que, en el argot carcelario las llaman de «quinto domingo».

—¿Qué es eso de «quinto domingo»?

—Debe pasar una solicitud de «visita en quinto domingo». El conducto regular es elevar la solicitud de visita al juez que lleva el caso y esperar la aprobación de la dirección del penal.

Abril aprendió esa mañana que, el primer domingo de cada mes, la visita está reservada para los hijos de los presos —máximo tres— acompañados de una persona adulta. El segundo domingo, las visitas son solo para hombres en primer grado de parentesco, es decir, papá, abuelos, tíos y hermanos. El tercer domingo, es visita conyugal y solo entra la esposa o compañera debidamente inscrita. Y el cuarto domingo es para mujeres mayores de edad, abuelas, tías, etcétera.

—¿Ahora sí me entiende, señorita, las razones por las que usted no clasifica hoy miércoles para visitar a su amigo?

El periplo en el taxi, que duró cuatro horas, terminó donde había empezado: en la casa de Abril. El taxista se ofreció a ayudarle a bajar los libros, los paquetes con las tortas de hojaldre y el bonsái.

—Gracias señorita, aquí está mi tarjeta, por si algún día usted vuelve a necesitar mis servicios. Recuerde, Nepomuceno Pérez, para servirle. Yo vivo en este vecindario. Todos los días empiezo mi trabajo a las seis de la mañana.

Cuando Julio se percató de que su hermana retornó al «campamento de los Santamaría» con la misma cara de melancolía que porta un ejército derrotado, no soportó más la tensión y activó las alarmas.

—Abril, ¡por Dios! No te metas en más líos.

Abril entraba y salía de su casa a las horas más inusitadas, con esa sonrisa de contagioso optimismo de «tranquilos que a mí nada me puede pasar», pero, desde la perspectiva de Julio, su hermana se exponía cada día a nuevos peligros y amenazas, y, de pronto, por cualquier accidente, por un descache de un segundo o de un milímetro, su vida se le podría salir de control.

—Abril, ¿recuerdas el incidente en el Monte de los Olivos cuando Pedro sacó su espada y de un tajo le mochó una oreja a un centurión? Ahí mismo, Jesús lo reconvino: «Pilas, *brother*, estamos como estamos y a usted le da por cortar orejas». Pues me toca repetirte la misma parábola. Abril, tú estás comprometida en una misión de vida o muerte ¿y ahora te da por visitar a un preso para acabar de enredar aún más tu vida? Si el tipo éste del Hoffman sospecha que estás conspirando a sus espaldas, desencadenará sobre ti el cataclismo universal.

—Pero… —alcanzó a balbucir Abril.

—Enana, aquí no hay «pero» que valga. Un amigo malabarista me aconsejó: «si quieres tener la ilusión de que todo lo tienes bajo control, no mantengas demasiadas bolas en el aire».

—Lo sé. Tengo la cabeza revuelta, pero no me pidas cosas imposibles. A quien más le debo lealtad es a Gabriela. Al que menos, es a su papá. Para el doctor Hoffman yo no soy más que una insignificante ficha en su descomunal ajedrez. Pero dadas las circunstancias, prefiero la furia de Gabriel Hoffman que la decepción de Gabriela. A esta hora, a ella la tienen consumida entre un hueco inmundo, en un paraje alejado, en condiciones infrahumanas, presa del terror, confiada en que yo sí fui capaz de cumplir con el único favor que me ha pedido en toda su vida. Por encima de todas las consideraciones de prudencia y de los consejos de tu amigo malabarista, yo le cumplo a Gabriela, así el agua me llegue al cuello. Si me ayudas, lo hago contigo, querido hermano, y si no, lo lamento, pero lo haré sin ti.

Julio se sintió humillado. Esa advertencia «y si no, lo lamento, lo haré sin ti», la percibió arrogante, injusta y mordaz.

Al finalizar esa eternidad de casi diez minutos, en los que Abril y Julio rehuyeron mirarse a los ojos y mantuvieron como defensa de sus egos un silencio retador, coincidieron en que ese cruce de palabras había sido innecesario. Julio rompió el silencio.

—Enana, ¡perdóname! —dijo con rabia—. Si me entrometo en tus asuntos es porque me importas. No puedo asumir una posición indiferente. Desde esta miserable condición —Julio golpeó con furia los costados de la silla de ruedas— me siento impotente para pagarte todo lo que has hecho por mi mamá y por mí, por tus esfuerzos para aliviarnos de esta mierda de laberinto sin salida. El purgatorio que en muchas ocasiones padezco en esta casa no es apatía ante la vida. El diagnóstico médico es «depresión». Mi mamá y yo la padecimos. Es «depresión clínica severa», que se deriva de nuestra condición miserable. Tú sabes que siempre he sido una persona de grandes retos y entonces, ¿por qué me compadeces? ¡No te apiades más de mí! ¿Por qué no me retas? ¡Rétame! —gritó—. Pídeme lo que quieras. Déjame demostrarte que desde esta silla de ruedas sigo siendo útil. ¿Hasta cuándo me seguirás compadeciendo? Lo que más me hiere es que todos sientan lástima por mí. Me siento humillado cuando me refriegan mi condición de inválido. ¿No existirá un ser humano que me entienda? ¡Mírame! ¡Necesito sentirme útil!

—Pero Julio, siempre he estado a tu lado…

—¡Basta! No me compadezcas más. Ese veneno me lo debo tragar todos los días. ¡Sí! Reconozco que tú haces por mí hasta lo imposible, sin esperar contraprestación, pero no te limites a esas mismas palabras de cortesía que todos me repiten: «estamos a tu lado... en las buenas y en las malas... ánimo que vendrán días mejores...». ¡Inclúyeme, carajo! Te lo pido, inclúyeme hasta en tus peores pensamientos.

Julio no pudo continuar. Se le quebró la voz. El silencio que ambos soportaron durante los siguientes minutos contenía la fuerza nuclear acumulada de muchos años de privaciones y frustraciones, adobadas con sonrisas indulgentes, oraciones en silencio y pedidos de resignación.

—Por favor, Abril, enana, hazme sentir útil, capaz. Hazme sentir vivo. Soy una persona normal. No soy un inservible ni un desechable.

—Julio, basta. Haré por ti lo que me pidas.

—No me humilles con tus palabras de consuelo. No me des retos pequeños porque siento que lo haces por lástima. Llévame hasta el mismo extremo del último extremo. ¡Pon mi resistencia a prueba!

—Mi Supermán, cuenta conmigo. Así lo haré. Allá, al último extremo, iremos los dos.

73

Julio le otorgó a la tarea la importancia de una tesis de grado. Con el rigor del ingeniero que se enfrenta a un reto técnico, se propuso a desarrollar su «PCC» (Proyecto Castello-Cárcel).

Armado de internet, teléfono y entusiasmo, puso manos a la obra. Desde averiguar el lugar donde se encontraba recluido, hasta los antecedentes judiciales que condujeron a su detención. Incluso, estudió el reglamento de visitas a la cárcel y la libre interpretación que hacían los guardianes de los procedimientos. Se dio mañas para obtener testimonios de varias mujeres que, semana tras semana, se veían en la obligación de soportar un infierno de abusos y requisas. Lo importante era definir con claridad lo que su hermana debía hacer, antes, durante y después de la visita; las condiciones de seguridad para Abril, los registros que quedarían en los archivos de la cárcel sobre la visita, así como decenas de otros etcéteras que se le fueron ocurriendo. En cuatro días ya tenía una clara visión del caso y la hoja de ruta para la visita.

—Enana, aunque es una misión compleja, y sé que no te va a quedar grande, por favor, cuídate. Conquistar La Muralla es un reto peligroso. Déjate asesorar por los que saben.

—¿Y quiénes son los que saben?

—Nadie posee más experiencia sobre lo que es sobrevivir en una prisión como la señora Wasserman. Y *mister* Scott es una autoridad en temas criminales. Enana: «Más sabe el diablo por viejo que por diablo».

A la primera oportunidad, Abril colocó el tema de Andrés Castello sobre la mesa. En voz baja, como si temiera que la escucharan, les confió a doña Eva y al profesor Scott que Andrés Castello estaba en la cárcel gracias a las maniobras jurídicas perversas de los abogados del Comité de Crisis del banco.

—Es un cargo muy grave, *Shorty* ¿Cómo lo sabes?

—Me lo confirmó Moneypenny.

—¿Y por qué razón conspiraron contra él?

—Nadie sabe. Cualquier respuesta no pasa de ser una especulación. Nadie se atreve a preguntar por qué el poderoso banquero es indiferente a la desgracia de su mejor amigo.

—¿Y a qué se debe tu creciente preocupación por Castello?

—Porque Gabriela me suplicó que, por amor de Dios, fuera a visitarlo a la cárcel.

—No vaciles. Visítalo. Esa es una obra de misericordia.

—Pero el riesgo es altísimo. Si el doctor Hoffman o alguien del Comité de Crisis se entera, me desaparecerán sin dejar huella.

Abril, sin ocultar su ingenuidad, les relató la contrariedad que padeció en su primer intento de aparecerse por sorpresa en La Muralla y le enseñó a *mister* Tutis el detallado informe que preparó su hermano Julio para intentar otra visita.

—Pero ese no es todo mi drama. Necesito la comprensión de ustedes dos. Mi hermano Julio está enfermo del alma.

Abril no pudo continuar. Miró a los ojos a *mister* Tutis y no le importó que varias lágrimas se desplomaran por su mejilla. La señora Wasserman, que «veía» con sus instintos y sabía interpretar los mensajes agazapados en los silencios, adivinó lo que ya era evidente.

—Abril, no puedes retener dentro de tu alma sentimientos de culpa que te atormenten. ¡Libera todos tus temores!

Mister Tutis levantó inquisidor su peluda ceja derecha, gesto que para Abril era evocar la época de colegio, cuando su profesor pedía que le explicaran lo inexplicable. Entonces decidió aliviar tantas amarguras represadas y les confesó: «mi corazón está destrozado por el crítico estado de depresión en que se encuentra mi hermano» y les relató el dramático pedido de ayuda de Julio.

—¿Tú lo llamas Supermán? —preguntó *mister* Tutis abriendo mucho sus ojos para exagerar su supuesta sorpresa—, pues dile a Julio que yo lo admiro. Si lo apoyamos, caminará con más brío que Johnnie Walker.

—Gracias, profesor.

Abril se sentó al lado de la señora Wasserman y, como en los viejos tiempos, la ayudó con las galletitas, el té y la mantequilla. Le pasó la servilleta para que la asegurara con su mano y le susurró al oído, «gracias, doña Eva».

—Nadie conoce el verdadero dolor de perder la libertad, como quien la sufre —sentenció la viuda—. Abril, debes ir a La Muralla. Yo te apoyo. ¡Pídeme lo que necesites! El alimento espiritual que me sostuvo durante la guerra fue la convicción de que algún día esa pesadilla terminaría, y yo debía sobrevivir, aun cuando fuera un día extra, para poder gozar del instante de mi liberación.

Mister Tutis mantuvo el silencio inexpresivo propio de un jugador de póker. Aunque lucía distraído, procesaba en su mente los riesgos de cumplir la misión que Gabriela le había confiado a Abril.

—Abril, esa experiencia de ir a una cárcel te va a madurar. Abre los ojos. No confíes en nadie. Aguanta lo inaguantable. Y administra bien tu cara de inocencia.

—Más que posar de inocente —opinó doña Eva— debes pasar desapercibida. Debes ir sin maquillaje, con el pelo suelto y la cara lavada. Vestida de manera sencilla para que facilites las requisas. No uses minifalda ni colores agresivos. Evita usar perfume. No lleves adornos. Tu mejor salvoconducto para entrar a la cárcel y retornar a casa, sana y salva, es volverte invisible.

—Abril, define la meta que pretendes alcanzar con tu visita a la cárcel.

—¿Meta? Creo que mi única meta es visitar a Andrés Castello para cumplir el deseo a Gabriela.

—Ir de visita a una cárcel no es ninguna meta. ¡Abril, jamás lo olvides! En cualquier lugar donde se encuentren seres humanos que han perdido su libertad, ellos buscarán esa libertad por encima de cualquier otro propósito.

—Pero no sé qué hacer, mi imaginación no da para tanto.

—Tengo la certeza que el señor Castello no pierde la esperanza de recuperar su libertad. Esa obsesión por la libertad la comparten, incluso, quienes están condenados a cadena perpetua.

—Pero profesor, si Gabriela no me pidió tanto.

—No te pidió tanto porque ella es consciente de que liberar a Castello es casi imposible. Por eso les pido que reflexionemos en esta frase de Miguel de Unamuno, filósofo que lamento no sea escocés: «Sólo intentando lo absurdo, se puede lograr lo imposible».

—¡Ay! Profesor, si estoy agobiada con el manejo de las cosas posibles, me paralizo si me veo obligada a manejar las imposibles.

—Abril, no nos podemos imaginar cómo ha cambiado la personalidad de Gabriela en tantos días de soledad. La pérdida de la libertad madura hasta al más fuerte. El centro de gravedad de Gabriela ha variado. Ella no está preocupada por su papá, ella está obsesionada por la suerte de su padrino, porque Castello es el único ser humano cercano a sus afectos que también ha perdido su libertad y ambos padecen y comparten esa desgracia. Tanto para Gabriela como para Castello la libertad es su divina obsesión.

Tocada su alma por el tema del ansia de libertad, doña Eva decidió bajarle la temperatura a la charla.

—Por lo que he escuchado en los noticieros, Castello tiene una legión de admiradoras —afirmó con sorna.

—A él no le importa —respondió Abril con aire posesivo, como si ella fuera su vocera oficial.

—Es increíble que cuando todo el sistema judicial está en su contra, crezca, en proporción inversa, su popularidad entre las mujeres —opinó *mister* Tutis—. No lo han olvidado. Tiene fama, estilo y clase. Como vivimos en una «justicia espectáculo», Castello es hoy un fetiche sexual que se puso de moda. Las periodistas de farándula lo defienden y el hecho de que la Fiscalía demande su extradición les parece injusto y desproporcionado.

—Profesor Scott, en alguna oportunidad Abril me leyó en una revista que las chicas lo llaman «el prisionero triple X»: exquisito, excepcional y excitante.

—Pues, en estas circunstancias, yo le agregaría una cuarta: «excarcelable» —sentenció *mister* Tutis.

—¿Excarcelable? ¡No! ¡Eso es imposible! ¡Créanme! —Reaccionó Abril—. Nadie se atreve a contradecir las decisiones inapelables del señor Hoffman. Yo estaba con Gabriela en su casa el día que él golpeó con furia la mesa y tomó la rabiosa resolución de aplastar sin piedad a Andrés Castello, el padrino de su única hija, y, me atrevería a jurar... su único amigo.

—Abril, digo «excarcelable» porque con fe y decisión, hasta el absurdo lo podemos volver posible.

—Pero, ¿cómo?

—No parece muy ético comprar a la justicia —contestó con ironía el profesor— pero eso es lo que hacen Hoffman y su grupo de abogados: se arrogan el privilegio de corromper a la justicia y logran de encime, total impunidad. Por eso, en este caso de Castello, no me siento enredado en un disparate moral. Es justo comprar a la justicia para bloquear la aberrante injusticia que patrocina el señor Hoffman con su poder económico.

—Profesor, me da escalofrío.

—Abril, la ética, la moral y la conciencia tienen precio. Luego de tantos años de trabajar en el ambiente de las cortes judiciales

me convencí de que si alguien tiene la voluntad y el dinero suficientes, es posible ablandar cualquier procedimiento y acelerar o
detener cualquier proceso. Escúchame esta historia...

—blip... blip... blip... blip... —se escuchó una alarma.

Abril se transformó. Con una señal de alto con la palma de su
mano, interrumpió al profesor

—¡No! ¡No Míster Scott! ¡No tengo tiempo para más historias! ¡Se me acabó el reinado! Es el código de urgencia del 5C.
¡Tengo que salir volando!

74

El «caso Castello» logró que la frontera entre realidad y realismo mágico se confundieran.

Porque una cosa es ese mundo idealizado por las crónicas sociales, con un Andrés Castello *bon vivant*, exitoso, invitado obligado a todas las reuniones donde se dan cita los grupos de influencia y de poder... y otro mundo —el opuesto— aquel donde la soledad, la violencia y el olvido son sus compañeros de reclusión en La Muralla.

Frente a Castello nadie posaba de indiferente, o se le amaba o se le odiaba. Cada crónica sobre él resulta adobada con descripciones de sus casas, de las universidades por donde pasó —unas veces para estudiar, la mayoría para socializar— de los cargos que ocupó, de sus diabluras de estudiante, del inventario de actrices y modelos que desfilaron por el asiento trasero de sus carros deportivos.

De vez en cuando aparecía un cretino que decía haberlo conocido en algún oscuro *pub* londinense, o en alguna fiesta de estudiantes en una universidad de élite y entonces la crónica rocambolesca que publicaban las revistas de farándula alcanzaba la categoría del «cuento erótico número 101 del *Decamerón*».

Nadie conseguía sustraerse del embrujo de su personalidad y alrededor de su figura los medios de comunicación fueron construyendo toda una leyenda. Ni siquiera la revista de análisis político más importante del país pudo resistirse a su influencia. En la edición de fin de año de *Global Forum* fue seleccionado entre «los diez personajes más admirados de la nación», por encima de muchas celebridades con poder político o económico. Al cumplirse cien días de su detención, *Chic*, la tradicional revista social, le dio su portada al «caso Castello». El diseñador gráfico utilizó una foto trucada donde aparecían tres astas de bandera de las que pendían un brasier, un liguero y un minúsculo calzón, como abreboca a la divertida crónica escrita por uno de sus compañeros de *high school* en Palm Beach, donde se relata la pilatuna de Castello que le valió la suspensión académica y la prohibición de participar en el baile de graduación de su curso. «Castello arrió las banderas de su escuela, del estado de la Florida y de los Estados Unidos, para izar esas tres prendas íntimas, como homenaje de despedida a Christie, Eugen y Mabel, las tres chicas más bellas de su clase».

La imaginación de los periodistas lo hizo hablar seis idiomas, poseer cuentas cifradas en Suiza y en otros siete paraísos fiscales, ser amigo de celebridades en el mundo y figurar en las listas de los cien ejecutivos más influyentes del hemisferio occidental.

Castello, sin proponérselo, se convirtió en un mito urbano.

En la noche del sábado Abril no pudo pegar el ojo. Su cerebro se negaba a descansar mientras procesaba los conflictos y pesadillas que se le atravesaban en la pantalla de su memoria. El insomnio le ganó la pelea. Entonces se levantó de la cama y sintió que el hielo de la calle se había colado en su habitación. Se enfundó entre un suéter y se deslizó a la cocina. Calentó agua para un té de manzanilla y, de paso, se calentó las manos sobre el fogón. Sorbió el té con expresa lentitud, de pie, frente a la pequeña ventana desde donde contempló hipnotizada la mortecina luz del poste de la calle, que se movía encabritada, como si hubiese capitulado, sin condiciones, ante el furioso embate del viento helado. Ese deprimente paisaje nocturno, miles de veces repetido durante toda su vida de carencias, le pareció a esa hora aún más miserable.

A la una de la madrugada se bañó y se vistió con la resignación del condenado a muerte que al rayar el alba debe enfrentar un pelotón de fusilamiento. Tenía tiempo de sobra, porque esa madrugada no tenía que maquillarse, ni arreglarse las uñas, casi que ni peinarse. Repasó con minucioso detalle la lista de chequeo que Julio le había preparado. Alineó sobre la cama todo lo que debía llevar: identificación personal, datos del interno que quería visitar, juzgado a cargo del caso, declaración por escrito de los vínculos de parentesco entre la visitante y el detenido, certificación de trabajo y constancia de domicilio, más un escrito con las razones para realizar la visita ¡Ah! y los dos libros que le compró a Castello, por sugerencia de míster Tutis. Acosada por la ansiedad, sintió la necesidad de tranquilizarse, así que antes de media hora volvió a repasar la lista, rutina que repitió cuarenta y cinco minutos más tarde. Apenas comprobó que el taxi ya estaba en la puerta, salió presurosa y cerró la puerta con cuidado para no despertar a su hermano, sin percatarse de que Julio tampoco había dormido esa noche, y sin sospechar que él se mantendría en vela hasta su regreso.

El paisaje urbano luce melancólico. La oscuridad es deprimente y la llovizna impenitente hacen juego con esa neblina ingrávida que todas las madrugadas, a la misma hora, se estaciona sobre el barrio, en espera del primer brillo del alba.

—¡Suba rápido que está helando! —Gritó el conductor, al tiempo que abrió la puerta.

—Buenos días, señor Nepomuceno. Gracias por venir a recogerme.

—¿Lleva todos los papeles?

—¡Claro! Hice la tarea con cuidado.

—De aquí a La Muralla, gastamos más de una hora, así que es mejor que se relaje y descanse. El ingreso al penal se inicia a las ocho de la mañana, pero a esta hora ya debe haber no menos de mil mujeres haciendo fila, en semejante oscuridad, con este frío y además con esta llovizna, y aún faltan seis horas para que permitan el acceso. ¿Trajo paraguas?

—No.

—Mejor. El paraguas es lo primero que les decomisan. ¿Pero trajo una chaqueta impermeable?

—Sí, señor.

—Está bien, aunque esta llovizna casi siempre amaina con la salida del sol.

—Don Nepomuceno, voy a tratar de descansar. Tengo miedo y mucha ansiedad.

Esa madrugada no se escuchó más que el ronroneo del taxi, que se deslizó sin estorbos por las calles desiertas, húmedas y mal iluminadas.

Señorita, ya vamos a llegar. Yo la dejo a unas diez cuadras del penal porque en la noche, la guardia de seguridad no nos deja arrimar más. Faltan diez minutos para las tres. Ya por la tarde, cuando salga del penal, pregunte dónde queda el Café Águila Negra. Ni se le ocurra entrar a ese antro de mala muerte, es apenas un punto de referencia. Yo paso a recogerla a las dos de la tarde. Le insisto, frente al Café, pero al otro lado de la avenida. Ahora, bájese y camine siempre por el centro de la calzada, no se suba al andén. No hable con nadie. Trate de pegarse a otras mujeres que a esta hora también se dirigen a La Muralla.

—Gracias.

Y déjeme el celular porque eso es lo primero que le van a robar en esta oscuridad.

—Rece por mí.

—Yo parqueo el taxi aquí y le ilumino el camino un par de minutos. No puedo quedarme mucho tiempo porque corro el riesgo de que me atraquen.

Abril se persignó y descendió del taxi. Su corazón palpitaba al galope. Todas sus células se activaron en máxima alerta, como si hubieran ensayado la manera de pasarle el relevo de su conciencia, a su instinto de supervivencia. Su sombra era muy larga por efecto de los focos del taxi. Con paso vivo para disimular su agonía, se enrumbó hacia el túnel oscuro de esa madrugada de domingo, por el eje central de una calle vieja, repleta de huecos, lodo y basura, apenas iluminada por unos débiles focos de luz aquejados de anemia. Ensayó una media vuelta y agitó su mano hacia el resplandor y en seguida se volvió a persignar.

Habría avanzado apenas dos cuadras cuando percibió que la seguían. No se atrevió a volver la cara para no dejarse ver el miedo. La distancia se acortaba y ella empezó a sentir sobre la calle enlodada las pisadas de los desconocidos y en su nuca el aliento de la muerte. En el último instante una voz gruesa, melcochuda, como de borracho, se escuchó en la oscuridad: «Nunca camine sola por aquí. Esta zona es muy peligrosa», y entonces Abril revivió la angustia que padeció de niña cuando se enfrentó al disparatado comienzo de «Alicia en el país de las maravillas». En esta nueva versión fantasmal, sintió que en plena calle se le abría el oscuro abismo de lo desconocido. Cuando por fin la sobrepasaron pudo evidenciar que se trataba de tres mujeres maduras que ostentaban esa seguridad propia de las veteranas del mundo subterráneo de la delincuencia, mañosas, conocedoras de este ambiente nocturno y, con seguridad, curtidas visitantes de la prisión. Marcaban el compás por entre los charcos, casi que marciales, adheridas entre sí por el engrudo de la solidaridad, con su instinto gregario a flor de piel, aquel que logra aglutinar en el camino a personas desconocidas que comparten la misma causa, el mismo miedo o el mismo destino. A juzgar por los paquetes, cargaban comida y algo de ropa. Por esa soltura que demostraban y por las bolsas de plástico con las que se protegían los pies de la humedad, con seguridad repasaban este camino dos o tres veces cada mes.

Abril se quedó un poco rezagada pero de inmediato sintió una descarga eléctrica que la recorrió de arriba abajo, era una orden enviada por sus instintos para unirse a esta avanzada de mujeres que marchaban, quién sabe desde cuántos kilómetros atrás, en dirección a La Muralla. Sin pensarlo dos veces, Abril se acomodó a la velocidad y a la cadencia que llevaban, única manera de sentirse parte de ellas y asegurarse una ilusión de protección, aunque solo fuera del frío.

A medida que avanzaban, la silueta de la enorme estructura de la prisión se fue aclarando, más mujeres, se unieron al río humano que estaba a punto de desbordarse. De manera instintiva, o por costumbre, las mujeres se fueron organizando en dos filas que se extendieron por seis cuadras.

Una vez en la fila Abril se sintió más tranquila. Amainó la llovizna pero aún faltaban más de dos horas para el amanecer.

La mujer de la voz gruesa, un poco pasada de kilos y propietaria de una horrenda verruga sobre la quijada, la miró con curiosidad morbosa y le disparó una advertencia: «Mija, espabílese. Si usted no es mayor de edad no la dejan entrar este domingo. ¿Sabe que hoy tenemos visita conyugal?»

Abril se dio por notificada con una ingenua sonrisa. En reciprocidad por ese gesto amistoso la matrona le regaló a la insignificante Abril un curso relámpago sobre cómo sobrevivir en La Muralla, un repaso del riguroso régimen disciplinario, y de encime, docena y media de consejos de cómo enfrentar el impacto de lo que la más veterana llamó «la visita del desvirgue, que es cuando la mujer se despoja de la ropa, las vergüenzas y las maricadas y se arrisca a cumplir sus deberes conyugales, casi en público, sin poder exigir respeto a su derecho a la privacidad».

En ese mismo tono rindieron testimonio sus amigas.

—Para ingresar a La Muralla hay que pagar un precio. Que sea en billetes, o en especie, o en esas humillantes requisas a las que nos someten durante cinco horas, eso es lo de menos. Esas putas guardianas me conocen desde hace años y ya no me la montan, pero son unas malparidas con las recién llegadas, o con las que tienen cara de personas con bachillerato como usted. Es que esas hijas de puta no pueden ver a un rico acomodado.

—Miles de mujeres se cagan de miedo cuando tienen que venir por acá un sábado en la noche y entonces empiezan a formar la cola desde las ocho. Pero esa maricada de aguantarse una de pie durante doce horas, en semejante oscuridad, a merced de la lluvia y el viento helado, en este sector tan peligroso, agota hasta a la más verraca. Pero si usted tiene dinero, puede seguir engordando el negocio millonario de estos guardianes malparidos y conseguir, de una, todos los cinco sellos, a razón de treinta dólares por sello. El negocio lo montan en una calle que nadie sabe de antemano dónde operará. Por allá a las dos de la madrugada estalla el rumor y entonces las mujeres que tienen con qué, corren a pagar por los sellos y esperan tranquilas a que les den prioridad a la hora de la apertura de la puerta. Nunca, jamás, nadie se ha atrevido a denunciarlos porque la ley del silencio también se respeta en las vecindades de la cárcel.

Cuando los primeros rayos del sol se colaron tímidos por encima del filo del horizonte, ¡Oh Dios! la puesta en escena era colosal. Parecía el montaje para una película de Hollywood, sobre el juicio final, pero un juicio «sólo para hembras», con la actuación de más de cuatro mil mujeres en el papel de «extras», que este domingo cumplían su peregrinación a La Muralla para satisfacer a sus hombres. A manera de contraprestación otorgaban licencia para que les manosearan su dignidad y las irrespetaran. Soportaban, estoicas, las humillaciones, las órdenes a los gritos, el hambre, el cansancio, el frío y la lluvia.

La cola reptó lenta durante cinco horas, para pasar, uno tras otro, los seis controles de seguridad. Antes de llegar a cada uno, Abril era preparada por las tres veteranas que decidieron adoptarla. Entre bisbiseos y cuchicheos comprendía lo que en cada paso debía decir y callar, mostrar y demostrar. Primero pasó por la revisión de documentos. El guardia movía su cabeza, tratando de encontrar inconsistencias entre los papeles de identidad y la imagen de una adolescente desprovista de cualquier huella de maquillaje y adornos, con su cara lavada, vistiendo ropa sencilla y el cabello suelto. Como Abril no aparentaba más de dieciséis años, el guardián le ordenó que le mostrara las palmas de las manos. Las examinó con curiosidad de matarife... «¿Cierto que usted no trabaja?». Sin conceder tiempo para una respuesta, sentenció con ironía: «¿Le han contado que aquí no se puede ejercer la prostitución?». Abril le respondió con una mueca de desconcierto y éste le obsequió una sonrisa libidinosa al tiempo que ordenó «¡la siguiente!», voz que Abril interpretó como «muévase» a la siguiente ventanilla. Allí esperó a que el computador arrojara alguna luz sobre sus antecedentes criminales; posó para las fotos de reseña, de frente y de perfil, y superado ese procedimiento, le aplicaron sobre el antebrazo izquierdo, el primer sello de aprobado. Lo examinó con la misma alegría que disfrutó cuando su maestra de kínder la premió con la primera «carita feliz» que estampó sobre su cuaderno de tareas, en la escuelita del barrio.

En la siguiente estación pudo transitar más rápido cuando declaró que no llevaba alimentos, pero observó con asco el primitivo procedimiento utilizado por las guardianas, que introducían sus manos para examinar las ollas que las mujeres trajeron con los alimentos para sus maridos. El no tener una olla provocó cierto cabreo a una guardiana que le preguntó «¿y por qué no trae comida»?, pero era tal la cantidad de mujeres que debía atender que, sin más vueltas, le estampó el segundo sello sin esperar la respuesta.

En seguida, la cola se enfiló hacia la tercera prueba de control, la temida requisa personal. Sus tutoras le recomendaron que se relajara y que disfrutara del manoseo. «No se vaya a enverracar ni se le ocurra protestar porque le aplican toda la autoridad. La empelotan y le hurgan hasta los ovarios». Abril temblaba cuando empezó el manoseo y quedó helada con la orden de: «¡abra las piernas!». La veterana de voz gruesa alzó su voz entre el grupo y sin dirigirse a nadie en particular, notificó: «¡sobrina, me cuenta si la irrespetan!». La advertencia debió surtir efecto porque casi de inmediato le imprimieron su tercer sello.

A renglón seguido le ordenaron poner sobre una banda transportadora todas sus pertenencias, que no eran más que la chaqueta impermeable, el suéter, sus papeles de identificación y los dos libros de regalo para Andrés Castello. Todas sus pertenencias desaparecieron dentro del vientre de unos gigantescos aparatos calibrados para detectar objetos metálicos, explosivos y estupefacientes. Abril se encontraba perpleja con la experiencia que estaba viviendo. Por instantes rodó por su mente la película de su complicidad con Gabriela cuando emocionadas, se escapaban del anillo de seguridad de sus guardaespaldas para que ella tuviera la oportunidad de vivir el mundo real. Pero qué ilusa. El submundo que estaba descubriendo ahora era más cruel y espantoso, y menos divertido, de lo que ella alguna vez se imaginó. Era un agujero negro donde miles de mujeres llegaban a esa hora, oliendo a jabón barato, a ropa recién lavada, en medio de un vecindario miserable, hediondo a basura, con las calles rotas y una iluminación digna del purgatorio. Con el transcurrir de las horas el ambiente se fue contaminando de un nauseabundo olor a orines. Qué mundo asqueroso tuvo que soportar durante estas cinco interminables horas de tensión, y si sobrevivió fue gracias a la protección solidaria de sus «amigas» de aspecto sombrío que portaban sin el menor disimulo «cara de cero en conducta».

En esa madrugada, Abril aprendió varias lecciones sobre la condición humana y descubrió que allí la libertad y la vida, la dignidad y el honor se transaban en dinero contante y sonante. Pudo ver cómo la sociedad descargaba, de manera cruel, toda su furia moralista sobre miles de madres, hijas, esposas, amigas, cómplices y amantes. Y de qué manera tan injusta ellas eran sometidas a todos estos vejámenes como si la justicia también las hubiera condenado a purgar los errores de sus hombres.

En el momento en que Abril se aprestaba a recoger sus pertenencias apareció un guardia, con los libros en la mano y una mirada de reproche. Abril sintió un escalofrío. Los dos libros recomendados por el profesor estaban basados en hechos reales: *Midnight Express*, la historia de Billy Hayes, detenido en 1970 en Turquía por tráfico de hachís y condenado a treinta años de trabajos forzados, que logró escapar de la prisión, y *Las alas del águila*, del británico Ken Follett, en la que dos ejecutivos estadounidenses recluidos en una prisión de máxima seguridad en

Teherán, protagonizan una dramática fuga de la cárcel y huyen de la feroz persecución de la seguridad iraní, hacia la frontera turca.

—¿De qué se tratan estos dos libros?

—Uno es un cuento en inglés y el otro creo que es sobre águilas y otras aves —respondió Abril.

Esa respuesta ingenua tranquilizó al gorila y la hizo merecedora a su cuarto sello, más el derecho a continuar en dirección al sector donde les practicaban a las mujeres la última inspección, con la colaboración de unos supuestos perros antiexplosivos y antinarcóticos que, a juzgar por la forma como olisqueaban las ollas, debían vivir a dieta de prisionero de guerra. Con el visto bueno de los canes, Abril se ganó —por fin— el quinto sello y su derecho a ingresar como visitante a La Muralla.

Llegó la hora de la verdad. Su corazón palpitaba de entusiasmo. Todas las mujeres que ocupaban el inmenso patio acordonado exhibían, con aire de triunfo, los cinco sellos tatuados. La madrugada se volvió mañana y las mujeres continuaban impacientes —con actitud de triunfadoras— a la espera de que se abriera la puerta.

Abril aprovechó la distensión para ordenar sus ideas. ¿Cómo debo saludar a Andrés Castello cuando lo vea? ¿Cómo debo comportarme? ¿Qué tan enterado estará Castello del secuestro de Gabriela? ¿Conviene que le comparta información sobre mis responsabilidades como negociadora del secuestro? ¿Qué le puedo preguntar sobre su vida en la cárcel?

Una vez se sintió liberada de tanta tensión, su relación con las tres mujeres que la adoptaron se volvió franca y abierta. Por fin se atrevió a colocar sus ojos color miel en los de ellas. La más joven, Lucrecia, tendría unos cuarenta años, mientras las otras dos, Dolores y Teresa, superaban los cincuenta.

Veteranas en estas lides estaban familiarizadas con las minucias del reglamento carcelario, los procedimientos judiciales, y empleaban rebuscados términos jurídicos en sus comentarios.

Describían con tanto detalle esta experiencia como si hubiesen purgado largas penas de prisión en La Muralla. Conocían cada rincón de esos 1.90 por 1.70 metros, que es el área tipo de una celda, y condenaban el inhumano hacinamiento de cuatro y, en ocasiones, hasta de seis internos por celda.

Conocían las tarifas que cobraban por todo, desde una celda para una visita conyugal de quince minutos, hasta la tarifa por minuto de una llamada clandestina por celular, desde el costo de un simple cigarrillo de marihuana, hasta la tarifa diaria por gozar de protección. Reconocían y aceptaban las estrictas leyes, nunca escritas, que rigen el infierno que padecen quienes deben pelear las veinticuatro horas del día por hacerse respetar su espacio vital: esas ocho baldosas, que son el largo y el ancho de todo su universo. Abril aprendió que en La Muralla se vivía en otra dimensión, un mundo regido por el disparate, donde todo tenía un costo, hasta el derecho a respirar.

En el momento en que escuchó su nombre «Santamaría, Abril», la asaltó un pensamiento doloroso: ¿y cómo me debo comportar si otra mujer está visitando a Castello?

Abril mostró sus documentos de identidad. Exhibió los sellos que obtuvo en las más de cinco horas de viacrucis y estiró su brazo para que le estamparan sobre su piel la hora de ingreso.

—Usted no puede ingresar. Aquí en el libro de registro se indica que por orden de la dirección del penal, el interno que busca tiene restricciones de visita.

Abril sintió que una puñalada helada la traspasó a la altura del corazón.

El profesor Scott y doña Eva escucharon la patética aventura de Abril, la descripción de todos los riegos que corrió y el dolor que padeció en este segundo intento frustrado de visitar a Castello.

No había nada que agregar. Un silencio abrumador se estacionó en la biblioteca, porque cualquier pregunta corría el riesgo de sonar irrespetuosa.

Desde esa noche, la visita al «interno» Andrés Castello se convirtió para *mister* Tutis en su desafío personal.

—¡Todo reto tiene un precio! —sentenció en voz alta el veterano profesor y en seguida se enredó la bufanda roja en el cuello, hizo una venia y se escurrió hacia la puerta.

—Buenas noches.

75

Mister Tutis, acostumbrado a desenvolverse en los recovecos de las cortes, identificó el juzgado a cargo del caso criminal contra Andrés Castello.

Durante medio día revoloteó por pasillos y cafés y se asomó a otros juzgados, preguntando aquí y allá por el «doctor» Eustorgio García, hasta que logró aprenderse de memoria su origen, vida, milagros y rutina diaria.

El profesor Scott conocía muy bien a los burócratas que en cualquier lugar del mundo maniobran —con mano diestra y, en ocasiones, siniestra— los hilos de la justicia. Sabía interpretar las necesidades económicas que experimentan los servidores de la justicia cuando se acerca el fin de mes y los trucos para convertirlos en funcionarios diligentes y eficientes para agilizar o retrasar algún procedimiento, saltarse una pequeña norma o corregir un descuadre en alguna providencia.

Dos días más tarde madrugó en plan de cacería y abordó al secretario del juzgado, justo cuando se bajaba del bus, frente a los juzgados.

—Doctor García, acabo de llegar a la ciudad y un amigo común me recomendó que hablara con usted. ¿Me acepta un café?

—¿Para qué soy útil?

—Necesito una opinión jurídica de su señoría —le sopló al oído.

—Estoy de afán, así que resuma lo que necesita.

—Tengo interés en que el señor juez, autorice, «por razones humanitarias», la visita a un preso que está recluido en la cárcel de La Muralla.

—Si está detenido allá deber ser un tipo peligroso. Doctor, deme el nombre del recluso. A la luz de la norma, yo estudio lo que la justicia puede hacer por usted.

—En este sobre va el nombre y un modesto reconocimiento por su tiempo y orientación jurídica.

—Dentro de cuatro horas, a las doce y quince, nos podemos ver en ese café de la esquina.

Pasado el mediodía, con puntualidad británica, el doctor Eustorgio García apareció en el café.

—Ilustre doctor —le dijo al profesor Scott— le tengo malas noticias. El sujeto encartado tiene total restricción de visitas, con la única excepción de su abogado. Ni siquiera se le permite el acceso a los periodistas. Es que en los casos de delitos internacionales, donde media detención con fines de extradición, las limitaciones son excepcionales.

—Pero, su señoría, en este caso se puede configurar violación a los derechos civiles del interno, más cuando éste se encuentra enfermo y la detención indefinida está agravando su estado de salud.

—Cuénteme, doctor, ¿cierto que usted es un abogado extranjero? Acláreme, ¿ha convalidado y homologado sus títulos en este país? ¿Trajo la carta de solicitud del peticionario, autenticada ante notario, más el poder que le otorga a usted, donde se expliquen las razones para la delegación? Antes de cualquier procedimiento, ¿está usted registrado en nuestro despacho para adelantar gestiones judiciales? De otra manera, si se va a registrar ahora en este juzgado, necesito su «tarjeta profesional de abogado», su cédula de identidad y el poder autenticado que le otorgó el implicado para que usted lo represente.

El profesor levantó la ceja que estaba a cargo del gesto de sarcasmo y observó al diminuto funcionario con esa mirada de «entre bomberos no nos pisemos las mangueras».

—Sí, claro, aquí está todo lo que usted me pide y algunos documentos adicionales para que no quede duda. —Uniendo su afirmación a la acción, *mister* Scott le deslizó un sobre de manila con otro sobre blanco en su interior que contenía los billetes suficientes para que el funcionario hiciera una verdadera demostración de su vocación de servicio público.

—Suficiente ilustración, eminente abogado. En una hora puede pasar por mi oficina.

Antes de cuarenta minutos el funcionario ya tenía redactada la carta de petición de la visita. Él mismo la firmó —con una letra afeminada— encima de la raya donde aparecía el nombre «Abril Santamaría». Puso al lado de la firma la huella de su dedo meñique y declaró que «la solicitante había realizado su presentación personal, acompañada de su documento de identidad en original, por lo que no requería que su firma fuera autenticada por notario».

Cuando *mister* Scott llegó a la oficina, el eficiente secretario del juzgado le estiró la carta.

—¿Esto es lo que necesita?

El profesor asintió con la cabeza.

—Regrese antes de las tres y le entrego la resolución firmada por el honorable juez.

—Señor secretario, por favor, ¿me devuelve el sobre de manila que le pasé?

El funcionario se agachó y buscó entre la basura.

—¿Este?

—Sí. Es para recargarlo con nueva energía, por si a su señoría se le ocurre imprimirle al documento que firmará el juez un par de sellos de «urgente», más el texto que indica que «la visita de la señora Abril al detenido, señor Andrés Castello, es de imperioso interés para la investigación que este juzgado adelanta».

Mientras el eficiente funcionario judicial se tomaba de la barbilla, pensando en cómo maniobrar para impedir que esa propina extra se le esfumara, *mister* Scott reflexionó: «En barandas de todos los juzgados del planeta se diligencian pequeñeces como esta. También los magistrados en las más altas cortes son muy sensibles a estos estímulos. Pero de ellos se encargan los bufetes de abogados que representan los intereses de los empresarios más poderosos».

—¡Ah!, casi lo olvido, honorable secretario. Por su estabilidad laboral, le recomiendo desaparecer en seis semanas toda huella de este acto de caridad.

Para rematar esta diligencia judicial, *mister* Scott le encimó al honorable secretario, don Eustorgio García, una sonrisa como reconocimiento a su eficacia.

—Doctor, aquí en este juzgado, siempre a sus órdenes —le respondió el secretario.

76

Abril se enfrentó a su tercer intento de ingresar a La Muralla.

Los trámites los realizó en una oficina pequeña ubicada en el segundo piso del edificio donde funciona la dirección del penal. La entrevista con la doctora Enriqueta Pérez, una profesional a cargo de las trabajadoras sociales, resultó formal y fría. La funcionaria era una mujer gorda, bajita, dueña de una voz de mando con tonos graves, embadurnada de maquillaje hasta en la nuca y propietaria de unas pestañas postizas que manejaba con el encanto de dos polillas amaestradas. Abril la vio parapetada detrás de un escritorio que a duras penas soportaba semejante carga de expedientes y carpetas, en una oficina helada que olía a alcohol y a desinfectante de «motel por horas».

En un impecable acto de ilusionismo la mujer localizó entre los cerros de carpetas sus anotaciones personales sobre el interno Andrés Castello. A manera de prólogo, la doctora Enriqueta la enteró de los problemas de sobrepoblación en La Muralla, donde en medio de un ambiente nauseabundo por la escasez de agua, se hacinaban casi nueve mil reclusos, cuando su capacidad era de apenas tres mil quinientos.

—Tenemos dos patios donde se encuentran los criminales más peligrosos. Ellos ejercen en esas áreas un real autogobierno. Son bandas criminales que imponen por la vía del terror sus propios códigos. El señor Castello no hubiera sobrevivido medio día entre semejantes delincuentes y asesinos.

Abril sintió irresistibles deseos de llorar. Le temblaba la barbilla sin control. Extrajo del bolsillo un pañuelo desechable y alcanzó a enjugar dos lágrimas que estaban a punto de abrirse camino sobre sus mejillas.

—Tranquilícese, señorita. Yo vivo pendiente de que el señor Castello esté en las mejores condiciones posibles, en medio de este infierno, donde hay abundancia de riesgos y escasez de todo lo demás.

Con estas palabras la sicóloga cambió de actitud y de tono de voz.

—La llegada del señor Castello a La Muralla fue muy difícil para mí. Una persona en su condición médica excepcional no debería estar sometida a nuestro durísimo régimen penitenciario.

—¿Y aquí hay más enfermos?

—Miles de infectados y de enfermos, pero también miles de hombres abandonados por años que nunca nadie visita... esos son los enfermos de soledad.

—Pero...

—Nadie, ni el más peligroso antisocial debería estar aquí en el estado de minusvalidez del interno Castello —le susurró en tono confidencial—, por eso yo trato de gestionarle en los comités de bienestar carcelario algunas condiciones especiales para hacer más soportable su vida en la prisión.

Luego de un ahogado suspiro la sicóloga le proporcionó a la entrevista un tono más cálido. «Qué hombre tan apuesto y tan bien educado, no le tiene pereza a nada y nos colabora en múltiples tareas de oficina».

Abril se sentía actuando en una obra en donde todos los actores habían estudiado el libreto menos ella, porque las páginas que le entregaron para que representara su papel se encontraban en blanco. Así que no sabía si sonreír, si afirmar con la cabeza, si preguntar, o simplemente escuchar.

Lo cierto es que el trabajo documental que le preparó el secretario del juzgado, con la supervisión y ablandamiento de *mister* Tutis resultó tan impecable, que la funcionaria descargó en Abril todas sus frustraciones con respecto a Andrés Castello.

—Usted es la primera visita que autoriza el honorable juez que lleva el caso. No entiendo el nivel de peligrosidad del señor Castello pero, desde que está aquí, apenas le han autorizado entrevistas con sus abogados.

La funcionaria examinó la cara de Abril en espera de alguna reacción. Quizás para darle más confianza agitó con mansedumbre sus pestañas postizas. Pero Abril, temiendo una metida de pata y previendo que cualquier expresión o gesto pudiera ser mal interpretado, decidió continuar, más que discreta, «invisible», tal como se lo había recomendado la viuda de Wasserman.

—¿Usted es familiar del señor Castello?

—No. Pero mi familia y la familia Castello han estado vinculadas por muchos años como parientes políticos.

—Ah, ya veo. Ahora la voy a acompañar hasta el sitio donde permanece recluido el señor Castello.

La funcionaria se incorporó del escritorio, extrajo de su bolso un pequeño espejo, se examinó la cara y a continuación cerró con llave no menos de quince gavetas y cajones.

—Aquí en la cárcel es más seguro que allá afuera, pero no hay que confiarse mucho, una nunca sabe.

—¿Ya puedo ver al señor Castello? —preguntó Abril sin poder disimular su ansiedad.

—Sí. Pero no sobra advertirle, señorita, que si el aspecto del señor Castello la impresiona, trate de disimular.

Abril sintió reptar desde el estómago una ansiedad agónica que en segundos se le estacionó en la garganta.

77

Qué desproporcionado contraste.

El pentahouse de Castello, ubicado en el piso 21 de un elegante edificio sobre la avenida circunvalar, es espectacular gracias a la vista panorámica que se disfruta. Si se mira hacia el Oriente, se aprecian unas montañas de postal, repletas de pinos y eucaliptos, y, al fondo, la imponente cordillera orlada por finas gasas de niebla. Si observas hacia el Occidente, aparece abajo el valle ajedrezado, con cientos de pequeñas parcelas geométricamente ordenadas, en todos los matices de los verdes. La decoración que predominaba en la vivienda es la luz natural. No hay adornos, ni cuadros, ninguna mesa de centro, ni esquinera, ni ningún otro obstáculo, ni siquiera alfombras. Los muebles, importados de la casa Lyx de Suecia, demuestran que la sencillez se alza como el gran lujo, líneas puras, simples y limpias, sin tallas, adornos ni estoperoles. La cocina, que jamás estrenó, fue diseñada por Tommaso Toncelli. Pocos libros, muy bien seleccionados y distribuidos con mesura y gusto por toda la casa... ¡Ah! Y esa música etérea que se propaga por las dos plantas del *penthouse* sin que se tenga certeza dónde está la fuente de donde fluye el sonido. Según testimonio del mismo Andrés Castello, «gracias al *high end audio*, aquí se aprecia el sonido puro, prístino, sin filtros que lo opaquen o que lo distorsionen, experiencia que permite reconocer, además de la música, la sensación de tiempo, espacio y clímax, que es cuando percibes que lo físico desaparece y la armonía es solo una: aquella que pactas entre tu propia conciencia y la conciencia de la música».

Ahora es el interno que vive en las mejores condiciones dentro de La Muralla. Desde hace ocho meses su hogar es el consultorio de odontología. A las siete de la noche rescata del pequeño depósito debajo de la escalera, un catre de doblar con armadura de hierro y una colchoneta de espuma que instala en un rincón del helado consultorio. Todas las noches descansa hasta las cuatro de la madrugada, pues a esa hora se empiezan a escuchar órdenes a gritos, golpes en las puertas, timbres y pruebas de las alarmas, entonces Castello se levanta a reiniciar su rutina.

Para neutralizar el efecto perverso del lento transcurrir del tiempo, Castello se ofrece como voluntario para realizar toda clase de oficios en la cárcel. Es una especie de funcionario «todero» que de lunes a jueves combina las artes de maestro alfabetizador, abogado penalista, analista jurídico y asistente dental. Los viernes es archivista. Dicta cursos sobre geografía e historia con un estilo tan desabrochado y coloquial que más parece un guía turístico. Los presos que asisten a sus charlas turísticas se limitan a cerrar sus ojos y a imaginarse las historias que Castello cuenta sobre lo que vivió en tierras exóticas, narraciones que les hacen confundir la frontera entre la magia y la realidad.

Abril sincronizó su cerebro con los consejos de *mister* Tutis, en eso de abrir los ojos y absorber todos los detalles. Puso su memoria fotográfica a trabajar para describir los cinco controles internos a los que debió someterse para transitar, desde la «oficina de trabajo social» hasta el pequeño edificio donde funcionan el consultorio médico, la enfermería y el consultorio de odontología. Gracias a la escolta que le prestó la doctora Enriqueta las condiciones de las requisas no fueron severas.

Qué pequeñas las instalaciones de sanidad para atender a casi nueve mil condenados. Claro que en medio de la miseria de La Muralla este lugar venía a ser como un oasis. La dotación de la enfermería y los consultorios no es moderna pero todo está en orden y limpio, con esa apariencia de pobreza con dignidad. La humedad aquí es como un cáncer que corroe las tuberías de los baños, las camas y los muebles metálicos, salta la pintura de las ventanas y deja curiosos mapas en las paredes. La humedad y el frío parecieran colarse por todos los resquicios. La brillantez de los pisos es notable, gracias a los internos que se encuentran en tratamiento en la enfermería y que queman su tiempo de condena refregando con obsesión los pisos de cerámica.

—Doctora Cecilia, hoy le traigo buenas noticias.

—Qué maravilla. Cuénteme doctora Enriqueta.

—Ella es Abril —la sicóloga hizo una pausa— Santamaría, ¿cierto? Sí, Abril Santamaría. La autorizaron para visitar a Castello, nuestra oveja descarriada.

—Por fin una visita de alguien de su familia. Qué bueno verla. Yo soy Cecilia Ruiz, odontóloga de esta institución —dijo estirándole la mano—. El señor Castello es mi ayudante ¿Abril? No recuerdo que la haya mencionado, pero, de cualquier forma, creo que hoy se va a sentir muy feliz.

—Es que fuera de sus abogados nunca nadie de su familia lo ha visitado —repitió la sicóloga.

La odontóloga consultó su reloj.

—Mmm... Salgamos al corredor que en pocos minutos aparece.

El largo corredor de la unidad de sanidad estaba desierto. Abril cerró por instantes los ojos y recordó aquella mañana en la capilla del colegio cuando vio desfilar al papá de Gabriela conduciendo del brazo a un hombre maduro que la impresionó por su frescura. ¡Ah! Y recordó aquella expresión que le brotó espontánea: «¿quién es este churro de hombre?» y la respuesta de Gabriela: «No seas loca, es Andrés Castello, el mejor amigo de mi papá y, de encime, mi padrino de bautizo».

Los segundos se hicieron eternos. Como si esperaran un amanecer, las tres mujeres no despegaban sus ojos del extremo del corredor donde aparecería el motivo de sus preocupaciones.

El hombre de la silla de ruedas se materializó allá al fondo. Con gran soltura, como si desde su nacimiento hubiese maniobrado ese aparato, Castello se acercó al grupo con notable agilidad. Cuando se encontraba a mitad de camino alzó la voz con el saludo que las dos profesionales conocían. «¡Guau! Soy un privilegiado con este comité de recepción. Nunca había visto en formación de parada a mis ángeles de la guarda». Abril temblaba y de súbito, la imagen de su hermano Julio, en la silla de ruedas, le saltó a su mente como un *flash* doloroso.

La doctora Cecilia haló del brazo a Abril y la puso detrás de ella.

—La doctora Enriqueta y yo te tenemos una sorpresa.

Andrés Castello paró en seco la silla de ruedas. Se veía sorprendido. Su rostro se transformó, como si luego de decidir que viviría el resto de su vida en este nuevo purgatorio, algún impertinente lo estuviera expulsando del ambiente en el que había aprendido a sobrevivir.

Abril, escondida detrás de la odontóloga, temblaba sin control y, por instantes, pensó que no podía resistir más la tensión.

—Tienes tu primera visita familiar.

Castello continuó mudo y estupefacto. Su remedo de sonrisa decía menos que aquella arteria en el cuello que le palpitaba frenética.

—Va una pista, Andrés Castello... a ver... ¿qué es lo primero que piensas si te digo que es una damita que nació en el mes de abril?...

Castello empleó cinco segundos en realinear sus neuronas y luego otros diez en tratar de entender lo absurdo de la escena. Abril, a su turno, contó otros cinco y su corazón no resistió más ese juego cruel de adivinanzas y, entonces, sin el menor recato, dio un paso al lado y dos al frente y se plantó con una sonrisa nerviosa frente a ese hombre en silla de ruedas que la miró boquiabierto.

El emotivo silencio fue roto por la voz de Andrés Castello que, en cámara lenta, exclamó incrédulo, las dos sílabas que jamás se imaginó volver a pronunciar.

—¿Aaa-briiil?

Ella, sin atreverse a avanzar, hizo señal de afirmación con la cabeza y entonces a Castello se le olvidaron los elementales principios de disciplina de la cárcel y gritó «¡Abril Santamaría!», al tiempo que impulsó la silla de ruedas hacia ella y abrió los brazos. La joven visitante se refugió en su pecho y el abrazo, con vocación de nudo ciego, no mostró el menor interés en desatarse.

Para fortuna del régimen disciplinario de la institución carcelaria, nadie se percató del par de gruesos lagrimones oscuros, cargados de *rimmel*, que brotaron espontáneos debajo de las alas de polilla que adornan los ojos de la doctora Enriqueta, ni el momento en que se le humedecieron las mejillas a la doctora Ruiz, la odontóloga de La Muralla, porque después de tantos años de trabajar en ese ambiente despiadado, ellas pensaban que ya se les había esfumado, para siempre, su capacidad de emocionarse.

Nunca fue fácil definir si Castello se veía mejor entre un esmoquin azul medianoche y corbata negra, o entre una chaqueta *blazer* con botones dorados, camisa abierta y bermudas o enfundado entre un *jean* roto y una camiseta negra. Lo cierto es que en el vestir siempre fue elemental, por una sencilla razón: todo le quedaba bien, incluso el uniforme ordinario de los presos —camisa y pantalón de dril azul oscuro, con un número impreso en amarillo sobre su espalda y la camiseta blanca—; Castello proyectaba la sensación de que el suyo había sido diseñado por el mismísimo Gianni Versace, la víspera de caer asesinado.

—Qué maravilla, a nuestro amigo «todoterreno» le sentó bien esta visita, nunca lo habíamos visto tan animado.

—Pues con esta visita, créame, mi bella doctora Enriqueta, que he vuelto a la vida.

La funcionaria gordita no pudo disimular su turbación, entornó los ojos y aleteó con nerviosismo sus pestañas postizas.

—Yo creo que nuestra visitante se va a sentir más cómoda si se reúnen en el consultorio médico al fondo del pasillo —sugirió la odontóloga—, así podrán los dos adelantar ese cuaderno de tareas que, a juzgar por sus caras, luce bastante atrasado.

Abril se sentía radiante. Portaba un aire juvenil, discreto, elemental, básico. El cabello recogido, sin otro maquillaje diferente al de sus ojos color miel y al de sus dientes blanquísimos. No mostraba anillo, ni prendedor, apenas un par de perlas casi imperceptibles en sus orejas. Intentó empujar la silla de ruedas pero Castello maniobró, dio media vuelta, le sonrió y movió la cabeza en señal de «gracias, pero no lo necesito».

La doctora Ruiz seleccionó entre un manojo de llaves cuatro o cinco y las probó todas hasta que, ¡milagro! la puerta del consultorio se abrió. Entonces les regaló una sonrisa de complicidad y cerró la puerta.

Por no estar preparados para el encuentro, Abril y Andrés Castello se trenzaron, en medio de tan incómodo silencio, en un prolongado duelo de miradas. No sabían por dónde comenzar, no aparecía la frase adecuada, la clave que les permitiera ingresar al fondo de sus corazones. Ambos coincidieron en ese punto muerto de «tengo muchas cosas qué decir, pero no sé por dónde empezar o ¿quién empieza?».

Esa incómoda eternidad, abrumada de silencios, fue rota por Castello con una declaración de principios: «desde que empecé esta condena de por vida, deseché la idea de que la felicidad pudiera existir. Hoy creo que debo enmendar este error. Abril, me siento feliz con tu visita».

Abril tenía un nudo en la garganta y no pudo responder. A cambio, estiró su yerta mano derecha y la colocó sobre la enorme mano tibia de Castello.

—Tenemos que aprovechar el tiempo. ¿Te informaron algo sobre la duración de tu visita?

A duras penas Abril logró extraer de lo profundo de sus emociones un agónico «no».

—La consulta médica empieza a las dos de la tarde —miró el reloj de la pared— contamos entonces con… casi tres horas.

Abril se encontraba tan embelesada que no supo qué responder. Esa cascada de emociones, frustraciones y decepciones que acumuló por semanas, derivó en un estado de éxtasis.

Abril no había tenido la oportunidad de examinar tan de cerca, ni durante tanto tiempo, a ese hombre que la electrizó en la capilla de su colegio cuando era una niña, el mismo que le robó un beso inolvidable esa medianoche, en el primer segundo del nuevo milenio. Ahora podía inspeccionar con calma esa cabeza donde brillaban unas canas que no recordaba haber visto. Se paseó por su frente adornada con las líneas de la madurez. Unas cejas muy pobladas enmarcaban esos extraños ojos claros, que brillaban bajo la sombra de lo que le pareció un exceso de pestañas. Terminó su viaje recorriendo esas líneas de expresión que se encuentran a lado y lado de los ojos —«patas de gallo», recordó— que denunciaban que ese rostro no había conocido emoción diferente a la felicidad, al menos hasta aquella madrugada cuando, en medio del más aparatoso convoy policial, fue sacado del Hospital del Norte, incomunicado y esposado a la silla de ruedas para ingresar a su nuevo hogar en la lejana prisión de La Muralla.

Abril no se percató de cuánto tiempo duró el sobrevuelo de su mirada sobre el rostro de Castello, sólo percibió que toda esa fantasía aterrizó de repente, cuando este hombre le sonrió con unos dientes perfectos y mirándola a los ojos le disparó la pregunta que Abril tanto temía, aquella que le había rogado a Dios que, por favor, no se la planteara.

—¿Y cómo está mi pequeña Gabriela?

Abril se estremeció. «Dios mío, ¿porqué tenía que ser esa la primera pregunta?». Un instinto que no se reconoció la hizo recuperar la voz. Con una sonrisa, a modo de velo para disimular la tragedia, mintió de manera tajante.

—Gabriela está muy bien, muy, pero muy bien —repitió como si necesitara convencerse a sí misma—. Tú eres consciente de la cantidad de limitaciones que le imponen en el banco, por su seguridad. Esa es la razón para que yo esté aquí. Ella me pidió de manera expresa que viniera a visitarte. En todo este tiempo hemos hablado mucho de ti y aquí me tienes. Cuando la vuelvas a ver, espero que la evaluación que me des por el cumplimiento de la tarea merezca, por lo menos, una calificación de diez —sonrió, sintiéndose de nuevo dueña de la situación y rogándole a Dios que Castello no le fuera a plantear otras preguntas incómodas.

Castello se sinceró en voz alta. La escena evocaba esas montañas nevadas que al llegar la primavera empiezan su deshielo, porque empezó a fluir un arroyo de reflexiones que estuvieron represadas en su mente, desde cuando empezó, aquí, en La Muralla la «era glacial» de su existencia.

Se confesó decepcionado de sus amigos, enfatizó en el dolor que al principio sintió al percibir el olvido lacerante por parte de sus compañeros de colegio y universidad. Repasó decenas de nombres de personas a quienes les tendió la mano con un empleo, un contrato, una conexión, sin jamás pedirles nada a cambio. Echó de menos a sus compañeros del club de golf, recordó a los numerosos amigos y sus familias a quienes alguna vez hospedó en sus apartamentos y casas en España, Inglaterra, Italia y Estados Unidos. Abril esperaba que a la vuelta de cualquiera de las muchas anécdotas que iban brotando en este inventario de decepciones apareciera Gabriel Hoffman, pero su nombre brilló por su ausencia. «Me sentí como el portador de la peste negra», reconoció Castello, agregando que cuando era estudiante en el Trinity College, en Cambridge, por allá a orillas del río Cam, debió redactar un trabajo para su clase de historia, sobre la peste negra que en 1340 azotó a esa ciudad. «Esa historia me impresionó toda la vida».

—Me han mantenido tan aislado e incomunicado, que mis conversaciones más eróticas y divertidas las tengo con unos testigos de Jehovah que cada mes me buscan con la obsesiva misión de convertirme.

—Andrés, te comprendo porque yo misma he tenido que soportar muchos golpes en la vida —terció Abril—. Y los golpes, claro que nos magullan, pero también nos maduran.

Castello la miró con esa incredulidad del hombre que, privilegiado por la vida, jura que el resto de los mortales ha tenido su misma fortuna.

—La mejor prueba de que tantos meses de padecimientos me han madurado —suspiró Castello— es que ya dejé de marcar, raya tras raya, los días que iba acumulando en esta miseria de soledad. Es más, ya superé ese conteo obsesivo de los ochenta y seis mil cuatrocientos segundos que debía soportar cada día. Una noche de soledad, frío y abandono, hice una reflexión: o entro en una espiral de crisis emocional y me suicido, o me aplico la receta de mi amigo «Inocente» Montoya, un viejo cabeciduro que me saludaba todos los días con la misma fórmula: «Hola compañero, hoy es mi día 2347 y soy inocente». Desde entonces me apliqué esa misma receta, aunque la despejé de palabras superfluas. Cada mañana cierro los ojos y rezo en soledad, doy gracias a Dios por amanecer vivo y concluyo con la frase que me proporciona la justificación para continuar vivo: «soy inocente».

—¿Y qué pasó con tu amigo?

—Un día, por fin, se liberó del infierno de La Muralla pero no nos pudimos despedir. «Inocente Montoya» murió de neumonía, en su día 2568. La paradoja de su vida es que, veintiún días más tarde, llegó la resolución del juzgado notificándole su absolución. Luego de casi diez años de mora, no encontraron motivos para llamarlo a juicio.

Para evitar que Castello le preguntara más sobre Gabriela, decidió tomar la iniciativa y hablar de ella misma y su familia. Le contó de su hermano, «mi Supermán», que coincidía en estar condenado a una silla de ruedas. Sin entrar en detalles sobre su vida de carencias y pobreza, ponderó la inteligencia y el carácter de Julio, sus éxitos universitarios como ingeniero electrónico especializado en mecatrónica y robótica, y el desagraciado accidente que le truncó su carrera y le costó la vida a su papá.

Mientras Abril hablaba, Andrés Castello la contemplaba extasiado. Cuando ya tuvo en su imaginación el retrato completo de Julio, sentenció:

—Dile a Julio que lo admiro. Dile que ambos le conocemos la cara a la misma maldición, pero que él es un afortunado porque posee el privilegio de la libertad. En pocos minutos tú estarás afuera de este infierno y continuarás con tu vida. Yo permaneceré aquí, donde el tiempo se ha detenido. Mi única «libertad» es recordar esos pequeños detalles que nunca antes tuvieron importancia, las cosas elementales sobre las que nunca me fijé, esos sueños que nunca valoré. Todas las cosas simples adquieren desde la perspectiva de esta prisión, una renovada dimensión y un nuevo valor.

Abril se estremeció. Sobre la pantalla de su memoria apareció la imagen de *mister* Tutis cuando pronunció las sabias palabras que ahora le retumbaban en las sienes: «cualquier persona encerrada en una celda lo único que ansía es su libertad».

Ella lo miró a los ojos. Andrés Castello había evolucionado en su concepción de la vida y en la forma en que ahora valoraba la esencia de las cosas, era otro ser, y ese cambio en su alma era una milagrosa epifanía.

—Abril, tengo que salir de aquí.

—Vas a salir, y pronto.

—No. Ahí donde estás sentada en este momento han estado aplastados los más brillantes juristas y defensores, bizqueando mientras hacen cuentas del dinero que me van a sonsacar. Pero, como si una fuerza mayor los neutralizara, jamás regresan. O me mandan a decir que el caso ya no les interesa. —Castello ensayó un suspiro profundo—. Hay intereses demasiado poderosos para mantenerme retenido. Yo continuaré batallando porque me resisto a pudrirme entre estos muros helados.

—Andrés, yo quiero participar en tus batallas.

Castello ensayó una sonrisa indulgente. Para agradecerle su ingenuo respaldo y perdonarle su candidez, le apretó sus manos heladas.

—A estas alturas del partido, pequeña, mi único deseo es salir de este infierno, olvidarme de todo y de todos, y pedirle a Dios que todos me olviden.

—Gabriela y yo no te podemos olvidar.

Durante los últimos diez minutos el silencio volvió a rodearlos. Ya no necesitaban las palabras. No hubo abrazos, besos, demostraciones de pasión, de amor u odio. Castello la tomó de la mano y, cual si fuera el propietario de todo el tiempo del universo, se llevó a sus labios la punta de sus dedos y los besó —uno a uno— en cámara lenta.

Cuando sintieron sobre las baldosas del corredor los pasos de la doctora Ruiz, Abril le tomó la enorme mano derecha y sobre la palma extendida de Andrés Castello le dibujó —lentamente— con su dedo índice, un corazón, y le susurró al oído: «mientras yo viva, nunca te volverás a sentir solo. Prometo luchar por tu libertad».

Esa tarde Abril abandonó La Muralla con más interrogantes que certezas. Con menos paz y renovada ansiedad.

Si supieran que esta sería la primera y última visita de Abril a La Muralla, ni ella, ni Castello, ni la odontóloga, ni la sicóloga a cargo del bienestar de la prisión, lo hubieran creído.

78

—Abril, gracias por compartirnos esa bella historia de solidaridad —sentenció la señora Wasserman.

—De acuerdo, muy bella, pero sin final feliz —acotó el profesor Scott, al tiempo que exageró su cara de tristeza—. Abril, no puedes volver a La Muralla.

—No entiendo, profesor Scott. ¿Por qué no? ¿Cómo así? Si ya conozco el camino. Si ya demostré que soy capaz de hacerlo.

—Ya quedaste marcada. En este país, nadie toma el riesgo de visitar a un preso notorio o importante, porque de inmediato su perfil queda vinculado al proceso. Aunque he tratado de borrar toda huella en el juzgado, cualquier fiscal diligente podría olisquear tu rastro. Uno nunca sabe las consecuencias. Es probable que ya te hayas ganado el estatus de «persona de interés», o, en el peor de los escenarios, te hayan fichado como «cómplice» de alguna cosa. En este país tan generoso, una orden de captura no se le niega a nadie.

El silencio resultó incómodo. *Mister* Scott introdujo su índice dentro del vaso de whisky, e hizo tintinear los cubos de hielo contra el cristal, recurso para aliviar la tensión y destilar su imaginación.

—¿Te reseñaron a la entrada?

—No señor —respondió Abril sin disimular su agonía—, tampoco me tomaron huellas ni fotos. Yo no ingresé por los puestos de control de la cárcel. Entré por la parte administrativa, directo a la oficina de la doctora Enriqueta, la profesional a cargo de los programas sociales, y de allí, a la unidad de sanidad, donde la odontóloga me facilitó la entrevista.

—No quiero ser pesimista. Confío en que el secretario del juzgado que preparó la autorización haya borrado todas las huellas de tu ingreso a La Muralla.

Abril lucía agotada, cansada de no poder manejar su propia agenda, y subalterna de las decisiones de terceros. Debía permanecer con siete sentidos alertas, dormir con tres celulares bajo la almohada, mantener el internet prendido y estar disponible en la oficina 11-11, pendiente de la llamada de la señorita Moneypenny, con instrucciones, demandas de información y preguntas del banquero Hoffman. Para rematar, era responsable de procesos que no estaban bajo su control, explicar por qué las negociaciones avanzan con lentitud exasperante, y hasta especular sobre quiénes podrían ser los autores intelectuales del plagio. Todo el tiempo la bombardeaban con preguntas que no podía contestar: que cómo estaba la salud de Gabriela, que cuándo la liberaban, que si la trataban bien, que cómo pasaba el día una mujer secuestrada.

Los secuestradores, por su parte, están conscientes de que el arma más efectiva para desequilibrar al poderoso banquero era esperar y esperar hasta desesperar. Alimentar la esperanza y, en seguida, silenciarse, desaparecer del radar, y manipular la incertidumbre, ellos sabían que sus mejores aliados eran el tiempo y la paciencia.

—Profesor, gracias por su ayuda y le ruego me perdone la brusquedad. Es que ya no soporto mi papel de intermediaria, en especial cuando me piden apurar las negociaciones, como si eso estuviera en mis manos, y, lo que me resulta más incómodo, debo improvisar todo un catálogo de respuestas a la más estúpida de todas las preguntas: «¿cuánto nos irá a costar esta pesadilla?»

—Pequeña alumna, llegó la hora de calcular cuánto exigen los secuestradores y tener claro cuánto debe desembolsar el banquero.

—¿Y cómo se definen esos «cuántos»?

—El banquero debe pagar lo justo.

—¿Y qué es lo «justo»? Perdóneme mi tono, querido profesor, pero estoy nerviosa y confundida.

—Déjame te explico…

—Es que la que pone la cara en esta negociación soy yo. Yo, sola y desamparada, frente a los secuestradores. Yo sola, frente al «dios» Hoffman y su espantoso comité. Siempre, yo. Siempre sola.

—Abril, déjame te explico…

—Le ruego que no me interrumpa, profesor. Usted sabe cuánto lo quiero, pero perdóneme. Lo que más temo es que se me note ese terror que me paraliza cuando tengo que mentir. Yo no sé mentir. No sé mentir. ¡Entiéndame!

—*Shorty*, para empezar, yo nunca te presionaré para que mientas. Tampoco te he mentido ni te voy a mentir. Así que, sin anestesia, te presentaré las cuentas. No es para que te angusties, sino para que entiendas cómo funciona este «casino» donde todos los días debemos apostar nuestro capital para poder mantenernos con vida.

—¿Qué significa «sin anestesia»?

—Hablarte con toda claridad. Tengo el pálpito que los plagiarios demandarán entre doce y quince millones de dólares, así, redondos, ni uno más ni uno menos. Debes entender que ellos son «negociantes», no «negociadores». En eso estiman el valor actual de Gabriela, en la bolsa de valores de la vida. Y como ya sabes, tu papel de negociadora es el más complicado.

—¿El «valor» de Gabriela será igual para todos?

—No nos compliquemos. Es elemental. En el supuesto que los plagiarios demanden doce millones, el intermediario de Panamá se aprovechará de su posición y nos cobrará quince millones sin que le tiemble la voz. En aritmética simple, el tipo se roba tres millones. En esa misma lógica, el banquero debe pagar veinticinco millones; así de elemental opera este negocio.

—¡Qué porquería! Profesor, me niego. Eso es un robo.

—Querida Abril, así funcionan los negocios. ¿Te gusta la Cocacola? Pues producir el líquido para una botella le cuesta al fabricante US$0,0001. Tú pagas $2 dólares y a nadie le remuerde la conciencia. ¿Te hace feliz tu Cocacola? Si la respuesta es ¡Sí! Entonces... ¡paga!

—Lo tengo claro, profesor. En la universidad aprendí la relación entre precio, valor y costo.

—Ahora, si como resultado de tu gestión logras bajar las pretensiones de los secuestradores, por ejemplo, de veinticinco a veinticuatro millones, Gabriel Hoffman te levantará una estatua a la entrada de su banco por tu «impresionante habilidad negociadora» y todos tan contentos.

—Pero esa conducta me pesará en la conciencia.

—Serena tu conciencia. Piensa que el banquero Hoffman no es un hombre virtuoso ni honrado.

—Pero es una persona generosa, muy generosa. Usted es testigo de todo lo que le ha donado al colegio.

—Abril, no confundas la caridad con la filantropía: cuando un multimillonario tiene exceso de ganancias, la progresión de los impuestos lo puede conducir a la quiebra. Es preciso detener esa progresión. Entonces el tipo crea una fundación filantrópica, la bautiza con su nombre y usa como logotipo las letras «G+H» entrelazadas. Como feliz resultado, el multimillonario utiliza el dinero que estaba obligado a pagar por sus impuestos para impulsar tres tareas: sostener una obra social, limpiar su imagen y dormir tranquilo.

—Pero ese capital se lo ha ganado trabajando con honestidad, construyendo un imperio que genera muchos trabajos.

—Abril, no es hora de juicios morales, pero un banquero es exitoso, no por su derroche de honestidad. Un banquero es exitoso porque sigue fiel la consigna de los comunistas: «la combinación de todas las formas de lucha». Nuestro personaje opera ceñido a la ley, al margen de la ley, y a pesar de la ley.

—Pero, querido profesor, ¿usted insinúa que no hay un banquero honorable?

—Los banqueros, como los políticos, se unen para conformar pandillas de «pillos honorables». Ayudan a blanquear capitales mal habidos, especulan y arriesgan con el dinero que no les pertenece y se hacen los de la vista gorda sobre el origen y destino de los dineros que manejan. Los banqueros que se arrogan ser honorables jamás roban en grande, lo que hacen es robar poco, pero muy seguido. Y no a unos cuantos, sino a millones de clientes despistados que no les importa que les cobren pequeñas cuotas de manejo por utilizar su dinero, tasas por pedir extractos, multas por más de tres retiros y por saldos mínimos, y cero interés por mantener sus ahorros. Si la entidad que los vigila los descubre, cambian las reglas de juego. Siempre tienen preparadas nuevas trampas, establecen nuevas aduanas, pequeñas, pero abundantes. Todo el sistema está diseñado para que los banqueros se queden con poco dinero, pero de millones, y eso sí, muy seguido.

Abril hundió la cabeza entre sus manos. «Me rindo», murmuró.

—Te juro que Gabriel Hoffman jamás apreciará ni tus desvelos, ni tus preocupaciones, ni la defensa que haces de su imagen. A propósito, ¿has pensado alguna vez en participar en la aventura de sacar a Castello de la cárcel? Si tu respuesta es sí ¿cuánto podría costar esa operación, las estrategias para desaparecerlo y protegerlo durante mucho tiempo? Y si hubiera necesidad de algunas maniobras judiciales, ¿cuánto cobrarían los abogados? Y antes de que me contestes todo eso, va la pregunta más pertinente: ¿quién corre con esos gastos?

Como el silencio se volvió agobiante, *mister* Tutis decidió sonreír. Le colocó su enorme mano en el antebrazo de doña Eva y a Abril le guiñó un ojo.

—Tengo frente a mí la mejor medicina para espantar los espíritus de la discordia. Con la venia de doña Eva me voy a servir un Johnnie Walker y te invito, pequeña Abril, a una Cocacola, con todo el hielo que quieras. Así seguiremos siendo amigos y felices.

79

Dos días antes de su sorpresivo viaje a Europa, *mister* Scott recuperó a las carreras su vieja libreta de direcciones y desempolvó de su memoria los retratos hablados de sus amigos más cercanos. Llamó a doña Eva para rogarle que lo recibiera en su biblioteca y que consultara con Abril, la mejor hora para una charla larga; «a cualquier hora del día o de la noche, porque yo tengo la misma disponibilidad de un político desempleado».

La señora Wasserman ordenó preparar una cena sencilla alrededor de la chimenea. Pidió que le pusieran los Conciertos de Brandeburgo de Bach, «sin subir demasiado el volumen» y buscar esa botella Johnnie Walker, 12 años, etiqueta negra «Millennium Edition», que un amigo le regaló para celebrar el arribo al año 2000. «*Mister* Tutis se la merece», pensó.

Una vez acomodados en el tibio salón de la biblioteca, el profesor Scott les dio una noticia que dejó sorprendidas a doña Eva y a Abril.

—Llegó la hora de salir de mi área de confort y emprender un viaje exploratorio por el mundo.

No fue más que Abril escuchara la palabra «viaje» para que descendiera sobre su rostro el antifaz del desamparo.

—Estaré por los menos cinco semanas afuera. Si alguien pregunta, «viajé a reclamar la herencia que me dejó una tatarabuela desmemoriada».

—¿Seguro regresa? ¿Cuándo? —Abril preguntaba sin poder disimular su ansiedad.

—Para que las dos damas a quienes sirvo se tranquilicen, les confieso que no me voy a evadir del país, ni pienso pedir asilo político en Uganda, ni viajo a alistarme en la Legión Extranjera.

—¿Qué tarea nos sugiere realizar mientras regresa? —preguntó con cierto aire de timidez doña Eva.

—Tengo una única recomendación: por favor, no cometan locuras ni se metan en líos.

—¿Y por qué esa decisión de viajar, preciso en este momento?

Mister Tutis asumió el papel de un maestro orientando a dos alumnas despistadas que hubieran reprobado un examen final.

—Hasta ahora, las gestiones para recuperar a Gabriela las hemos jugado acá, como locales, en cancha conocida. Como los secuestradores y el banquero Hoffman prefieren que el juego se dispute en canchas internacionales, tenemos que tomarles la delantera. Lo importante es mantener la iniciativa y para ello nos toca desacomodarnos, inventar caminos jamás transitados, absurdos, insólitos, que nadie crea que los podamos recorrer. Debemos echar mano de todo nuestro ingenio porque la táctica debe ser sorprender a todo momento.

Abril y doña Eva pusieron cara de aturdimiento.

—No les quiero crear grandes expectativas. Viajo a Europa para comprobar si el plan teórico que tengo atorado, aquí, en la cabeza es posible ejecutarlo con éxito en la vida real. En cinco semanas estaré de regreso, con la mejor solución que por allá se me ocurra.

Apenas si probaron la cena y el whisky Etiqueta Negra de colección se quedó sin destapar. Las caras de despiste y desamparo de doña Eva y Abril fueron la última imagen que se llevó el profesor Scott en su memoria fotográfica.

80

Mister Scott, dueño de esa serena altivez que exhiben los «British citizens» cuando visitan una de sus colonias de ultramar, arribó al aeropuerto londinense de Heathrow, como Pedro por su casa. En un pestañeo pasó por los controles de inmigración y aduana, y en seguida, sin el menor titubeo, se trepó en el tren que parte de la terminal 3 hacia Victoria Station. Pese a la diferencia de casi seis horas, no se sintió cansado. Una de las auxiliares de vuelo que lo atendió durante la travesía sobre el Atlántico, retrató de cuerpo entero su placidez: «Señor, usted durmió con la serenidad de un bebé lactando».

Tan pronto *mister* Scott guardó su pequeña maleta en un *locker* de Victoria Station y se acomodó sobre la espalda su *backpack*, digitó en su celular el mensaje clave: *The old «lag» can't find a job so he sits at the pub at five.*

(«*Lag*» se refiere —en el argot de los criminales— a un viejo convicto que ya cumplió una larga condena).

Con este mensaje le confirmó a un viejo amigo su arribo a la City y el plan de saludarlo en el *pub* de costumbre, a las cinco de esa tarde. En seguida, sorbió una bocanada extra de aire londinense, como si pretendiera medir su nivel de contaminación, y partió a hacer conexión por el «tube» a St Paul's, la estación más cercana a sus viejos dominios: la Corte criminal de Old Bailey.

Conocedor de los recovecos del edificio, se puso al día sobre la suerte de sus viejos amigos. Los habitantes de Old Bailey eran las mejores fuentes de información sobre el mundo criminal de Europa. A las tres de la tarde pasó por la Corte 12, donde se resuelven los casos de estafa y fraude. Preguntó sobre recientes casos criminales de falsificación de moneda, negocio que, según sus amigos, se acababa de disparar desde el año 2002, con la introducción del euro en la economía.

A las cuatro y media salió del edificio y en diez minutos ya estaba acomodado en la barra del Punch Tavern, contemplando extasiado la *real ale* que le sirvieron. Necesitaba esa media hora para ordenar sus pensamientos, antes de que apareciera en escena su viejo amigo, el más acertado informante, analista y pronosticador de resultados en sonados casos en la Corte, a quien todos los periodistas judiciales reconocían como el *Captain Kidd*, (apodo derivado del famoso pirata escocés que cuatro siglos atrás enterró varios tesoros, uno de ellos en la isla Gardiners, cerca de Long Island, en Nueva York).

El *Captain Kidd* apareció en el pub, soportando sobre sus cansados hombros la vieja gabardina que parecía pesar más de setenta años. Arrastraba los pies enfundados en unos zapatos que parecían pesar más que el plomo, y exhibía ese rostro de resignación que portan los veteranos de varias guerras cuando descubren que su misión en esta vida se redujo a alimentar a las mismas palomas, todas las tardes, en el mismo parque, a la misma hora. Como nadie los vuelve a necesitar, se van extinguiendo con lentitud mientras hacen la lista de los buenos amigos que no irán a su entierro. Por esa razón, cuando Scott lo llamó desde el otro lado del Atlántico, sintió que su corazón daba un volantín. Estaba seguro de que su viejo amigo no lo llamaba para saber si ya había solucionado su rinitis alérgica, ni para enterarse de los efectos colaterales de la operación de su próstata. Lo llamaba para algo menos aburrido.

El abrazo entre los viejos camaradas fue fraterno y prolongado. «¡Mierda, cómo pasan los años!».

—Scott, viejo amigo, antes me llamabas urgido de detalles para un «retrato hablado». Pero esta vez estoy despistado. A estas alturas de mi vida ya no me explico para qué carajos puedo servir, fuera de hacer sombra de día y estorbo de noche.

Los dos veteranos invirtieron casi dos horas en repasar diez años de ausencias y poner al día sus bitácoras.

Scott relató su trabajo en el colegio de religiosas, experiencia que calificó como «lo mejor que me pudo pasar en la vida». Hizo énfasis en la oportunidad de ayudar a una buena causa que, para más señas, tenía rostro de mujer joven a la que por primera vez en su vida no lo vinculaba atracción sexual alguna.

Para finalizar, le dijo que necesitaba cerrar esa larga escena de la película en la que había actuado hasta ahora como el «profesor Tutis». «Tan pronto corone la última misión que me he impuesto, debo desaparecer del paisaje sin dejar huella. Más tarde me reencarnaré, al otro lado del planeta, donde nadie me pueda reconocer, ni siquiera mi conciencia, para realizar mi último sueño: escribir mis memorias».

El veterano «Capi», estaba que se hablaba. Con lentitud, como si le costara ordenar sus ideas, le confesó a su amigo.

—Me pesa este papel de jubilado. Añoro la acción, pero con esta inactividad me consumo en episodios de depresión cada vez más frecuentes. Estoy consciente de que ya no sirvo para nada. Querido amigo Scott, quiero saber por qué regresas a Londres con tanta urgencia, y por qué adornas tu cara con esa malparida sonrisa de conspirador.

—Vengo a aprender. Necesito matricularme en un curso extra rápido que me familiarice con el mundo de la falsificación de billetes. Mi interés es localizar a un fabricante que sea capaz de proveerle a un cliente que represento una respetable cantidad de billetes, en dólares, libras y euros, en diferentes denominaciones.

—Scott, la primera lección sobre este negocio va gratis. En este mundo de la falsificación de billetes abundan los aventureros. Descarta, de entrada, a la plaga de los intermediarios. Demasiados croatas, estonios, lituanos y rumanos que en su papel de pirañas, muerden todo lo que se mueva en el paisaje.

—¿Y en quién puedo confiar?

—Me haces dar risa ¿Confiar? ¿Aspiras a confiar en delincuentes? Veo que no pierdes tu sentido del humor.

—Necesito ubicar a un verdadero artista, serio y además cumplido, que pueda hacer entregas sucesivas, en las fechas y horas que pactemos.

—Siempre pides lo imposible. Ahora pretendes que un vulgar hampón británico posea la capacidad industrial y la organización de un empresario surcoreano, con los atributos morales de una monja de clausura y con la elegante deshonestidad de un banquero suizo.

—Por esa razón crucé el Atlántico, para pedirte ayuda y consejo sobre el *modus operandi* de estos delincuentes.

—Pero si tú también conoces a esas ratas.

—Veo que a tu memoria se le agotó el fósforo. En mis tiempos de cronista judicial, a nadie en la sala de redacción le interesaba un caso de falsificación de billetes, primero, porque no eran frecuentes, y, segundo, porque lucían demasiado técnicos. Lo sabes mejor que nadie, los casos judiciales que venden periódicos deben estar manchados de sangre, sexo y agua de colonia. Y ese no es el caso de las falsificaciones, que si aparecen manchadas, es de grasa, sudor y tinta. Los falsificadores son unos tipos demasiado ordinarios y aburridos. Lo que vende periódicos y hace trepar las audiencias son los casos donde las pasiones más bajas se trepan arriba a la imaginación.

—Scott, mi caro amigo, este negocio de la falsificación de billetes tiene una estructura elemental. Así que no pretendas encontrar ni sofisticación, ni seriedad, ni cumplimiento.

—¿Y entonces qué me aconsejas?

—Los eslabones de esta cadena criminal son independientes y nunca se conocen. La columna vertebral la manejan unos cabrones que permanecen en el anonimato, dotados con el suficiente músculo financiero para comprar costosos equipos de escaneo, máquinas de impresión digital, papeles y tintas especiales. El jamón del sándwich está compuesto por quienes están a cargo de trabajar las planchas y producir los billetes. Son tipos ordinarios y aburridos. No toman champaña, sino cerveza. No van al club, sino al *pub*. Son dos o tres gatos con talento, pero sin agallas. Uno de ellos, es un buen artista gráfico, dotado de una lupa enorme y un punzón de grabar, capaz de convertir un grabado en una obra de arte. El otro es el operador de la prensa, un pobre diablo que hiede a tinta de imprimir.

—¿Y dónde operan?

—En un garaje de mierda, en un pueblo cualquiera, de esos tan olvidados que ni siquiera aparecen en la «guía Michelin». Operan en total clandestinidad. Suelen ocultar su millonario negocio con la oferta de impresión de novenarios para la parroquia, tarjetas de negocios, panfletos políticos y menús para restaurantes chinos a domicilio. Una vez quedan impresos, los billetes salen en cajas con destino desconocido. Es cuando entran en acción las redes de distribución. Son organizaciones tan minúsculas e informales que capturar una banda, o diez, no descarrila un negocio tan rentable.

—¿Conoces a alguien?

—Pues hay decenas de intermediarios, pero nadie suelta información sobre dónde se abastecen. Por eso es tan difícil negociar directamente con un productor. Todo se mueve por los laberintos de la clandestinidad. Por más ingenuo que sea el dueño de la imprenta, ninguno se arriesgaría a poner un aviso en las «páginas amarillas»: «Soy el mejor falsificador de la ciudad. Honradez y descuentos por órdenes superiores al millón de dólares».

—¿Y alguna pista aquí en la City?

—¡No! Definitivamente, no. Tendré que aclararme las narices para olfatear qué diablos está pasando en este vecindario.

—Mi interés es conseguir billetes de alta calidad.

—¿Euros, libras o *jeans*?

—¿*Jeans*?

—Ese es el nombre de los dólares estadounidenses. Los mejores *jeans* los produce la conexión búlgara. Los hacen tan perfectos que incluso lucen mejor que los que imprime la Reserva Federal.

—¿Conoces a alguien en Bulgaria?

—Tengo dos viejos amigos en Sofía, pero no creo que sean fabricantes. Están en el negocio pero me huelo que como distribuidores de euros. Los mejores fabricantes de dólares se encuentran en pequeños talleres en Haskovo y Plovdiv, al sur de Bulgaria.

—¿Y te apuntarías a la rifa de un tiquete de ida y vuelta a Bulgaria?

—No me hagas dar risa. Bájate de esa nube. Ni después de muerto.

—¡Ahí podríamos hacer un buen negocio!

—No, mi querido Scott, los dólares búlgaros pueden ser impecables, pero el riesgo de hacer «negocios» en los Balcanes es altísimo. Al final resultaremos más clavados que un par de suecas vírgenes que se aventuren a caminar de noche por un parque en el área de Brixton. Esos búlgaros cargan fama de no honrar su palabra, son incumplidos, manejan los negocios con una cochina mentalidad soviética, y su economía subterránea, de tiempos de guerra, está plagada de informalidades y peligros.

—¿Alguna otra opción?

—No te cuento detalles de los famosos superdólares que se producen en Corea del Norte, porque mañana estarás pidiendo visas y ordenando dos pasajes a Pionyang.

Al filo de la medianoche levantaron la sesión. Con un apretón de manos sellaron el compromiso de asociarse en la tarea de conseguir los dólares que Scott necesitaba. Quedaron en reunirse una semana más tarde, en el mismo *pub*, a la misma hora, para compartir pistas y chismes del vecindario.

81

Con el transcurrir del tiempo sin que nada aconteciera, el banquero Hoffman sentía que la ansiedad lo estrangulaba. ¡Qué pesadilla! Un ejecutivo todopoderoso e impaciente, estaba condenado a esperar. Abril seguía atrapada en el mismo limbo. En el curso de las últimas tres semanas, los plagiarios enmudecieron y el clima de tensión consecuente se empezó a sentir en la presidencia del banco con la potencia de una olla a presión sin válvula de escape.

«Mañana tienes comité de crisis —le informó Moneypenny—. Abril, esta vez no puedes alegar ninguna excusa. El doctor Hoffman ordenó, de manera expresa, que te necesitaba en esa reunión».

A las siete de la mañana, Abril ingresó a la sala donde se encontraban reunidos los integrantes del Comité 5C. Qué fastidio le producían esos personajes como calcados del mismo figurín de una revista de moda para burócratas ingleses.

Sin leer siquiera una orden del día, iniciaron —con derroche de arrogancia— la auditoría sobre las gestiones adelantadas por Abril, en su papel de representante de la familia Hoffman y del banco. El camino fácil fue intimidarla. La acribillaron con preguntas, como si ella fuera la representante oficial de la banda de secuestradores, o como si la hubiesen sorprendido mintiendo y pretendieran hacerla caer en nuevas contradicciones.

El solemne tribunal de esta remozada «santa inquisición» alcanzaba el clímax de su actuación cuando ¡quietos todos! el banquero Hoffman ingresó al salón rodeado por esa aura magnética que generaba su poder. No saludó, pero todos los presentes se incorporaron y lo contemplaron con actitud reverencial.

El doctor Hoffman revisó en un lento paneo los rostros almidonados de los abogados, quizás tratando de establecer quiénes debían responder los interrogantes que lo atormentaban. Una vez se acomodó en la cabecera hizo un gesto para que los miembros del 5C ocuparan sus asientos.

El prolongado mutismo del banquero los intimidó a todos. Esa eternidad —de nadie recuerda cuántos minutos de silencio— estalló cuando la voz de Hoffman tronó en la sala, al tiempo que su puño se desplomó iracundo sobre la mesa y el tremor que causó puso a tiritar a las copas de cristal que esperaban ser llenadas con agua.

—Que alguien me responda. ¿Esta angustia de mierda se va a prolongar hasta cuándo? ¡Díganme carajo! ¿Hasta cuándo?

Como si se hubieran puesto de acuerdo, todos los abogados desenfocaron sus miradas, en el vano intento de no hacer contacto visual con el presidente.

La ira del banquero no encontró eco y el silencio en el salón se estacionó insoportable.

—¿Quién carajos debe destrabar este proceso? ¿Quién está a cargo de no perder el contacto con los secuestradores? ¿Cómo putas salimos de este limbo en el que no sucede nada?

El fúnebre silencio, se mantuvo terco.

—¿Es que aquí nadie tiene los cojones, ¡carajo!, para improvisar una explicación?

El tímido hilo de la única voz femenina se escuchó en el salón.

—Señor Hoffman, si me permite recordarle, yo cumplo un papel voluntario. Si estoy aquí es por mi lealtad con Gabriela y por hacerle un favor que usted me pidió. Yo no represento a los secuestradores ni manejo sus agendas. Ellos, además de secuestrar a Gabriela, nos mantienen secuestrados a usted y a mí. Y estos señores —miró a los miembros del comité— me acosan con sus interrogatorios como si yo fuera la culpable. Su presión sicológica es tan intensa, que ya estoy dispuesta a inventar las mentiras que ellos necesitan para calmar el voraz apetito informativo que padecen.

¡Qué conmoción causaron sus palabras! Pero estos abogados, fríos y calculadores, que dejaron sus almas y sus sentimientos en la entrada del salón, no se dieron por notificados y continuaron impasibles, apoltronados en sus importancias. Entonces el doctor Hoffman pegó otro alarido, que los hizo saltar de sus asientos.

—¡¿Y...?!

Estremecidos ante el inquisidor monosílabo, todos coincidieron en mirar a Abril, con gesto suplicante, para que, por favor, continuara en el uso de la palabra. Como ella tampoco tenía mucho que decir, improvisó lo que la salió del alma.

—Señor Hoffman, los secuestradores manipulan de manera perversa el tiempo y sacan ventaja de nuestra angustia. Ese es el recurso para desmoralizarnos y dejarnos sin opciones. Yo ajusto veintidos días de silencio total. Permanezco en vela, con tres celulares a mi lado. He tratado de activar los canales con los que me comunicaba con ellos, pero el silencio de esa gente... asusta.

«Riiiing... riiiing... riiiing...».

¡Horror! En ese preciso instante timbró uno de los tres celulares de Abril... ¡Qué confusión! En un ambiente con tanta tensión, Abril no sabía si contestar, si anular la llamada, si salir de la sala, y el timbre volvió a sonar con insistencia.

«Riiiing... riiiing... riiiing...».

—¡Conteste, carajo! —le ordenó el banquero.

Abril se levantó presurosa del asiento y caminó hacia un rincón del salón.

—Hola.

—¿Habló con Abril?

—Sí.

—Te habla Cecilia Ruiz.

—¿Perdón?

—¿No me recuerdas?

—En realidad, no —contestó haciendo un esfuerzo por ubicar ese nombre en su memoria.

—Abril, ¿recuerdas la última odontóloga que visitaste, hace pocas semanas, la que tiene un ayudante muy amigo de tu familia?

—¡Ah, claro! Hola, doctora, qué sorpresa. Perdóneme, qué despiste el mío.

—Necesito verte con urgencia. Mi ayudante me informa que llegaron las radiografías y debo controlar esa muelita. ¿Cuándo podemos vernos?

—En este momento estoy en una reunión, pero... sí, sí, desde mi última cita siento una molestia en esa muela. Envíeme por mensaje de texto qué días tiene disponibles para recibirme.

—Mi programa de citas está lleno hasta dentro de tres meses, pero como se trata de una urgencia, te puedo atender en la unidad móvil de odontología. Ya te envío un mensaje indicándote el día y la hora.

Abril retomó su puesto sin poder ocultar su confusión y temerosa de que le hubieran grabado su conversación.

—Perdónenme.

—¿Algo urgente?

—No señor.

—Bueno, volvamos al tema —dijo el banquero—. Antes de veinticuatro horas necesito que este comité genere un informe ejecutivo, con recomendaciones sobre cómo vamos a destrabar este proceso. ¡Sin poner en el menor riesgo la vida e integridad de mi hija! ¿Entendieron?

Los miembros del comité tomaban notas en sus tabletas y ponían sus más creíbles caras de preocupación.

—Estoy preparando una reunión con el Fiscal General de la Nación, con el Ministro de Justicia y con el Director de la Policía. Necesito de inmediato un análisis sobre los riesgos que se pudieran derivar para Gabriela de mi decisión de involucrar a las autoridades. Además, necesito identificar otras posibles líneas de acción. Para concluir, les ordeno que cada línea de acción sea analizada, evaluada y calificada.

82

Mister Scott desapareció del paisaje de Londres y dos días más tarde se registró en un pequeño hotel, en la calle Giambattista Basile del pueblo de Giugliano, en la provincia de Nápoles, al sur de Italia.

So pretexto de ser un profesor universitario interesado en arte religioso, preguntó por algún vecino viejo que pudiera guiarlo por la zona de Campania. Se inventó que tenía interés en conocer la historia de los antiquísimos órganos construidos en madera, por allá en el siglo XVI, que se encuentran arrumados en algunas iglesias de la región. En especial quería examinar los órganos de las iglesias de la Annunziata, y de la Madonna delle Grazie.

Entre cuatro personas que le recomendaron como guías, escogió a Pierino, un hombre de unos setenta años, viudo, propietario de un viejo Fiat del año 91, graduado en la universidad de la vida, con un posgrado como miembro de la vieja camorra napolitana, que se ofreció «a lo que sea». Esa misma tarde, Pierino, lubricado con cuatro botellas de vino y una generosa propina, empezó a soltar la vital información que *mister* Scott, vino a buscar: «detalles sobre los talleres artesanales que más dinero falso producen en toda Europa».

Es que en este sector, al noreste de Nápoles, se encuentra la «república independiente de las imprentas ilegales», donde se fabrica más de la mitad de los euros falsificados que circulan en el mundo. Visitaron decenas de pequeños y medianos talleres de artes gráficas, pero el nivel de clandestinidad y el control que ejerce la mafia sobre este negocio no permite meter las narices más allá del mostrador. Además, las personas envueltas en la producción son tan pocas, que se requiere un golpe de suerte para lograr un contacto importante.

Tan pronto Pierino hundía el acelerador de su Fiat y empezaba a hablar como cotorra, *mister* Scott abría su cuaderno de notas y desenfundaba su lápiz. Gracias a su memoria prodigiosa y a su habilidad para dibujar, iba dejando registro gráfico de las fachadas de las imprentas que visitaba e ilustraba los rostros de las personas con quienes se reunía.

Durante tres días recorrieron buena parte de la zona de Campania animados por la obsesión de resolver la «conexión napolitana», vale decir, el modus operandi de los falsificadores, sus calidades, capacidades, precios y riesgos. La mejor información no la encontraron en Giugliano, sino más al norte, en Arzano y al otro lado de la península, en Foggia. Al cabo de los tres días Pierino concluyó que en este negocio *si deve convivere* con la mafia, o de lo contrario, todo es un *segreto di Stato*.

—Señor Hoffman, me dio pena insistirle que debíamos hablar en este parque, y no en las instalaciones del banco, por una razón elemental: no confío en su equipo de asesores. Ni siquiera confío en las conversaciones que mantengo por el celular. Tengo la certeza de que la oficina 11-11, que me asignaron, está sembrada de micrófonos. Si los ordenó colocar usted, no tengo problema, pero si no, me aterra. Es más, desconfío, incluso, cuando hablo con usted, allá arriba en su oficina.

—Abril, tu paranoia en nada me ayuda. Te pedí que me colaboraras, pero no como una obligación. No eres imprescindible. Si decido poner el caso en manos de las autoridades, no necesitaré más de tu ayuda. ¿Te sientes notificada?

—Perfecto, señor. Para mí y para mi familia sería un gran alivio. Solo quería compartir con usted, fuera de su oficina, este mensaje. Gracias y buenas tardes.

Abril le estiró un sobre blanco, dio media vuelta y se dirigió con paso ligero en dirección a la avenida 7.

La nota era simple:

> *Por la información que nos acaban de compartir, vemos con sorpresa que ya olvidaron el punto 3 de las condiciones. ¿Van a jugar sucio? Tan pronto la policía meta las narices en esta negociación privada, nos veremos en la obligación de liquidar la mercancía a precio de rebaja, con otra organización política o terrorista, interesada en negociar con su organización, de manera dura y violenta.*

Con la entrega del mensaje, Abril se sintió liberada. Redactar esas sesenta y cinco palabras le demandó muchas lágrimas y dos amanecidas.

—¡Lo siento, Diosito lindo! Ante la ausencia de *mister* Tutis no tuve otra alternativa —suspiró Abril—; confío en que me comprendas y, al final, me perdones… como decía san Agustín «es por una buena causa».

83

Justo a la semana, el Capi Kidd recibió un nuevo mensaje: *Johnnie Walker, keep walking. I'll see you in the same place at the same time.*

Cuando la silueta del viejo informante se volvió a dibujar en el paisaje del Punch Tavern, lucía transformado. Ya no se parecía al veterano de tres guerras que una semana atrás apareció en el *pub* arrastrando su estampa de desesperanza. Ahora aparecía alegre, transformado y saludando con el entusiasmo contagioso de los viejos tiempos.

—¡Lo tengo, lo tengo! —El Capi Kidd palmoteó la espalda de Scott, como si éste acabara de conectar un *six* en un juego de *cricket*.

Mister Scott quedó complacido consigo mismo por haber acertado en la selección de su socio de aventura.

—Me imagino que hiciste la tarea.

—Logré contacto directo con un proveedor y sin intermediarios. El negocio es cara a cara con el fabricante. La ventaja es que trabaja en Londres —y, a renglón seguido, con el encanto de un acto de magia que hubiera ensayado muchas veces, el Capi extrajo del bolsillo de su gabardina un sobre.

—Ahí encuentras cuatro billetes. Uno de diez, uno de veinte, uno de cincuenta y otro de cien. Vete al baño, bájate los pantalones, siéntate en la taza y examínalos. Dime cuáles son los buenos y cuáles son los falsos. Tómate tu tiempo y tranquilo, ese es el único lugar en este antro donde no hay cámaras. Te advierto: no te vayas a restregar el trasero con ninguno y antes de regresar a la mesa, báñate las manos para que no me contamines los billetes.

Scott, obediente, se dirigió «al fondo a mano izquierda», cerró la puerta y se sentó a cumplir la tarea. Diez minutos más tarde regresó.

—Capi, ¡felicitaciones! Los cuatro billetes lucen perfectos.

—¿Algún comentario?

—Bueno, los cuatro poseen ese ligero relieve que es tan difícil de reproducir en un papel que no sea el original. Quizás por el uso han perdido esa como rugosidad de la tinta que se nota en los billetes nuevos. —Scott se frotó los dedos para enfatizar la sensación—. Es la textura que deja la tinta cuando se aplica por el método calcográfico. Bueno, pese a que la iluminación en el inodoro es una mierda, alcancé a ver a contraluz los hilos verticales de seguridad. Y aunque las marcas de agua no las pude apreciar bien, me impresiona su calidad.

—Entonces, ¿pudiste distinguir cuáles son los *jeans* falsos y cuáles los buenos?

Mister Scott hizo una pausa, le pasó el sobre al Capi, se inclinó y le susurró en la oreja.

—Los cuatro son falsos. ¡Idiota!

En ese momento ambos estallaron en carcajadas incontenibles, como si los hubieran pillado en la escuela haciendo una diablura.

—¿Cómo te diste cuenta?

—«Elemental, mi querido Watson», aunque los cuatro billetes son de diferente denominación, los hilos verticales de seguridad coinciden: los cuatro están ubicados en el mismo lugar.

Ordenaron sendos platos de *fish and chips,* una cerveza negra y un *gin & tonic.* En el curso de las siguientes diez cervezas y diez ginebras intercambiaron información sobre cuánto habían aprendido sobre el negocio de la falsificación de moneda. A la hora de la despedida decidieron buscar una entrevista con el fabricante de los cuatro billetes.

El negocio de la falsificación es un negocio artesanal así que para llegar al fabricante es necesario pasar por procedimientos enredados. Todo el mundo sabe que existen los falsificadores pero nadie sabe quiénes son, dónde viven, cómo lucen. Así que Scott y el Capi se encaminaron al norte de la ciudad de Londres a tratar de pescar la punta del hilo de la madeja.

—Scott, con tu ayuda será más fácil. Me dicen que nuestro contacto habla español. Yo no. Tú conoces su cultura y puedes crear una relación menos tensa. El denominador común en cualquier negocio clandestino es apaciguar el cabreo de las partes.

En este caso, la clave para ingresar al círculo de falsificadores era una señora robusta, de origen argentino, de cabello rubio oxigenado y con edad incierta, entre 60 y 75. El contacto se hizo en la iglesia de Saint Ignatius, allá en el pintoresco barrio latino de Seven Sisters, en el distrito de Haringey, un barrio venido a menos, peligroso y pobre, con una alta tasa de desempleo. La economía está basada en el rebusque, por eso lo legal y lo ilegal perdieron sus fronteras desde el siglo anterior.

La robusta dama resultó muy fácil de reconocer porque dirigía el coro en español que actuaba a las cuatro y media de la tarde, durante la misa para latinoamericanos.

Durante la misa, Scott cantó en español con especial entusiasmo, con la idea de hacerse notar, y al terminar el oficio, casi a las seis, la abordaron. Ella se mostró sorprendida pero se calmó cuando Scott le estiró el sobre con los cuatro billetes falsos. «Tenemos un enorme interés en hacer una donación para ayudar a los propósitos del coro».

Al final de esa tarde quedó hecho el contacto, pero la dama argentina, que se negó a dar su nombre, necesitaba coordinar algunos aspectos de seguridad. Sin acosar a la mujer con preguntas ni dejar notar la urgencia, los tres fueron a comer a un restaurante modesto, momento que aprovecharon para derrochar simpatía y construir confianza, improvisando, sobre la marcha, una historia sobre el interés de Scott en negociar la impresión de los billetes para hacerlos circular por fuera del Reino Unido.

El siguiente lunes, a las dos de la tarde, una chica los abordó en el punto de contacto, The Park Café, un pequeño restaurante del vecindario, ubicado en Seven Sister's Road, y los guio a pie hasta un vecindario tranquilo, de viejas casas victorianas, cerca de la entrada del Downhills Park.

Pese a lo acordado, la robusta dama argentina no apareció y tan pronto la jovencita de contacto tocó el timbre, se esfumó como por arte de magia. En segundos, Scott y el Capi se encontraron frente a dos damas encantadoras, muy entradas en años, que los esperaban. Ellas compartían un pequeño apartamento, seguramente subsidiado por algún programa de vivienda social.

—Me huelo que las viejas son intermediarias —susurró Scott—, no creo que aquí tengan montado un taller de impresión.

—Por el olor a detergente, huele menos a tinta de imprimir y más a sala de urgencias de un hospital —respondió el Capi.

El apartamento era pequeño, decorado con ese gusto ramplón de una clase media pauperizada, con viejos muebles pesados, carpetitas tejidas a mano y cuadros desteñidos. Las dos abuelitas, que se presentaron como hermanas, parecían sacadas de algún cuento de Dickens. Ahí, en ese ambiente apacible, era imposible que funcionara un taller de impresión de billetes.

—Los dólares que producimos son de altísima calidad —defendió su negocio la más vieja, una abuela que raspaba los setenta años—. Durante varios años hemos vivido de este negocio con discreción, disciplina y prudencia, porque, si bien tenemos necesidades, ya no tenemos edad para enredarnos en problemas con la justicia.

En seguida retiró de la pared el cuadro con la desteñida litografía de unas ninfas, y dejó al descubierto la puerta de un discreto cofre, muy bien disimulado, empotrado en la pared.

La vieja se desapuntó los dos botones superiores de su blusa y estiró la fina cadena de oro de la que colgaban un cristo y una diminuta llave. Abrió el cofre y retiró una caja que despedía fuerte olor a detergente. En la caja se encontraban, bien organizados, unos cincuenta sobres marcados de manera meticulosa. Tomó uno y extrajo diez billetes de cien dólares.

—Los vendemos al quince por ciento del valor que aparece en el billete. En este caso, por cada cien dólares, recibimos, por anticipado, quince dólares.

La señora le pasó a Scott los cinco billetes. El viejo zorro procedió a examinarlos con mucho detalle. Los olió, los palpó, los miró a contraluz y les examinó las puntas.

—¿Cómo hace para darles esta textura de usados?

—Es que son billetes genuinos y además, usados.

—¿Les puedo hacer la prueba?

La dama se le adelantó. Sacó de su cartera un lápiz de detección de billetes falsificados e invitó a Scott a que les hiciera una marca.

—Ahora sí, ¿satisfecho? ¿Le queda alguna duda?

—¡No! De la calidad, no. Pero dos asuntos me preocupan. La cantidad de billetes que pueden producir por semana y si imprimen las denominaciones que necesitamos: de veinte, cincuenta y cien.

—Le aclaro, señor, que por cada billete de cien, les cobramos, por adelantado, tres billetes de cinco dólares. Por los de cincuenta, cuatro billetes de cinco dólares. No solemos producir los de veinte dólares porque resultan muy costosos y no dejan margen de ganancia.

Scott y el Capi guardaron un rato de silencio para digerir las cuentas y encontrarles alguna lógica. Entonces la dama más joven dejó escuchar su voz aflautada.

—¿Y, ahora bien, de cuántos dólares estamos hablando?

Scott carraspeó, puso los ojos en blanco como si estuviera en un examen final de física cuántica y sentenció:

—Para empezar, dos millones de dólares.

Las hermanas quedaron paralizadas por la sorpresa. Míster Scott continuó hablando, sobre la forma de entrega y los plazos, pero ellas se mostraban tan perdidas, como si la conversación se desarrollara ahora en sánscrito o en alguna otra lengua muerta.

Cuando Scott hizo una pausa para invitarla a hablar, la señora mayor volvió a dar señales de vida.

—Tengo que consultar con mi hermana.

Acto seguido se incorporó, cerró la puerta del cofre, le echó llave y retornó la llavecita a su estuche natural, al fondo de su regazo. En segundos, las dos mujeres se escurrieron hacia lo que podría ser la cocina.

—¿Cómo ves a nuestras proveedoras? —preguntó el Capi.

—Estas viejas se ven más extrañas que un perro dálmata a cuadros.

—Pero los billetes pasaron todas las pruebas.

—La única prueba que pasaron fue la del papel. El papel es genuino.

Sin recuperarse del todo, las dos ancianas reaparecieron en la sala oscilando sus cabezas en señal de «no».

—No tenemos capacidad para producir la cantidad que necesitan.

—¿Qué cantidad nos podrían proveer por semana?

—En este momento tenemos disponibles siete mil dólares y en un mes, otros veinte mil dólares.

Ahora las cabezas que se movían de izquierda a derecha eran las de Scott y el Capi Kidd. No había nada nuevo de qué hablar. Sin posibilidad de negocio, lo único que los mantuvo unidos fue la mutua curiosidad. Así que los cuatro aprovecharon el «*afternoon tea*», para serenar el tenso clima de la negociación. Las mujeres sacaron de un mueble las tazas de porcelana traslúcidas que solo se usan para visitas importantes y la clásica tetera que se conoce como «*brown betty*» con su gorro tejido para que no se enfríe la infusión. Les dieron a escoger entre té Earl Grey y uno de Ceylán, y les ofrecieron esos panecillos que llaman «*scones*» untados de crema *clotted* y mermelada de fresa.

Scott se sintió sorprendido. Compartían el té con unas mujeres, en apariencia frágiles y bondadosas, que estaban envueltas en un negocio de falsificación de dólares. Las dos vicarias eran solteronas. Nacieron en el Bethnal Green, por la época en que los bombardeos alemanes no dejaron piedra sobre piedra en algunos sectores de Londres. Al terminar la guerra, su familia se mudó a Seven Sisters y, desde entonces, viven en ese vecindario.

Superado el tema de la negociación, y ahora en un ambiente menos tenso, Scott comentó las divertidas anécdotas del colegio de niñas ricas donde trabajaba, pero cambiando el nombre del país, y el Capi, le hizo la segunda «recordando» anécdotas de su niñez.

Al finalizar la tarde, los cuatro conspiradores ya eran amigos. Las mujeres revelaron el secreto del negocio y les mostraron su centro de producción. El cargo criminal que se les podría aplicar era el de lavadoras de dinero o «despercudidoras domésticas de dinero». Se dedicaban a lavar y desteñir billetes usados de cinco dólares con desengrasantes domésticos y detergentes blanqueadores. La labor de quitarles a los billetes la tinta de impresión, sin arruinarlos, consistía en fregar cada uno con mucha paciencia y un cepillo de dientes. Luego había que escurrirlos sobre un vidrio y, como ropa recién lavada, colgarlos de las cuerdas instaladas en el baño. Para que volvieran a adquirir la textura del pergamino los repasaban con un secador de pelo.

El acabado final lo realizaban con el mismo primor y cuidado que dedicaban al lavado. Sobre el papel moneda desteñido imprimían las nuevas denominaciones de cincuenta y cien dólares, con una impresora Epson digital inkjet, modelo Stylus Photo.

«Es que la pensión y la renta que recibimos no nos alcanza —les explicaba la mayor de las señoritas, para justificar esa industria casera que ya ajustaba seis años—, sin haber tenido jamás un reclamo».

Míster Scott y el Capi salieron de la casa con una bolsa de galletitas de café que las mujeres les empacaron para el viaje de regreso, y como gesto de generosidad, una pista clave que les encimaron gratis: «Para esa cantidad de «jeans» que necesitan solo hay un proveedor en toda la isla. Se trata de un pequeño taller de impresión en Ashton-under-Lyne, en el Gran Manchester».

—Tengo un amigo que trabaja en Manchester, —anotó el Capi— en la recién creada SMLU. Él nos puede ayudar con pistas.

—¿Y qué diablos es la SMLU?

—Es la nueva unidad de la policía escocesa que investiga falsificación y lavado de dinero.

84

En el curso de su última semana en Londres, Scott evaluó con el Capi, la viabilidad de la que bautizaron «Operación Blue *Jeans*». Luego de analizar tiempos, movimientos, riesgos y fechas críticas, decidieron darle luz verde al plan.

—La operación debe ser sencilla, entendible y a prueba de imbéciles —advirtió.

A regañadientes aceptó la invitación del Capi para trabajar en su apartamento. Allá apareció con su *backpack* y su maleta. A manera de saludo, Scott le sacudió al Capi la nube de caspa que solía estacionarse sobre sus hombros, y le pellizco una mejilla.

—Te veo bien, *brother*.

—Estoy tan animado como en los viejos tiempos.

—Eso comprueba mi diagnóstico: la única medicina con la suficiente potencia para sacarte de la depresión se llama «jarabe de conspiración y falsificación al cien por ciento».

—¿Cómo luzco ahora?

—Mmm... Déjame ver... Luces tan radiante como Lázaro un mes después de haber resucitado.

—¿Así de bien?

—Créeme. Recuerda que te conozco como si te hubiera parido.

En el desorden del apartamento del Capi se reflejaban, de cuerpo entero, sus episodios de depresión. A juzgar por el desbarajuste, más parecía la buhardilla de un estudiante pobre y no la vivienda de un hombre jubilado que disfrutaba de una pensión decorosa.

Como Scott necesitaba improvisar una mesa de dibujo, el Capi volcó entre una bolsa de basura la totalidad de ese caos de recibos, recortes de periódicos, platos desechables, servilletas con apuntes, cupones y correspondencia sin abrir, que durante quién sabe cuántos meses acumuló sobre la mesa del comedor. Lo hizo con un desprendimiento increíble, sin que mediara examen ni selección. En seguida limpió la mesa con desinfectante.

Scott extendió varias cartulinas blancas, tamaño pliego, y organizó sus lápices de colores, reglas, borradores y escuadras; el conjunto semejaba el instrumental esterilizado que un cirujano requiere para una operación de corazón abierto. Abrió las cortinas, se despojó de la chaqueta, pidió un té negro y empezó a dibujar con el preciosismo meticuloso de un artista del Renacimiento.

—Mi organismo me exige planear —explicó con un falso tono científico—; cuando por falta de tiempo tengo que improvisar, se me inflama la próstata.

De la mano maestra de Scott fue surgiendo un inmenso gráfico que mostraba dónde, cómo y cuándo se desarrollaba cada movimiento del plan. Para justificar tanto adorno, Scott sentenció: «Una vez trepados en esta montaña rusa, ya no habrá reversa. Somos tan pocos que todas las piezas del rompecabezas deben casar, justo en el sitio que les corresponde, y, además, deben operar sincronizadas, con la misma belleza funcional de un mecanismo de relojería».

—¿Por dónde empezamos?

—De Ciudad de Panamá, hacia atrás.

Como el Capi dibujó con sus dos cejas rebeldes un signo de interrogación, Scott le explicó.

—Para empezar, debemos saber qué día necesitamos los *jeans* en Panamá. A partir de esa fecha, nos regresamos para identificar todas las gestiones, recursos, maniobras y logística que requerimos para que la carga de billetes llegue a su destino, completa, sin sobresaltos y a la hora exacta.

Con la minuciosidad de quien prepara un asalto al Palacio de Buckingham, Scott fue dibujando gráficos y más gráficos donde aparecían claros los obstáculos que les tocaba superar.

—Empecemos por diseñar la operación perfecta, donde se contemple la logística más costosa y se aprecien todas sus complejidades. En seguida, sometamos el plan a todas las pruebas ácidas. Le aplicamos todos los *peros* que se nos ocurran. Debemos plantearnos todas las preguntas, en especial aquellas que pudieran parecer más estúpidas. Imaginemos el impacto de una falla, un retardo, un problema. Como conclusión, debemos parir el mismo plan pero dotado de una sencillez deprimente, que funcione al noventa y nueve por ciento, y reitero lo del noventa y nueve por ciento, porque nada es perfecto; lo vital es que fluya sin sobresaltos.

El par de cómplices se concentraron tanto en la tarea que a las cinco de la tarde se percataron de que no habían almorzado. Para no abandonar la tarea pidieron a domicilio *fish and chips*, y ese potaje de arvejas que llaman *mushy peas*.

El enorme almanaque que habían descolgado de la pared de la cocina por la mañana, al caer la tarde lucía irreconocible, lleno de flechas, recuadros, anotaciones y apuntes al margen, y más parecía un cuadro abstracto.

—A primera vista, este gráfico asustaría al más valiente. Pues bien, la tarea de aquí a la madrugada es volverlo fácil y sencillo. Lo que más se debe notar del plan es que funciona sin que se note.

Alrededor de las cuatro de la mañana, míster Scott bostezó: «Tengo tanta hambre como un niño de Biafra, al que mandaron a la cama sin derecho a ver televisión y sin comer». El Capi corrió al refrigerador y se apareció con unos *steak and kidney pies* —pastelitos de carne de buey y riñones de ternera— que Scott examinó con cara de bacterióloga. «Me huelo que me invitaste a celebrarles el primer año de su fecha de expiración». Ante semejante riesgo, decidieron abrir una lata de sopa y otra de salmón y continuar con la tarea.

Cuando la luz del amanecer se coló franca en el apartamento, Scott terminó su obra maestra: Examinó sus anotaciones, cuentas y dibujos realizados durante la larga jornada y junto con el calendario plagado de anotaciones, los incineró en la chimenea. Se salvaron seis hojas tamaño carta donde aparecía el plan explicado solo con dibujos. Cada hoja, llena de jeroglíficos, parecía calcada de la pared de una tumba egipcia. Pero al colocar las hojas en el orden dispuesto por Scott, se podía ver, nítidamente, una enorme infografía, fácil de entender sin necesidad de un solo texto.

A las ocho de la mañana revisaron por última vez el gráfico y coincidieron que «sobre el papel funciona».

—Antes de partir, necesito un café y una fotocopiadora.

—Para evitar que continúes revisando las fechas de expiración de mis reservas de comida, te invito a desayunar a la cafetería del hotel de la esquina. Allá nos pueden hacer las copias que necesites.

—No tengo mucho tiempo. Debo salir de una vez con mi maleta.

Durante el desayuno Scott le pidió al Capi que le repitiera de memoria el plan. Lo corrigió varias veces y solo cuando estuvo seguro de que lo recitaba de corrido, concluyó.

—En una semana te giro el dinero que necesitas para operar y espero tus noticias sobre los proveedores de los *jeans* para programarles el pago.

—Ahora sí, gracias, querido amigo, debo partir. No te tomes el trabajo de desocupar el refrigerador. Bótalo a la basura, así, sin abrirlo. Nos vemos en Panamá.

—¿Te acompaño al aeropuerto?

—¿Me piensas recomendar con la azafata por ser un menor de edad que viaja sin compañía? —sonrió—. Ahórrate el viaje. Te quiero, cabrón. Cuídate. No me vayas a dejar esperando en Panamá, como si yo fuera tu novia de toda la vida, fea, flaca, despechada y embarazada.

85

Scott aprovechó las catorce horas de vuelo entre Londres y las Islas Caimán para recuperar el sueño y poner fin a la dieta de castigo a la que fue sometido por su viejo amigo. «¡Los milagros de sentirse útil! El Capi Kidd no solo resucitó, sino que además rejuveneció treinta años» —pensó antes de acomodarse una almohada en la nuca y, consciente de que no estaba solo, inclinar la cara hacia el lado derecho para no roncar.

Desembarcó confundido entre cientos de turistas europeos que, absortos, descubrieron ese color «azul intenso» del tono Caribe, regado con generosidad sobre un cielo desprovisto de nubes. Todos salieron de afán hacia las bellísimas playas para cumplir su aplazado sueño: arrojarse a la arena y exponerse a la canícula hasta adquirir el color grana de los langostinos. Pero Scott había venido a trabajar. De acuerdo con las instrucciones de su banco (naturalmente el Scotiabank) tomó un taxi y en el siguiente pestañeo quedó registrado en el Marriott, listo para pegarse una ducha, degustar un sello negro y llamar a su contacto.

A las seis de esa tarde, con puntualidad inglesa, timbró el teléfono para anunciar que el agente residente asignado por el Scotiabank lo esperaba en el *lobby*.

El funcionario, un hombre moreno de mediana edad y finas maneras, le estiró su mano: «*Hello. I am* Ebank». Scott lo miró como si le estuviera gastando una broma. «¿Ebank? ¿Ese será su apellido o será el funcionario a cargo del sistema de la banca electrónica del Scotiabank?». Quizás por la frecuencia con la que le preguntaban esa idiotez, Scott aprendió en el siguiente minuto que Ebank era uno de los apellidos más comunes en la isla.

—En estas tres islas diminutas operamos casi quinientos bancos y más de dos mil compañías financieras. Bajo secreto de confesión les guardamos el dinero y la reserva de sus identidades, a los accionistas de más de ochenta mil compañías extranjeras.

El señor Ebank miró a Scott para calibrar el efecto de sus palabras y enseguida, entró a rematar.

—*Mister* Scott, su caso es excepcional, porque aquí en la isla nunca recibimos de manera personal a nadie. Dentro de las estrictas leyes del secreto bancario, esta es otra forma de proteger la identidad de nuestros clientes.

Entre el abanico de recomendaciones que Scott recibió esa noche, de su severo «agente residente», la que más disfrutó fue la sugerencia de degustar una Ironshore Bock, la tradicional cerveza isleña, de color ámbar, a la que se le notaba un delicioso aroma y sabor a caramelo. La reunión concluyó con seis cervezas por cabeza y el plan de organizar una red de cuatro empresas de papel y cinco cuentas *offshore*, recursos indispensables para ocultar todo rastro de «la herencia que me dejó una tía solterona, millonaria y generosa, propietaria de un banco de semen».

Al día siguiente, Scott ya era otro cliente anónimo de este paraíso terrenal. Se unió así a otros miles de funcionarios corruptos, dictadores, narcotraficantes y evasores de impuestos que utilizan a este paraíso fiscal para ocultar sus capitales y sus ganancias.

Antes de abordar el avión con rumbo a Panamá, el eficiente señor Ebank le preguntó si tenía todo claro.

—*Mister* Ebank, le confieso que, gracias a su explicación, por fin entiendo con claridad cómo funciona la economía planetaria: «si la mierda convertida en abono es lo que hace crecer la agricultura en nuestros campos, el dinero depositado en estos paraísos es el abono "con similar olor a mierda" que hace crecer la economía en el mundo».

86

La tal «unidad móvil de odontología» donde Abril y la odontóloga de La Muralla planearon encontrarse, no era más que una esquina en el centro de la ciudad, preciso a la hora en la que todo el mundo sale del trabajo.

Fue un milagro que coincidieran a la hora y en la esquina acordadas, tanto por el lenguaje cifrado que emplearon para convenir la cita, como por el tráfico que todas las tardes colapsa a la ciudad, cuando millones de personas deciden, con civilizada terquedad, retornar a sus hogares a la misma hora.

—¡Sube rápido, Abril! Me muero de los nervios.

—Hola doctora, gracias por recogerme. ¿Qué pasa?

—Tengo urgencia de hablar contigo. ¡Urgencia!

En seguida la odontóloga arrancó con la imprudencia de un taxista enmarihuanado y culebreó entre miles de vehículos que se disputaban un espacio entre el denso tráfico de la avenida. La odontóloga le subió el volumen a la radio para que la melodía barroca *Serenata a Tre*, de Vivaldi, llenara el incómodo silencio. Media hora más tarde, Vivaldi perdió el uso de la palabra en el instante en que abandonaron la congestionada avenida y se dirigieron por un vecindario tranquilo, hasta detenerse frente al aviso de After Six, un bar discreto, que lucía solitario.

Se acomodaron en una mesa pequeña y se miraron. Por fortuna encontraron un primer pretexto para negociar: «¿qué tomamos?». Resuelto el dilema, la doctora Ruiz no pudo contener por más tiempo los demonios que pugnaban por escapar del fondo de su alma. Abrió las compuertas que mantenían sus emociones represadas y dejó que la ansiedad fluyera sin vergüenza.

—Abril, necesitaba verte. Cargo sobre mis hombros una extraña sensación de pecadora. De día me siento feliz. De noche, infeliz, desleal, infiel y conspiradora.

La doctora Ruiz fue directo a su pasado, buscando exorcizarse. «Soy la penúltima de una familia de doce hijos. En la casa de mis padres se reza el rosario, a la hora del ángelus, todos los días. Estoy casada con un hombre maravilloso y soy madre de tres niñas. He mantenido una profesión y una actividad laboral estables, al servicio del Ministerio de Justicia. Tengo cincuenta y seis años y fui feliz hasta el día que descubrí que, a estas alturas de mi vida, no tengo derecho a enamorarme y hoy me siento perdidamente enamorada... y esa sí que es mi peor desgracia».

Abril se sintió incómoda tratando de encontrar qué papel jugaba ella en esta historia. No estaba preparada para actuar como sicóloga, mucho menos como la «doctora corazón» de una persona que la doblaba en edad, y que, para mayor confusión, la había visto solo una vez en su vida y en una cárcel. Mucho menos se sentía preparada para improvisarse en el papel de *«herr doktor Freud»* en un bar donde su «paciente» sorbía lágrimas y mocos disueltos en un *dry* Martini, mientras ella contemplaba los seis témpanos de hielo que flotaban entre una burbujeante Cocacola.

Sin atreverse a interrumpir, Abril descubrió que detrás de la catarsis que le permitió a su amiga liberar tantos fantasmas, se parapetaba el alma de una mujer demasiado sensible.

—A fuerza de convivir tantos años en ese ambiente inhumano de La Muralla, todos vamos adquiriendo el frío y la dureza del acero. Pero yo soy la excepción. En ese ambiente despiadado me siento una extraterrestre. Me dotaron con un corazón muy sensible a los padecimientos de los seres humanos. Allá, en ese escenario siniestro, me veo como una gota de lluvia que cae en la mitad de un desierto. Durante más de veinte años he cruzado, todos los días, la puerta hermética que me permite ingresar al mundo tétrico de una prisión, donde todos sus inquilinos se endurecen o perecen. Al final de la tarde regreso al otro extremo de la galaxia, donde todo transcurre a otro ritmo, con otros valores y angustias. Conozco el abismo oscuro donde se hunde de por vida un condenado y también he compartido la cima del júbilo cuando un preso alcanza su libertad. Le he entregado veintiún años de mi vida a este infierno, como directora del servicio de sanidad en La Muralla y estoy a tres de jubilarme.

—Doctora, no logro entender cómo la puedo ayudar en esta situación.

—¡Escuchándome!

Abril improvisó un gesto, para prometer que mantendría la boca cerrada.

—Te voy a contar desde el principio. Cuando el señor Andrés Castello ingresó como interno a La Muralla, me interesé en su caso y me propuse protegerlo. Frente a su insignificante peligrosidad y a su invalidez física, sentí que las condiciones que le impusieron eran desproporcionadas. En su caso era evidente una intención revanchista. El impacto emocional que Castello padeció al verse arrojado a la cárcel, aislado e incomunicado, lleno de incertidumbres y sin una asistencia legal consistente, despertaron mi solidaridad. Desconozco si el señor es culpable de los delitos que se le imputan. Lo único claro es que existen poderosos intereses para mantenerlo en la cárcel el mayor tiempo posible.

—Doctora, yo también pienso en Andrés todos los días y lo mantengo en mis oraciones.

—Mira, Abril, tu aparición en mi vida fue muy dolorosa, pero necesaria. Lograste señalarme un camino para salir del infierno emocional en el que me encuentro.

La doctora Ruiz se tomó el dry Martini de un trago, pidió otro y, en seguida, se encarretó en un largo monólogo para explicar cómo Andrés Castello se había convertido en su ayudante en los consultorios del penal. Como si pretendiera pasarle el relevo a Abril, realizó un pormenorizado inventario de sus cualidades profesionales y personales y de su valentía para enfrentar esa infame tragedia de permanecer hundido en la prisión.

La milagrosa energía contenida en el segundo dry Martini le proporcionó a la odontóloga la suficiente desenvoltura para dar otro paso al frente y adentrarse de lleno en su enredo sentimental. Su admiración por Castello estaba afectando sus relaciones familiares y podría poner en peligro su trabajo. «Si hoy no estoy loca, por lo menos estoy confundida». Concluyó la perorata con dos hondos suspiros y dos frases lapidarias: «Te confieso mi pecado capital: me enamoré de Andrés Castello» y «Abril, eres la única persona que me puede redimir de este pecado».

A renglón seguido le buscó la mirada como el reo que le pide a su verdugo: «por favor, ¡fusíleme!».

Pero Abril se sintió tan incómoda y sorprendida que no fue capaz de articular una respuesta.

El After Six se fue llenando de gente y el ambiente se hizo menos íntimo. La doctora Ruiz, al tiempo que pronunciaba cada frase miraba a todos lados, con la paranoia de que una cámara escondida las pudiera estar grabando o que alguien las pudiera escuchar.

—Desde la visita que realizaste a La Muralla, Andrés Castello decidió abrirme su corazón. Tan pronto partiste, me confesó que desde hacía más de dos años se sentía atraído por ti. Pero debido a la diferencia de edades y a que eres la mejor amiga de su ahijada, siempre se sintió intimidado. Tu visita lo cautivó. Por esa expresión de dicha que le quedó tatuada en su rostro, podría jurar que está enamorado.

—¿Hice algo indebido?

—Tú, no. Pero yo, ante su confesión, quedé paralizada. No podía respirar. Me quería morir. Esa noche de espanto la pasé en blanco, pero al amanecer me levanté con una clara decisión: «Tengo que armarme de valor para recuperar el control de mi vida, porque el egoísmo terminará por destruirnos a todos». Para curarme de la ansiedad que me devoraba, empecé a vivir el romance de mi telenovela actuando el papel de Abril Santamaría, la envidiable protagonista de esta historia.

—Ay, doctora, no sé qué decir. Estoy confundida...

—Abril, por favor, no me vuelvas a decir «doctora». Dime Cecilia.

La odontóloga le estiró su mano para sellar ese pacto de amistad con un simbólico apretón.

—Y esta enredada historia de amor, que sigo sin entender, ¿cómo termina?

—Abril, mi historia no tiene principio ni fin. A él nunca le confesaré mi amor. Yo, a mis cincuenta y seis años, construí una historia del tipo «Corín Tellado», con una pequeña diferencia; mi novela rosa está por escribirse.

—Me volví a confundir. ¿Por qué está por escribirse?

—Mi intención no es confundir a nadie, menos a ti. Para que a nadie le queden dudas sobre el compromiso de amor que me impuse, te voy a hablar despacio y claro. Escúchame bien: haré todo lo posible para que Andrés Castello alcance, de nuevo, su felicidad completa.

—¿Felicidad? ¿Y dónde puede estar su felicidad? —preguntó Abril, consciente que estaba ingresando a un terreno de arenas movedizas.

Cecilia llenó de aire sus pulmones y cuando estuvo segura de que los ojos de Abril estaban enfocados en sus labios, le soltó, con la potencia de una maldición gitana:

—¡Su libertad! Esa será mi única obsesión.

Transcurridas tres horas de confidencias y planes, la doctora Cecilia Ruiz, perdió la cuenta de cuántos martinis llevaba. Entonces Abril decidió llamarla al orden y, en seguida, buscar a la señora Eva Wasserman para pedirle consejo. «Doña Eva, soy yo, Abril. Sí señora, estoy metida otra vez en problemas. Necesito su ayuda. ¿Recuerda que le conté sobre una odontóloga que protege y ayuda a Andrés Castello en La Muralla? Pues estoy con ella. El problema es que bebió un poco y sospecho que está a punto de perder dos adornos femeninos: su equilibrio y su sentido del ridículo. En ese estado no puedo permitir que conduzca su carro porque nos matamos las dos. Si *mister* Tutis estuviera en la ciudad no la estaría molestando. Por favor, necesito que me ayude, doña Eva, *please*, ¿me podría mandar a Manuel para que lleve a la doctora hasta su casa?».

Para mantener control sobre la situación, Abril convenció al administrador del After Six, que le permitiera guardar el carro de Cecilia Ruiz en el parqueadero. En seguida pidió un vaso, dos botellas de agua con gas, le agregó limón y cargó la bebida con tres Alka-Seltzer. Tan pronto la pócima hizo efecto, y la generosa vomitada en el baño operó el milagro de traer a la odontóloga de retorno a este mundo, las dos ya no pudieron contener un contagioso acceso de risa. En medio de lágrimas y carcajadas juraron ser cómplices «en lo que fuera» y conspirar, para hacer posible el milagro de tumbar muros, horadar túneles y abrir puertas, vale decir, mover cielo y tierra para lograr la liberación de Andrés Castello.

Cuando les avisaron que el Mercedes Benz de doña Eva las estaba esperando, salieron muy compuestas y bien peinadas. Aprovecharon los cuarenta minutos de viaje hasta la casa de la odontóloga para componer a las carreras una historia creíble que justificara ante su esposo la llegada a las diez de la noche, sin haberle telefoneado para avisar dónde diablos andaba y, lo que era peor, explicar por qué llegaba sin su carro.

—Buenas noches, señor Triana, hoy es mi cumpleaños. Mis mejores amigas me organizaron una fiesta sorpresa y a Cecilia le cayó mal la comida. Por su seguridad, yo le recomendé dejar su carro en mi casa. ¿Cierto que lo hicimos bien?

87

Doña Eva vivía cada aventura de Abril como propia. Esa tarde la anciana no prestó atención a las noticias de la televisión, ni le pidió a Abril que continuara leyendo la novela de Bolaño —«esa del *2666* que cada día me parece más larga y aburrida»—, tampoco pidió que navegaran buscando nombres de la diáspora holandesa judía, que ella iba recordando. Ella le pidió a Abril que se concentrara en la historia de «tu príncipe encantado, el muchacho ese del Castello y en el último chisme que te contó la odontóloga».

Cuando el relato tocó el punto más crítico, con eso de «y en medio de la euforia, ambas nos juramos que lo sacaríamos de La Muralla», la señora Eva se sintió en una película de acción, se escurrió hasta la punta del asiento, limpió las gafas oscuras para «ver» mejor la delirante escena, puso los codos sobre la mesa y las palmas de sus manos sobre los pabellones de sus orejas y le pidió a Abril que le repitiera la historia, más despacio y con detalles más precisos.

Abril le relató las cinco reuniones en casa de la odontóloga, le retrató el perfil psicológico y la apariencia del doctor Triana y le compartió el pretexto con el que ambas justificaron tantas visitas de Abril a su casa: «la tengo enredada en un complejo tratamiento de conductos».

En seguida le contó sobre las largas jornadas, acompañadas de café y Cocacola —nunca más con martinis— en las que barajaron más de diez planes para la evasión de Andrés Castello de la cárcel.

Improvisaron decenas de bocetos, rayaron papeles, le escultaron los intestinos al almanaque, midieron riesgos, hasta que ninguno de los planes las dejó satisfechas. Siempre encontraron áreas oscuras, riesgos demasiado altos y falta de presupuesto.

Solo coincidieron en una cosa: en todos los proyectos arriesgaban la vida, y, en el mejor de los casos, ellas corrían el riesgo de perder su libertad, y él, de aumentar su condena. Pero nada las desanimó, antes bien, como si cada amenaza fuera un acicate, continuaron conspirando con renovado entusiasmo.

En la medida en que transcurría el relato, doña Eva fue organizando en su prodigiosa memoria los detalles de cada uno de los planes y, para contar con una referencia, bautizó cada plan con un nombre. Esa tarde concluyó con un pedido que más parecía una orden militar: «¡Abril, quiero conocer a esa mujer!».

Abril agotó sus argumentos tratando de persuadir a doña Eva de la inconveniencia de sentarse tres mujeres a planear una maniobra criminal, que además tenía todas las características de una misión imposible, pero la anciana exhibió toda la terquedad que la adorna.

—No conozco otra persona que haya tenido más tiempo para planear una fuga que yo. En Ausburg, las mujeres compartíamos cuatro entretenciones clandestinas: hablar de hombres, despiojarnos, conspirar para sobrevivir y soñar con fugarnos. Si logramos liberar a este joven Castello, yo me encargo de «desaparecerlo».

Si no fuera porque la señora Wasserman era, además de anciana, ciega, ella habría ejecutado una impecable operación de rescate. Pero como ella misma lo reconoció, cualquier intento de llevar a cabo un plan de semejante dimensión requería de un equipo y un líder, que más que dirigirlo, lo inspirara.

—Por fortuna tenemos a ese líder. Mientras retorna de Europa, no nos dejemos enfriar y sigamos conspirando.

Mister Scott realizó una escala en Panamá con tres objetivos en mente: primero, contratar en Colón a un agente de importaciones, diligente y efectivo, que no hiciera preguntas incómodas.

—Señor Scott, bajo el Tratado de Neutralidad del Canal, las mercancías que pasan en tránsito por la Zona Libre de Colón no están obligadas a realizar trámites aduaneros.

—¿Y si necesito entregar esa carga en Ciudad de Panamá?

—Usted escoge entre dos opciones: La primera «por encima de la mesa». La segunda, «por debajo de la mesa».

—Que sea «por encima» o «por debajo» ese es su problema. ¿Qué tipo de mercancía no despierta sospecha?

—Ayuda humanitaria. Equipos y suplementos médicos. Libros o cualquier otro material educativo. Y artículos destinados a realizar actividades religiosas.

Una vez *mister* Scott aseguró en Colón el apoyo de su bróker, regresó a Ciudad de Panamá para cumplir con su segundo objetivo: Reconocer el escenario final de su plan, el despacho de «Robin Hood Cuatro» en el piso 54 de aquel edificio en el área financiera, donde debía entregar quince millones de dólares en efectivo, al tiempo que debía asegurar —de manera simultánea— la liberación de Gabriela.

Concluyó su tercer objetivo con la evaluación de rutas de escape seguras, de bajo perfil, que les permitiera —a él y al Capi Kidd— esfumarse de Panamá sin sobresaltos.

Antes de abordar el avión en Panamá envió aquel mensaje que tres mujeres esperaban con patética angustia: «Johnnie Walker *keep walking*».

Tan pronto *mister* Tutis arribó y se reportó desde el aeropuerto, la señora Eva lo comprometió a pasar un instante por su casa. «No quiero abusar de su generosidad, pero necesito hacerle una consulta urgente. Me imagino que llegó muy cansado, así que no le voy a quitar mucho tiempo».

88

Cuando *mister* Scott ingresó en la biblioteca de la señora Wasserman portando su maleta y dos coloridos suvenires de esos que compran los turistas en Victoria Station, se encontró con una mujer que no conocía. Entonces desdibujó su sonrisa y puso franca cara de cabreado.

—Bienvenido, *herr* Scott. Le presento a Abril Santamaría, a quien creo ya ha soportado usted durante varios años, y a su nueva amiga, la doctora Cecilia Ruiz.

—Hola, soy Scott, *with two tees*.

Aunque *mister* Tutis se sintió emboscado, aceptó escucharlas.

—Profesor, estas tres mosqueteras le queremos compartir lo que aconteció a este lado del planeta durante el larguísimo siglo de su ausencia. —comentó doña Eva.

En la siguiente hora *mister* Scott escuchó boquiabierto la novela que, a lo largo de cinco semanas, las tres mujeres escribieron a seis manos. Entonces tuvo la convicción del peligro de dejarlas solas porque, con tanto derroche de energía y esa imaginación desbocada, «hasta podrían haberse involucrado en un golpe de Estado».

Según ellas, el proyecto de sacar a Andrés Castello de la cárcel, «ya está casi listo».

Scott las escuchó con paciencia y sin atreverse a interrumpirlas. Los pintorescos planes se los presentaron en riguroso orden y con los nombres con los que la señora Wasserman los bautizó. Eran no menos de diez, desde la simulación de un infarto que enviaría a Castello a un hospital y su rescate de la unidad de cuidados intensivos, hasta su evasión en un helicóptero que se posaría durante pocos segundos en la cancha de fútbol de la prisión.

Cuando *mister* Scott consideró que poseía suficiente información sobre los planes, carraspeó varias veces como recurso para bajarlas de la nube de imaginación donde estaban trepadas.

—Primero, las felicito por el entusiasmo y gracias por invitarme a participar en esta animada fiesta, que sospecho está reservada para guionistas de cine en la especialidad de ciencia—ficción. De paso, perdonen mi ignorancia. ¿Qué papel juego yo en este paseo? Ahora bien, si yo tengo dudas sobre mi papel en esta película, no conozco el papel de la señora... perdónenme, pero soy muy malo para retener nombres.

—Mi admirado profesor —se apresuró a responder Abril con una enorme sonrisa de alivio—, gracias por existir. Por si ya lo olvidó, usted es mi maestro, mi polo a tierra, mi ancla durante las peores tempestades, mi piloto automático. No le menciono las cien otras funciones que usted ha asumido con tanta generosidad, para no alargar mi respuesta. Pues bien, lo único que se me ocurre pedirle en este momento es que asuma el papel de guía en lo que usted llama «este paseo». Y Cecilia Ruiz es el único contacto directo que tenemos para ingresar a lo más profundo de La Muralla. Ella es la jefe de Andrés Castello.

Mister Tutis sonrió, como si Abril hubiera aprobado el examen en la asignatura de conspiración.

Doña Eva aprovechó la oportunidad para expresar su firme compromiso con la causa. Sin mucho protocolo, y sin poner condiciones, se ofreció a participar en la operación y a financiar el proyecto.

Mister Tutis se olió que el disparate de la liberación de Castello estaba a punto de salirse de control y entonces fijó su posición con una declaración de principios:

—Señora Wasserman, los recursos para cualquier operación que tenga por objetivo liberar al señor Castello, o a Gabriela, o a los dos, no los tiene que poner usted. Los podemos conseguir por otros conductos.

—Mire, joven —lo interrumpió doña Eva, con singular derroche de autoridad— yo decidí involucrarme en la liberación del amigo Castello porque a mí me da la gana. Es mi dinero. Me lo gané y yo puedo arriesgarlo en la causa que yo escoja, desde apostar a las carreras de caballos, hasta irme a vivir interna en un casino en Las Vegas. Ya estoy muy vieja, no tengo hijos, y no recuerdo haber visto el primer cortejo fúnebre donde un camión de transporte de valores desfile detrás del carro que transporta al muerto.

Para darse tiempo de digerir tan duro argumento, *mister* Tutis hurgó la pipa con el rascador y mantuvo la vista fija sobre la cazoleta mientras decidía la mejor forma de marcar su territorio sin lastimar a nadie.

—Doña Eva, quiero ser muy claro. Aquí no se necesita plata. Solo se requiere información de altísima calidad, creatividad, fascinación por el riesgo y un secreto total.

—Admirado profesor, ¿usted cree que alguna de nuestras maquinaciones sea posible?

—¡No!

—¿Nooooo? —gritaron las tres mujeres.

—Lo que les escuché podría ser un material de referencia para escribir el guión de una película de bajo presupuesto. A la hora de la verdad, el valor más grande que se requiere para planear y ejecutar con éxito una operación de esta envergadura es creatividad en su estado más puro.

—¿Creatividad? —balbuceó Abril.

—Sí, *Shorty*. Requerimos de toda nuestra imaginación para construir el «factor sorpresa». Una operación como ésta, debe ejecutarse de manera tan sencilla, veloz, limpia y silenciosa que hasta nosotros mismos nos sorprendamos por los resultados. Incluso, el mismo Castello, y por supuesto las autoridades, deben preguntarse boquiabiertos: «¿a quién se le ocurrió semejante plan tan simple?».

—*Herr* Scott —intervino doña Eva—. Sé que está cansado, pero antes de concluir este feliz reencuentro voy a hablar lento y claro. No se le ocurra sacarme de la lista de invitadas a esta liberación porque esta es la gran fiesta que la vida me está debiendo.

89

Al día siguiente Abril invitó a *mister* Tutis a su casa. Con la ayuda de Julio prepararon la cena. Esa noche valoraron lo que pasó durante el mes largo que duró el viaje de *mister* Scott, en especial lo que no aconteció, vale decir, el silencio de los secuestradores.

—Cuando estos desgraciados se silencian, el banquero Hoffman me empieza a respirar en la nuca.

—Abril, pilas. —sentenció *mister* Tutis—, Hoffman, bajo estrés, buscará contacto urgente con las autoridades.

—Sí y no.

—Abril, no entiendo ese juego de palabras.

—Hace un par de semanas, acorralada por la crueldad de tanto acoso, recordé sus clases de póker. Pasé dos noches redactando una nota, o lo que usted llama un bluff, donde le advertí a Hoffman el riesgo de «jugar sucio». Lea este texto.

Mister Tutis leyó el texto y lo releyó diez veces.

—¡Guau! ¡Lo lograste! Ya no podemos abandonar la mesa de póker. Debemos aguantar. Bluffear. Engañar. Mantener el control de nuestras emociones. No dejarnos ver la angustia y, lo más importante, calmarle la ansiedad al banquero.

—¿Y cómo lo calmamos?

—Ocupando su mente financiera. Lo vital en este momento es cobrar. Llegó el momento de pasar la factura. El Banco

Financiero Internacional y su presidente son conscientes de que todas las cosas en este mundo tienen precio. La ansiedad que consume a Hoffman se origina en la incertidumbre. Está esperando una cuenta de cobro que no llega. Tan pronto conozca la cifra del rescate, recobrará la paz y el sueño.

—¿Cobrar? ¿Y quién le cobrará a Gabriel Hoffman? —preguntó Abril con cara de angustia.

—¡Tú!

—¿Yo? No, profesor. ¿Otra vez el mismo «yo»?

—Sí, pequeña. Ahora, cambiemos por un momento de tema. Cuéntame, ¿qué nivel de confianza y compromiso te merece la mujer que me presentaste anoche?

Para lograr una audiencia con el presidente del Banco Financiero Internacional se requería de un enmarañado proceso de venias y genuflexiones ante ejecutivos y asistentes encargados de evaluar y filtrar personajes y temas.

La señorita Moneypenny era una celosa guardiana y, por lo tanto, la última palabra sobre el acceso al piso 74.

La única persona que no demostraba el menor interés en subir hasta esas alturas era Abril Santamaría, porque el doctor Hoffman solía arrinconarla dos y tres veces al día con la demanda de noticias sobre su hija, la evaluación de la situación con la organización que retenía a Gabriela y su insistencia sobre el avance de las negociaciones.

Abril confesó que ya no la deslumbraba el paisaje ostentoso de la presidencia. Lo único que la intimidaba era esa aureola de poder que reverberaba magnética alrededor de Gabriel Hoffman. A fuerza de tenerlo tan cerca, en tantas ocasiones, de tener la oportunidad de examinar sus ojos, sus cejas, las manos que no temblaban y sus uñas impecables, Abril ya identificaba con los ojos cerrados el humor dulzón que exhalaban sus poros y el aliento a menta de su aliento. Detrás de su rostro pétreo, ella podía identificar la batalla personal que el banquero mantenía para ocultar ante terceros su sensibilidad de papá y sus emociones íntimas, y hasta logró calibrar los diferentes niveles de esa soberbia que estallaba cuando alguien osaba contradecir sus decisiones.

Por esa suma de razones, Abril odiaba ser portadora de mensajes con exigencias de los secuestradores. Ella estaba segura de los poderes extrasensoriales de Gabriel Hoffman que le permitían pronosticar inconsistencias, exageraciones o mentiras. Sentía que su mirada penetrante era capaz de trepanarle el cráneo.

Abril padeció durante cinco días eternos la angustia de tener que enfrentar al todopoderoso con la demanda del rescate.

Ese miércoles, en el momento que escuchó por el teléfono a la señorita Moneypenny pidiéndole que subiera de inmediato, Abril padeció una sensación de vértigo como si el banquero le hubiera impartido la orden de saltar al vacío, desde el piso 74.

Recogió el sobre blanco que contenía la esencia de la conversación, se persignó a las carreras y se encomendó a Dios. Era consciente de que, antes de diez minutos, estaría cruzando la línea de no retorno.

Tan pronto Abril apareció en el área de acceso restringido de la presidencia, Moneypenny le advirtió.

—El jefe está pendiente de la información que traes. Me ordenó cancelar todos sus compromisos de esta tarde.

Abril ingresó con sus tres celulares, el sobre con las exigencias y ese aire de ingenuidad que le sentaba tan bien: su cara pecosa y ese flequillo casual que le hacía sombra a sus ojos. Permaneció de pie, inmóvil, obligada a hacer juego con el ambiente. Durante los tres eternos minutos de espera se volvió a dejar hipnotizar por la imagen de Gabriela que, desde su pequeño marco de plata, presidía ese altar dedicado a la opulencia.

—¿Cuál es la urgencia?

—Doctor Hoffman, acabo de recibir un consolidado con las exigencias de los secuestradores y las instrucciones para efectuar las transacciones. —Abril le estiró el sobre blanco.

—¿El documento ya superó todas las pruebas de control de seguridad y se le aplicaron los filtros para asegurar su legitimidad?

—Sí señor.

Hoffman no pudo despegar sus ojos del primer renglón: «25 millones de dólares». Por el tiempo que le dedicó, cualquiera juraría que entre los dos dígitos —el dos y el cinco— buscaba identificar a los cabecillas de la organización criminal que ahora lo extorsionaban con esa frialdad que siempre creyó era patrimonio exclusivo de los banqueros.

Abril respiraba despacio, en el intento de dominar sus nervios. La ansiedad la estrangulaba y temía que en la siguiente mirada el banquero descubriera que algo apestaba y que la presentación no estaba lo suficientemente clara. Para su fortuna, el banquero continuó obstinado en el primer renglón, sin levantar la vista de esa cifra que no admitía interpretaciones. El resto del documento no le importó. Se trataba de pura mecánica financiera sobre los procedimientos para transferencias, giros y demás maniobras, calcadas de los procesos que su organización utilizaba para ayudarles a sus clientes a ocultar el producto de la corrupción, sobornos, contrabando, narcotráfico y lavado de activos. Los plagiarios adaptaron las instrucciones del manual del Banco Financiero Internacional para ilustrar cómo debería pagarse el rescate, en ese escenario cenagoso y turbio que el banquero conocía como la palma de su mano.

En realidad, la suma no lo sacudió. Esa cifra la había considerado como posible. Ahora, una vez se ubicó en la realidad, empezó a experimentar la fascinación que lo envolvía cuando su mente procesaba, a velocidades inimaginables, las maniobras para recuperarse de alguna pérdida. Visualizó un mosaico de negocios rápidos para recobrar la suma del rescate y, de paso, obtener ganancias adicionales.

De entrada, les exigiría a sus asesores tributarios planear la más fina estrategia impositiva. Debían demostrar ante la administración de impuestos, pérdidas catastróficas sufridas por la Organización Hoffman como consecuencia del secuestro de uno de sus directivos. Para organizar mejor sus ideas, se fue por el camino más simple: tachó el número 25 y al lado escribió 40.

Abril contempló la transfiguración del banquero. De la expectativa pasó a la angustia, luego a un estado como de serena reflexión y, en seguida, a la excitación que le produjo la maquinación. Al final, como si ya hubiese superado el trance hipnótico, Gabriel Hoffman levantó la cabeza y le sonrió. Abril se estremeció ante la impúdica sonrisa de conspirador que en ese instante le iluminó su cara.

—Y bien, joven, ¿algo más?

—¡Sí señor! Los secuestradores exigen que se instale en la fachada del banco, antes de noventa y seis horas, una valla gigante donde aparezca el texto: «El Banco Financiero Internacional ¡Claro que cumple!».

—¿Y eso es todo?

—No, señor Hoffman; necesito nuevas instrucciones. Es casi seguro que me van a contactar en horas. ¿Qué les digo de su parte?

—Dígales que un banquero se tiene que preocupar cuando los ladrones le montan competencia.

90

Abril, le relató a *mister* Tutis los detalles de su relación con la doctora Cecilia, desde cuando la conoció en La Muralla, hasta la tarde que doña Eva le pidió que se la presentara. Para completar la tarea, le recitó lo que pensaba de ella: «es la típica señora casada, madura, realizada y feliz, obsesionada por el amor de un "príncipe azul", con un tono de "azul" imposible de conseguir en el mercado».

—Abril, gracias. En este punto de la historia, te comparto el escalofrío que me recorre el cuerpo. Cualquier intento de liberar a Castello depende, en un noventa y nueve por ciento, de una señora que está a punto de perder la cabeza por un amor imposible. Desde mi punto de vista, eso sí es practicar un deporte de altísimo riesgo.

—Pero, profesor, si ella es la más entusiasta, incluso ella fue quien propuso su liberación y, como si eso fuera poco, es la funcionaria a cargo de Andrés en La Muralla. Ella ajusta veintiún años trabajando en la cárcel y conoce como nadie sus secretos.

—*Shorty*, para que a este baile invitemos a la doctora Ruiz, hay que evaluar los riesgos que corremos. El amor posesivo despide unos gases tóxicos invisibles muy comunes en las telenovelas rosa que cualquier espectador reconoce como celos.

Para despejar sus dudas, *mister* Scott invitó a la odontóloga a una cafetería discreta, al norte de la ciudad. Necesitaba evaluar su nivel de compromiso.

—Querida doctora, le confieso que no tengo interés en contradecir los planes siniestros que tres simpáticas mujeres inventaron para tener de qué hablar a la hora del té. Dejo constancia de que me siento maravillado con la imaginación que las adorna. Si están dispuestas a ejecutar lo que me contaron, no es mucho lo que yo pueda aportarles. Me considero un hombre demasiado viejo para estar huyendo por todo el mundo, con una circular roja de Interpol pegada en la nuca. Claro que acepto escuchar cualquier plan que busque la liberación del señor Castello, a quien, dicho sea de paso, no tengo el gusto de conocer. Si puedo colaborar en alguna cosa pequeña, lo haré, pero solo por la admiración que le tengo a Abril. Créame, no me anima ningún otro interés.

¡Qué embustero! A *mister* Tutis no le tembló la voz al fingir su desinterés. En el interior de su alma continuaban vivas las palabras ofensivas del banquero cuando intentó ponerlo en ridículo ante sus alumnas, los padres de familia y las directivas del colegio.

Para disimular su excitación extrajo del bolsillo la pipa y empezó el rito de cargarla con picadura, al tiempo que la frase «Nemo me impune lacessit» se estacionaba en su memoria. El ultraje de Hoffman a su honor como escocés hizo que la liberación de Castello se convirtiera en su causa personal.

Esa misma noche Scott se reunió con doña Eva y Abril.

Doña Eva, que no se quería perder ningún detalle de la fiesta de liberación de Castello, se apresuró a reiterar que ella se encargaría de desaparecerlo de este planeta, hasta cuando hubiera certeza de que podía disfrutar de su libertad completa.

Mister Tutis le sonrió condescendiente y le apretó su mano en señal de que estaba de acuerdo. En seguida, rindió su informe.

—Luego de conversar más de tres horas con la odontóloga, veo todo más oscuro.

—¿Oscuro? —preguntó doña Eva en tono de alarma.

—Bueno, no todo es oscuro pero tengo una certeza, algunas preguntas y varias recomendaciones. No es posible liberar a Castello mientras permanezca dentro de La Muralla. Intentarlo exige tiempo y, además, una logística compleja y costosa, llena de riesgos. ¿Cómo controlar más de cien cámaras que espían todos los ángulos de la prisión? ¿Cómo lograr que no menos de cien guardias armados —que se encuentran de turno en el momento de la fuga— miren para el otro lado? ¿Cómo neutralizar las decenas de alarmas y planes de reacción inmediata que se activan en caso de un intento de fuga? A estas alturas, es posible concluir cinco cosas: primera, de La Muralla nadie se ha escapado. Segunda, que Andrés Castello no debe saber nada del plan; en caso de un fracaso él debe ser incapaz de identificar a las autoras. Tercera, que el golpe se debe dar por fuera de la prisión, bien sea en un hospital o tramitándole un permiso de salida so pretexto de una calamidad familiar, o cuando salga de la cárcel para atender alguna audiencia judicial. Cuarta, que Cecilia Ruiz es vital en cualquier plan; nos asegura información fresca de cualquier cosa que suceda en el interior de la prisión, y si no se nos asusta en el último momento, tendrá que preparar a Castello sobre lo que debe saber, hacer y no hacer, para que la operación tenga éxito. Y quinta, si llegara a fracasar el plan de fuga, las únicas personas que no deben aparecer involucradas son Abril Santamaría y Cecilia Ruiz.

—¿Y eso es todo? —preguntó Abril, con cierto tono de decepción.

—No, *Shorty*, tus tareas son del tamaño de un trasatlántico. Aún tienes un inmenso rompecabezas por armar: restablecer el diálogo con los secuestradores y concretar el cómo, cuándo, cuánto y dónde se pagará el secuestro, y, como obvia consecuencia, asegurar el cómo, cuándo y dónde liberarán a Gabriela.

—Muchos detalles de manera simultánea —reconoció doña Eva—. Nada fácil.

—Tareas difíciles pero no imposibles. Hay que asegurar un diálogo fluido con la organización que retiene a Gabriela y mantener el control sobre las negociaciones. En seguida, torcerle el pescuezo al corrupto sistema de justicia que retiene a Castello. Luego, evitar que las autoridades metan sus narices en las dos liberaciones: la de Gabriela y la de Castello. Y en el clímax, lograr que en simultánea se pague el rescate allá en el exterior y se libere acá, sana y salva, a «Código Tres». Bueno, todavía queda lo más importante: el final. Porque al final, debemos correr a escondernos en el último rincón del planeta.

—No tenemos capacidad para enfrentar tantas responsabilidades —se quejó Abril— contémonos, somos muy pocos y demasiado frágiles.

—Por eso la única vía es mantener el control sobre lo esencial y simplificar todo lo demás. Como ejemplo, les cuento que en mi viaje a Europa coordiné el plan para manejar el rescate de Gabriela a través de bancos internacionales que operan en paraísos fiscales. Eso ya es posible, y además, noventa y nueve por ciento, seguro.

91

Eustorgio García, el secretario del juzgado, descendía del bus cuando se encontró de bruces con *mister* Scott.

—¡Don Eustorgio! Qué gusto volverme a tropezar con usted.

El viejo entrecerró los ojos para enfocar al *gringo* que lo estaba saludando. En los siguientes diez segundos logró extraer de su memoria ese rostro y, en seguida lo conectó con su bolsillo. Recordó bien su generosa propina por facilitarle una visita a La Muralla. Entonces sonrió con la codicia del honesto funcionario público que husmea la aparición de un negocio torcido.

—Hola, amigo, qué gusto verlo.

—El gusto es mío. Vine a recordarle, doctor Eustorgio, que me debe un café.

—¡Pero claro! Nunca olvido una cara, mucho menos una deuda. Tengo que abrir la oficina y poner a funcionar el juzgado ¿Qué tal si en dos horas y media —consultó el reloj— nos sentamos en el mismo café donde nos reunimos la vez pasada? Al fondo, a mano izquierda. Allá siempre está disponible una mesa discreta. Le caigo a las diez y media.

Mister Tutis aprovechó las dos horas largas para dar vueltas por los alrededores del edificio donde funcionaban los juzgados penales. Examinó las medidas de seguridad para acceder al edificio y cronometró el tiempo que se gastaba un ciudadano en el proceso de ingreso. Contó los pasos desde la entrada del edificio hasta el bloque de ascensores. Subió al cuarto piso donde estaba ubicado el juzgado a cargo del proceso penal de Castello y cronometró la velocidad del ascensor. Preguntó dónde estaban los baños públicos del cuarto piso. Si se demoró en el baño más de lo prudente fue tratando de detectar cámaras de seguridad. Contó los orinales, los cubículos, los lavamanos y el área asignada para las personas con limitaciones físicas. Con su memoria fotográfica captó todos los detalles que le permitieran dibujar —en su casa— un boceto fiel de las instalaciones del baño. Al final contó los pasos entre la puerta del baño y el ascensor, y entre la puerta del baño y la entrada a la oficina del juzgado. Cuando sintió que toda esa información ya la tenía almacenada en su cerebro, salió a buscar la mesa, al fondo a mano izquierda, en aquel oscuro cafetín que le señaló el diligente secretario del juzgado.

—Doctor, cuénteme que lo trae de nuevo por mi oficina.

—Doctor Eustorgio, me sobran unos pesos y desde hace una semana estoy buscando en qué gastármelos.

—Pues en esos menesteres, la rama judicial del ministerio público podría ayudarlo. ¿Para qué soy útil?

—Como estoy escribiendo un libro sobre el caso de Andrés Castello, tengo un gran interés en conocer algunos datos que reposan en los expedientes de su caso. Me anima más la curiosidad que otra cosa.

—¿No me diga doctor que usted, además de abogado, también es escritor?

—Pues en ocasiones escribo cheques como el que va en este sobre.

—Qué pena doctor, pero es que en esta rama del servicio público no recibimos ni tarjetas de crédito ni cheques. Solo billetes y en dos contados: primero cuenta usted y en seguida cuento yo.

—No hay problema.

—Eso sí doctor, las fotocopias me las tiene que pagar por aparte.

«Lo bueno de este tipo de funcionarios públicos —pensó *mister* Scott—, es que para los servicios extras manejan tarifas muy claras. Y tienen memoria de elefante cuando saben que uno les encima propinas generosas por sus valiosos servicios».

—Doctor Eustorgio, no se manche usted las manos con tinta de fotocopias. El asunto es simple. Usted se limita a contarme cómo van las diligencias con mi amigo Castello y así, ni usted ni yo nos llenamos de papeles.

—Ahora sí logró perderme, honorable abogado. No le entiendo. ¿Me paga los documentos y no se los lleva?

—A decir la verdad, lo que me interesa es saber, con anticipación, qué diligencias o audiencias tiene programadas Castello en su juzgado. Así de simple.

—Pues ese expediente está muy quieto. Nada se mueve. La Fiscalía parece no tener interés y la defensa no se ve. Por lo menos seis o siete abogados han venido a protocolizar la representación de Castello y nunca vuelven.

—Y usted, doctor Eustorgio, que es tan servicial y creativo, ¿no se podrá inventar alguna diligencia para que el señor Castello venga a su oficina? Algo así como una notificación, un reconocimiento de firmas, la reiteración de alguna declaración, el reconocimiento de documentos o testigos, o quizás una audiencia de conciliación, o lo que sea...

—Para serle sincero, aquí en el juzgado le tenemos pereza a cualquier diligencia con el señor Castello. En dos ocasiones anteriores esto se ha prestado para que se agolpen curiosos y mujeres que gritan. Es tal el relajo que debemos pedir protección adicional a la policía, y, lo que es peor, esto se llena, no de cronistas judiciales, sino de periodistas de farándula.

—¿Y no se podrá realizar una diligencia discreta, que no tenga tanto despliegue?

Don Eustorgio miró hacia el techo, puso sus ojos en blanco, inspiró hondo, se rascó la cabeza y se dio por vencido.

—Muy difícil. Déjeme un par de días. Yo tomo nota de su celular y lo llamo.

—Qué problema, doctor Eustorgio, no tengo celular. Yo soy de la vieja guardia y continúo usando los cada vez más escasos teléfonos públicos de monedas.

—Lo comprendo, amigo, entonces nos encontramos este viernes, en la misma mesa, a las mismas diez y media. —Se levantó y salió.

—Doctor Eustorgio, espere. ¿No me dijo que la invitación al café era por cuenta suya?

—Pague usted esta vez, abogado, porque olvidé mi tarjeta de crédito.

92

Si no fuera por la manía de conspirar que se le despertó a la señora Wasserman, el plan de liberar a Castello se hubiese desarrollado a la velocidad de una tortuga jubilada.

La vieja se veía tan atenta y activa que, en ocasiones, ni se notaba su ceguera. Disfrutó cada reunión como si los planes de acción fueran drogas energéticas. Juró que le gustaría tener la edad de Abril y se mostró tan fascinada con la aventura, que su confesión de esa noche resultó muy divertida: «Me encanta tanto esta conspiración que siento como si éste fuera el último orgasmo que disfrutaré en mi vida».

Superada la celebración, *mister* Tutis intervino para disminuir los efectos tóxicos de ese derroche de adrenalina.

—No quiero convertirme en aguafiestas pero tenemos que bajarle la fiebre a tanta imaginación desbordada. Esta operación debe ser limpia. No podemos contaminar el ambiente con olor a pólvora ni nadie debe resultar salpicado, ni siquiera de salsa de tomate. Olvidemos los túneles que construimos en nuestra imaginación y las cargas de dinamita que demolerán las paredes de La Muralla y hasta la contratación de un avión privado para sacar a Castello del país. No soñemos con rescates en helicóptero, ni con asaltos de comandos al convoy que transporta a Castello, ni con películas de *Rambo*. ¡Aterricemos!

En la biblioteca se vivía la tensión de una película de Hitchcock. Hasta el perro pastor alemán de doña Eva paró las orejas y dejó de mover la cabeza.

—¿Recuerdan a Houdini?

—Claro —respondió con entusiasmo doña Eva—, el famoso ilusionista que siempre se escapaba.

—Pues bien, la sacada de Castello de la prisión se llamará «Operación Houdini».

—¿Por qué Houdini? —preguntó Abril.

—Porque el noventa y nueve por ciento de este truco será puro ilusionismo.

—¿Ilusionismo?

—Sí. Como en los trucos de magia, vamos a intentar un discreto «cambiazo».

—¿Cambiazo? —preguntó doña Eva—, ¿qué significa eso?

—Vamos a cambiar a Castello por otra persona parecida, a la que treparemos en otra silla de ruedas. Así de simple. Nada más, pero tampoco menos.

—Pero eso no es tan fácil.

—El éxito de esta operación depende de nuestra creatividad. Necesitamos identificar la ventana de oportunidad precisa, en el momento preciso. Como se trata de un acto de ilusionismo, los espectadores no pueden descubrir el truco. Además, la sorpresa debe aturdir a las autoridades. Entre más tiempo tarden en entender qué pasó, mejor efecto logramos. Mientras las autoridades se recuperan de su asombro, evaporamos a Castello de este planeta... sin que se note el humo.

En ese punto, doña Eva ya no pudo contener su excitación. Llamó a las dos empleadas y les ordenó retirar el servicio de té «que ya está frío» y, sin consultar a sus invitados, tomó la iniciativa de servirles algo más fuerte.

—¡María o Concepción! Busquen en el bar una botella de Remy Martin.

Las mujeres corrieron, una por la botella y otra por las copas barrigonas en forma de tulipán, que *mister* Scott se encargó de llenar con ese líquido precioso de color ámbar y aroma a jazmín, avellana y tabaco amaderado. El profesor abrazó la copa con la mano derecha. En la medida que el coñac alcanzó la tibieza justa, meneó el líquido, apoyó sus narices en el borde y exclamó: «Olor Montant». Luego de una pausa, concluyó: «Coñac XO. ¿Tiempo de maduración? Me imaginó que empezó a madurar antes de que naciera Abril».

Abril repitió en silencio el mismo protocolo de su maestro. Cuando por fin le dio un pequeño sorbo, se le dilataron las pupilas y como si el aroma la hubiese abofeteado, recobró la voz.

—¿Quién podría ser «el segundo hombre de la silla de ruedas»?

La pregunta quedó flotando sin que nadie se aventurara a contestarla, hasta cuando *mister* Scott la agarró en el aire.

—Difícil improvisar una respuesta. Debemos considerar todas las opciones. Podría ser un desempleado que reclutemos y quiera ganarse una buena propina. Un mendigo que convenzamos en la calle. Un amigo que nos haga ese favor. Incluso, un desconocido que narcoticemos. ¿Qué opinan?

Nadie opinó. Abril se aventuró a darle otro sorbo a su coñac y quizás animada por el efluvio alcohólico, se le iluminaron los ojos y carraspeó para aclarar la voz.

—¿Puedo proponer un candidato?

—¡Claro! No uno sino todos los candidatos que se te ocurran.

—¿Qué requisito necesita el candidato?

—¿Recuerdan las famosas películas del «neorrealismo italiano»? Como Italia estaba quebrada después de la guerra, los directores de cine italianos se vieron obligados a suplir la falta de dinero con mucha imaginación. Como no tenían para pagar actores, invitaron a personas a que representaran su propio papel. Si necesitaban a un «policía», pues utilizaban a un policía de verdad, verdad. Si se trataba de un cocinero, pues buscaban en los restaurantes aquel que se adecuara al papel. Si necesitaban una prostituta, no la buscaban en los conventos. El talento para la actuación se demuestra en la naturalidad como se actúa.

—Profesor, si lo interpreto bien, nuestro candidato ideal sería un tipo parapléjico que maneje a la perfección sus limitaciones físicas y maniobre con habilidad su silla de ruedas. ¿Estoy en lo cierto? —preguntó Abril.

—Pues ese sería el actor ideal.

—Entonces ¿me permiten proponer un candidato?

—¡Adelante!

—Creo tener identificados a los dos protagonistas de esta película. Hay dos seres humanos que están clamando por ser tenidos en cuenta y ambos ansían su libertad. Con ellos podríamos crear nuestra propia versión, bastante mejorada de su «neorrealismo italiano». Por favor, profesor, no me vaya a decir que no.

—Te queremos escuchar. ¡Adelante! —la animó doña Eva.

—Tengo una persona de toda mi confianza que se ajusta al modelo que nos pinta mi amado profesor.

—*Shorty*, no le des más vueltas, habla de una vez, dinos ¿quién es?

Abril hizo una pausa. La paralizaba el temor de sentirse rechazada, pero el efecto de un nuevo sorbo del líquido con sus 40° de alcohol, la estimuló a sincerarse.

—Julio.

—¿Julio qué? —preguntó doña Eva.

—Julio Santamaría, mi hermano.

—¿Estás loca? —*mister* Tutis se incorporó de un salto—. ¡Abril, estás loca! Jamás aceptaré someter a Julio a semejante riesgo. Ni lo pienses. Tres segundos después el banquero Hoffman y la Policía harán la misma conexión: Julio Santamaría - Andrés

Castello - Abril Santamaría. Blanco es, gallina lo pone, huevo se llama. No. ¡Definitivamente, no!

—Maestro, compréndame. Esta es una oportunidad milagrosa para redimir a mi hermano. Ese será el papel más importante de su vida. Será su redención. Él se está muriendo por dentro. Si yo le propongo su participación, no lo dudará un instante. Es su liberación. Julio se sentirá tenido en cuenta, se volverá a sentir importante, se integrará de nuevo a este mundo del que se evadió debido a su accidente y a su miserable situación. Le ayudará a recuperarse de esa depresión que lo carcome día y noche, como si fuera un cáncer en el alma.

La vehemencia de Abril impresionó a doña Eva. La vieja, que admiraba a su joven lectora, tomó partido.

—Hija, yo voto por Julio. Si confío en Abril, confío en Julio. Mi querido *herr* Scott, Julio se ganó ese papel. Y para seguir el hilo de su tal «neorrealismo italiano», mi pronóstico es que Julio será el mejor actor de esta película. Por obvias razones no lo he visto en acción, razón para preguntar ¿qué tal maniobra su silla de ruedas?

93

Bueno, después de la euforia viene la hora de la verdad. ¿Quién le pone el cascabel al gato? ¿Quién convence a Julio para que asuma el papel de «el malo de la película»? En ese suspenso resultaron flotando los tres cómplices.

Mister Scott se sumió en profunda reflexión, posó sus ojos sobre la pipa y al tiempo que osciló su cabeza en señal de negación, murmuró algo así como «no está bien. No podemos involucrar a una persona inocente en una acción abiertamente criminal. No está bien».

—Profesor, ¿qué lo preocupa?

—A Julio lo van a capturar en lo que se llama *in flagrante delicto*. Lo van a incomunicar. Será sometido a duros interrogatorios. Deberá explicar lo inexplicable. Lo van a presentar a la prensa en calidad de trofeo. La burocracia responsable de la cadena de custodia resultará investigada por complicidad en la fuga y los involucrados se van a defender como tigre panza arriba. Sobre Julio se va a descargar toda la furia de un sistema judicial corrupto. La organización Hoffman azuzará a los dueños de los medios para que la tal «opinión pública», en estado de histeria, exija explicaciones y pida un castigo ejemplar al único cómplice en la fuga. Los noticieros subirán sus audiencias y las revistas de farándula van a vender más ejemplares que en el resto del año. ¿Algo más?

Con semejante advertencia sobre el inminente arribo del Apocalipsis, un nuevo silencio incómodo se tomó la reunión. Pero Abril, en contraste, continuó brillando, con ese entusiasmo nacido de su intuición, la misma euforia delirante que la animaba a emprender empresas con su hermano, como la famosa «Fábrica de Tareas de Abril».

—¡Frescos! Yo me encargo de hablarle. —Abril sonrió optimista—. Tengo que hacerle ver todos los riesgos. Él tomará la decisión final. ¿Qué tal si brindamos?

Abril se veía un tanto achispada, levantó su copa y le guio la mano a doña Eva para que la imitara. Los tres alzaron sus copas sin demasiado entusiasmo. A juzgar por las caras largas, el ambiente era más propicio para una visita de pésame que para una animada reunión de conspiradores.

El brindis lo concluyó *mister* Scott con una frase lapidaria: «Debemos hacer aparecer a Julio como una víctima que se encontraba en el lugar equivocado, a la hora equivocada».

—Julio, mi héroe, tengo un asunto urgente que debo tratar contigo.

—Soy todo oídos, enana —respondió Julio con ese optimismo fingido con el que siempre intentaba mimetizar la depresión que cargaba en su alma—. ¿Qué te inventaste esta vez? ¿Para que soy bueno?

Abril le apretó el hombro y con la otra mano le tomó la quijada para asegurarse de tener fija su mirada.

—Mírame a los ojos. No quiero que sigas triste. Eres mi Supermán y necesito tu ayuda.

—Mierda, enana, con tanta ceremonia me estás asustando.

Abril estaba nerviosa y se enredó en la historia. Le repitió el cuento del encarcelamiento de Castello, que Julio ya conocía, y le recordó lo de su visita a La Muralla, como si Julio no la hubiese ayudado. Para completar el mosaico, lo empapó con otras historias relacionadas, como la complicidad de Gabriela cuando Abril lo vio la primera vez en el colegio y la reciente aparición en escena de la odontóloga de la prisión. Tanto detalle logró exasperar a Julio. Cuando sospechó que Abril intentaba seguir dando vueltas por la misma historia, no se aguantó más.

—Abril, te conozco tanto. Estoy seguro de que el cuento es muy corto pero no sabes cómo echarlo. Arranca de una, Abril, cuéntamelo todo. Sin compasión. Sin anestesia.

Julio escuchó sin parpadear, y en seguida acusó una súbita transformación, se sintió liviano como si le hubieran quitado el peso de ese hipopótamo que solía soportar sobre su autoestima. Luego de su clásica recriminación de «Enana, por favor, no te sigas metiendo en problemas», confesó que se sentía feliz ante el reto de participar en la aventura. Le agradeció que lo tuvieran en cuenta y manifestó que estaba listo a leer el guión, a ensayar su papel y «a ganarme un "Oscar" al mejor protagonista de la película».

—Me encanta el reto. ¿Algo más?

—*Mister* Tutis necesita hablar contigo. Quiere explicarte cuál es el apoyo legal que tiene planeado para aminorar el impacto que caerá sobre ti, desde el momento en que se descubra el «cambiazo». Según el profe, tienes que preparar tu mente y tu cuerpo para resistir la furiosa reacción de las autoridades, en especial durante las siguientes setenta y dos horas.

94

Día D menos 37 días

—Somos tan pocos y nuestra capacidad de maniobra es tan reducida que para la «Operación Houdini» debemos concentrar los esfuerzos en lo esencial.

—¿Y qué diablos es lo esencial? —preguntó doña Eva.

—Lo esencial es demostrar nuestra capacidad de fabricar ilusiones. En ese orden de ideas, la primera fase la bautizamos «fotocopia». Necesitamos que, a simple vista, nuestros dos personajes no solo se parezcan, sino que se confundan.

Para ello necesitamos que la doctora Ruiz se encargue de suministrarnos fotos de Castello desde todos los ángulos. En especial con el vestido que usará para asistir a la audiencia. Castello deberá usar una gorra deportiva y anteojos oscuros.

El primer acto de ilusionismo será lograr que nuestros dos actores parezcan fotocopias del mismo original. Las dos sillas de ruedas también deben conservar similar apariencia. «Cecilia, necesitamos información detallada sobre la silla de Castello, marca, modelo, número de serie, fecha de fabricación y muchas fotografías donde se muestren detalles». Pero sin exagerar. El exceso de perfección es peligroso. Si Castello y Julio se parecen demasiado el perjudicado será Julio porque a la hora de las investigaciones nadie creerá que se trata de una increíble coincidencia, sino que sospecharán que se trata de una conjura criminal. Entonces, ni el vestido, ni las gorras, ni las sillas deben ser idénticas; apenas deben mantener un aire similar».

La «Operación Houdini» se empezó a mover a toda prisa. Dos días más tarde, *mister* Scott analizaba con ojo crítico las fotos. Comparó las características físicas de ambos personajes, se rascó la cabeza, y concluyó: «cuando los dos estén en sus respectivas sillas de ruedas, vestidos con prendas parecidas, las diferencias no se notarán. La ilusión será completa porque ambos maniobran sus sillas de ruedas con habilidad».

—Ahora —apuntó el profesor— cuando logremos que Castello y Julio se confundan, necesitaremos diseñar un «algo» para que los dos no se parezcan.

Como doña Eva se llevó la mano a la boca para expresar sorpresa y Abril alcanzó a bizquear, *mister* Scott les aclaró la rutina del «cambiazo».

«El primero en ingresar al edificio será Julio. Lo hará por la puerta principal. Una enfermera empujará su silla de ruedas. ¿Cómo va vestido Julio? De manera llamativa. Su cabeza estará vendada. Pero no es un vendaje real. Recuerden que todo es ilusionismo. Hay que preparar una especie de gorro, que parezca un vendaje de cabeza y que se pueda colocar en cualquier otra cabeza, sin que se desbarate. El otro «adorno» vistoso será un cuello ortopédico. Y finalmente, portará en su brazo derecho un vendaje que dé la ilusión de un yeso, que se pueda quitar y volver a poner en un santiamén, sin que se deteriore. Para fabricar el vendaje y el yeso, no existe persona más talentosa y hábil que el mismo Julio».

En síntesis, la apariencia de Julio dentro del edificio debería provocar lástima».

La enfermera empujará la silla de ruedas de Julio hasta el baño de hombres del cuarto piso. Una vez adentro, ambos se esconderán en el cubículo para incapacitados. Julio se despojará del vendaje, del cuello ortopédico y del yeso, y, en seguida, se colocará la gorra deportiva y los anteojos oscuros».

Julio y la enfermera esperarán a que Castello ingrese por sus propios medios al mismo cubículo».

Subrayo y recalco, Castello ingresará solo, maniobrando su silla de ruedas sin ayuda ni compañía. Ahí, ¡justo ahí!, se producirá el «cambiazo».

Julio, apropiado de su nuevo papel, saldrá del cubículo por sus propios medios, y hará una pausa en el área de los lavamanos. En seguida se dirigirá hacia la oficina del juzgado».

De manera simultánea, Castello, con la ayuda de la enfermera, se pondrá las prendas que dejó Julio: el gorro que simula un vendaje, el cuello ortopédico y el yeso en el brazo, y saldrán sin prisa, en dirección contraria, hacia el ascensor».

95

Día D menos 31 días

La doctora Cecilia exhaló un largo suspiro.

—Profesor, tengo angustia.

A estas alturas, *mister* Scott no confiaba del todo en la odontóloga. No porque sospechara de su lealtad, sino por el papel crucial que debía protagonizar para coronar el «cambiazo». Dudaba de si tendría la suficiente motivación para resistir todas las tensiones. «Esta mujer de pronto se nos asusta y recula», pensó muchas veces. Pero en ese momento, pese a sentir el cabreo a flor de piel, improvisó su mejor cara de «consejero de pareja» y le habló.

—Confíe en mí, doctora. No dude en consultarme lo que quiera, incluso el perfume que le aconsejo no se aplique ese día.

—Escúcheme con atención, profesor. Primero, el señor Castello es mi ayudante en la cárcel. Yo soy su jefe. Yo hago parte de su «cadena de custodia». En el momento en que las autoridades descubran el «cambiazo» y suenen las alarmas, yo debo estar allá adentro, en mi oficina en La Muralla, lista a enfrentar el impacto. ¡Ah! Y con una historia creíble.

—Ajá.

—Mi segundo temor es que en el desarrollo de la operación me vean personas que después me puedan reconocer y asociar como cómplice.

Scott le tomó la mano, de manera paternal.

—Querida Cecilia. Tranquilícese. Si siente que está arriesgando mucho, dígame y yo busco a otra persona para aliviarle la angustia.

—Creo que no me entendió, profesor. Yo estoy consciente de mis riesgos y los acepto. Lo que me angustia es que, por mi culpa, pueda fracasar la operación.

—Gracias, Cecilia. La clave es alargar lo que yo llamo el clímax. El clímax, en este caso, es ese tiempo crítico que transcurre desde el momento en que efectuemos el «cambiazo», hasta el momento en que los guardianes se den cuenta de que les escamoteamos al detenido. En ese instante se van a enloquecer, dispararán las alarmas y empezarán una frenética cacería de brujas porque se sentirán atrapados en tremendo lío. Entre más podamos alargar ese clímax, usted contará con más tiempo para regresar a su oficina antes de que el eco del escándalo traspase las puertas de La Muralla. Con respecto a su preocupación por la presencia de terceros, al único personaje que no conoce es al hombre a cargo de preparar el vehículo de la fuga. Él, además de mi amigo de confianza, es mi mecánico, el mismo que durante seis años se ha encargado del mantenimiento y preparación de mis dos motos de carreras. Hugo Motta posee una virtud que no adorna a los peluqueros. Mi mecánico es un profesional que no habla mientras trabaja y jamás opina sobre temas que no tengan que ver con tuercas, tornillos, bielas y pistones. ¡Ah! y para generar más confianza, su apellido también se adorna *«with two tees»*.

Día D menos 27 días

¿Cuánto vale la «Operación Houdini»?

Armados con papel y lápiz, Abril y *mister* Tutis se consagraron en la tarea de hacer cuentas para determinar el presupuesto.

—Empecemos por el pez gordo, el «doctor» Eustorgio, secretario del juzgado; él es el actor más costoso que actúa en esta película. Además, requerimos alquilar una camioneta, decorarla y, al final, desaparecerla. Necesitamos la silla de ruedas número dos. Lo más importante en este presupuesto es poder contratar al mejor bufete de abogados para asegurar la protección jurídica de Julio. Hay que presupuestar un pago adicional para el doctor Eustorgio, porque el viejo zorro será vital durante las semanas subsiguientes para cerrar la operación con éxito. Recordemos que él, como secretario del juzgado, conoce cómo maniobrar recursos judiciales para que se le levanten a Julio todos los cargos. También debemos incluir, con cargo a relaciones públicas, dos docenas de rosas (que por ahora podemos sacar al fiado donde tu amiga de la floristería), una para doña Eva y otra para la odontóloga. ¡Ah! Y el justo pago por la actuación de nuestra estrella invitada, Julio Santamaría. Para finalizar, calculemos imprevistos a baldados, porque uno nunca sabe qué obstáculos se aparecerán en el camino, o a qué autoridad competente tendríamos que lubricar sobre la marcha, o si de manera milagrosa surge una oportunidad y debamos aprovecharla de inmediato.

Una vez tuvieron claro los montos a invertir en la Operación Houdini, Scott se incorporó.

—Querida Abril, mañana debemos salir en peregrinación al Cementerio Central. Visitaremos a la tía en el mausoleo de la familia, rezaremos la novena de difuntos y, de paso, retiraremos por ventanilla las limosnas que nos merecemos...

96

Día D menos 25 días

Ese día *mister* Scott parecía un ingeniero aeroespacial explicando cómo llegar a Marte. Desenrolló seis planos y los desplegó sobre la pared. Sus dibujos eran impecables, tres de ellos levantamientos arquitectónicos en perspectiva realizados de memoria como resultado de las exploraciones que realizó en el edificio de los juzgados, y de su análisis sobre la ubicación y disposición de los ascensores, corredores, baños, cámaras de seguridad y puntos de control de acceso. Lucían de un realismo delirante porque se había tomado el trabajo de medir en pasos y en segundos las distancias entre un punto y otro.

En un detallado gráfico exhibía las calles contiguas al edificio de los juzgados, indicando —minuto a minuto— la secuencia de la llegada de la ambulancia con Julio y la huida posterior con el liberado.

Sobre la mesa desplegó una serie de cuatro mapas de la ciudad con la ruta principal que debían recorrer, más tres mapas de detalle que indicaban rutas alternas que pudieran tomar en caso de algún imprevisto. Resaltaba, en todos los casos, los puntos críticos, semáforos, cámaras de control de velocidad, y estaciones de policía, más los sectores y horas donde se suelen presentar trancones.

El profesor Scott fue alternando sus explicaciones técnicas con observaciones y consejos sobre cómo actuar durante la operación.

—Los días más críticos serán cinco: dos días antes del "día D" y los dos días posteriores. Debemos conocer de memoria nuestro respectivo papel y repetirlo hasta el cansancio, en voz alta.

«Cecilia, yo la llevo hasta al edificio de los juzgados en la ambulancia. Usted irá vestida de enfermera, con una peluca que insinúe canas y un tapabocas que mantendrá puesto todo el tiempo. Empujará la silla de Julio por acá —señalaba en los planos los pasillos correspondientes— hacia los ascensores, y subirán al cuarto piso. Allí girarán a mano izquierda para ingresar a este baño de hombres».

Mister Tutis alternaba su exposición entre planos y gráficos, y enfatizaba en la sencillez y encadenamiento de los diferentes pasos.

«En este otro plano se aprecia la disposición del baño para hombres. Existen seis cubículos regulares y este cubículo para discapacitados de dos con cincuenta por uno con cincuenta metros donde caben dos sillas de ruedas. Cecilia ingresará al cubículo empujando la silla de Julio, y ambos esperarán en silencio».

La explicación era tan simple y lógica que doña Eva iba confirmando con la cabeza cada paso, como si estuviera viendo el detalle de los planos.

«Cuando Castello arribe al cuarto piso, le informará al guarda que necesita ir al baño. Ingresará por sus propios medios y le exigirá a su escolta que permanezca afuera, alegando su derecho a la intimidad. Y entrará al reservado de minusválidos».

Mister Tutis le clavó sus ojos a la odontóloga para enfatizar su vital papel como «instructora de Castello».

«Tan pronto Julio y Castello estén reunidos dentro del cubículo, se producirá el cambiazo. Julio ya habrá ajustado su apariencia de gorra y gafas oscuras para que coincida con la de

Castello. Una vez salga del cubículo se estacionará aquí, en el área de los lavamanos».

«Si el escolta se asoma lo podrá ver frente al espejo, enjabonándose las manos. Tan pronto Julio sale al corredor, maniobrará él mismo su silla de ruedas, por acá —señaló sobre el plano— a mano izquierda, cuarenta y dos pasos, directo, hacia la oficina donde lo esperan».

«Volvamos aquí, al cubículo para discapacitados. Cecilia se encargará de preparar a Castello para salir del edificio. Le ajustará las vendas sobre la cabeza, el yeso en el brazo y el cuello ortopédico. Enviará por celular la señal clave a Scott para que estacione la ambulancia frente al edificio. Bajarán por el ascensor y alcanzarán la calle».

Sería tal la concentración de los conspiradores que más parecían frailes de una sociedad secreta de *illuminatis* definiendo el destino del planeta. Uno tras otro fueron recitando de memoria sus papeles y responsabilidades.

«Yo soy Abril y actúo como el centro de coordinación. Cualquier cambio del plan o tropiezos que pudieran presentarse, actuaré como único punto de contacto. Además activaré al abogado que debe acudir, de inmediato, a representar a Julio desde el momento de su detención».

«Yo soy Scott, «*with two tees*», conozco mi trabajo como conductor de la ambulancia y corredor de motos y me encuentro familiarizado con las rutas de fuga».

«Yo soy Eva Wasserman, me comprometo a crear las condiciones para recibir al señor Castello y desaparecerlo de la faz de la tierra».

«Yo soy Cecilia Ruiz, tengo la misión de preparar a Andrés Castello para que desempeñe su papel y participaré en la maniobra del cambiazo. Debo crear las condiciones para que la operación fluya sin obstáculos: desde las instrucciones que le imparto a Castello en la cárcel, hasta empujar su silla de ruedas para sacarlo del edificio. Debo estar de retorno a La Muralla antes de que estalle la noticia de la fuga».

«Yo soy Julio, conozco mi rutina, me he preparado para actuar en los tres escenarios que me toca y acepto de manera voluntaria todos los riesgos que corro».

Mister Scott ensayó una larga pausa como recurso para invitarlos a reflexionar. Con esa paciencia de quién hace del fumar todo un rito religioso, abrió la bolsa con la picadura y empezó a seleccionar a pellizcos, las hebras de tabaco para cargar la pipa.

—¡La sencillez será nuestra arma más eficaz! Aquí no vale la fuerza, sino la inteligencia. ¿Recuerdan *El Principito*? «Lo esencial es invisible a los ojos». Pues concentrémonos en lo esencial. Entre más simple parezca la operación, más preparación y coordinación necesitamos. Más ensayos debemos realizar. Más veces debemos repetir en voz alta el papel que cada quien representa. Cuando las autoridades analicen esta operación se sorprenderán de lo simple que fue su ejecución. ¿Preguntas? ¿Sugerencias?

Abril carraspeó para aclarar su voz.

—¿Y de dónde vamos a sacar una ambulancia?

—¿Quién dijo que necesitamos una ambulancia? Recuerden que todo es ilusionismo. Lo que necesitamos es una camioneta blanca que alquilamos bajo el pretexto de un trasteo, y mi mecánico la decora. Es simple. Dos cruces rojas, no muy grandes, una en cada costado. La palabra «ambulancia» al frente y atrás. Una barra de luces estroboscópicas amarradas al techo y una sirena potente por si necesitamos abrir paso en algún trancón.

—¿Y cuándo entramos en acción?

—Hace días estamos en plena acción. Lo que en este momento repasamos es la fase de la «apertura de la jaula».

—¿Y si algo falla?

—Les recuerdo: ¡esto no es Hollywood! Aquí nadie va a escuchar: «¡Silencio! ¡Luces! ¡Cámara! ¡Acción!» En medio del rodaje no podemos gritar: «¡Corten! ¡Se repite la escena!» Aquí no necesitamos héroes. Tampoco requerimos efectos especiales, ni explosiones, ni disparos, mucho menos música de acción.

Scott hizo una pausa para evaluar la reacción del equipo. En seguida concluyó.

—La operación se ejecutará con la limpieza que demanda una cirugía en el cerebro, con la precisión de un bisturí láser, la sensibilidad para los detalles de un afinador de pianos y la ingenuidad de un bebé que se descubre sonriendo en un espejo.

97

Día D menos 21 días

«Todos los días haremos un ensayo de la «Operación Houdini» hasta que nos aprendamos de memoria cada paso, cada secuencia, cada tiempo, y se despejen todos los interrogantes. Hay que ensayar como si fuéramos a montar una comedia. Los seis actores debemos estar coordinados. Si el chiste no se dice en el instante preciso, o si la torta no se le estrella en la cara a la gorda en la oportunidad precisa, nadie se va a reír».

Scott y la doctora Ruiz tomaron tan a pecho la necesidad de coordinarse que una tarde se pusieron en la tarea de ensayar cómo trepar un lisiado a una camioneta y cómo bajarlo sin desnucarlo, y la manera más «profesional» de trepar la silla de ruedas a bordo de una ambulancia.

Día D menos 16 días

«¡Atención! La hora «H» de la operación, la que desencadena toda la acción, se inicia con la salida de Castello de La Muralla».

«En la sección de transportes de la prisión se saben de memoria esa rutina porque la repiten cientos de veces durante el año. El desplazamiento de la prisión hasta el edificio de los juzgados dura entre treinta y cuarenta y cinco minutos».

«Cuando se trata de un prisionero que puede causar conmoción entre el público, el ingreso se realiza por la calle de atrás del complejo de edificios. Los vehículos de escolta ingresan a la zona de parqueo en el primer sótano».

«Una vez ingrese Castello a esta oficina de recepción —señaló su ubicación en el plano— la Policía registra su llegada. El procedimiento de registro demanda entre seis y ocho minutos. En seguida el detenido se dirige, con un solo escolta, hasta el juzgado, ubicado en la cuarta planta. El tiempo de desplazamiento por el ascensor se calcula entre cuatro y ocho minutos».

La hora programada para la diligencia es dos de la tarde; luego, la salida de Castello de La Muralla será entre las doce y media y un cuarto para la una».

Día D menos 10 días

La odontóloga llama a Castello a su oficina. Siente que los nervios están a punto de paralizarla. Nunca le ha revelado su deseo de verlo en libertad, mucho menos se atreve a compartirle el plan de fuga. Siente la boca reseca y un dolor agudo en el estómago, pero debe prepararlo.

—Hola, mi leal ayudante; tengo información de que en diez días debes atender una diligencia en el juzgado. El abogado que te va a representar me pidió que te diera instrucciones sobre cómo comportarte en los siete días anteriores y en el día de la audiencia.

—¿Y ahora qué? ¿Qué tipo de diligencia debo enfrentar? ¿Se trata de algún interrogatorio? Querida doc, necesito que, por favor, me faciliten los documentos que debo estudiar.

—No necesitas documentos. La única instrucción que me dieron es que a partir de mañana vas a padecer de diarrea.

Andrés Castello estalló en carcajadas.

—¿Además de mantenerme preso sin justificación legal, ahora debo improvisar cara de purgado?

—Andrés, sigue mis instrucciones. Por favor, es por tu bien. Desde mañana debes declarar que no te sientes bien. Que estás afectado de amebiasis producida por el agua de la prisión o que es una diarrea provocada por la angustia que te causa la audiencia.

—Doc, ya me acostumbré a esta vida de prisionero. Me he puesto a pensar que hasta me la merezco y eso me hace sentir tranquilo. Pero, ¿por qué ahora decides enfermarme de repente, y de una dolencia tan vergonzosa?

—Porque con esa enfermedad tratarán de conmover al juez.

—¿Conmover a un juez? La justicia solo se conmueve con dinero. La única ley que respeta la justicia es la ley de la oferta y la demanda. Ningún juez se va a enternecer ante la visión de una mica rebosante de diarrea.

—Andrés, no rezongues. Durante la semana previa a la audiencia debes quejarte de cólicos gástricos. Yo voy a solicitar que te eximan de trabajo por enfermedad.

—Si mi situación no fuera tan seria, doctora bonita, me cagaría pero de la risa con la táctica jurídica de mi abogado. Revolver procedimientos legales con un cólico en las tripas, eso sí que es tener mucha imaginación.

—Por favor, Andrés, sigue el pie de la letra las instrucciones.

—Fuera de la diarrea, ¿algo más?

—Estoy esperando nuevas instrucciones de tu abogado. Él necesita que el día de la audiencia le ayudes con la exhibición ante el juez de tu lamentable estado de salud.

O Andrés Castello era una revelación de las artes escénicas, o realmente sí se contagió de amebiasis. Durante la semana previa a la audiencia se enfermó a tal grado que, incluso, la sección de sanidad de la prisión consideró la opción de notificar al juzgado que el detenido no podía comparecer por problemas de salud.

Pero el mismo Castello aseguró que con medicamentos podría controlar los cólicos y la peligrosa deshidratación, y que conseguir otra audiencia podría demorar meses.

98

Con el agobiante paso de las semanas sin noticias de Gabriela y sin que nada ocurriera, el banquero perdió el sueño. Se sentía sitiado por la incertidumbre y extorsionado por una organización que cuando ponía la cara era para amenazarlo. Como no podía ejercer su poder omnímodo, aquel que no admitía discusiones ni vacilaciones, empezó a experimentar un vacío cercano a la muerte. La feroz batalla que todas las noches libraban sus demonios interiores le pasó la factura y una madrugada, por fin, decidió aceptar su vulnerabilidad. La poderosa maquinaria de su organización financiera, capaz de multiplicar su riqueza —como en «la parábola de los panes y los peces»— se encontraba a punto de parálisis porque él se sentía incapaz de continuar aparentando optimismo y frescura, como si nada pasara. Qué suplicio tener que enfrentar, por tiempo indefinido, a unos fantasmas que se arrogaban el poder de ejecutar a Gabriela. Qué miseria tener que reconocer que ya no tenía control sobre su tiempo, ni sobre su mente, mucho menos sobre la conducta ciclotímica de los secuestradores.

Como si todo lo anterior fuera poco, su único puente de comunicación con ese mundo impenetrable de la organización criminal era una mujer demasiado joven e inexperta, que pertenecía a una clase social deprimida, que manejaba las negociaciones con derroche de candidez y carecía de la ambición y la mala leche, que son atributos importantes a la hora de negociar con banqueros, secuestradores y extorsionistas.

Para empeorar sus desgracias, la autoridad legítima, que debiera ser la protagonista natural en estos casos, generaba un alto riesgo para la secuestrada. Si bien la policía antisecuestros tenía el entrenamiento y los recursos legales para acelerar el proceso también podría desencadenar una reacción violenta, con resultados potencialmente fatales para su única hija.

Una madrugada el banquero se sorprendió hablándole al espejo donde veía reflejada su miseria: «Gabriel, ¡Por Dios! no puedes permitir que el pánico te paralice».

99

Día D menos 9 días

Scott se reunió con Julio para coordinar los detalles de su actuación.

«Julio debes probar que fuiste asaltado. Que se aprovecharon de tu incapacidad. Qué te narcotizaron en el baño. Debes mostrar las señales de la inyección intravenosa que te aplicaron. La doctora Cecilia te inoculará una dosis mínima de Rohypnol, disuelta en agua destilada, sólo para evidenciar la huella del pinchazo».

A nuestro secretario del juzgado ya se le reconoció una generosa bonificación para que, a las dos en punto, cuando asomes las narices en la puerta del juzgado, te haga seguir y le ordene a tu escolta permanecer afuera.

El eficiente «doctor» Eustorgio mantendrá las formalidades de la audiencia durante noventa minutos, en espera de los abogados de Castello que jamás llegarán por una simple razón, desde hace meses desistieron de representarlo y para esta diligencia fueron citados «por edicto». Cuando el secretario te notifique que se canceló la diligencia, te tragas dos pastillas de Rohypnol de 1 mg. Esta segunda dosis te hará perder la conciencia. El secretario llamará de urgencia una ambulancia: «el detenido está enfermo, quizás muy grave porque está convulsionando».

De allí para adelante no tendrás de qué preocuparte porque, durante las siguientes doce horas, no recordarás ni cómo te llamas. El bendito Rohypnol te calmará la ansiedad y, de paso, te provocará somnolencia y confusión, y lo que es más importante, tendrás amnesia anterógrada, o sea que serás incapaz de recordar lo que pasó, desde que te inyectaron, hasta cuando te recuperes de los efectos de la droga.

Cuando despiertes ya estarás en la sección de urgencias de algún hospital, sonriente y «en manos de nuestros abogados».

100

Al banquero, un hombre tan sagaz e intuitivo, no le cuadraban las cuentas. «Me siento cabreado. Aquí hay gato encerrado».

Hoffman, sumido en la soledad, trataba de encontrar claves, pistas, inconsistencias. «Cuando se inició esta pesadilla —recordaba con inquietud creciente—, las comunicaciones de los secuestradores eran largas, bien redactadas y exigían respuestas imaginativas. Ahora las exigencias tienen otro estilo. Cortas, con dosis insoportables de sarcasmo y amenazas. ¿Será que la organización original vendió a Gabriela? ¿Será que a algunos de esos perros se les alborotó la codicia y operan al margen de sus jefes? ¿Será que ya no tienen a Gabriela pero se aprovechan de la incertidumbre para extorsionarme?

En esos días de aturdimiento, Abril le comunicó al banquero Hoffman que los secuestradores habían dado señales de vida y prometían un comunicado.

Aquella tarde, en el preciso instante en que le entregaba la nota, Abril se impresionó al detectar en la mano del banquero un sutil, pero evidente, tic nervioso. ¡Dios santo! Por primera vez notó que al banquero le temblaban las manos. Él también se dio cuenta y temió que Abril pillara su vulnerabilidad.

Sentado en su trono leyó la nota en patético silencio... En simultánea, Abril sintió que el corazón se le trepó a la garganta y debió contener la respiración ante el temor de enviar señales que pudieran cabrear al señor Hoffman.

El banquero intentó dibujar una sonrisa de suficiencia para demostrar que, en el ambiente de negociaciones agresivas, él era inmune a las bravuconadas. Pero se contuvo. No estaba seguro del alcance de las amenazas. Entonces clavó su mirada inquisitiva sobre la asustada Abril. El texto no le cuadraba del todo y las amenazas lucían demasiado vagas.

—Explíqueme, ¿qué querrán decir estos tipos con una «demostración de fuerza»?

Abril estaba tan nerviosa que no supo qué responder, alzó los hombros, entornó los ojos y trató de interpretar el papel de «la chica despistada de la película».

—¿Qué significa ese gesto?

—Nada diferente a que tengo mucho miedo, por lo que a usted y a mí, nos pueda pasar.

101

Día D menos 7 días

Mister Tutis recibió un mensaje de la señora Wasserman: «¡Peligro inminente! Venga de inmediato y solo.

—Doña Eva, su mensaje me dejó muy preocupado. ¿En qué la puedo ayudar?

—*Herr* Scott, no tenemos tiempo para muchas venias así que, vamos al grano: me ofrezco para reemplazar a Abril.

—¿Reemplazarla?

—¡Claro! Hay que desvincularla del plan de fuga.

—Doña Eva, somos muy pocos y Abril es indispensable. Además, su hermano ya quedó integrado a la película, conoce su papel y aceptó todos los riesgos ¿A qué se debe su preocupación?

—A falta de una, tengo dos razones: la primera, conozco a Abril más que usted, y la segunda, conozco su debilidad más grande: no sabe mentir.

—Le entiendo, pero...

—No la forcemos a mentir. Ella no sabe actuar.

—¿Qué propone, doña Eva?

—Sorprenderla. Desorientarla. Confundirla. Aturdirla. Necesitamos que su mente se concentre en asuntos diferentes al del plan de fuga del joven Castello.

102

Día D menos 6 días

—Julio, vengo por ti.

—Hola, profe. ¿A dónde vamos?

—La historia es compleja. Debes desaparecer de esta casa antes de que llegue Abril.

—Usted sabe que yo estoy dispuesto a todo, pero, ¿por qué razón no esperamos a que ella llegue?

—Si amas a tu hermana, debes desaparecer ya.

—Estoy confundido. Esto me huele mal.

—¿Confías en mí? ¿Amas a tu hermana?

—A las dos preguntas, sí, *mister* Scott.

—Bien. Si no desapareces ya, pondrás en gran riesgo la seguridad de Abril.

103

Día D menos 5 días

Un exclusivo equipo de técnicos en seguridad física y electrónica realizaba cada madrugada un detallado procedimiento de control preventivo en el último piso del Banco Financiero Internacional. Lista de chequeo en mano, inspeccionaban los baños y la basura, buscaban paquetes o maletines sospechosos, escaneaban las oficinas de presidencia en busca de aparatos de escucha y de interceptación, examinaban los ordenadores en busca de *cookies* sospechosas y revisaban el funcionamiento correcto de las cámaras de monitoreo y control. En esas estaban cuando observaron a una mujer joven que intentaba ingresar al reservado piso 74.

La mujer lucía angustiada y el miedo se reflejaba en su cara. Tenía los ojos enrojecidos de llorar y vestía un atuendo demasiado casual, incompatible con las estrictas normas de vestuario del banco.

La primera funcionaria en llegar a su puesto de trabajo era la señorita Moneypenny. Ajustaba varios años repitiendo la misma rutina con un encomiable sentido de la responsabilidad. Como encarna todo el poder, ella es quien les firma a los funcionarios de seguridad las actas de revisión de seguridad. Ese día le informaron sobre el sospechoso intento de Abril, a todas luces ilegal, de acceder al piso 74.

—Abril, ¿dónde estás metida? Me informan que estuviste revoloteando por este piso. ¿Qué pasa?

—Estoy cerca del banco, sentada en la única cafetería que encontré abierta en la madrugada. ¡Necesito que me ayudes! Tengo pánico, se llevaron a mi hermano. Es urgente. Tengo que hablar con el doctor Hoffman. Presiento lo peor.

—Sube de inmediato a la presidencia. Te espero.

Moneypenny abrazó a Abril.

—Tienes que serenarte. ¿Qué sucedió? ¿Quiénes se lo llevaron?

—No sé. No tengo información. Llegué a mi casa pasadas las ocho de la noche y Julio no estaba. Desde la muerte de mi mamá, él jamás sale a la calle de noche y menos solo. No quiero ni pensar en que alguien haya confundido mis llegadas de noche en el carro de la señora judía donde trabajo, e interprete, por error, que nos sobra el dinero.

—¿Y ya lo buscaste?

—¡Sí! Lo grité por todo el barrio. Casa por casa lo pregunté a mis vecinos. Estuve enloquecida toda la noche recorriendo hospitales y estaciones de policía. He llamado a sus amigos y compañeros de universidad pero nadie tiene la menor noticia. Estoy devastada. A las nueve de la mañana debo ir a la Policía a poner la denuncia. Temo que la desaparición de Julio tenga que ver con este trabajo en el banco. Me mata la ansiedad. Me matan los pensamientos trágicos.

—Cálmate, Abril. Ahora baja a tu despacho y, por favor, trata de arreglarte esa facha de amanecida que tienes. Yo me encargo de coordinar una reunión con el jefe. Mantente alerta. Te llamaré tan pronto tenga noticias.

Abril se lavó la cara, se cepilló los dientes y estaba tratando de poner en orden su cabello cuando timbró el teléfono.

—Abril, el doctor Hoffman no te puede recibir hoy porque está muy ocupado. Te recomienda que recorras hospitales, estaciones de policía, funerarias y el centro de medicina legal donde manejan los cadáveres sin identificar. Pero te advierte que, por ningún motivo, tienes autorización para vincular este caso de desaparición, ni tu nombre, ni el nombre de tu hermano, con el Banco Financiero Internacional. Me ordenó asegurarme de que entiendes esta advertencia. ¿La entendiste?

—Sí, la entendí. Dile que no se preocupe. Confírmale que para fortuna de mi hermano, él no mantiene vinculación alguna con este maravilloso banco. Yo tampoco. Lo único que le pido a Dios es que su desaparición nada tenga que ver con mi gestión voluntaria para recuperar a su hija. —Abril empezó a sollozar de rabia.

—Otra recomendación de mi jefe. Ten paciencia. No pongas una denuncia apresurada, porque esto se nos puede llenar de policía y enviar un mensaje equivocado a la gente que retiene a «Código Tres». El doctor Hoffman te ordena que no hagas nada, ni pongas un denuncio, sin que medie la asistencia legal del abogado del banco que él te designará.

—Moneypenny, el doctor Hoffman no tiene ningún título de propiedad sobre mi hermano ni sobre mis sentimientos. Dile que mi hermano no es menos importante que su hija y tú, ayúdame para que ese señor entienda el infierno por el que estoy pasando. —Como si necesitara poner un sello de autenticidad a su frustración, Abril colgó el teléfono con rabia, sin siquiera despedirse.

Día D menos 3 días

—Moneypenny, ¡ayúdame! Acabo de regresar de mi barrio. Estuve repartiendo volantes con la foto de mi hermano, solicitando ayuda en el vecindario. Pero ahora me llama un abogado del banco a decirme que no puedo hacer eso hasta que no se evalúe el impacto de mis acciones sobre la imagen del banco. Según él, «no puedo mezclar mis responsabilidades en el banco con mis problemas personales».

—Abril, tranquilízate. Envíame un mensaje de texto con el nombre del funcionario que te llamó y el número de donde te llamó.

—¿Es que nadie comprende la angustia por la que estoy pasando? Moneypenny, necesito hablar, como sea, con el doctor Hoffman.

—Abril, por favor, comprende. Él tampoco te puede recibir hoy porque su agenda está repleta.

—Pues dile que, si no me recibe, que se consiga otra mediadora porque ¡renuncio ya!

—Abril, espera mi llamada antes de diez minutos. No te muevas de la oficina.

—Un momento, no cuelgues. Necesito que el señor sepa que si la desaparición de mi hermano está vinculada con mi trabajo como mediadora en el secuestro de «Código Tres», me tendrán que desaparecer a mí también porque le contaré a todo el mundo esta injusticia.

—Cuenta con mi mediación. No hagas locuras. Tranquilízate.

En la mañana del Día D

—Abril, sube a la presidencia. Pero tranquilízate, no vayas a hacer una pataleta. El doctor Hoffman te va a recibir un instante. Prepárate para pedirle lo que necesitas. Por favor no le hagas reclamos emocionales ni fuera de tono. Él tendrá un pésimo genio pero no es el culpable de todo lo que está pasando. ¿Estás de acuerdo?

—Sí. Gracias.

A la hora de la verdad, Abril no tenía claro qué debía reclamarle o pedirle a Gabriel Hoffman. Se fue al baño y trató de lucir menos infeliz. Se lavó la cara, se peinó hasta que el flequillo quedó en su justo lugar, dejó caer un par de gotas de colirio en sus ojos enrojecidos y se aplicó sobre los labios un brillo rosado.

Muy temprano en la mañana la odontóloga se encargó de precisarle a Castello las instrucciones a seguir.

—Hoy al mediodía, durante el desplazamiento desde La Muralla hasta el edificio de los juzgados, debes quejarte de dolor de panza. Pide que por favor se detengan un instante en una cafetería para hacer tus necesidades. Ellos no pueden parar en el camino, bajo ninguna circunstancia, pero se sentirán presionados por tus quejidos. Cuando arribes al edificio donde funcionan los juzgados, clama con urgencia ir al baño. ¡Mucha atención! No permitas que te empujen la silla. Demuestra que puedes maniobrarla sin ayuda de nadie. ¡No permitas que un guardia te acompañe al baño! Notifícales que no tienes problema para salir de la silla y sentarte en la taza.

—¿Y qué coños hago en el retrete?

—¡Por Dios! Haz, por lo menos, «ruido de diarrea» y quéjate de dolor de panza. Suelta varias veces el agua de la cisterna y, por favor, lávate siempre las manos. Durante el procedimiento de registro en el sótano y en el trayecto hacia el cuarto piso, continúa quejándote de cólicos. Tan pronto el ascensor se detenga en la cuarta planta, ahí, ¡precisamente ahí!, te repito, en la cuarta planta se inicia el clímax de tu actuación. A treinta pasos del ascensor hay un baño público. Manifiesta tu angustia de volver al excusado, antes de entrar a la oficina del juez. Repito, no permitas que el guardia te empuje la silla. Una vez ingreses en el cubículo de personas discapacitadas, no abandones la silla. Allí en el baño, una amiga tuya, que te conoce muy bien, te dará nuevas instrucciones.

104

El presidente del Banco Financiero Internacional se materializó en persona en la oficina de su secretaria. Le sonrió a Abril, a manera de saludo y le hizo señas de que lo siguiera a su despacho. Cerró la puerta y ahí mismo, sin avanzar ni un centímetro, le habló en tono paternal.

—Ya me enteraron de la pesadilla que vive desde hace cinco días con la desaparición de su hermano. Lo siento. La compadezco. Creo que ahora sí comprende en toda su dimensión la doble pesadilla que yo padezco, día y noche, desde hace ocho meses.

Abril no respondió. Miró a Gabriel Hoffman con la cara de melancolía del náufrago que se encuentra con otro compañero de desgracia, en una isla desierta, en la mitad del océano.

—Ahora, ¿qué puedo hacer por usted?

El silencio en medio del silencio aturdía.

—Nada. En realidad nada, señor. Gracias por recibirme. Solo quería informarle que debo retirarme del banco hasta que logre encontrar a mi hermano, vivo o muerto.

De súbito, el todopoderoso Gabriel Hoffman traspasó esa frontera íntima, esa distancia reverencial que siempre mantuvo alejados a todos sus interlocutores. Se acercó le puso la mano sobre el hombro y al retirarla le acarició la cabeza.

—Abril, estamos en el mismo bote. Si puedo hacer algo por su desgracia, cuente conmigo.

El mecánico y la enfermera le ayudaron a Castello a treparse a la moto.

«¡Agárrese bien hermano! —le recomendó el mecánico—. Aunque está en buenas manos, mejor échese la bendición». Enseguida le pasó el casco y corrió a abrir la puerta del taller.

Cinco cuadras adelante, Scott le ordenó a Castello «¡Ahora sí, agárrese duro de mi cintura porque si se llega a caer se desnuca! ¡Cierre los ojos y apriete las nalgas!».

Por el sistema de teléfono celular instalado en el casco gritó: «Johnnie Walker, *keep walking*», entonces la bestia despertó con un rugido furioso para exhibir arrogante toda la potencia de sus 125 caballos.

Abril abandonó el piso 74 con el corazón arrugado. Abrazó a Moneypenny y le susurró un «gracias».

Cuando entró a la oficina 11-11, llamó de nuevo a Moneypenny.

—Ya hice todo lo que podía hacer por Julio. No tengo a dónde ir. Dile al presidente que permaneceré en esta oficina, en vela, día y noche, esperando buenas noticias de Gabriela, o de Julio, o de ambos. Si me necesitan, aquí me encuentran.

105

En la tarde del Día D

(Imágenes grabadas por las cámaras de seguridad instaladas en el exterior del edificio)

1:42 pm. Una ambulancia se detiene frente al edificio. El conductor y una enfermera con tapabocas, descienden del vehículo. Descargan una silla de ruedas. Una persona herida en la cabeza es colocada en la silla. La enfermera empuja la silla por la rampa e ingresa al edificio.

2:12 pm. Una ambulancia se detiene frente al edificio. El conductor desciende y abre la puerta posterior. Aparece la imagen de una enfermera que sale del edificio empujando una silla de ruedas. La mujer y el conductor le ayudan a un hombre lisiado a subir al vehículo. El conductor coloca la silla de ruedas en la parte de atrás. La ambulancia parte.

Castello es obligado a acostarse sobre una colchoneta de espuma que está tirada sobre el piso de la camioneta. «¡Cierre los ojos! —le ordena el conductor con acento extranjero—, y despójese de las vendas y el cuello ortopédico».

Scott mira el reloj. Son las 2:18 pm.

—¡Águila levanta vuelo! —grita Scott por el celular.

La ambulancia se desplaza lenta para no llamar la atención. Seis cuadras adelante ingresan a una avenida y entonces acelera, raudo, por la ruta que se sabe de memoria gracias a que la ha repasado decenas de veces durante los treinta días anteriores. Aprovecha la inmunidad que proyecta la ambulancia y maniobra con la misma irresponsabilidad que es marca registrada de los repartidores de pizzas y de los asaltantes de bancos. Para esquivar las avenidas congestionadas usa atajos que aún están por descubrir y corta camino a través de barrios viejos y deprimidos ubicados en los extramuros de la ciudad, elude, de paso, las cámaras de seguridad colocadas en cruces importantes. Seis kilómetros adelante ingresan a la autopista del norte, confiado en que a esa hora está despejada. Todo fluía con cronómetro en mano, tal como estaba programado, cuando…

—¡Mierda! Esta autopista parece un parqueadero. ¡Todo está detenido!

Castello se contagió del estrés. Tirado en el piso de la camioneta no podía ver lo que sucedía afuera. La supuesta «ambulancia» no era más que una camioneta de reparto, sucia y maloliente. Aún no digería la cadena de eventos sorpresivos que estaba viviendo. No reconocía a los personajes que lo llevaban en esa alocada carrera, y por supuesto tampoco sabía a dónde, ni en condición de qué. De lo que sí estaba seguro era que en ese instante era un vulgar fugitivo y que ahí, indefenso, varado en una autopista, rodeado de carros, el riesgo de su recaptura era inminente. No se atrevía a hablar. Su silencio le empezaba a doler pero se mantenía fiel a la orden que le había impartido la doctora Cecilia: «mantenga a toda hora la boca cerrada».

—Señora, con esta autopista detenida, me huelo que hasta aquí llegamos. O es un accidente, o hay un tramo en construcción, o, Dios no lo quiera, seríamos muy de malas que se tratara de un retén de la Policía. ¡Mierda! A estas alturas ya no hay por dónde salir. —Miró su reloj—, las 2:41, si el plan marcha sin problemas, todavía no han descubierto el cambiazo y contamos con más de media hora para coronar. Pero si ya lo descubrieron, esto se nos va a llenar de policías.

La enfermera observó por el espejo lateral el centellar de unas luces y nerviosa alertó con un codazo a *mister* Scott.

—¡Quietos todos! Se acercan por atrás dos motocicletas de la policía con las luces encendidas. O van a atender algún accidente allá adelante, o nos buscan —Scott miró de nuevo su reloj—; 2:52. Según mis cálculos contamos con 38 minutos antes de que nos suelten los perros.

—Dios mío —se escuchó el lamento de la enfermera detrás del tapabocas.

—Qué carajo, ahora sí nos tocó arriesgarnos. O esta es nuestra salvación o nuestra condena. Voy a encender las luces y la sirena. Listos a aguantar el bluff.

La ambulancia continuó detenida en medio del trancón, con las luces rojas dando vueltas como entre una licuadora y el aullido de urgencia de la sirena.

—Amiga, ¡pilas! Si en el momento en que se acerquen los policías la situación no luce crítica, usted debe bajarse de la camioneta y pedir ayuda para pasar con el «enfermo grave». Yo no lo puedo hacer con mi acento «gringo».

—Señor, estoy nerviosa, —le susurró Cecilia— yo debo estar sentada en mi oficina antes de que estalle este lío.

—Si esto se complica, bájese de la camioneta y huya a pie por entre el tráfico. ¡Vuélese! Tan pronto pueda repórtese a «doña E» para saber su ubicación. Espero verla esta noche, bueno, si antes no nos detienen y nos incomunican.

Las dos motos de la policía se acercaron. Los corazones de la doctora Ruiz, el profesor Scott y Castello, palpitaban acelerados como si fueran diapasones que vibraban a la misma frecuencia.

106

Las dos motos de la patrulla de policía sobrepasaron la ambulancia y no se detuvieron. Uno de los agentes le hizo señas a *mister* Scott de que lo siguiera y empezaron a abrirle camino a la ambulancia por entre la congestión y el caos. Una vez ubicados sobre la berma, arrancaron como alma que lleva el diablo, acompañados por los alaridos de las sirenas, en medio de los destellos de las luces de emergencia. En tres minutos cubrieron los dos kilómetros que les faltaban para la siguiente salida.

Tres pitazos largos y el agitar del brazo de Scott por la ventanilla fueron suficiente reconocimiento para los policías, que sonrieron con la satisfacción del deber cumplido.

Tanta tensión provocó que la transpiración de los tres ocupantes de la camioneta empañara los vidrios.

—Perdón, señorita, por la mala expresión —declaró Scott— pero es que no conozco otra palabra en español: ¡Mierda!, qué susto el que pasamos. ¿Y ahora dónde estamos? —Scott consultó el mapa—. Aquí nos tocó volver a improvisar.

El desplazamiento de la ambulancia resultó errático y confuso porque ese sector de la ciudad jamás fue considerado en el plan de fuga. Así que empezaron a buscar por pálpito alguna calle, no muy destapada, que los sacara a alguna parte reconocible.

La enfermera se volvió a inclinar sobre el conductor; «tengo miedo, ya debería estar sentada en mi oficina».

Scott volvió a consultar el reloj. 3:14 p.m.

Una vez ubicados en el área que buscaban, serpentearon por entre barrios marginados hasta desembocar en una calle larguísima y destapada, con casas a lado y lado que nunca fueron terminadas, talleres de mecánica y almacenes de repuestos. Scott aminoró la velocidad para no cabrear al vecindario, marcó una clave en su celular y exclamó: «¡A seis cuadras!».

La puerta de un taller sin ningún aviso externo se abrió el momento justo para que ingresara la ambulancia y en seguida se cerró.

Scott apagó la camioneta, se bajó de un salto y corrió a ayudar a Castello a descender.

Un hombre joven, quizás el dueño del local, entró a escena con la habilidad de un trapecista que hubiera ensayado mil veces su número de circo. Sin siquiera saludar empezó a desmantelar la decoración de la camioneta. La despojó de las cruces rojas, de los avisos falsos de ambulancia y desmontó la barra de luces estroboscópicas que había anclado con bandas de caucho, sobre el techo del vehículo.

Tutis caminó de prisa al fondo del local, levantó una carpa de plástico y dejó al descubierto la más veloz de sus dos niñas consentidas: una moto BMW R 1200 GS Adventure, «todoterreno», dotada de amortiguadores que controlan la vibración extrema y facilitan el desplazamiento a campo traviesa. Se trepó ágil, presionó el encendido, se puso el casco y ordenó:

—¡Levantamos campamento! ¡Última etapa!

107

Entre tanto, la acción en el taller continuó febril. El mecánico llamó por el celular y ordenó: «Recojan la camioneta. La dejé estacionada afuera. Las llaves están en el suelo, detrás de la llanta del conductor. ¡Retírenla de inmediato antes de que los ladrones la desmantelen!»

En seguida, mientras desbarataba la silla de ruedas de Castello, se presentó: «Señora, soy Hugo Motta, tengo instrucciones de llevarla a su oficina, a la velocidad de la luz». Levantó una carpa y dejó al descubierto la segunda moto de míster Tuttis, una Triumph Speed Triple R.

—Doña Eva, soy Abril. La llamo para disculparme. He estado desaparecida durante cuatro días porque estoy padeciendo una pesadilla que ya me siento incapaz de continuar soportándola.

—¿Qué te pasa, jovencita? ¿En qué te puedo ayudar? ¿Por qué no me llamaste antes?

—Doña Eva, perdóneme. Estoy tan confundida. Mi hermano Julio desapareció. Ajusto cuatro días sin dormir. Lo he buscado por todas partes. Ya agoté todos mis recursos. No puedo avisar a la policía por razones que más tarde le comparto.

—Jovencita, como creo que me conoces bien, te voy a confiar un pálpito que tengo.

—Sí señora.

—Antes de lo que te imaginas vas a tener noticias de Julio. Y te aclaro: serán buenas noticias. Tengo esa corazonada.

«Esta vez no sé si confiar en el redomado optimismo de doña Eva, pero es que ella nunca ha dejado de acertar» —pensó Abril.

Las siete semanas vividas en el desenfreno de una vorágine de acontecimientos no se podían comparar con lo que tuvo que padecer la doctora Ruiz en los siguientes minutos. «¡Qué vértigo el que experimenté, agarrada yo, a mis 56 años, de la cintura de un piloto de motos de carrera, que más que un loco, es un suicida! ¡Ay! Este tipo me trepó la adrenalina hasta las cordales y me descargó a tres cuadras de La Muralla en 18 minutos».

Una vez inmersa en el silencio agobiante de la sección de Sanidad de la prisión de La Muralla, la doctora Cecilia Ruiz saludó a los tres presos enfermos que brillaban el piso —de aquí para allá y de allá para acá— con esa obsesiva paciencia de los condenados a cadena perpetua, y continuó directo a su oficina. Cerró la puerta y experimentó una suerte de iluminación divina, se hincó de rodillas y le habló a su Dios: «Gracias Señor por haberme aliviado de tan agobiante tentación. Necesito tu ayuda para recuperar mi paz, mi esposo, mis tres niñas y mi familia. Amén».

La moto de Scott continuó como una flecha por entre las callejuelas de unos barrios marginales que en dirección a la montaña se iban convirtiendo en senderos rurales. Más adelante buscó la Autopista del Norte y entró como una tromba para volver a salir de nuevo, once kilómetros adelante, a un camino rural, polvoriento y desolado, donde dos bueyes de ojos tristes, que halaban un arado, vieron pasar un meteoro.

Durante el raudo periplo la visión de Castello resultó muy limitada, tanto por la velocidad y los súbitos cambios de superficie por donde transitaron, como por la altura de *mister* Scott y su espalda tan ancha. Castello, quien solía correr en autos, motos y botes de carrera, no disfrutó del paisaje porque jamás había sentido tanta adrenalina generada por la velocidad ni tanta angustia causada por la incertidumbre.

A través del celular incorporado en su casco, Scott iba informando el cambio de su ubicación: «Águila por ruta 3». «Águila de cacería por la montaña». «Águila cerca de las nubes». «Águila ya ve la colina». «¡A cinco K de las puertas del cielo!».

Mister Tutis maniobró su BMW por un sendero de la montaña ideal para la práctica de *trail* y como una exhalación arribó a un sector donde se extendía un soleado valle con sembrados de trigo que rodeaban la colina donde se alzaba la residencia de doña Eva Wasserman.

Treparon la colina por un sendero de tierra y lodo que años atrás trazaron los rebaños de ovejas de las fincas vecinas, trocha que conducía, en medio del bosque nativo, a una mansión campestre, rodeada por altos muros de piedra cubiertos con hiedras y enredaderas. Entonces ordenó por el celular: «¡Abran las puertas del cielo!».

Como en un acto de magia, el portón se abrió y se cerró en seguida. La moto disminuyó la velocidad y continuó de largo por un camino de ladrillos que serpentea por el amplio jardín interior. La carrera, el rugido del motor y la emoción cesaron de golpe. La moto ingresó mansa a un garaje cubierto.

Castello no podía disimular un ligero temblor, quizás reflejo del trepidar de la moto, o efecto de la carrera suicida que logró liberarlo de la prisión.

El conductor de la moto descendió, se despojó del casco y se ordenó la melena. Entonces Castello se percató de que el hombre era un tipo más viejo de lo que pensaba. Fornido, alto, con mandíbula cuadrada, una sombra de barba entrecana y sus ojos claros.

No recordaba haberlo visto antes. Sin duda se trataba de un hábil conductor de ambulancias y un superlativo corredor de motos.

Scott le estiró la mano, y con su inglés británico pronunció su fórmula sacramental: *I'm* Scott, *with two tees.*

En el amplio garaje aparecieron dos mujeres fornidas que desplegaron una silla de ruedas. Entre ellas y el señor Scott acomodaron a Castello. Acto seguido Scott asumió la iniciativa y empujó la silla de ruedas hacia el interior de la casa, como si se tratara de un trofeo. Antes de ingresar a la biblioteca se inclinó sobre Castello.

—Amigo, vamos a saludar a la dueña de casa, autora intelectual de esta maratón.

Doña Eva lucía radiante. Parecía una zarina en su trono. A un costado, Viktor, su perro de servicio, movía las orejas como si acabara de prender el radar y estuviera pendiente de un visitante que no reconocía. Al otro costado una de sus empleadas le susurraba al oído lo que estaba aconteciendo.

—Doña Eva: ¡misión cumplida!

La señora sonrió.

—Gracias profesor. Ahora sí, joven Castello, bienvenido a la libertad.

Andrés Castello no salía de su asombro. Esta anciana que le hablaba en un español pedregoso con acento germano, impartía órdenes desde su cómodo sillón con una precisión y claridad que parecían incompatibles con su edad. Trataba de adivinarle la mirada que ocultaba detrás de sus lentes oscuros.

—Perdóneme señora pero no entiendo nada. Mientras alguien me explica, por favor, lo que ha ocurrido en las últimas tres horas, no encuentro palabras para agradecerles lo que han hecho por mí.

Andrés Castello exhibía tal economía de palabras, como si estuviera esperando a que la doctora Ruiz le levantara la prohibición de hablar.

—Tengo un sentimiento tan extraño que, pese a que no entiendo dónde estoy, ni quiénes son ustedes, ni qué estoy haciendo aquí, quisiera... quisiera llorar.

El final de la frase de Castello fue casi inaudible. En ese momento doña Eva decidió dar por terminado el protocolo de presentación.

—¡Es hora de celebrar!

Aparecieron Manuel, su chofer, y una mujer con una botella de champaña y tres copas.

—Señor Castello, pronto tendremos la oportunidad de brindar con todo el enorme equipo que logró este milagro de traerlo a la libertad. Si digo «enorme» no es por el número de sus integrantes, sino por el compromiso de solidaridad que demostraron con una persona injustamente encarcelada. Sin tantas vueltas ni sensiblerías, cuéntenos profesor Scott, al final, ¿cuántos somos?

En ese momento el celular de *mister* Scott vibró. Sobre la pantalla apareció el mensaje que esperaba: «Lista la producción de los *jeans*. Urgente girar honorarios para la modista. Las tallas acordadas las confeccionan en una semana. Me debes una lupa grande que me tocó comprar para hacer control de calidad sobre la tela, puntadas, remaches y cremalleras. Las modelos lucen preciosas».

—Perdón, doña Eva.

—*Herr Professor*, lo siento distraído. Le preguntaba que cuántos participamos en esta operación.

—Seis, doña Eva.

—¿Seis? Apenas seis. Pues por ellos: *Prost* —dijo levantando su copa.

—¡Salud! —respondieron *mister* Scott y Castello.

—Salud, Houdini —repitió doña Eva—, por este soberbio acto de ilusionismo.

108

La señora Eva ordenó que María y Concepción, sus dos fieles empleadas, retiraran de la inmensa biblioteca adosada a la pared todos los adornos que estuviesen sueltos y que pudieran caer en el momento de mover el mueble. En seguida, las mujeres se arrodillaron para desasegurar un complejo de pasadores y cerrojos ocultos que anclaban la estructura a la pared y al suelo.

A renglón seguido procedieron a meterle el hombro para deslizar la pesada estantería sobre dos rieles de acero. Entonces apareció el muro en concreto y una sólida puerta de acero blindada, pintada de *beige*. La estructura en concreto estaba fundida sobre la roca viva de la colina.

¿Qué había detrás de esa puerta?

Sesenta años atrás, la señora Eva y el ingeniero Wasserman construyeron en las profundidades de esta colina su último refugio.

Llegaron a la región a finales de 1946. Después de padecer los horrores de la guerra, decidieron recomenzar allí sus vidas. Pero Hermann Wassermann sufría de un creciente delirio de persecución. Él nunca estuvo vinculado a la política ni se alistó en el ejército, pero contribuyó como ingeniero al esfuerzo de la guerra. Temía ser blanco de los cazadores de nazis que, al finalizar la guerra, rastreaban las huellas de los siete mil miembros del partido que se suponía huyeron de la derrotada Alemania hacia Sudamérica.

Ese temor influyó para que buscaran refugio en una zona rural, discreta, no muy poblada, pero cerca de una ciudad grande, donde el ingeniero pudiera construir un refugio a prueba de todo.

Los Wasserman adoptaron un estilo de vida discreto y con ayuda de obreros locales, empezaron a levantar su casa, recostada contra la colina.

Con el tiempo, la propiedad se fue ampliando. Los vecinos se peleaban por venderle sus tierras a «don Hernán, el polaco». Los Wasserman fueron comprando las fincas vecinas, pero sin ostentación. Solo querían asegurar la autosuficiencia «por si en el futuro tenemos que volver a enfrentar las miserias de una guerra».

Diseñaron la finca de tal forma que, en caso de amenaza, pudieran sobrevivir durante prolongados periodos de tiempo sin depender de recursos externos. Vivirían del huerto, del establo y de su industria casera de productos lácteos y alimentos concentrados. El ingeniero aprovechó la corriente de la quebrada que cruza la propiedad y construyó un sistema de canales para mover la planta hidráulica «Penton», que durante los primeros años le suministró energía eléctrica a la casa. Dentro de la misma economía de guerra, desarrollaron procesos de reciclaje para sacar provecho de todo, hasta de la basura, y en reemplazo de alarmas y vigilantes montaron un criadero de perros pastores alemanes.

—Este perro guía que durante los pasados cinco años me ayuda con mi ceguera, es descendiente de esos bellísimos ejemplares que, a comienzos de los años sesenta, mi esposo importó de Alemania, conservando el linaje de la «Verein für Deutsche Schäferhunde», la asociación de criadores de pastores alemanes.

Con el transcurrir de los años, la ciudad se extendió por todo este valle. Como consecuencia de ese crecimiento desbordado, la finca resultó sitiada por nuevos desarrollos urbanos de clase alta. En ese inesperado ambiente de especulación con la tierra, los Wasserman hicieron el negocio de sus vidas. Aprovecharon la oportunidad y parcelaron la extensa finca. Lo que compraron muy barato por hectáreas, lo vendieron —según explicaba el ingeniero— «por centímetro cuadrado».

Los Wasserman se reservaron la colina y el enorme lote donde estaba construida la casa. Rodearon el lote con un alto muro en piedra de cantera, cubierto por hiedras y buganvilias rojas y amarillas. Según doña Eva, «esta casa se construyó para resistir un largo sitio de piratas, cruzados, bárbaros e infieles».

109

Las mujeres accionaron los enormes cerrojos de la gruesa puerta blindada. En el fondo se apreciaba un túnel corto y oscuro.

—María, ¿está segura que prendió las luces? Nuestros invitados se nos pueden desnucar.

—Doña Eva, en todas las habitaciones ya hay luz.

—Señor Castello, entiendo que tiene algunas limitaciones para su movilidad. ¡Cuídese! porque todavía tiene muchos años por vivir. ¡Muchachas! Ayúdenle primero al señor y luego a mí a entrar a nuestra «casa de huéspedes».

Doña Eva se rehusó a utilizar su silla de ruedas. Se apoyó en el antebrazo de *mister* Scott y en su bastón e inició el recorrido del refugio que se aprendió de memoria, a fuerza de vivir muchos años en medio de la incertidumbre.

Andrés Castello se resistía a creer lo que estaba viviendo. El corto túnel, de unos quince pasos, desembocaba en un salón grande, dotado de una enorme biblioteca. Todos los ductos, de ventilación, eléctricos, de agua, de suministro de gas y de intercomunicación con la casa, aparecían a la vista, y cada ducto se identificaba, según su función, con pintura de colores vivos.

El realmente sorprendido era *mister* Tutis, que nunca se imaginó los alcances conspirativos de doña Eva. Sacudía su cabeza sin dejar de sonreír. «Me resisto a creer lo que estoy viendo, una mujer ciega me acaba de ganar una partida de póker».

—Doña Eva, la admiro. Usted tiene una capacidad de conspiración digna de respeto. A su lado me siento un aprendiz de brujo.

El tour que encabezó doña Eva por todos los rincones del búnker estuvo salpicado de recuerdos sobre su esposo y de anécdotas sobre cómo diseñó y construyó el refugio, con derroche de ingenio y estricta planeación alemanas.

—El ingeniero temía que la cacería de nazis se intensificara puerta a puerta. Su obsesión era sobrevivir el tiempo que fuera necesario hasta que se calmara el temporal. Dedicó tres años a la excavación de la roca caliza de la colina. Contrató a un grupo de campesinos locales con el pretexto de «construir un sistema de silos para almacenar cereales, papa y leguminosas de grano». Así horadaron los túneles y removieron sedimentos y rocas hasta construir un conjunto compuesto por un gran salón y seis amplias estancias, todas con altura estándar de dos metros con cuarenta centímetros. Mi esposo construyó este refugio inspirado en la visita que hizo, en agosto de 1944, a la planta subterránea que su empresa, la Siemens, operaba bajo la montaña de Kohnstein, en Turingia, durante la Segunda Guerra Mundial.

El piso y las paredes dobles se reforzaron con quince centímetros de hormigón y se instaló el conjunto de ductos verticales para la renovación del aire interno. Una vez concluyeron las obras de infraestructura, el ingeniero Wasserman despidió a sus ayudantes y dedicó los tres años siguientes a realizar las obras de carpintería, mampostería, plomería y electricidad, para que el búnker pudiera resistir un sitio prolongado.

«Cómo en aquella época no contábamos con cámaras de circuito cerrado, mi esposo se las ingenió para construir tres periscopios, como los de los submarinos, para mantener, de manera discreta, control visual sobre el terreno circundante».

El aislamiento es total. Afuera no se escucha nada. Hace unos ocho años intentaron extorsionarme, y entonces me recomendaron instalar un sistema de alarmas y cámaras externas que se controlan desde aquí».

—Ahora sí, ¡bienvenido señor Castello! Siéntase como en su casa. Este santuario subterráneo está dedicado a rendirle culto a la libertad. Lo tiene a su total disposición. Si la vida le exige desaparecer por un tiempo, sin dejar huella, aquí puede permanecer hasta que logre resucitar, libre de persecuciones. Si la policía llegara a timbrar en el portón, aquí adentro resistiremos sin que nos duela una muela. A partir de ese momento, usted mismo clausura la doble puerta blindada y desaparece. En las estanterías cuenta con un depósito de alimentos y agua para resistir más de ciento ochenta días sin salir. Podrá disfrutar de muebles cómodos, juegos, la biblioteca, un baño amplio, televisión, internet y dos computadoras. Aquí podrá ver, intacta, la máquina de escribir de mi esposo, una Mercedes-Prima portátil, con teclado alemán, que junto con su regla de cálculo Henschel, constituyeron el único tesoro que empacó entre esa maleta de cuero que abrazaba cuando cruzamos el océano a bordo del Carpatia. Al final de sus días el ingeniero se entusiasmó con la poesía. Por respeto a su memoria nunca me atreví a quitar del rodillo de su máquina de escribir el último poema, que dejó inconcluso. Y ahora viene la parte más emotiva de esta bienvenida. Si las circunstancias lo obligan a un largo encierro le presento a Hektor VI, la mejor medicina para la soledad y la ansiedad. Manuel, permita que el señor Castello acaricie al perro. Este es uno de los mejores perros de esta casa. Lo bautizamos así en memoria del primer pastor alemán puro que se crió en Alemania. Dele todo el amor como si fuera un hijo suyo. Entiendo que usted se encuentra en terapia de recuperación y ya puede dar algunos pasos. En el gimnasio tenemos dos caminadores eléctricos, uno para usted y el otro para el perro. Como en un prolongado encierro, ni a usted ni al perro les interesa saber la hora, le cuento que mi esposo y yo coincidimos en lo mismo… por eso jamás instalamos dentro del búnker un reloj.

Castello bajó la mirada y suspiró profundo. En su memoria apareció la imagen sonriente de Inocente Montoya, su compañero de reclusión en La Muralla. Entonces cerró los ojos y le agradeció a Dios. «¡Bienvenido a la libertad, Inocente Castello!».

110

La nota que redactó *mister* Tutis contenía un ácido sabor a sarcasmo.

> Estimado colega, nuestra organización decidió invertir tiempo y recursos para enviarle a usted un mensaje claro sobre nuestras capacidades. Así que no más retórica. ¡Pague ya! De lo contrario, en 72 horas venderemos la prenda que conservamos en garantía a una organización con menos paciencia.
>
> P. D.: ¡No haga ruido! Mantenga la calma. Evite que los medios conviertan la liberación de su socio en un escándalo de farándula, porque podría afectar la otra liberación que está pendiente. Un escándalo público no le conviene a usted, ni a su hija, ni al padrino de su hija, ni a la imagen de su negocio. De paso, ordene a sus abogados levantar todas las acciones legales que pesan sobre su amigo y, compadre, todo dentro de la mayor discreción. Gracias.

Recuperado el banquero del impacto causado por la liberación de Castello, decidió que era tiempo de pasar la página trágica del suicidio de Ana Sofía de Hoffman y de su infidelidad con su mejor amigo. Entonces ordenó que se aliviaran las presiones que mantenía sobre el sistema judicial para vengarse de Castello y se concentró en acelerar la liberación de Gabriela.

Tan pronto tuvo clara su estrategia para la recuperación del dinero del rescate y comprobó con sus asesores tributarios la posibilidad de obtener beneficios impositivos adicionales, concluyó que, gracias a su talento y visión, el secuestro de Gabriela se podía constituir en un buen negocio. Entonces cerró los ojos y decidió acortar su tiempo de agonía. Sin más análisis, aceptó sin chistar las condiciones que le impuso el profesor Scott, simulando ser la cabeza de la organización que retenía a Gabriela.

A ocho mil quinientos kilómetros de la Zona Libre de Colón, en Panamá, el Capi Kidd completó la penúltima fase de la «operación *bluejeans*».

En una pequeña editorial cristiana en el área de Westminster, en Londres, pagó por adelantado el tiraje de cinco mil libros, de ciento veinte páginas y cubierta en tapa dura. Sobre la portada, bajo el título *Cómo estudiar la Biblia*, ordenó imprimir un llamativo texto de advertencia: «Este libro está destinado a educación cristiana y no tiene valor comercial».

En seguida, el Capi se desplazó a la localidad de Ashton-under-Lyne, cerca de Manchester, donde ya había entregado el anticipo para producir catorce millones de dólares en billetes de cien.

Durante 17 días, con sus noches, se dedicó a supervisar la producción de los «jeans» y a realizar minucioso control de calidad. Rechazó aquellos billetes a los que les detectó problemas de color, tramas, textura del papel, realce de la impresión o cuando los «hilos» verticales de seguridad y las marcas de agua no pasaron la prueba.

Una vez en Londres preparó la carga con destino a Panamá.

De los cinco mil libros, desencuadernó mil cuatrocientos. Las ciento veinte páginas impresas de cada ejemplar las arrojó a la chimenea y, en su reemplazo acomodó entre las tapas duras, cien billetes de a cien.

Al final organizó los cinco mil libros en cien cajas —con cincuenta ejemplares por caja— y las marcó «Biblias sin valor comercial, para programas de educación cristiana».

En los documentos que el bróker de la Zona Libre de Colón preparó para el manejo de la carga se declaraba: Destino: «Sociedad Centroamericana de Estudios Bíblicos» y como contenido: «Libros educativos. *Panama in Transit*».

De manera simultánea, los veinticinco millones de dólares desembolsados por el banquero Hoffman serpentearon a través del intrincado esquema de cuentas cifradas que Scott y Ebank diseñaron, con el primor y la dedicación de anudadores de alfombras persas. En ese entramado de empresas de papel, triangulaciones entre cuentas *offshore*, emisión de acciones y bonos al portador, Scott logró desaparecer toda huella del pago del rescate.

111

El centro financiero de Ciudad de Panamá fue el escenario de la última función.

—¿El hombre de Panamá habla inglés? —preguntó el Capi.

—¡Perfecto! Con acento de Boston. Y su mujer también.

—Entonces yo me encargo del primer contacto por teléfono para alertarlos de que iniciamos la maniobra final.

—Recuerda, Capi, que nuestra organización está basada en Dublín, así que tienes que exagerar el acento irlandés. En las «erres» está la clave. Si necesitas dos *gin & tonic* para entonar la voz, me avisas.

—Lo vital es que el tiburón huela la sangre esta noche —sentenció Scott—. El primer paquete con un millón de dólares auténticos lo va a enloquecer.

El paquete —empacado con derroche de plástico, cinta adhesiva, cuerdas y nudos, y envuelto en papel de regalo— llegó al despacho del «hombre de Panamá» con la siguiente nota:

> *Se inicia la maniobra final. Le adjunto el primer paquete —de quince— como demostración de nuestro interés en completar el canje en las próximas 24 horas.*

Desde las ocho de la noche, era visible en el piso 54 una luz verde, nítida, que se mantuvo encendida durante toda la noche.

—Madrugué a llamar para comprobar el efecto de la carnada. El tipo estaba eufórico. No cabe de la felicidad. Debió dormir abrazado al millón de *jeans*. Me invitó a celebrar en su casa tan pronto se completara la operación.

—¿Y?

—Le dije que gracias, pero no. «Mi misión era consolidar el efectivo que nos entregaron diferentes bancos de Panamá, empacar y sellar los quince paquetes. Eso se cumplió. Hoy mismo regreso a Dublín». De paso, lo tranquilicé: «Señor, mantenga la serenidad. No conozco al grupo que mañana le entregará los catorce paquetes restantes, porque operamos de manera totalmente compartimentada. Pero confíe. Todos somos profesionales de palabra».

112

Los dos socios arribaron en simultánea a la torre ubicada en el área financiera de Ciudad de Panamá. El Capi en un taxi que contrató con pago adelantado, incluidos los servicios extras de discreción y silencio, con la promesa de una propina generosa si sus negocios de ese día salían bien. Scott arribó en un Toyota negro, discreto, que alquiló en el aeropuerto. Lucía transformado, se había afeitado su barba entrecana, se tinturó el cabello de caoba oscuro, portaba gafas oscuras y se cubría con una gorra azul celeste. Por su atuendo y el maletín con raquetas de tenis, era claro que esperaba a alguien para jugar un partido. Nadie sospecharía que estaba envuelto en una actividad criminal que sobrepasaba por lo menos siete fronteras internacionales y que disfrutaba de la aventura como si estuviera compitiendo en un deporte de alto riesgo.

El Capi miró de reojo el Toyota de Scott y siguió de largo a la recepción del edificio. Aparentaba ser otro despistado turista *gringo* de anteojos oscuros, camisa de palmeras, bolso terciado, zapatos tenis sin medias y sombrero de paja. Cargaba cuatro bolsas de compras, de esas de papel cobrizo ordinario que solo se valorizan si se descubre, impreso sobre los dos costados, el discreto logo de Louis Vuitton.

El «hombre de Panamá» lo esperaba en la puerta de su despacho. El Capi saludó con un simple «hola» y de manera simultánea consultó su reloj. Con ese gesto dejó constancia que se trataba de un asunto muy serio y que arribó a la cita con exactitud inglesa.

Tan pronto «el hombre de Panamá» lo hizo seguir a su despacho y cerró la puerta, el Capitán se olió que estaba siendo grabado, razón para no despojarse del sombrero ni de las gafas oscuras. Rehusó sentarse, y, además decidió ahorrarse el máximo de palabras. Cuando abrió la boca, exageró ese acento inglés «cockney» que es propio de la clase obrera que se asienta en el East End de Londres. «Con la entrega de estas cuatro bolsas se completan los primeros cinco millones. Ahora sí, ¡ya!, de prisa, empiece a dar las órdenes para la liberación de la mujer. Ustedes estaban advertidos: ¡El canje es simultáneo! Así que examine los paquetes. Esta es una operación contrarreloj que debe completarse dentro de los próximos quince minutos.

Gracias a la eficiencia del aire acondicionado, la temperatura dentro de la oficina era parecida a la que disfrutan los osos en el círculo polar ártico, pero esa frescura no era suficiente para sosegar al «hombre de Panamá». En el momento en que recibió las cuatro bolsas, el tipo parecía un cerdo sometido a un baño turco; le brillaba en cada poro una gota de sudor. Sin poder disimular su nerviosismo se limpiaba su cara y su cuello con un enorme pañuelo amarillento. Encendió un tabaco hediondo, sin percatarse que en el cenicero se encontraba otro cigarro que prendió segundos antes. Sonreía como si fuera necesario exhibir sus pequeños dientes de roedor, manchados por la nicotina y se volvía a trapear nervioso las perlas de sudor que se asomaban debajo de la nariz y la barbilla.

—¿Y el saldo?

El Capi sintió que su corazón se aceleró desbocado. Estaba consciente de que en ese instante enfrentaba un torneo de pulso, de vida o muerte. En los siguientes minutos se jugaría su futuro y el de su amigo Scott y, claro, en ese juego fugaz también se estaba arriesgando la vida de otras personas que él no conocía.

—¿Pregunta por el saldo? No pensará que voy a ingresar a este edificio con catorce millones de dólares entre los bolsillos.

No confío en los lugares cerrados, mucho menos confío en viajar solo, cargando millones de dólares, entre un ascensor que debe trepar 54 pisos. Sospecho que desde aquí no se ve el nivel de la calle, pero no importa. Sobre la Calle Balboa, frente al ingreso al parqueadero de este edificio se encuentra estacionado un auto Toyota negro, con un joven en atuendo de tenista. Allí se encuentran las otras diez bolsas. ¡Rápido examine estas cuatro! En seguida envíe a un hombre de su confianza para que suba cinco bolsas adicionales. Recuerde, si en quince minutos usted no completa esta operación, su vida, la de su esposa y las de sus socios, también estarán en peligro.

—Ese no era el trato. El acuerdo era que me entregaban los quince paquetes en mi despacho.

—Yo debo largarme ya. ¡Entrégueme las bolsas! No tengo ni tiempo ni paciencia.

—¡Espere! Yo no puedo bajar y a la única persona que puedo enviar es a mi esposa.

El «hombre de Panamá» se retiró al fondo de la oficina y regresó escoltado por su mujer.

—Ella se encargará de recoger las otras cinco bolsas.

Una vez en la calle, la mujer de pestañas postizas que olía a todos los perfumes juntos, aleteo sus pestañas frente a *mister* Scott tratando de aparentar serenidad. Por más que intentó sonreír a manera de saludo, su gesto denotó una falsedad total. Se dirigió al hombre indicado y escupió a toda velocidad las cuatro palabras claves: «Abril nace en enero», y, como el hombre no reaccionaba, repitió con un hilo de voz agónica: «Señor, perdone mi confusión pero creo que es el mes de abril el que nace en enero». Scott le estiró cinco bolsas y, previendo que lo pudiera reconocer, se mantuvo a distancia. Con el acento neutro de un profesor de inglés, le explicó despacio y con énfasis en cada palabra, sus instrucciones.

—Señora, dígale a sus socios allá arriba que hubiéramos preferido hacerles transferencias bancarias. Pero como ustedes insistieron en que debía ser en billetes, nos pusieron a correr riesgos innecesarios. Ahora, acérquese. Examine las últimas cinco bolsas. ¡Introduzca la mano! ¡Examine bien los billetes! Tengo instrucciones de entregarles estas cinco bolsas en el momento que me confirmen que liberaron a la víctima.

—¡Listo! —Respondió la aterrorizada mujer.

—Señora, antes de que vuelva a su oficina le ruego observar esos carros que están estacionados allí —señaló hacia la extensa área de parqueo a un costado del edificio—; ahora salude porque la están grabando. Desde este momento, su cabeza y la cabeza de su jefe tienen precio y se cotizan en la bolsa de valores. Por esa razón les recomiendo hacer las cosas bien y rezar para que ni ustedes ni nosotros nos equivoquemos.

Cuando la mujer llegó a su oficina en el piso 54 cargando las cinco bolsas estaba a punto de desmayarse.

Entre tanto el Capi vivía su propia pesadilla. Esa mañana había olvidado ingerir su medicina para la diabetes y, como consecuencia, se sentía desfallecer. El desbalance del azúcar le provocaba náuseas y pérdida del equilibrio. Y, de encime, se veía obligado a aparentar serenidad y control total.

—Le advierto que en tres minutos debo desaparecer. ¡Ordene ya mismo la liberación de la secuestrada!

—¿Y el resto del dinero?

—Su mujer y usted deben bajar a la calle a recoger las cinco bolsas restantes. Nosotros fuimos contratados en Irlanda para intermediar en este negocio, no para traerles una pizza a domicilio desde Dublín, y entregárselas caliente en el piso 54.

—¿Por qué debo confiar en usted?

—Porque en este negocio todos estamos arriesgando algo. Somos igual de hampones, o, lo que usted llama «intermediarios financieros». Ustedes aquí en Panamá. Nosotros allá en Irlanda.

—¿En qué momento me entregan los cinco millones restantes?

—Se los entregamos allá abajo, un segundo después de que nos confirmen, por tres fuentes diferentes, la liberación de la persona que retienen.

—¿Bajamos los tres?

—Antes confírmeme: ¿está comunicado con la organización que representan?

—¡Sí!

—Pruébeme que ya empezó la fase de liberación.

Durante tres eternos minutos el «gordo de Panamá» accionó las teclas de su computador, con las claves que iba leyendo en un papel, pero el cabrón se encontraba tan nervioso que se equivocó varias veces. El Capitán sintió que en semejante estado de tensión y sin su medicina no aguantaba un minuto más. Pidió un vaso con agua.

—¡Lo tengo! ¡Lo tengo! De las cinco coordenadas que se acordaron para la liberación, confirman que están con la prenda de garantía sobre la coordenada «D». Ellos también me urgen que les confirme si ya recibí los quince paquetes que se acordaron.

—Confírmeles que sí.

—¡No puedo! No tengo en mi poder todos los paquetes. ¡Faltan cinco!

El Capi se retiró al fondo del amplísimo despacho y marcó el celular de Scott.

—Este cabrón se enredó con la confirmación. Avise que el personaje está cerca al sector «D».

—Dígales que devuelvan las diez bolsas —le respondió Scott—. Esta mierda tocó abortarla.

El Capi sintió que la ansiedad lo estrangulaba.

—No puedo cargar diez bolsas —contestó —. Y si pudiera temo que me embosquen en el ascensor o me asalten mientras me desplazo por ese primer piso que luce tan grande como una cancha de fútbol.

—Pues nos tocó jugarnos la vida. ¡Toque de retirada! —sentenció Scott.

El Capi saltó sobre el escritorio y de un zarpazo recuperó cinco bolsas.

—¡Esta mierda se acabó! —dijo al tiempo que se dirigía raudo hacia la puerta del despacho—. ¡Y no me sigan, cabrones, porque voy armado!

Una vez afuera caminó con paso veloz hacia los elevadores y presionó el botón de descenso. Tan pronto se abrió la puerta del ascensor, escuchó un alarido.

—¡¡No!! ¡Deténgase míster! ¡Espere! ¡Ya todo está bajo control! ¡Les acabo de confirmar el recibo de los quince paquetes!

El Capitán se detuvo. Se sentía morir por el estrés. Se recostó contra la pared al tiempo que continuó abrazando las cinco bolsas.

—¡Regrese! ¡Por favor! —gritó la mujer—. No vamos a arruinar este negocio en el último minuto.

El Capi se resistió a regresar al despacho y decidió pedir de nuevo el elevador. En ese instante entró una llamada de Scott.

—¿Dónde carajo se metió?

—Ya bajo.

—¡No! ¡Contraorden! Permanezca en ese piso.

—No entiendo un culo. ¿Al fin qué? Bajo, subo, me corto las venas, me lanzo al vacío, ¿qué putas hago?

—Le confirmo en un minuto —respondió Scott.

De un despacho vecino salieron dos mujeres asustadas. Más tarde juraron haber sido testigos de la patética escena de celos entre una pareja de hipopótamos y un *gringo* histérico, ahí no más, en el corredor del piso 54, frente a los ascensores.

—Aquí Robin Hood Cuatro. ¡Confirmado! Tengo frente a mí los quince paquetes. Suelten la «papa caliente». ¡Desmonten todo! ¡Destruyan memorias, computadores, celulares! ¡Repliéguense! El tsunami que se aproxima promete ser devastador.

—Capi, confirmado —gritó Scott—. Acaban de liberar a «Código Tres». ¡Urgente! No puedo seguir aquí en la calle cuidando estás putas bolsas. Dígales que vengan a recogerlas, porque yo me repliego ya. ¡Y usted piérdase! Bote su maldito celular. ¡Tenemos que evaporarnos de Panamá! En minutos nos empezarán a buscar en los cinco continentes.

El «Capi» arrojó al suelo las cinco bolsas que retenía y le gritó al «gordo de Panamá».

—¡Guarden estas bolsas de mierda y salgan a la calle! ¡Ya! Deben recoger las cinco restantes antes de que se nos enrede este negocio.

En segundos los tres descendieron compartiendo el mismo elevador. No tuvieron tiempo para despedidas y salieron en estampida por el *lobby* en busca de la puerta de salida.

Una vez a cielo abierto, la pareja de panameños corrió en dirección al Toyota negro que permanecía al otro lado de la avenida.

El Capi no tuvo tiempo para llamar al taxista que lo esperaba en alguna calle vecina y abordó un taxi que acababa de dejar a un pasajero. Su ataque de ansiedad alcanzó punto de agonía cuando alcanzó a ver que el auto de míster Scott estaba rodeado por dos patrullas de policía.

113

Antes de que se cumplieran veinticuatro horas de la liberación de Gabriela, el banquero recuperó su verdadera esencia: ¡Inalcanzable! Y el piso 74 del Banco retornó a su estado sobrenatural: ¡Impenetrable!

El ingreso de Abril a las instalaciones fue prohibido. El microprocesador de su tarjeta de acceso resultó anulado y sus tres celulares desactivados. La cerradura de la oficina 11-11 fue cambiada y le hicieron llegar a su casa una caja con los objetos que alguien seleccionó como *personales*. Luego de seis fallidos intentos de hablar con el doctor Hoffman, Abril juró que jamás marcaría de nuevo. En los medios de comunicación no hubo la menor mención sobre la liberación de Gabriela. Y los acosadores miembros del temido comité de crisis desaparecieron como por encanto. Nadie la llamó, ni siquiera Moneypenny. Todo parecía como si una laguna de olvido hubiese inundado el compartimento estanco donde todos guardamos la memoria. Abril llegó a creer que se trataba de un *déjà vu*, y que todo había sucedido, pero en un universo paralelo.

Tanto agite sólo dejó una estela de preguntas, huérfanas de respuestas.

¿Qué aconteció con «Código tres»? Se esfumó sin dejar rastro.

¿Dónde se encuentra *mister* Tutis? Nadie lo pregunta.

¿Será que la crónica sobre lo vivido quedó escrita, con tinta invisible, sobre una monumental página en blanco? Lo cierto es que los participantes en la aventura acusaron una suerte de amnesia colectiva y disociativa, donde nadie demostró interés por evocar recuerdos sobre tantos episodios traumáticos que debieron padecer.

En pocas horas cayó sobre la historia de Abril y Gabriela, todo el olvido que el dinero puede comprar.

El día que se cumplió un mes de la liberación de Gabriela, Julio llamó a su hermana a la casa de doña Eva.

—Enana, te dejaron una pequeña caja. ¿La abro?

—¡Pilas, mi Supermán! ¡Puede ser una trampa!

—Tranquila, hermanita. Yo también estaba cabreado y antes de llamarte le apliqué todos los protocolos de detección de explosivos.

—Entonces ábrela.

—Hace media hora la abrí. Contiene sesenta mil dólares. —¿Qué? ¿Sesenta mil, dijiste?

—No te preocupes, Abril, ya sometí los seiscientos billetes a los siete factores de inspección. En un principio pensé que podrían ser falsos, pero no, son genuinos. ¡Ah! Y la caja viene acompañada de una tarjeta.

—¿Qué dice?

—Enana, por respeto a tu privacidad me resistí a leerla.

—No te creo. Estoy segura de que te la sabes de memoria. Pero no importa. ¡Léemela!

—Escucha: «Este es un ínfimo gesto de agradecimiento por lo que hizo por mi familia. Espero que todos superemos los traumas que nos afectaron durante estos días tan sombríos, que, gracias a Dios, ya pasaron».

—¿Y quién la firma?

—Aparecen las iniciales G y H.

—Doña Eva, no quiero involucrar a Andrés Castello en estos temas. Él tiene suficiente con todos los traumas que debe superar y no tengo otra persona a quién consultarle. ¿Qué debo hacer con los sesenta mil dólares?

—Abril, no te angusties. Devuelve ese dinero.

—¿Lo devuelvo?

—¡Sí!

—Qué alivio. Doña Eva, gracias, muchas gracias por su consejo.

—Abril, no tienes nada que agradecerme. Yo soy quien tiene que estar agradecida contigo. Me hiciste vivir inolvidables aventuras y te convertiste en mis ojos. A propósito, me reuní con mis abogados para organizar una figura de «fideicomiso testamentario» con fines sucesoriales, en la que dejo bajo la administración de un banco fiduciario mis bienes e inversiones, para que los beneficios y ganancias que se produzcan durante los próximos diez años los disfruten mis seis herederos: Abril con un cincuenta por ciento y el restante cincuenta distribuido, por partes iguales, entre cinco: las cuatro personas que me han servido en esta casa durante tantos años y tu hermano Julio. Cumplidos los diez años, el banco fiduciario les entregará, en la misma proporción, la totalidad del patrimonio que dejo a aquellos herederos supérstites.

—Doña Eva, ¡no! No puedo aceptar algo que no me he ganado. No. No me merezco tanta generosidad.

—Abril, te repito lo que en alguna ocasión le dije a tu profesor, *mister* Tutis: «No tengo hijos y ustedes son mi familia, además no recuerdo haber visto el primer cortejo fúnebre donde un camión de transporte de valores desfile detrás del carro que transporta al muerto». Ahora que lo menciono, ¿sabes algo de *mister* Scott?

—Desapareció en el éter, en otro de sus magistrales actos de ilusionismo.

Tres días más tarde, en el piso 74 del Banco Financiero Internacional, se recibió por correo certificado una caja dirigida al señor Gabriel Hoffman con sesenta mil dólares en efectivo y una nota:

> *Gracias, señor Hoffman. Aquí le retorno su amable gesto. Hay valores superiores al dinero que no tienen cabida en mi contabilidad. Hice lo que me dictó mi conciencia, sin esperar ninguna retribución suya. Si quiere hacer algo en memoria de Gabriela, dedique este dinero a crear una beca para que una persona de origen modesto —como yo— pueda estudiar en un colegio donde aprenda que la magnitud de los sueños depende de la calidad de la causa que los animan. Atentamente, Abril Santamaría.*

«Capi, espero que estés disfrutando, como yo, del fruto de nuestro esfuerzo y del total anonimato. Me imagino el susto que pasaste cuando cayó el telón de la función y todos corrimos. Nosotros a salvar el pellejo. Ellos, a recuperar, con ambición, los cinco paquetes que yo custodiaba. Para tu tranquilidad, nada crítico aconteció. Dos agentes de tránsito me estaban notificando la prohibición de parquear en ese lugar».

Confío en que el hombre que me obligó a cambiar de manera drástica mi vida ya haya completado la plana de quince millones de frases *Nemo me impune lacessit*, que le dejé como castigo.

Cuídate y hasta nunca.

(firma) Johnnie Walker *keep walking*

Epílogo

Ana Sofía de Hoffman por fin descansa en paz.

Sobre el mausoleo en mármol blanco de Carrara, que el banquero ordenó diseñar y elaborar en el studio del maestro Messini en Pietrasanta, Italia, se talló la imagen de un monumental ángel caído que, bocabajo, con sus amplias alas desplegadas sobre la loza, protege el sepulcro donde reposa Ana Sofía.

Por manías de la tradición, todos los lunes, cientos de necesitados peregrinan hasta el mausoleo con el propósito de soplarle al oído del ángel sus súplicas, animados por la leyenda urbana de que éste se las transmite a la misericordiosa mujer que allí reposa. Lo que no saben sus fieles es que ella ya no habita en esa fosa. Sus restos fueron exhumados y vueltos a enterrar en una tumba vecina, adornada con una lápida sencilla donde se lee «Aquí reposa Sebastián Melmoth».

La historia es larga. Durante una revisión de papeles personales, la asistente de la señora le entregó a Gabriel Hoffman una servilleta que encontró entre un libro de aforismos de Óscar Wilde. De su puño y letra dispone: «Les ruego respetar mi última voluntad: exijo que la lápida sobre mi tumba la identifiquen con el nombre de "Sebastián Melmoth"».

«¿Melmoth? —se preguntó confundido el banquero moviendo la cabeza—. Solo a ella se le pudo ocurrir un nombre tan estrafalario».

Pese a que siempre sospechó que el nombre correspondía al «novio *gringo*» que le prometió esta vida y la otra si fundaba su familia en Kentucky, decidió —en un gesto de lealtad con su memoria— cumplir su última voluntad.

Notas del Editor:

«Sebastián Melmoth» es el nombre que el escritor, poeta y dramaturgo Óscar Wilde adoptó para ocultar su identidad, su amargura y su pobreza, desde el momento en que lo liberaron de la cárcel de Reading, en Inglaterra, hasta su muerte, como un indigente, en París.

Si alguien conoce el actual paradero del ciudadano británico Malcolm Scott, nuestra editorial está interesada en obtener los derechos de publicación de sus memorias.

SOBRE EL AUTOR

Armando Caicedo, escritor colombo estadounidense. Autor de cuatro novelas, dos libros de crónica histórica, dos libros en los géneros de sátira y humor gráfico, y dos poemarios.

Cuatro Premios José Martí, otorgados por NAHP como editorialista gráfico. Tres de ellos al servicio de The Washington Post.

Galardonado en el Premio Internacional de Novela Kipus, por «Concierto para delinquir».

Su novela «Viva el Obispo ¡Carajo!» fue seleccionada como «Libro de Película» en la Feria Internacional del Libro de Bogotá 2019.

Otros libros del autor:

- El niño que me perdonó la vida (Novela)

- Concierto para delinquir (Novela)

- Viva el obispo, ¡carajo! (Novela)

- ¿A qué Huele el Humor? (Humor y Sátira)

- Alfabeto. Poemas de la A a la Z (Poesía)

- 70 años detenidos en El Tiempo (Crónica Histórica)

- Juegos Olímpicos Antiguos (Crónica Histórica)

- Cartoons de un Fulano de Tal (Caricatura Editorial)